五邑大学学术专著出版基金资助

Researching of
the Controlling Shareholders' Fiduciary Duties
to the Corporation and other Shareholders

控制股东对公司和股东的信义义务

王继远/著

法律出版社
www.lawpress.com.cn

法律门
Access To Law | www.falvm.com.cn

序

  在我国,"控制股东"的概念主要适用于学术领域,几乎所有的法律、法规和规章都采用了"控股股东"的概念,2006 年新《公司法》也不例外。更有甚者,新《公司法》第148 条只规定了公司董事、监事和高级管理人员对公司的义务而没有规定控制股东的义务。这也是近年来学术界兴起有关控制股东义务研究之缘起。然而,专门研究控制股东对公司和股东信义义务的著述并不多见。《控制股东对公司和股东信义义务》一书的出版正好填补这一学术研究空白。

  著者以财产权为核心,以公司法律关系为视角,以历史研究的方法,探讨信义义务的内涵、起源与发展,以概念法学之原理分析了控制股东信义义务的立法依据;以比较法、实证研究的方法探索了外国法中控制股东在实务上之演变,控制股东信义义务保障机制、判断标准和类型化问题;以经济分析的方法探究了信义义务的存在基础。通过多种研究试图找寻控制权的正当行使与股东权的合理配置的理论依据与制度模式,从而构建控制股东信义义务体系。其所探讨的问题既紧密联系实际又具有前瞻性,所提出的关于股东权与控制权的"新财产权"观念也不乏创新之勇气。该书是在其博士论文基础上修改而成,书中资料翔实、论证充分、体系完整、观点新颖。

王继远从本科、硕士到博士,先后在中南财经政法大学研习法律十年,在我指导下攻读民商法博士,此前他曾做过报社记者、政府公务员。他本人谦虚谨慎,勤奋好学,博学多思,长于思辨,敢于创新。在其书即将付梓之际,应其所邀,特作此序。

覃有土

二〇一〇年3月26日

目录

1

前　言

　　信义义务(fiduciary duty)这一术语源于英国衡平法,伴随着信托业在英国的诞生和发展,逐步被人们所接受和重视。它是指当事人之间基于信义关系而产生的义务。而信义关系是信义人有权选择如何履行其对受益人的义务的关系。后来在合伙、代理、公司等制度中,信义关系得到进一步的发展,成为日趋重要的法律领域。信义关系的核心是信任、不得为自己谋利,违反信义关系时平衡点向受损害方倾斜.[1]"究竟什么是信义关系? 在我看来,信义义务人之于托付人,就如信托受托人之于受益人,必须为自身的过失承担责任。"[2]在英美衡平法

---

　　〔1〕　陈雪萍:《信托在商事领域发展的制度空间——角色转换和制度创新》,中国法制出版社2006年版,第49页。
　　〔2〕　Re West of England and South Wales District Bank, ex p Dale & Co. (1879)11 Ch. D 772, 778.

1

院,很早就发现在信义关系构成要件中存在基于不平等关系而
"预设的不当影响"(undue influence)。这种双方不平等地位有两
种表现形式:法律上的(*dejure*)和事实上的(*de facto*),前者如受
托人与受益人之间的关系,后者如一方当事人对另一方当事人之
实际支配力。正因如此,面对因"信任"而生的信义关系,规范平
等主体的契约法理论无法给予完全解释,而传统民法的其他领域
也难以摄涵。特别是随着商业交易的增多,信义关系发展的瓶颈
渐渐显现。是否信义关系只能存在于不平等的事实关系中,若双
方主体处于平等地位,他们之间就一定不可能存在? 在 Hospital
Products LTD. 诉 United States Surgical Corporation 案件中,针对药
品分销商利用和制造商的关系,从事与制造商利益冲突的交易,
法官做出了绝然不同的结论。[1]

　　信义义务究竟是源于契约还是法律强制,到底是一种合同义
务还是非合同义务,约定义务还是法定义务? 由于公司合同是不
同于传统合同的不完备的关系合同,这一问题从传统的合同法中
并不能完全找到答案,而只能内化为信义关系中的当事人可否通
过协议改变信义义务,需要通过法经济学去分析。从信义关系与
合同关系的相似性来考察,诚实、信用与信任是其共同拥有的核
心价值,即"信用必须遵守"。[2] 但是,这种定义往往给人造成一
种误解,以为信用与信任只是人们于道德上所负的一种义务,即
"若云道德上之权利,则不过为对于他人履行其义务之一希望
耳"。[3] 实际上信义义务最终还是不同于合同义务。尽管道德
的内涵是构成信义义务的重要成分,但是道德行为既可以是利他

---

　　[1]　Hospital Products LTD. V. United States Surgical Corporation(1984 –
5)156 CLR 41.

　　[2]　*Black's Law Dictionary*, fifth Edition, West Publishing Co. 1979,
p. 563.

　　[3]　史尚宽:《民法总论》,中国政法大学出版社 2000 年版,第18页。

的,也可能是自愿的。所谓"利他",要求强调信义义务的道德性,要求受信人要具有内心的"善",在行为上具有"德行",诚信无欺;而"自愿"则要求受信人自觉、自发、自动减少人际关系的风险和不确定性与对行为人因诱惑而背叛自己的恐惧。〔1〕总而言之,信义义务的兴起,积极回应了当下社会的价值观:它并不回避人与人之间的冲突压抑,而是强调法律所能接受的协调与追求;它强调合作和共赢,最大化满足当事人需要的同时也保护了自由意志。〔2〕

　　信义义务的产生以信义关系发生的事实与法律依据为基础。如根据信义关系发生的不同基础,可以分为法律上的信义关系(status-based fiduciary relationship)和事实上的信义关系(fact-based fiduciary relationship);根据信义关系中托付人或受益人的多寡所形成的法律规范可分为私人信义关系(private relationship)与公众信义关系(public relationship);根据信义义务人的专业程度又可分为一般信义关系(general relationship)与专业信义关系(professional relationship);根据信任关系的程度不同,又可分为"仰信型"信义关系(deferential fiduciary relationship)和"警惕型"信义关系(vigilant fiduciary relationship)等。〔3〕 不同的信义关系其所产生的信义义务背后适用的法律规则体系不同。

　　"信义义务"(fiduciary duty)如何进入公司法,对此,因各国历史发展不同而进入方式不同。以英美国家为例,信义规则进入美国公司法是通过某种"比喻"的方式,也就是说,法院将某一种关系定义为信义关系时,往往先指出该种关系与既存的信义关系

---

　　〔1〕　谢哲胜:《信托法总论》,元照出版公司2003年版,第75页。
　　〔2〕　陈介山:《董事之忠实义务——以企业并购法制为中心》,台湾中正大学法律研究所2004年博士论文,第27页。
　　〔3〕　Robert Flannigan, The fiduciary Obligation, *Oxford Journal of Legal Studies* Vol. 9, No. 3(1989).

之间存在相似之处,将前者"比喻"成后者加以规制。[1] 而英国法将公司董事定义为受托人是有历史传统的,往往是通过信托法、代理法的方式进入公司法之中。在公司法中,在股东与公司之间存在双向信义义务。对此,英美两国公司法的态度同样有很大不同,英国法态度明确,而美国法则相对暧昧。

作为一项衡平法上的制度,"诚信"是信义义务的核心价值。在公司法法典化的运动中,作为重要的转型国家,中国和其他大陆法系国家对于公司法上信义义务的法律移植,如同英美判例法对信义义务的内容和构成要素的解释一样,都欲以"诚信"为切入点,建构公司法信义义务体系,我国公司立法和学术界都在积极思考,采取行动,分析与解决问题。

---

[1] Tamar Frankel, Fiduciary Law, 71 *Cal. L. Rev.* 795, 804 (1983).

第一章 导论

第一节 控制股东信义义务的法律困境

一、"Berle-Means"命题与控制权的产生

传统公司法认为,公司是一个拟制的法人主体,公司是全体股东的公司,即"公司是股东的",或者"股东是公司的所有者"。但是,现代公司法认为,在公司中存在着两种财产权,股东私人的财产所有权和公司的企业所有权。所谓股东的私人财产所有权,是指股东的财产收益权,主要通过股权来实现,通过股东有限责任来保障。而所谓企业所有权,是指企业的所有人对企业的名义控制权和对企业利润或剩余收益的索取权。其中,"名义上的"控制并不一定是有效的控制,名义控制权通常只涉及选举董事和诸如

公司合并、解散之类的重大决策的表决权。[1] 也就是说,在公司财产的二元划分中,财产权经历了二次裂变。第一次裂变就是公司所有权与控制权的分离。其分离的结果使得所有权在很大程度上沦为名义所有权,即公司的股东和公司成为名义上的所有人,股东享有股东权,公司享有法人财产权。所有权的二次裂变是控制权的分离,也就是名义控制权和实质控制权的分离。分离的结果是公司的管理人或控制股东成为公司实际控制人,行使对公司的控制权,而大多数中小股东则只能但又无法真正通过有效选举董事和行使诸如公司合并、解散之类重大决策的表决权,来取得公司控制权,导致名义所有权的进一步丧失。所有权的二次裂变印证了伯利、米恩斯教授的论断:"几乎没有控制权的财富所有权与几乎没有所有权的财富控制权,似乎是公司制度发展的必然结果",[2] 这就是"Berle-Means"命题。在随后的几十年内,这一论断被其后无数学者所引用,相关研究一直以此为主线展开。但是,现在许多学者纷纷对"Berle-Means"命题中广泛持股的合理性假设提出了质疑,人们也开始注意到集中的股权结构与公司控制权的统一问题。其中,以美国达特茅斯塔克商学院 Rafael La Porta 教授为首的一组学者(以下以主要四位作者的姓名字首 LLSV 为代称),就公司治理和证券市场发展等重要问题连续发表了一系列论文,以其令人信服的实证研究突破了传统的股权结构理论。特别是,他们在1998年通过对49个国家最大10家公司股权结构集中度的横向研究,以及对市场经济最发达的27个国家较大规模上市公司的股权结构的实证研究结果表明,恰恰相反,只有极少数对股东权益的法律保护较为完善的国家才存在分散

---

〔1〕 亨利·汉斯曼:《企业所有权论》,中国政法大学出版社2001年版,第13页。

〔2〕 伯利、米恩斯:《现代公司与私有财产》,商务印书馆2005年版,第79页。

的股权结构,股权结构在世界范围内都是相当集中的。[1] 这也导致"Berle-Means"命题基础被动摇。许多的经济学研究成果也表明:在集中的股权结构条件下,所有权与控制权就不应该是分离的而是合一的。[2] 在股权集中的公司结构下,公司治理的问题不再单单是外部股东与内部经理人之间的权力制衡的问题,在很多情况下转变为控制股东(大股东)与中小股东的权力制衡的问题。事实上,股权多元化本身会带来两种不同的股权结构:股权集中和股权分散,前者自然会出现控制股东,后者则通过委托投票权产生控制股东。而且,无论是股权高度分散或高度集中,只要管理层掌握公司控制权,就必然存在着控制权滥用,这就是损害股东利益的案例频繁发生的原因。21世纪的今天,随着各种跨国公司、公司集团的发展,现代公司中股权结构由分散向集中发展,尽管所有权与控制权分离并不会改变,但是随着控制股东的出现,控制权的争夺仍然十分激烈,如何解决控制股东或实际控制人独揽控制权等问题,已经成为现代公司法所要解决的难题,这也就构成了本书研究的出发点。

二、公司法的挑战:公司立法向何处去?

19世纪末以来,商业公司法的世界性趋同已经达到了非常显著的程度,那就是公司形式基本上都呈现出五个功能性的特征:(1)完全法人资格,包括公司作为独立主体受到合同约束,以及公司以公司资产承担独立责任,公司资产与股东个人资产相分离;(2)所有者与经理人的有限责任;(3)投资者共享所有权;(4)董事会结构下享有代理权的经理人;(5)可转让股份。20世纪以后,人们逐渐在以下方面达成共识:股东阶层应当掌握公司最终

---

〔1〕 La Porta et al., Corporate Ownership Around the World, *Journal of Finance*, vol. 54, 1999, pp. 471–517.

〔2〕 曹廷求、刘呼声:"大股东治理与公司治理效率",载《改革》2003年第1期。

的控制权;公司经理负有为股东利益管理公司的义务;其他利益相关者,比如债权人、雇员、供应商和消费者,应当通过合同或者法律而不是通过参与公司治理享有权利,非控制股东应当得到保护等。[1] 自 2002 年美国"安然"、世界通讯、环球电讯等大公司财务弄虚作假的丑闻相继暴露后,人们纷纷对本国的公司治理模式进行反思。相当多的学者认为,这些丑闻之所以令人震惊,"不仅因为它们是由一些最大和最有声望的美国公司一手导演的,更因为声誉卓著的美国制约体制居然未能阻止它们的发生,甚至允许他们隐而不露达如此之久"。[2] 其实,早在 200 多年前,亚当·斯密就已觉察到:"在所有权与经营权分离的公司里,由于董事所使用的资金,并非其本身所有,而是别的投资者所投资之资金。因此,我们似乎不可期待此等董事将会以类似合伙人之注意,监管使用公司的财产……经营阶层必定经常有玩忽职守及浪费、奢侈的情事发生。"[3] 现代美国的经济学家 Frank Knight 也同样认识到存在的危险,"就人的本性而言,一个人不可能在没有对财产的支配利益的同时去替别人承担风险"。[4] 学术界的反思直接促进了公司法改革。在新千年,美国、英国、德国、法国、日本、韩国和中国等许多国家相继进行公司法修改,以适应经济发展的需要。其中,协调股东和管理者两大角色,规制控制权滥用成为公司法改革的方向。

1. 美国:20 世纪 80 年代相继掀起的二次反收购立法浪潮,直

---

〔1〕 杰弗里·N. 戈登:《公司治理:趋同与存续》,赵岭、刘凯译,北京大学出版社 2006 年版,第 38~39 页。

〔2〕 仇勇:"中国公司治理:徘徊与折衷",载《商务周刊》2004 年第 11 期。

〔3〕 亚当·斯密:《国民财富的性质和原因的研究》(下卷),商务印书馆 1974 年版,第 303 页。

〔4〕 张维迎:"从公司治理结构看中国国有企业改革的成效、问题与出路",载《社会科学战线》1997 年第 2 期。

接促使美国公司法的"经济民主化","利益相关者"开始参与经济过程的控制和收益。21 世纪初,安然等公司的倒闭直接促使 2002 年《萨班斯—奥克斯利法案》的出台,该法案发展了以往的公司法,回应了现实中公司治理问题,在一定程度上代表了当代上市公司立法的趋势和方向,特别是"加强董事、经理人员对公司经营状况信息披露的真实性"和 CEO/CFO 个人责任、利益冲突的监管。[1]

2. 英国:19—20 世纪,英国公司法历经多次修改,更加注重公司的规则化、复杂化、各种利益相关者,20 世纪 80 年代后,注重公司治理。2002 年英国政府发布"公司法现代化"(Modernizing company law)的白皮书,公司治理及与资本金相关的问题成为这次公司法改革的重要议题。[2] 2003 年颁布《联合准则:良好治理准则和良好行为准则》,提出了一个高效的董事会对公司实行的有效控制和对公司管理层有效监督的重要性,规定了机构投资者与公司治理。[3] 此外,股权的回归也是此次修改的主旋律之一。[4]

3. 德国:德国公司法改革主要集中在"公司的类型"、"股东利益"和"公司治理结构"上。[5] 其中,股东利益、董事会权力(包括控制股东)限制问题都是德国公司法改革所考虑的问题。

4. 法国:法国公司法的改革已经酝酿了多年,2001 年以来,分别颁布了《NRE 法律》、《经济创新法》、《金融安全法》,这些立法

---

〔1〕 孙光焰、文杰:"美国公司治理的市场机制和法律规制",载《中南大学学报》(社会科学版)2003 年第 3 期;方流芳:"乱世出重典——2002 年美国公司改革法案述评",载《21 世纪经济报道》2002 年 8 月 19 日版。

〔2〕 徐克:"英国公司法改革",载《经济导刊》2005 年第 1 期。

〔3〕 邱前进:"我国公司治理准则的完善——兼评英国 2003 年公司治理联合准则",载《福建法学》2005 年第 1 期。

〔4〕 袁碧华:"股东权利的回归——解读英国公司法的修改(一)",载《西南民族大学学报》(人文社科版)2007 年第 5 期。

〔5〕 科尔:"德国公司法的发展",杨继译,载《现代法学》2003 年第 6 期。

对于法国原有公司制度的修改和调整内容,包括公司领导机关职权的重新界定、股东地位的变化、企业委员会地位的强化、加强透明度、审计人的地位和对民法典的修改六个方面[1]。其中,股东地位的变化在上述的所有改变中居于核心,是其他各种调整的出发点和最终目标,而防止股东滥用权利的制度设计则是保证股东地位实现的有力措施[2]。

5.日本:日本公司立法的修订更为频繁[3],2004年确定了《有关公司法制现代化的纲要试案》,2005年颁布新公司法,其修法哲学是放宽限制,扩大章程自治和公司范围,认可新型合同公司,加强公司治理,扩大经营判断的范围,构筑以外部董事为核心的组织结构[4]。

6.韩国:1997年亚洲金融危机迫使韩国政府进行多项经济法令改革,修订商法(公司法)。规定了新股股东提案制度,新设股份分割制度、新设公司分立制度,新设中间分派制度,新设业务执行指示者的责任制度,新设董事的忠实义务,缓解少数股东权的行使条件和引进集中投票制度等[5]。

7.台湾:我国台湾地区继1980年"公司法"修改后,先后在1997年、2001年、2002年、2003年进行了修正,2005年还颁布新的"公司法",增订了关联企业专章、承认了一人公司。

---

〔1〕 孙子筱(孙涛)、安娜·阿波乃尔(Anne Abonnel):"法国公司法更新",载2003年北大法律文献网;参见史际春主编:《经济法学评论》,中国法制出版社2003年版。

〔2〕 贾林青:"论法国公司法关于防止股东滥用权利制度的借鉴价值",载《法学家》2007年第2期。

〔3〕 末永敏和:《日本现代公司法》,金洪玉译,人民法院出版社2000年版,第31~34页。

〔4〕 永井和之:"日本公司法制的现代化",载崔延花译:《日本公司法典》,中国政法大学2006年版,序言第1~23页。

〔5〕 李哲松:《韩国公司法》,中国政法大学出版社2000年版,第27~29页。

8. 中国大陆：中国大陆公司法自 1993 年颁布，期间有两次小的改革，如 1999 年增加在国有独资企业设立监事会，和降低公司上市的条件，2004 年 8 月删去了"公司发行价格要经证券主管机关的批准"，2005 年进行了大的修改，新公司法除了鼓励投资兴业、鼓励公司自治，还强调了公司社会责任，强化了股东权益的保护，特别是注意完善公司治理和加强中小股东利益的保护。

综观各国公司法改革，我们发现公司改革的触角涉及公司本质、公司治理、股东保护、公司监管等各个方面，其中控制股东与中小股东的利益冲突受到普遍关注。因为各国的公司实践证明，大股东控制仍然是个相当普遍的现象。即使法律强制性地分配公司内部权力，[1] 也应该将股东权利与义务法典化视为控制股东法律规制的关键。

三、控制股东信义义务立法之争议

公司的法律地位曾经是 19、20 世纪最扑朔迷离的问题之一。公司究竟是人类社会生活的天然结果，还是法的派生之物？随着法人制度的创立和普通公司法的出现，法人与商事公司的结合，公司的人格化通过法人制度得到确认。但是法人不是伦理观念上的人，而只是一个交易观念上的"人"，因为"法人，无论是一个定期存在的人的联合体，是一个组织，还是一个机构或团体，没有自己的意识，也没有生理上人的意思"，[2] 法人的行为只能通过创造"法人机关"来解决，并通过立法技术很好地解决了自然人人格与法人人格的分离。

第二次世界大战以后，法律人的兴趣由法人法律地位转向了

---

〔1〕 叶林："公司治理机制的本土化——从企业所有与企业经营相分离理念展开的讨论"，载《政法论坛》（中国政法大学学报）2003 年第 3 期。

〔2〕 卡尔·拉伦茨：《德国民法通论》，王晓晔等译，法律出版社 2003 年版，第 181 页。

组织理论和对公司行为的经济分析,公司已经是一个完美的经济人。[1] 随着从合伙到商事公司的公司形态的演变,在公司内部,作为一个具有独立人格的自治团体,公司的财产与股东财产由合一走向分离。特别是股东持股多元化的出现,公司所有权与经营权分别由股东与管理者来行使,从而出现了所有与控制的分离。

为了争夺对公司的控制权,管理者(包括控制股东)不仅可以利用征集委托投票权和投票信托等手段操纵股东大会,而且通过修改公司章程、发行有表决权股票、限制股东认购新股优先权等方式不断行使股东的控制权,甚至利用控制权损害公司和股东的利益。随着控制权的滥用,控制股东损害从属公司和少数股东权益的诉讼反抗事件也不断增加,司法的介入和评价在事实上形成了对资本多数决原则的矫正,迫使各国的立法机关在制定法上不得不考虑直接规制控制股东行为以关照中小股东的利益诉求,平衡大小股东之间的权利运作冲突。这种直接的规制,要么限制多数权力的行使规则……也就是说,控制股东表决权行使本身存在着内在的限制;[2] 要么直接使控制股东的权利与信义义务法典化。而实际情况是,公司的经营者都有对公司财产的实际控制权,但却几乎没有与之相关的可强制履行的义务。[3] 直到 20 世纪初,美国的司法实践才率先确立了控制股东的信义义务。但是却招来部分英国学者的反对。反对者认为,根据公司机关理论,公司多数决的拘束力来自作为公司机关的股东会决议的结果,而非多数股东意思的自身,较好的解决办法是基于股东会作为一个

〔1〕 格里高里·A.马克:"美国法中的人格理论",路金成、郑广淼译,载《法大评论》(第 3 卷),中国政法大学出版社 2004 年版,第 258 页。

〔2〕 李哲松:《韩国公司法》,吴日焕译,中国政法大学出版社 2001 年版,第 394 页。

〔3〕 张舫:《公司控制的理论与实践》,西南师范大学出版社 2006 年版,第 25 ~ 28 页。

公司机关的理念来限制股东会权力的行使。[1]

　　同样,西方国家或地区所确立的控制股东信义义务在我国也备受争议。有学者主张,我国控制股东应对中小股东承担类似于美国法上的信义义务。因为尽管左右股东大会多数决意思的控制股东及其表决权的行使行为本身并不承担任何责任,但控制股东形成多数决的行为应该符合公司和全体股东的利益。[2] 但同样是反对者众多。其实,在中国法律环境下,我国公司在关联交易、公司并购和控制权转让、使用中,控制股东滥用控制权侵占或挪用公司财产、欺诈和压制中小股东等侵害公司和少数股东利益的现象仍然很突出,如从当初的"猴王"、"科龙"到如今的"哈慈"事件,无不都是大股东对控制权滥用的经典案例。从理论上说,由于资本多数决原则所造成控制股东实际支配力和影响力的存在,控制股东与中小股东在公司中处于不同的地位,中小股东可谓心知肚明,但中小股东还仍然乐意将自己的财产投资于受他人支配的公司控制股东。就是基于这样一个良好的假定和预期,即拥有控制力的支配股东会善意地处理好被支配股东的财产,如果公司可以被看做是投资者合意的产物的话,那么投资者包括控制股东与中小股东之间这样一种事实上的信任与委托关系的存在没有值得怀疑。[3] 也就是说,投资者与公司和少数股东之间存在着一种事实上的信义关系。因此,无论是理论还是实践中规定控制股东信义义务仍然是十分必要的。

---

　　[1]　P. G. Xuereb, The Limitation on the Exercise of Majority Power, (1985) 6 *Co. Law* 199, p. 208.

　　[2]　曹富国:《少数股东保护与公司治理》,中国社会科学文献出版社2006年版,第274~275页。

　　[3]　冯果:"控制股东信义义务:一个悬而未决的理论课题",载 http://www.economiclaws.cn/suo/ShowArticle.asp。

第二节　控制股东信义义务的新课题

一、选题的目的和意义

（一）选题的目的

当初在攻读博士学位期间，我对公司法、证券法和财产法十分关注。特别是在阅读了大量的公司法教材和相关论文后，我发现整个公司法律制度，以所有权与经营权分离为基础，以公司监管、公司治理和股东权行使为中心，围绕着四个法律关系展开。这四个法律关系是：(1)股东与公司的关系，表现为公司法人独立责任和股东有限责任；(2)股东与股东的关系，通过股东权发生联系；(3)股东与管理者的关系，通过股东大会决定；(4)公司与管理者的关系，由委托代理关系产生。其中，在管理者与股东和公司之间通过两个制度设计来防止他们的"离心"作用：一是通过股东表决权实现股东对管理者的控制；二是通过赋予管理者对公司和股东的信义义务构建公司与管理层的契约关系。但是我发现股东与公司、股东与股东、股东与管理者关系方面的研究已经相当深入，而我国对公司管理者对公司和股东的信义义务的研究，还不够深入和系统。事实上，由于信义义务在公司的监管、公司治理、股东权行使等方面作用显著，国外公司立法都十分重视，但是，我国新公司法对信义义务的规定十分简略，甚至没规定控制股东的信义义务。因此，本书主要想通过对控制股东信义义务的理论基础、法律地位和实际操作进行系统研究，以便为立法提供借鉴和参考。

（二）选题的意义

公司运作的核心是公司权力与公司控制。公司法的核心在于在保持公司人格独立的同时，通过一套完善的规则体系，实现公司权力配置,确保控制权正当行使,促进公司和股东利益最大化,社会效应最大化。为此,国家通过经济法加强公司监管,在公司规范设计和立法政策上以自由与强制并举,公平与效率兼顾。一方面,公司法规范强化公司自治,尽量减少强行性规范,增加任意性规范,使公司法更具有弹性,避免因法律规范的僵化而阻碍公司的发展。另一方面,公司法在兼顾自由的同时,也相应地强化监管,以免破坏公司法的核心价值。

就世界范围来说,现代公司法一个突出特点就是以董事的权利义务为中心,有关董事权利义务的规定相对完备。原因在于,此种"董事会中心主义"的立法模式是以伯利和米恩斯的"公司控制与所有相分离"的理论为基础。而伯利和米恩斯认为,现代公司的实际控制权掌握在并不拥有公司重要股份的以董事会为代表的公司管理层手中,因而各国公司法也将规制的重点放在董事身上,而忽略了由大股东控制造成的利益损害的救济规则,直接造成了控制股东在公司运营中应承担的义务规定的缺位。但是,由于公司发展和生成的社会和经济环境不同,现代公司中代替股东持股分散,而以股权集中现象为普遍,如 Shleifer & Vishny(1997 年)发现:20 世纪 80 年代初《幸福》500 强公司中的 456 家样本公司的股权结构是适度集中[1] 实际上,伯利和米恩斯的理论是以当时美国的公司实践为基础。时过境迁,即使是股权相对分散的英美国家现在也存在相当多数的大股东控制的公司,而欧洲大陆国家以及亚洲国家,大股东控制是公司权力结构的常态[2] 因此,有研究者指出:"在企业两权分离的情况下,如果股

---

〔1〕 Shleifer&Vishny, A Survey of Corporate Governance, *Journal of Finace*,1997, Vol.52, pp. 737 – 783.

〔2〕 Claessens, S., S. Djankov, L. P. H., Lang, The Separation of Ownership and Control in East Asia Corporations, *Journal of Financial Economics*, 2000, 58(6), 81 – 112.

权分散,只存在一个突出问题,即经营者损害股东的利益。比如美国多数上市公司的情况;如果股权集中,存在两个突出问题,即经营者损害股东的利益,以及大股东损害小股东利益,比如欧洲大陆许多公司的情况。"[1]可见,在存在控制股东的公司中,代理问题的重点不应当仅仅是对董事,控制股东同样是规制的对象。

当然,与发达国家上百年的公司实践相比,我国公司发展较晚,公司的实力和规模也存在不小的差距,但是我国公司运作中却暴露出许多问题。这其中既有公司制度本身的共性问题,也有我国特殊国情下的个性问题。如上市公司中的"一股独大",董事会沦为控制股东的附属物和工具,控制股东滥用控制权损害中小股东利益的情形极为普遍。据统计,2004年,我国公司关联方资金占用余额为837亿元,发生额为1348亿元,约有70%的上市公司向其关联方以非经营性目的提供资金。[2]为此,如何规范控制股东自己或者通过作为其代理人的管理层滥用控制权的行为才是问题的关键。因此,研究控制股东的义务对我国目前及其将来的公司理论发展和公司实践无疑具有重要的现实意义。

二、文献综述与国内外的研究现状

学术界普遍认为控制股东信义义务制度起源于美国,但美国成文公司法至今并未对控制股东做出专门规定,只在美国法律协会(简称"ALI")的 Principles of Corporate Governement 第三章中对控制股东在与公司交易时所承担的公平交易义务做出了规定。不过,基于美国司法实践对控制股东信义义务的认识,立法上也开始对控制股东可能滥用控制权侵害中小股东利益的行为(如挤出合并、控制权出售、关联交易等)做出相应具体规定。与立法上

---

〔1〕 "中央企业如何完善公司治理",载 http://manage. chinaeec. com/lunwen/o/10570_6. html。

〔2〕 纳鹏杰、赵建坡、谢倩:"中国上市公司非公允关联交易的根源及治理对策建议",载《云南财贸学院学报》2005年第6期。

相对较少的规定相反,美国的公司法理论界对控制股东信义义务的研究成果相对丰富,如 Robert Charles Clark、Joel Seligman、Michael P. Dooley、Wliiiam L. Cary 和 Frank H. Easterbrook and Daniel R. Fischel 等人为代表的著作和以 Adolph A. Berle 等人为代表的论文对控制股东义务对此做了专门阐述。此外,英国学者Gower、Robin Hollington 和加拿大学者布赖恩·R. 柴芬斯等人对信义义务的分析和研究也很独到。德国作为成文法的代表性国家,在控制股东义务制度方面却是通过判例确立起来的,有关这方面的论文有朴炳宽的《支配股东忠实义务之研究》、何美欢教授的著作《公众公司及其股权证券》等。

在中国大陆,近年来与控制股东义务制度研究有关的公司法的教材、专著和发表的有关论文中,有的从控制股东控制权的行为出发,研究在控制权出售、利益冲突和公司合并中控制股东信义义务;有的从滥用控制权规制方面研究控制股东信义义务,有的从主体(如董事、监事、控制股东等)出发研究信义义务;有的研究控制股东义务制度的法理基础,如王保树、杨继的《论股份公司控制股东的义务与责任》,朱慈蕴的《资本多数决原则与控制股东的诚信义务》,朱慈蕴、郑恩博的《论控制股东的义务》,冯果的《控制股东诚信义务及民事责任制度研究》,甘培忠的《控制权的正当行使》,习龙生《控制股东的义务和责任研究》,汤欣等《控制股东法律制度比较研究》等。值得注意的是还有一些专门研究,如丁丁的《商业判断规则研究》对国外董事职责研究,梁上上的《论股东表决权——以公司控制权为中心展开》对股东表决权的论述,施天涛的《关联企业法律问题研究》,吴越的《企业集团法理研究》,陈雪萍等《信托关系中受托人权利与衡平机制研究》,刘正峰《信托制度基础之比较与受托人义务立法》,余卫明《信托受托人研究》及王长斌《企业集团法律比较研究》,台湾学者方嘉麟的《关系企业专章管制控制力滥用之法律问题(一)——自我国传统监控模式论专章设计之架构与缺憾》,许美丽的《控制从属公司(关联企业)之股东代位诉讼》等关于企业关联交易的论著,对研究控制股东的信义义务具有很重要的参考价值。

第三节 基本概念和研究方法

一、基本概念

(一)控制与控制权、控制权与控股权、控制股东与控股股东

1. 控制与控制权

通过对国内外关于公司控制理论的研究,本书在第二章将"控制"定义为一种权力,这种权力通过股东表决权、合同或其他方式以直接或间接手段来行使。

梳理当前国内的法学研究理论,认为控制权并不是一种或一项法律明确规定赋予权利主体的权利,而是一种在事实上影响公司机关决策的权利。该权利的行使方式和行使路径可以多种多样。我国《公司法》和《证券法》对此也没有清晰的定义。笔者在本书第一、三章专门论述了控制权的含义与性质,认为公司控制权概念具有多元和多维度特征。将之定义为由股东权延伸出的财产权,控制权的保护对象是非物质性的股东权,相当于物权的占有权能。只是不能像对物质财产那样实施占有,权利人对权利保护对象的控制只能依靠法律赋予的权利。

2. 控制权与控股权

控股权源于公司有表决权的股份的种类、数量和比例,是达到控制地位后形成的一种状态。而依据 1999 年 2 月,巴塞尔银行监管委员会、国际证券业联合会、国际保险监管协会联合发布的《对金融控制公司的监管原则》中"统一控制权"的定义:"不仅包括持有股份为主,而且包括以控制人事、财务或业务等方式的

实际控制"。二者之间有紧密联系,但区别在于拥有公司控股权,却不一定同时拥有公司的控制权。[1]

3.控制股东与控股股东的区别

控制股东是从行为上定义,强调其对公司行使了实际控制权,"即使持有表决权的多数也不必然带来义务,除非持有人实际控制公司,控制方带来义务"。[2]

控股股东是从资本控制的角度来定义,认为持股超过公司股本50%者便足以对所持股的公司施加支配性影响而成为公司的控制股东。仅仅居于多数,但未行使控制权的控制股东,仍不构成控制股东。但在通常情况下人们一般可以将二者通用。

（二）信义与诚信、信誉、信用、信任

本书第二章分别考察了信义、信任、信用、信誉的含义并对其进行了区分,认为它们之间既有区别又有联系,其共同点都是以信赖为基础,是诚信的外在表现形式。

（三）诚信义务与信义义务

诚信义务与信义义务分别是我国研究大陆法系与英美法系法律制度的学者对信托义务的翻译,其背后是两种法系背景,一般可通用。本人认为,在词义上"信义"一词既有"信"之本义中的"诚信"、"信任"之意,同时受到"义"之约束。因此,本书采用"信义义务"概念。

二、研究方法

本书主要运用历史分析、经济分析、法律规则分析、比较分析和实证分析的方法,以公司控制权行使和股东权保护为中心,努力寻求解决滥用控制权问题的制度创新,以便建立健全我国公司

---

〔1〕　桢容:"控制权、收购与反收购及其他",载《上市公司》2003 年第 3 期。

〔2〕　何美欢:《公众公司及其股权证券》(中册),北京大学出版社 1999 年版,第 823 页。

法中的控制股东信义义务体系。

历史分析的方法。通过对控制股东和信义义务的历史考察，分析了控制股东信义义务制度的产生、演变和发展历史，揭示了各国立法背后隐藏的经济、政治乃至社会原因，以便为我国控制股东义务制度的立法提供参考。

经济分析的方法。以法律规范设计的价值取向为基点，运用法律经济学的成本与效益的核心价值，分析了公平与效率之间的平衡始终是控制股东信义义务法律制度追求的价值目标，从而得出控制股东信义义务存在的正当性。

法律规则分析方法。以概念法学中主体、客体、权利、义务、责任为出发点，分析了控制股东信义义务在公司治理、公司监管和股东角色中的重要地位，指出了传统公司法认为股东对公司所持有的股份只能给股东带来股东权，而没有相应的义务的立法缺陷。

比较分析的方法。考察了英美法系国家甚至是美国不同州的公司法（包括判例和立法）和大陆法系国家的立法，通过对这些国家控制股东信义义务制度的不同特点、产生的背景和控制权滥用原因及其实践效果的研究，指出控制股东信义义务的本质是实现公司经营管理的效率，实现控制股东和中小股东的利益平衡。

系统分析的方法。法律是整个社会规范系统的一部分。以控制股东控制权正当性行使和股东权保护为中心，分析了控制股东信义义务的历史演变、存在基础、判断标准和法律保障。在分析中并不局限于就法论法，而且通过比较研究、实证研究等多种分析方法，从政治、经济、文化、司法等因素，通过系统的分析，找出我国建立控制股东信义义务制度立法的合理性。

第四节　本书的结构安排、创新之处和结论

一、本书的结构安排

控制股东信义义务是一项由判例所创造的制度,虽然很多国家都予以承认并通过成文法对其进行了规定,但对于控制股东义务制度的内容和范围无论在理论界和实务界都还没有达成共识,本书从我国公司运作的立法和实践出发,主要参考以美国为代表的英美法系国家和以德国为代表的大陆法系国家公司立法,全书包括导论,共由七章组成,并从以下几个方面来安排文章结构:

第一章,导论。本章共分四节,主要是提出研究的问题、选题的目的和意义、研究方法、文献综述、基本概念、结构安排、创新之处与结论。

第二章,控制股东信义义务的基本理论。本章共分三节。第一节,控制股东的法律界定。主要介绍了各国关于控制股东的规定,并对此进行了评价。第二节,信义义务的内涵、演进与发展。以历史的分析方法分析了信义义务如何由道德义务、约定义务上升为法定义务,如何由信托法、契约法、侵权法移植到公司法中,如何由董事义务演变为控制股东信义义务的。第三节,控制股东的立法价值和法理基础。分析了控制股东信义义务的公平、正义和安全价值以及控制股东信义义务的理论基础。

第三章,控制股东信义义务的立法依据——以公司法律关系为视角。本章共分四节。第一节分析了公司的本质,认为公司内部是公司权力配置和内部机关之间的权力制约。第二节,从公司法律关系的视角出发,分析了公司与股东、股东的角色及管理者的权力配置,提出新的股东权概念,认为股东权是公司控制权、经营权和决策权的权力集合。第三节,从公司法和经济法的角度分

析了公司监管的自由与强制。第四节,从公司监管、公司治理和股东权保护方面,提出控制股东信义义务的立法依据是股权保护和滥用规制。

第四章,控制股东信义义务的存在基础———一种法律经济学分析。本章共分四节。第一节阐述公司中法经济分析的目标与路径。第二节、第三节分别从公司契约理论和委托代理理论分析控制股东信义义务不仅具有填补合同漏洞,而且可以降低交易费用的经济功能。第四节从利益平衡的角度分析控制权的争夺所带来的股权结构失衡,最终导致股东不平等,有必要加强控制权激励和约束,而监督、激励和签订契约的成本很高,由法律直接规定信义义务能最好地节约成本。

第五章,控制股东信义义务原则———信义义务的判断标准。本章共分四节,以比较分析方法为工具,并结合中国实际,详细分析了忠实勤勉原则、商业判断原则和公司机会原则的法理基础、认定标准和适用条件,提出了健全我国公司管理人的信义义务和责任体系的立法建议,那就是引入商业判断原则和公司机会原则,丰富忠实义务和注意义务条款。

第六章,控制股东信义义务的保障机制。本章共分三节。第一节是程序保障机制,分析了分类表决制度,第二节是监督保障机制,分析了监事制度,第三节责任追究机制,分析了控制股东滥用控制权的事前、事中和事后的责任追究机制,分别包括股东派生诉讼、公司法人人格否认和次级债权制度。

第七章,控制股东信义义务的类型化———一种实证分析方法。本章共分三节,以实证的分析方法,分别对我国实践中控制股东在控制权交易、关联交易和公司并购中滥用控制权行为产生的原因和立法现状以及国外相关的立法规制进行了分析,分别提出了我国规制控制股东违法行为的立法建议和措施。

二、本书的创新之处与结论

本书的主要创新和结论在于:

第一,对股东权的性质进行了新的界定,认为股东权是控制权、经营权和决策权结合的新型财产权,控制权、决策权和经营权是股东权的延伸。提出了控制股东滥用控制权的根本原因是财产利益,而财产利益表现为股东权和控制权。认为股东权和控制权配置模式及公司监管缺位都可能造成控制权争夺中控制股东损害中小股东的利益。书中不仅以股东权和控制权为中心,以公司法律关系为视角,分析了控制股东信义义务在股东利益平衡、公司监管和公司治理中的重要地位,而且通过实证研究,分析了我国公司实践中存在严重的控制股东控制权滥用行为。从理论与实践出发,提出我国加强控制股东信义义务立法的必要性。

第二,认为信义义务存在于特定的信义关系之间,以信赖为基础,靠诚信连接。大陆法上信义义务源自民法上的委任,以代理和合伙为基础,通过法律赋权的方式纳入公司法规范;英美法上信义义务源自用益和信托,通过法官造法以“比喻”的方式从契约法、侵权法、信托法移植到公司法中的发展过程。从经济学上的公司契约理论和委托代理理论,成本、效益的角度分析了控制股东股东信义义务可以填补合同漏洞、节约交易成本;从法理学上公司法律关系和法律规则的角度分析了信义义务条款在法律规范中的作用,从而提出控制股东信义义务存在的合理性。

第三,围绕着股东权保护和控制权规制,试图对控制股东信义义务类型化。全书从理论上将控制股东的信义义务分为利益冲突交易和控制权滥用两种类型,分析了国外控制股东那些表面上完全合乎法律规定、但实质上却有违公平正义原则的滥用控制权、损害股东权的行为。根据实践中控制权滥用的表现形式,将控制股东信义义务分为控制权滥用、关联交易和公司并购三种类型,分析了我国控制股东违法的控制权滥用、损害股东权的行为,并提出了相应的立法建议,试图构建一个包括信义义务的内容、标准、原则和保障制度完美的控制股东信义义务体系。

第二章 控制股东信义义务的基本理论

——一种历史分析方法

第一节 控制股东的法律界定

一、各国关于控制股东的立法

（一）国外立法关于控制股东的规定

1. 美国

新泽西州公司法规定,一公司对他公司所掌握之股权足以操纵他公司董事之选举者,即为控制股东;宾夕法尼亚州公司法规定,一公司实际控制他公司之人事或者经营者,为控制股东。ALI起草的《公司治理原则:分析与建议》第1.10条从形式和实质两个基准对控制股东进行界定:首先,通过一个人,该人自己或与其他一人持有公司具有表决权之已发行股份50%以上的为控制股东;其次,纵不符合形式之标准,但实质上基于其股东的身份通过其他的方式对公司管理、政策、公司的某项交易或行为实施控制性影响时,也应被认定为控制股东。此外,股东自己或透过第三人,持有公司具有表决权之已发行股份总数 25% 以上者,推定该股东对公司之事业经营具有控制力。[1] 美国《投资公司法》规定:"任何持有公司有表决权股票 25% 以上者,被认为控制该公司",现在"一公司被认为对他公司的控制达到使他公司立于其代理人的地位,或沦为经营工具者,即为控制股东"的实质标准,也已成为美国理论界的通说。[2]

在美国学术界,对控制股东也有不同的看法,多数学说认为,就控制股东的认定应为实质上的判断,无须以持有公司过半数股权为必要,即使有股东持股未超过百分之五十,但相对于其他持股更为琐碎的股东,其对公司如具有有效的控制力(effective control),仍被认为是控制股东[3];另有以个案事实为判断,若股东可以影响(influence)、支配(dictate)公司经营阶层成员选择或商业决策方向的投票结果,即使其持股数非常稀少,而只有百分之一或二的影响力(the power that themarginal impact of a shareholder's vote),都有可能使其成为公司内"特殊的"(ad hoc)控制股东。[4] 还有学者认为设定明确数字的百分比标准并不适合,因为重点并不是具体持有股份的数量,而是控制股东和董事会之间有一个事实上的代理关系(defacto agency relationship),换句话说,问题在于董事会是否因为控制股东的存在而缺乏独立

---

〔1〕 美国法律协会:《公司治理原则:分析与建议》(上),楼建波等译,法律出版社 2006 年版,第 15 页。

〔2〕 许美丽:"控制与从属公司(关联企业)之股东代位诉讼",载《政大法学评论》2000 年第 63 期。

〔3〕 See Steven L. Emanuel, supra note 98, at 236.

〔4〕 See Anabtawi, Iman & Lynn Stout, Fiduciary Duties for Activist Shareholders, *Stan. L. Rev.* Vol. 60, 2008, pp. 1255, 1270, 1297 – 1298; Smith v. Atlantic Properties, Inc. , 422 N. E. 2d 798, 801 – 802 (Mass. App. Ct. 1981).

性,要判断有否存在这样的关系必须依个别案例来做决定,因此任何明确的标准是无法作为对控制股东的判断的。[1]

2. 英国

英国法并非如同美国法采取控制股东的判断方式去处理,而是在英国公司法(British Companies Act)上对于因滥用控制地位致他公司破产的"影子董事"(shadow director)加以规定。如英国《1948 年公司法》规定股东只要存在以下三种情况之一就可以被认定为是控制股东:一是持有公司半数以上的具有表决权的股份;二是可以决定董事会成员的组成;三是在具有控制和被控制关系的两个公司中,如果该股东是这个控制公司的控制股东,那么他当然成为被控制公司的控制股东。[2] 质言之,对于公司之董事,可以其显现于外之身份不同,而区分为法律上董事(dejure director)、事实上董事(de facto director)、影子董事(shadow director)三种,合称为"实质董事"。又在 2006 年后颁布的新英国公司法中,有对于公司有控制权的董事为叙述和规定,该法第 255 条第 2 款规定:"公司董事或是与其有关系之人,持有公司部分股份,或是有对公司任何会议投票权的部分控制权;或是公司董事和与其有关系之人二者一起,持有公司超过百分之五十的股份,或是有对公司任何会议可以控制超过百分之五十投票权的控制权,皆为可以控制公司的董事"。[3]

3. 我国台湾地区

我国台湾地区现行之"公司法"中,并无"控制股东"或"影子董事"的名词,仅在"公司法"关系企业专章内第 369 条之二和之三,有对"控制公司"作形式上或实质上的判断,规定其行为主体

---

〔1〕　See Stephen M. Bainbridge, supra note 1, at 337.

〔2〕　William L. Cary & Melvin Aron Eisenberg, *Cases and Materials on Corporations*, Concise 6th. ed, the Foundation Press, 1988. p. 640.

〔3〕　See British Companies Act 2006, s255(2).

仍仅限公司形态的法人组织,而不及于自然人,这样的规定有可能造成自然人控制股东,借由与他人共同设立实质上之一人股份有限公司,并经由该公司购买他公司之股权,达成间接控制他公司之目的。而"证券交易法"就有控制股东的认定,如该法条之二第 1 款、第 3 款,第 157 条第 1 款,则均有"持有公司股份超过股份总额百分之十之股东"与公司经营者之"董事、监察人、经理人"等同之规定。

4. 德国

德国公司法规定,如果一个公司直接或间接地受到了另一公司所施加的控制性影响,那么该公司就被称为具有附属性。[1]

5. 日本

日本商法所规定之控制与从属公司目前仍采用的是传统的界定标准,其仅及于资本参与,而不及于其他董事兼职、企业控制契约的订立、技术合作和技术转移等结合形态,且公司间控制与从属关系仅就"形式化"之百分比作为认定标准,而不重视"实质上"的控制从属关系,但其不足以招致学术界的非议。[2]

(二)我国关于控制股东的法律规定

目前,我国"控制股东"的概念主要使用于学术领域,政府主管部门的规章等法规仍然采用"控股股东"的概念。如在 1997 年中国证监会发布的《上市公司章程指引》第 40 条明确使用的是"控股股东"概念。原因在于控股股东系依据股权比例确定的,股权比例往往采用的是数量标准,只要超过事先设定的持股比例,就能够认定控制股东的身份。如根据《上市公司收购管理办法》第 61 条的规定,有下列两种情况之一者,构成对一个上市公司的

---

〔1〕 施天涛:《关联企业法律问题研究》,法律出版社 1998 年版,第 174 页;朱慈蕴、郑博恩:"论控制股东的义务",载《政治与法律》2002 年第 2 期。

〔2〕 许美丽:"控制与从属公司(关联企业)之股东代位诉讼",载《政大法学评论》2000 年第 63 期。

实际控制：(1)在一个上市公司股东名册中持股数量最多的,但有相反证据除外;(2)能够行使、控制一个上市公司的表决权超过该公司股东名册中持股数量最多的股东的;(3)持有、控制一个上市公司股份、表决权的比例达到或超30%的,但有相反证据的除外;(4)通过行使表决权能够确定一个上市公司董事会半数以上成员当选的;(5)中国证监会认定的其他情况。再如,我国《股份有限公司国有股股东行使股权行为规范意见》[1]规定,国家绝对控制的持股比例下限为51%,相对控制的持股比例下限为31%,且国有股东必须为第一大股东。可见,我国是以数量为标准认定控制股东的。然贵为公司组织基本法,我国2006年公司法附则第217条之二或三对控制股东和实际控制人的定义,却未对此问题详尽规定,特别是对于自然人控制股东的规定甚为模糊,如此将增加投资人于投资公司前判断公司内部有无存有控制股东之交易成本和负担。

由是言之,形式标准和实质标准相结合是许多国家在立法或立法建议中界定控制股东所采纳的标准。对此,我们认为,若持股百分之五十以上毫无疑问地可为控制股东的形式判断标准,但若持股百分之五十以下应该以享有实际控制权行为控制股东如何判断,然具体应通过哪些参数进行量化对此众说纷纭莫衷一是。本书建议我国公司法应明文规定控制股东之实质判断标准,建议可参考外国法经验,即使持有公司股数不多,但如搭配委托书之征求,或因公司股权过于分散而可掌控有投票权之持股数;或不讨论持股数仅就个案判断,于该股东可影响(influence)、支配(dictate)公司经营阶层成员选择或商业决策方向之投票结果,皆可能成为公司控制股东。

---

[1] 国家国有资产管理局、国家经济体制改革委员会1997年3月24日颁布的《股份有限公司国有股股东行使股权行为规范意见》第5条。

二、对各国控制股东法律规定的分析与评价

笔者认为,在立法与司法实践中,各国不仅重视对控制股东实质标准的认定,同时也采用灵活的形式标准。我们认为,无论对控制股东有着怎样不同的理解,界定控制股东的关键在于准确把握"控制"、"控制权"的含义和正确区分控制股东与控股股东的含义。

（一）控制的含义

一般认为,"控制"是指"处于自己占有、管理或影响之下"或"掌握住不使任意活动或越出范围"[1]很显然,通常意义上的"控制"是指管理或掌握之意。而公司法上的"控制",国内外学者也给出了不同的定义。如法国学者伊夫·居荣(Yves Guyon)认为,控制是拥有对公司的管理和运行施加决定性影响的任何手段[2]美国学者 P. I. Blumberg 教授认为,控制是指有能力主导一个公司董事会的选任并因此获得管理公司业务的权力[3]我国学者认为,所谓"公司控制"是指对一个公司的经营管理施以具有决定性的影响力,这种影响力可以决定一个公司董事会的选任,决定公司财务和经营管理活动,甚至是该公司成为实现其某种特定目的工具[4]对控制的概念,立法文件也有不同的表述,如美国布莱克法律辞典将其解释为,通过表决权、合同或其他方式,直接或间接地指导个人或团体之管理和政策(的过程),或对……行使权力或施加影响[5]美国的《联邦证券法典》将其定

---

〔1〕《应用汉语词典》,商务印书馆 2000 年版,第 719、723 页。

〔2〕 伊夫·居荣:《法国商法》(第 1 卷),罗结珍、赵世海译,法律出版社2004 年版,第 631 页。

〔3〕 P. I. Blumberg, *Corparate Groups*: *Procedure Law*, Little and Brown Publishing House(1st ed 1983), pp. 349 – 357.

〔4〕 殷召良:《公司控制权法律问题研究》,法律出版社 2001 年版,第 2页。

〔5〕 *Black's Law Dictionary*, 8th, West Publishing Co, 2004, p. 353.

义为：直接或间接对公司的经营、策略、自然人的行为实施控制性影响的权力，不论这种权力的行使是通过对投票股份的拥有或通过其他中间人还是通过合同或其他的方式实现。[1] 我国《〈企业会计准则——关联方关系及其交易的披露〉指南》规定："控制是有权决定一个企业的财务和经营政策，并能从该企业的经营活动中获取利益。"[2]

归纳上述有关论述或文件精神，笔者认为，公司法上的控制，表现为对公司有计划而持续的支配、经营和施加影响的权力。这可以从英文"control"一词解释为"power"之意得到印证。只是这种权力是以直接或间接的形式，通过股东表决权、合同或其他方式手段行使。所谓"直接"是通过股东会直接影响公司的经营决策或直接对公司的执行机关发号施令；而"间接"则主要是指通过控制公司的人事，即通过向董事会委派或选派董事，控制公司的决策层进而对公司经营活动施加影响。后者是控制股东对公司实施的最基本的方法。[3]

（二）控制权的本质

"控制权"是什么？伯利和米恩斯认为，控制权既不同于所有权，也有别于经营权，是通过法律权力选举董事以直接控制大部分选票或通过对董事会施加压力等其他合法手段以影响董事们抉择的权利。[4] 美国经济学家科茨把"控制权"理解为影响公司决策的能力。[5] 美国的法官或学者也一直认为，是控制股东选

---

[1] Federal Securities Code, 202(29).

[2] 财政部关于印发《企业会计准则——关联方关系及其交易的披露的通知》(财会字〔1997〕21号)。

[3] 冯果、艾传涛："控制股东的诚信义务及民事责任制度研究"，载王保树：《商事法论集》(第6卷)，法律出版社2002年版，第68页。

[4] 阿道夫·A.伯利、加德纳·C.米恩斯：《现代公司和私有财产》，商务印书馆2005年版，第79页。

[5] 大卫·科茨：《美国大公司的银行控制》，中国对外翻译公司1978年版，第6~7页。

举董事会成员和指导公司运营事务的权力[1]。我国学者认为,控制权并不是一个法律上的术语,也不是一项法律权利,因为它不具备法律权利应具备的一般特征——法律上的权利有明确的规定,包括主体明确、内容明确和客体明确;认为控制权与控制无异,并将控制权解释为对公司的所有可支配和利用的资源的控制和管理的权力[2]。如公司股东一旦取得对公司的控制权,不仅可以行使权力,直接对公司的执行机关发号施令;同时可以行使对公司的管理,如选任公司的董事会成员和其他高级管理人员,决定公司的经营方略、财务和其他经营事务,控制股东还可以享有控制权溢价转让所带来的合法利益[3]。笔者认为,控制权是股东权的延伸,在性质上属于一种财产权。关于这个问题笔者将会在第三章专门论述。

(三)控制股东与相关概念之区分

对控制股东的界定不能与控股股东、中小股东、弱势股东和大股东混淆。

1. 控制权与控股权。控制权不等于是控股权,只有在以获取控制权为目标的控制和基于控制所形成的控制这两个条件同时满足时,控制与控股才会重合,控制权和控股权也才对应。

2. 控制股东与控股股东。所谓控股股东,是指依据资本多数决原理开始的,认为持股超过公司股本50%者便足以对所持股的公司施加支配性影响的股东。二者的区别在于控股股东强调的是控股权,而控制股东强调的是控制权。只取得多数股份而不能

---

〔1〕 陈东:《跨国公司治理中的责任承担机制》,厦门大学出版社2003年版,第97页。

〔2〕 殷召良:《公司控制权法律问题研究》,法律出版社2001年版,第25~26页。

〔3〕 黄辉:"控制股东信义务:比较法分析及对中国立法的建议",载王保树主编:《转型中的公司法的现代化》,社会科学文献出版社2006年版,第580页。

取得公司控制权,不能成为控制股东。

3.控制股东与大股东、中小股东。所谓中小股东,是指因为持股比例较少而无法实现表达自己意志和声音的一类股东,主要由中小散户、自然人等一般居民构成。作为外部股东,中小股东在控制权的参与方式上一般为知情权、监督权和重大事件的参与决策权。其对重大事件的参与决策权往往通过表决权委托制度来实现。所谓大股东只是持有公司多数股份后的一种状态。从中可以看出,大股东与中小股东的区分主要体现在"量"的占有,如持有公司表决权的股票数额达到51%或以上的单个或多个股东的联合被称为多数股东,而持股数额低于49%的股东则为少数股东[1],或称为中小股东。

大、中小股东不能等同于控制权股东。因为要成为控制股东,一是通过凭借持有公司半数以上股份的优势,成为取得对公司的绝对控制权的股东;二是虽然持有公司的股份没有超过半数以上,但是可以通过表决权信托、多层控制、发行优先股或交叉持股等方式,成为取得对公司绝对控制的股东。如现代公司中,股东即便持有较低的股权比例,也完全可以通过董事兼任、签订控制协议、技术转让协议等,实现对所投资公司的事实上的控制。正如何美欢教授所言:"即使持有表决权的多数也不必然带来义务,除非持有人实际控制公司,控制带来义务的。"[2]可见,大股东、中小股东与控制股东的区分体现在对公司是否享有实际控制权上。

总而言之,尽管持有公司的多数股份可能会导致对公司的控制,但这并不是形成控制的唯一的必要的条件。如果把控制股东

---

〔1〕 张民安:"公司少数股东的法律保护",载梁慧星主编:《民商法论丛》(第9卷),法律出版社1998年版,第91页。

〔2〕 何美欢:《公众公司及其股权证券》(中册),北京大学出版社1999年版,第823页。

等同于控股股东或大股东,便很不科学。所以,单纯从资本控制和量的规定性上来界定控制股东已难以涵盖现实生活中所存在的各种控制形态。

第二节　信义义务的内涵、演进与发展

一、信义义务的内涵

（一）"信义"含义

在中文语境中,"信义"在概念上具有极大的模糊性和不确定性。"信"和"义"分别有不同的含义。所谓"信",既指相信、信任,也可指信赖、信任[1]。而"义"是指道义,为"仁义礼智"四德之一。实际上"信"属于一个伦理学范畴,在中国古代最初是指在神灵前祈祷和盟誓时的诚实不欺,后来经过春秋时期的儒家学说所提倡,才逐渐摆脱了宗教色彩,成为经世致用的道德规范。如孔子在《论语·阳货》中,将"恭、宽、信、敏、惠"作为体现"仁"的五种道德品行。至于"信"与"义"的关系,在《二程遗书》第九卷中程子明确表示:"信非义也,以其言可覆也,故曰近义。"[2]但是,"信"往往与"诚"、"义"等组合成诚信、信义、信任、信誉等词组。单就"信义"来说,明代大儒王船山认为:"人与人相於,信义而已矣;信义之施,人与人相於而已矣;信义者,人与人相於之道,非以施之(非人)者也。"[3]可见,在中国古代,信义、诚信都被看做一种道德规范,并没有成为一种普遍的基本的义务。

在西方,"信义"来自英文"fiduciary"一词。这个词来源于拉丁文中的"fides",本义为"诚信"(faith)或"信任"(confidence)之

---

〔1〕《辞海》,上海辞书出版社1979年版,第247页。

〔2〕《二程集》,中华书局1981年版,第105页。

〔3〕《读通鉴论》(上)"汉昭帝三",中华书局1975年版,第87页。

意。美国《布莱克法律词典》解释为："fiduciary 作为名词,是指具有受托人特性或类似于受托人特性的人,该人处于信托和信任的关系中,因而他必须做到符合良心的诚实和真诚;fiduciary 作为形容词,是指具有信托性质的、具有信托特征的、或与信托相关的、建立在信托与信任基础之上的。"[1]

现代经济是契约经济,"信"不只是要讲信任,它还要受到"诚"和"义"的约束。一是要从"诚",要严守道德,受到道德的约束和支配,从而做到"诚信"。这就要求一个人要守诺,做到信约,不仅不许假诺,而且必须循道义而行。二是要从"义",从而做到"信义",也就是说,一个人不守"信义"而严重伤害到他人利益,不仅受到道德的谴责,甚至被纳入法律,若不遵守就构成了欺诈罪、伪证罪而要受到惩罚。这样,"信义"自然应当成为一项基本义务,而纳入法律的调整范围。

(二)相关概念的区分

1. 信义与诚实信用

"诚"与"信"连接成一个词,谓之"诚信",是指恪守善德和道义。在汉语中诚是信之诚,信为诚之信,被认为是要求人们诚实无妄、恪守诺言、言行一致的美德。[2] 如朱熹提出:"实于为善,实于不为恶,便是诚"。北宋张载在其《正蒙·中正》中提出"诚善于心之谓信"。在西方,"诚实信用"有不同的表达,如拉丁文表达为 Bona Fide,其中,fides 来自动词 fieri,为"已经做成"之义。西塞罗将其解释为"行其所言谓之信";[3] 至于 bona,原意为"好",起强化、限制 fides 的作用,两者合起来为"良信"之意,人们

---

〔1〕 *Black's Law Dictionary*,8th Edition,2004,p. 563.

〔2〕 李玉琴:《经济诚信论》,江苏人民出版社 2005 年版,第 34~35 页。

〔3〕 西塞罗:《论义务》,王焕生译,中国政法大学出版社 1999 年版,第 22~23 页。

惯于将这一词组翻译为"诚信"[1]法文表达为 Bonne Foe,直译均为善意。在德文中表达为 Treu and Glauben,意为忠诚和相信。在日语中表达为"信义诚实"[2]英文表达为 Good Faith,其意为"真诚,善意;即无私和无愧于心的意图"[3]。

从历史角度来看,诚信首先是沉淀了宗教、社会和经济等多种社会因素后形成的社会观念。诚信是道德规范也是法律规范。如在英国,普世的道德标准与基督教教义所宣扬的道德标准几乎一致。演绎了宗教或道德规范的法律规范,在普通法系以衡平法加以延续,在大陆法系则以"诚实信用"原则加以推广。[4]

2. 信义与信任

信任是指"相信而敢于托付"[5]至今人们对信任的定义并没有达成共识。从社会心理与行为上分析,"信任是交往双方对于两个人都不会利用对方的易受攻击性的相互信心"[6]从伦理学上讲,信任是指"人与人之间的一种道德关系,指社团成员对彼此诚实、合作行为的期待"[7]从经济学角度理解,信任是委托人与代理人之间的信任博弈。

在现代社会中,信任与法律的关系既相互独立,也相互作用。一方面,信任要感谢法律对风险的限定,信任在相当程度上依赖

---

〔1〕　徐国栋:《诚实信用原则研究》,中国人民大学出版社 2002 年版,第 6~7 页。

〔2〕　李双元、温世扬:《比较民法学》,中国政法大学出版社 2003 年版,第 54 页。

〔3〕　李宗愕、潘慧仪:《英汉法律大辞典》,法律出版社 1999 年版,第 128 页。

〔4〕　叶林:"诚信的商法地位",载赵中孚主编:《社会主义市场经济民商法律问题研究》,中国法制出版社 2005 年版,第 375 页。

〔5〕　《现代汉语词典》(2002 年增补本),商务印书馆 2002 年版,第 1404 页。

〔6〕　郑也夫:《信任论》,中国广播电视出版社 2001 年版,第 17 页。

〔7〕　杨自芳、彭四清:"中国人人际信任的概念化———一个人际关系的观点",载《社会学研究》1999 年第 2 期。

于奖惩;另一方面,法律也要仰仗信任。[1] 也有学者认为,法律可以成为信任的替代物:"产权法、契约法和稳定的商法的发展是西方崛起的关键。这些法律制度实际上是信任——自然而然地存在于家庭和血亲群体中——的替代物,它们搭建起一个框架,使互不相识的陌生人能够合伙做生意或在市场中顺利交易。"[2]

3. 信义与信用

古汉语中"信用"两字合用作为动词,为信任、使用之意,如《左传·宣公十二年》"其君能下人必能信用其民矣"。美国布莱克法律词典将其解释为"一个人具有受托人品格中所包括或要求的有关信任、信赖和谨慎善意、坦诚的品格或企业、个人及时借款或获得商品的能力,是特定出借人等债权人或其他权利人一方对于对方有关偿债能力和可靠性所持肯定性意见的结果"。[3]

其实,信用最初只是法律上的个体(或自然人)的道德规范和人格之信,后来随着具有抽象人格的法人制度的建立,信用扩展到企业、法人等组织体。特别是,自亚当·斯密在其《道德情操论》和《国富论》中提出"经济人"和"道德人"的假设后,人类的道德行为和经济行为均开始为人们所关注,信用的经济性也得以体现。从民法的层面上讲,信用既表现为一种人格利益,也表现为一种财产利益。从商法的角度看,信用被看做是伦理学上以守信为基础的履行义务的诚实态度和经济学上履行义务的能力。[4] 前者主要指个体在人格与美德上的信誉,主要侧重信用的道德性,如顾客信用,指的就是顾客在交易中的信誉;后者主要指交易中的特殊经济能力,如消费信用,指对消费者进行信用供给。正

---

〔1〕 郑也夫:《信任论》,中国广播电视出版社 2001 年版,第 106 页。

〔2〕 弗朗西斯·福山:《信任:社会美德与创造经济繁荣》,彭志华译,海南出版社 2001 年版,第 223 页。

〔3〕 *Black's Law Dictionary*,West Thoms,2004,pp. 563,331.

〔4〕 王保树:《商法的改革和变动的经济法》,法律出版社 2003 年版,第 60~61 页。

因如此,德国民法典将信用权作为一种独立的权利加以保护。[1]

由此可见,信用是一种经济交易行为和社会产品分配与交换的特定形式,信用具有诚实和信誉,信任和信心的道德意思,信用是一种财产权利。如今,信用成为现代市场经济条件下为了实现有效和高效的交易而建立的一种正式制度,总的来说,它不取决于个别人的善意或恶意,具有强制性和规范性。[2]

4. 信义与信誉

信誉通常指一方(个人或集体)在社会活动尤其是经济活动中因忠实遵守诺言和履行契约而得到另一方的信任和声誉,包括个人信誉和商业信誉。前者是得到他人和社会的肯定性评价的结果,后者则是经济主体在商务活动中所取得的社会信任度。在民事权利体系中,自然人的信誉或名誉权是一种重要的人格权,而现在商事主体对其在工商业活动中所创造的商誉享有利益而不受他人非法侵害的权利。[3] 从广义上理解,信誉在实质上依然是诚信问题,是指企业在一切经济交往活动中诚实守信,反对失信和欺诈。要克服信誉上的信义不对称,一是用看得见的手——管制,政府指定法律政策,严格审查;二是一双隐蔽的眼睛——信誉,如果欺骗投资者,未来就失去了再融资的机会。[4]

笔者认为,汉语中信义、诚信、信誉和信用四个词的共性是都以诚信为基础,常常可以替代使用。但在许多场合他们又不能相提并论。如信义含有信赖、信托之意,而日本学者山岸认为,信赖是信赖方的特性,是对对方的信赖性的评价;从某个意义上说,信

---

〔1〕 吴汉东:"论信用权",载《法学》2001 年第 1 期。

〔2〕 李建平、石淑华:"试析'诚信'与'信用'的联系与区别",载《东南学术》2004 年第 1 期。

〔3〕 吴汉东:"论商誉权",载《中国法学》2001 年第 3 期。

〔4〕 张维迎:"上市公司须建立信誉机制",载 http://www. e521. com 2002 - 05 - 29。

赖归根结底不过是信赖性的单纯反映。[1] 在这里山岸所说的信赖性即信誉,它是为人处事的行为规则,属于道德范畴。从他的关于信赖和信赖性分析中可以得出,信赖和信誉是有区别和联系的。在交易过程中,信赖以信誉为前提和基础,是信誉的反映。而信用是建立在信誉基础之上的信用财产或人格利益关系。

概言之,人与人之间的关系从信赖开始,靠诚信连接。在诚信的基础之上,个人、企业或组织彼此在对方那里产生一定的声望和声誉,形成信誉,进而在社会成员间建立普遍的信任关系,促进社会良性运行。[2] 可见,诚信是信义、信任、信用、信誉的内在表现。而信用包含诚信和信任之意思,信誉即为信用和名誉;信任是信用、信誉的累积,是守信用、讲信誉的行为结果。[3] 因此,信义、信任、信用、信誉是诚信的外在表现形式。毫无疑问,信义、信任、信誉、信用四个词之间都是以诚信为基本的道德准则。

(三)信义义务的内容

根据《布莱克法律辞典》的解释,信义义务就是一方为另一方所担负的最高程度的诚实和忠实,并且代表另一方最佳利益的义务。[4] 信义义务是基于当事人之间的信义关系而产生。而信义关系是指基于一定的信赖,一方将自己的特定财产交于另一方掌管,另一方则承诺为对方的最佳利益行事,是早期衡平法院在裁决关于"信任"的事务中为了保护授信人的利益而发展出来的。正如"信义"的词义解释一样,当"信"从"义"组合成"信义"一词,这个词义便由道德范畴向法律范畴过渡。具体来说,信义义务是人们对社会诚信、个人诚信所要求的保护信赖关系的回应,是诚

---

〔1〕 山岸俊男:《信赖的构造》,东京大学出版会 1998 年版,第 52～54 页。

〔2〕 马尽举:"诚信系列概念研究",载《高校理论战线》2002 年第 4 期。

〔3〕 李玉琴:《经济诚信论》,江苏人民出版社 2005 年版,第 42 页。

〔4〕 *Black' Law Dictionary*,8th Edition,2004, p. 545.

实信用原则所衍生出来的新义务。长期以来人们试图用信托理论或代理理论来解释其存在。尽管存在理论争议,但如同信托中受托人对委托人承担受信义务、代理中代理人对被代理人承担受信义务、合伙中合伙人之间相互承担受信义务一样,公司中管理人同样要对公司和股东承担信义义务是一个不争的事实。但是谁是信义关系中的受信对象,信义主体、信义义务包含哪些内容,仍然成为理论探讨的中心。

1. 信义义务适用公司种类

公司内控制股东和少数股东之间存着信赖关系(fiduciary relation),且基于控制股东的特殊双面性,其受托义务(fiduciary duty)应公司形态的不同而其行为准则和责任要求不同。依据企业组织形态划分,公司之类别有无限公司、两合公司、有限公司、股份有限公司四种,但是否所有类别之公司皆需有控制股东受托义务(controlling shareholders' fiduciary duty)之适用?按无限公司和两合公司具人合性质,股东之间关系较密切,故适用控制股东受托义务甚为合理。而有限公司又分为有限责任公司与股份有限公司。较之股份有限责任公司,有限责任公司仍具较重的人合性质和闭锁特色,基于保障该公司内少数股东权益之目的,应适用控制股东信义义务。至于股份有限公司又区分闭锁性公司(close corporation, closely-held corporation)和公开发行公司(public corporation, publicly-held corporation),闭锁性公司因具股东人数少、欠缺次级市场流通股份之特色,故控制股东对公司之控制和影响力较为明显,可谓完全支配公司行为方向,使控制股东有动机和诱因为投机行为,少数股东亦因此特性较难防卫控制股东之侵害,少数股东因而承担过高投资风险,故须以受托义务规范控制股东。[1] 而对于公开发行公司,因股东人数较多,故控

---

〔1〕 See Iman Anabtawi & Lynn Stout, supra note 101, at 1272.

制股东影响力有限,且因有多层次次级市场股份流通,少数股东可利用"用脚投票规则"(the Wall Street Rule)的市场力量加强自我保护,故公司人合性较弱,而资合性特点突出。但透过本书后面分析可知,控制股东和少数股东之间具信赖关系(fiduciary relation)和假设性协商(hypotheticalbargain)之权利义务关系,故难谓公司内股东之间关系不密切。且从公司合同理论分析,公开发行公司也应适用控制股东信义义务。

2. 信义义务的受信对象

受托义务之前提为当事人间须有信赖关系(fiduciary relation)之存在,而是否存有信义关系,应以是否基于专业分工(specialization of labor)以及资源聚集(assests pooling),而将权力授予受托人(delegation of power)由其代为行事(substitution),并对受托人产生一定之信赖和信任为判断。对于控制股东负受托义务之对象,究竟系及于少数股东抑或公司之问题,国内有看法认为,控制股东信义义务(controlling shareholders' fiduciary duty)之讨论,可分别为对公司以及少数股东之义务为区分:前者系处理公司持续经营时期,而后者系指控制股东出售控制权(sale of control)及以权益冻结的方式逐出少数股东(freeze-outs)时的义务。

在公司内部,一般来说公司管理者,如公司董事、经理或控制股东只对公司负有义务,而不对公司股东或其他任何人(比如利益相关者)负有信义义务。如在 1902 年英国 Percival v. Wright 一案[1]中公司的董事从公司股东手中购买股票的时候没有向后者披露一项正在进行的关于出售公司的谈判,谈判的价格比董事的购买价格更为优厚。股东得知这一情况后,即以董事对其负有信义义务为由提起诉讼,法官裁定董事与股东之间并不存在信义

---

〔1〕 Percival v. Wright [1902], 2 Ch. 421.

关系,因此董事在购买股票时没有义务向股东、高级职员,尤其是那些发挥管理者职能的人能够披露一项尚在谈判过程的交易。尽管该判例不断受到批评,其确立的董事可以利用公司内部信息的规则也为后来的成文法所禁止[1],但这些都没有改变管理者仅对公司负有信义义务的规则。[2]

关于公司管理人仅对公司承担信义义务,英国学者戴维斯(P. L. Davies)从两个方面论述了其合理性:(1)公司利益最大化与股东利益最大化是一致的。因为公司设立的目的在于,将各个分散股东的资金聚合为一个整体,从事单个股东所无法完成的事业。所以管理者为了公司利益而从事经营,当然需要把公司的整体利益以及持续经营的长期利益作为适当的决策基点,不可能也不应该专注于各个股东的特殊利益。(2)义务最终需要承担责任来保证。如果承认管理者对每个股东均负有信义义务,势必容易形成“万家诉讼”的复杂局面,违反这些义务的标准势必难以客观化,管理者将势必拿出一部分精力和时间对付股东诉讼,这些都将影响到公司的营利性经营。[3]

事实上,在英国1980年公司法颁布之前,公司法奉行的是“股东至上”原则,公司管理者似乎只关注公司成员的利益。但是,现在这一传统的观念受到质疑,即股东利益最大化是否唯一地代表股东利益最大化。[4] 首先,这一原则也有例外。例如,如果管理者得到授权代表股东同潜在的收购者进行谈判,则管理者

---

〔1〕　C. A. 1980 Part V; the Criminal JusticeAct S. 52(1), (3).

〔2〕　Paul L. Davies, *Gower's Principles of Modern Company Law*. Sweet & Maxwell, 1999, pp. 599 – 600.

〔3〕　张开平:《英美公司董事法律制度研究》,法律出版社1998年版,第162～163页。

〔4〕　施天涛:《公司法》,法律出版社2005年版,第458页。

对股东负有信义义务[1]。在特定情况下,董事、经理也可能对股东只承担信义义务,如董事、经理与某一股东或某一类股东交易,或董事、经理的行为侵害了特定股东的权益,董事、经理也可能根据信义义务对该股东或该一类股东承担责任。其次,与公司中股东一样,公司管理人是对公司利益相关者(包括雇员、客户、债权人以及公司所在社区等)承担信义义务理论上存在分歧,立法上态度暧昧。不过也有人赞同,比如,照顾公司雇员的利益,就可以被解释为实现股东利益的手段[2]原因在于,他们对公司享有请求权,其与公司股东的唯一区别只是股东是"剩余财产索取权人"。最后,尽管反对者认为,若公司管理者对利益相关者承担信义义务,在法律上具有不可执行性[3]但是英国的一个判例仍然确立了这样一条原则:当公司资不抵债时,管理者对于公司债权人负有信义义务。其理由是在公司资不抵债的状态下,债权人"通过清算机制,将有权取代董事与股东,获得处分公司资产的权力"[4]

而美国的司法实践则显得有些反复。在 20 世纪早期,有的判例认定管理者对于公司和股东负有信义义务[5],有的判例则认定管理者对于公司负有信义义务[6]。这符合美国公司法将股东与公司视为一体的传统。因为从法人制度看,公司是一个拟制

[1] Briess v. Woolley [1954], A. C. 333, H. L.; Allen v. Hyatt (1914) 30 *T. L. R.* 444, P. C.

[2] Paul L, Davies, *Gower's Principles of Modern Company Law.* Sweet & Maxwell,1999, pp. 602 – 605.

[3] The ABA's Committee on Corporate Laws, Other Constituencies Statutes:Potential for Confusion, 45 *Bus. Law.* 1990,pp. 2253 – 2270.

[4] West Mercia Safetywear Ltd. v. Dodd, [1988] BCLC 250, C. A.

[5] Guth v. Loft, Inc. , 2A. 2d 225 (Del. Ch. 1938), aff'd, 5A. 2d 503 (Del. 1939).

[6] Henry Winthrop Ballantine, *Ballantine on Corporations* § 122a (1927).

的主体(fictitious entity),那么公司的利益就是由股东来承载的,所以管理者对股东负有信义义务[1]。但20世纪以后,美国的法官和律师们逐渐接受了将公司作为受信者的做法,并且随着时间的推移,公司独立于其成员的利益似乎越来越得到法官的重视[2]。如在1991年特拉华州的一个判例中,法官指出:"至少当公司在接近于资不抵债的状态下运行时,董事会不仅仅是剩余风险承担者的代理人,董事会还要作为企业的公司负有义务……。对于支撑公司的利益共同体,董事会有义务以一种理性的、善意的方式作出判断,以最大化公司长期创造财富的能力。"[3]似乎在美国法上受信者有"从公司、股东向公司过渡"的趋势。总而言之,在英国公司法中,管理者信义义务的对象很明确,在公司正常经营时,可以是公司、股东或公司和股东;在公司资不抵债时,是债权人。而美国公司法很暧昧,公司管理者的受信对象,有时被认为是对公司股东(一般而言是指普通股股东)负有信义义务,还有时被认为向两者负有信义义务[4]。

3. 信义义务的主体

我国2006年公司法第21条明确规定了公司控制股东、实际控制人、董事、监事和高级管理人员损害公司利益的责任;第六章专章规定了公司董事、监事、高级管理人员的资格和义务。由此可知,传统公司法上信义义务的主体是董事、监事、经理等经营阶层,但现代公司法将信义义务主体扩大到其他高级管理人员和控制股东。因为在经济学中"委托—代理"理论的框架下,董事、监

---

[1]　D. Gordon Smith, the Shareholder Primacy Norm, 23 *J. Corp. L.* 277, p. 297.

[2]　United States v. Byrum, 408 U. S. 125, 138 (1972).

[3]　Credit Lyonnais Bank Nederland, N. V. v. Pathe Communications Corp., No. 12150, 1991WL277613, at 34 (Del. Ch. Dec. 30, 1991).

[4]　Victor Brudney, Contract and Fiduciary Duty in Corporate Law, 38 *B. C. L. Rev.* 595 (1997), p. 611.

事、经理和控制股东都是公司管理者,并承担受托人的义务。此外,公司法要求控制股东对公司或股东承担信义义务,是因为公司组织一方面赋予股东权利(如有限责任、同股同权和表决权)的同时,也客观上造就了股东之间的不平等,这为多数股东、控制股东压制、损害少数股东或损害公司利益提供了可能。如有限责任公司中,控制股东对少数股东的压制行为、股份有限公司控制股东在公司收购、公司合并、关联交易、股利分配中损害小股东或子公司的利益等。

综上所述,本书认为经营阶层和控制股东受托义务负责的对象范围,包括公司和其他少数股东。不过鉴于现今公司规模较大,股东和经营阶层人数众多(除一人公司中一人股东外),若有信义义务违反的案例,则应符合以同一信义义务给付标的之债的关系,而有多数债权人(公司和多数少数股东)和多数债务人(多数经营阶层和多数控制股东),即多数主体债之关系的情形,应适用民法连带债权和连带债务规定之适用。但就公司管理人信义义务而言,尽管信义义务的本质是相同的,但是在承担信义义务的程度和范围上,还取决于其在公司中的地位。因此,控制股东的信义义务与董事等公司经营管理者的信义义务既有区别,又有联系。一般地,当控制股东与董事的法律地位相同时,二者是一致的;但是若控制股东不是公司管理者而仅仅是股东时,只有当控制股东滥用控制权时才承担信义义务,且二者的理论基础和行为规则不同。如在理论基础上,董事的信义义务源自公司的委任,基于董事身份而获得,而不管其是否具有公司的控制权。而控制股东的信义义务来源于股东表决权的本质,是基于股东平等原则。而在行为规则上,董事只能善意、谨慎、忠实地为公司最大利益目标而行使,不应为自己谋取利益。而控制股东在行使控制权时,只要不与公司的利益形成冲突,只要不损害处于弱势股东的利益,可以为自己、公司和其他股东的共同利益行事。

4. 信义务的具体内容

在历史的进程中,从代理法中的代理人和信托法中的受托人,到公司法中的董事,被信任者的外延在不断扩大,其共性是:被信任者在代理法、信托法或其他法律规制的特定关系中取得别人(本人、受益人、客户、公司等)的信任和信赖。基于此种信赖,该"别人"将自己的金钱或其他财产交由被信任者管理,被信任者应当忠实于该"别人"的利益,并以合理的注意方式履行其法律上的责任(Dutis)或合同下的义务(Obligations)[1]。因此,"受信人"这个术语经常被用来描述代理人、职员、董事、控制股东以及托管人等。由于信义务是被信任者责任体系的组成内容,是由判例法发展而来的,是散见在众多案例中具体规则的概括,因此,各国立法和学术界对管理人所应承担的信义务的内容有着不同的观点,常见的有"二分法"和"三分法"之说。前者认为信义务包括谨慎和忠实义务,如美国《示范公司法》、1994年美国《公司董事指南》等,而后者包括善意、谨慎和忠实或谨慎、忠实和勤勉义务,主要见于包括中国在内的一些大陆法系国家。尽管用词不同,都规定公司管理人在过失或故意中所应承担的义务。"无过失"意味着做到主观上"注意",做到谨慎、勤勉,而"无故意"则意味着主观上要"忠诚",做到诚信、信赖。因此,信义务的具体内容应该是忠实义务和注意义务。

然而,笔者认为,采"三分法"更准确。新近的案例亦已经明确表示,缺乏"善意"将使得董事的行为脱离经营判断原则及公司章程的庇护。再者,"善意"的标准除在《萨班斯—奥克斯利法案》中属于一个关键性的要素外,同时也是像纽约交易所和纳斯达克那样的自治组织所提议之列举要求。诚如特拉华州的首席

---

[1] *Black's Law Dictionary*, 8th West Publishing Co., 2004, pp. 563 - 564.

法官 E. Norman Veasey 明确地表示：董事必须具有勤勉、"善意"、独立和专业技能，并且维持一个致力于利益的一致性经济基本原理[1] 起初，在美国判例法中，注意义务或忠实义务包含着"善意"的概念。然而，特拉华州和其他州已经制定新条款，这些新条款已经将"善意"标准推演至法院对于信义义务探究的核心焦点。这些条款实质上已经减轻董事的信义义务内容以及其内在可能的个人责任的暴露。重要的是，在每一个免责条款内的一个不可缺少的组成要素即是"善意"的概念。值得注意的是，法官 Strine 表示，由于新近的 Caremark 判决和公司的免责特别条款，法院已经将焦点置于董事的"善意"，而非重大过失的探究[2]实际上，在审查董事行为过程的近期趋势中，已经将"善意原则"和注意义务合并考虑，因为注意义务对于没有实际意义的控制地位，发生不了多大作用[3] 而在后安隆时代，特拉华州在公司法学中关于董事义务的最新发展，是提升关于善意义务的地位，而该发展趋势中最值得一提的是 2006 年 6 月，特拉华州最高法院在 In re Walt Disney Company Derivative Litigation（Disney）案中关于善意义务之独立性及重要性，且将其作为反证经营判断原则之不同审查标准的论断。至此，终于正式确立善意义务系信义义务三个独立内涵之一。质言之，信义义务之内涵有三：注意义务、忠实义务及善意义务[4]

（1）忠实义务

英美法上的忠实义务起源于英国法上的 USES 制度。14—15世纪，衡平法院开始根据受托人应当依据自己的良心行事的理

---

〔1〕 CG Hintmann, supra note 19, at 572–574（2005）.

〔2〕 See Creighton Condon, Keeping the "Good" Faith：The Evolving Duties—and Potential Personal Liability—of Corporate Directors, 7 No. 2 *M & A Law.* 1（2003）.

〔3〕 CG Hintmann, supra note 19, at 572–573（2005）.

〔4〕 Lyman P. Q. Johnson, supra note 18, at 34–39（2005）.

论,强制受托人遵守事先的道德上和伦理上的义务。15 世纪中叶后,衡平法院按照惯例使 USES 制度具有了强制性,从而将受托人的忠实义务转化为了法律义务。可见,正是衡平法的发展,才赋予了忠实义务法律上的强制效力。

大陆法上受托人的忠实义务来源于古罗马法的"信托遗嘱"制度,后来,随着代理法和法人制度的发展,逐渐将被代理人的诚实信用转化为公司法上管理人竞业禁止义务。如德国民法规定,一是受托人有义务,将因处理委托事务而收取的以及从事务管理中取得的一切,归还于委托人;二是受托人为自己的利益,动用应归还于委托人的金钱,或者动用应为委托人的利益而动用的金钱的,有义务自动用之时起支付利息。[1]

总而言之,尽管两大法系的立法背景、渊源和对忠实义务的解释不同,但是都选择在法律中为公司管理者设定忠实义务的真正原因,是更有助于在公司与管理者的关系中实现公平。如美国学者认为,每一个与违反忠实义务有关的案件中,是否符合公司法中的技术规则并不是关键问题,关键是对于公平的判断——这是大法官法庭的历史任务。[2]

(2)注意义务

注意义务(Duty of Care)是指在特定的法律关系中,行为人必须以一个谨慎人管理自己的财产时所应具有的注意程度去管理他人或公司的财产。它存在于特定的信义关系中,包括各种民事关系主体(如律师和当事人,监护人和被监护人,本人和代理人,遗嘱执行人、继承人以及委托人和受托人)和商事主体(包括代理、信托、合伙或公司)之间。就公司而言,起初它只限于对公司经营管理人员的要求,随后扩大适用于股东。如对控制股东来

---

〔1〕《德国民法典》第 667~668 条。

〔2〕　William T. Allen, Contracts and Communities in Corporation Law,50 *Wash. & Lee L. Rev.* 1395 (1994), p.1404.

说,注意义务是指其像谨慎的普通人在相似的情况下给予合理的注意一样,机智慎重地、勤勉尽责地管理公司事务。[1]

大陆法上的注意义务存在于各种契约关系中,源自古罗马法上的委任制度,适用民法代理的有关理论。而英美法系上的注意义务起源于信托法和代理法并随着忠实义务移植到公司法中。如早在 1742 年的 Charitable Corp. v. Sutton 一案中,英国法院基于信托和代理法认定怠于监督贷款,慈善公司董事应该负有责任,法院认为,接受了这种信托,就负有忠实地以及合理地、勤勉地执行的义务。[2] 1925 年普通法上就已经肯定了董事对公司承担注意义务。[3] 只是注意义务的认定标准及其内容具有相对性,其内涵在不同的法律关系中存在一定的差异,如在信托法中,受托人的注意义务的违反可由法院通过禁令和损害赔偿来填补,而在公司法中由于商业判断原则的存在阻却了信托法中注意义务的强制执行而进入到非司法强制实施的领域中。[4]

(3)善意义务

一直以来关于轻率、不真诚、无责任感或者无理性行为等含义皆牵连善意的概念,却是非常清楚的。[5] 值得注意的是,在公司法上,“善意”之概念在两方面产生令人困惑之情形。一方面,特拉华州公司法 § 102(b)(7)至今仍无对于“善意”为一较为精准的定义,故即存在一个不确定的法律概念,也就是说,其并非一

---

〔1〕 梅慎实:《现代公司治理结构规范运作论》,中国法制出版社 2002 年版,第 508 页。

〔2〕 宁红丽:“从市场到组织——注意义务初论”,载沈四宝、丁丁主编:《公司法与证券法论丛》,对外经贸大学出版社 2006 年版,第 77 页。

〔3〕 Re City Equitable Five Insurance Co. [1925] Ch 407.

〔4〕 宁红丽:“从市场到组织——注意义务初论”,载沈四宝、丁丁主编:《公司法与证券法论丛》,对外经贸大学出版社 2006 年版,第 84 页。

〔5〕 E. Norman Veasey, State-Federal Tension in Corporate Governance and the Professional Responsibilities of Advisors, 28 *J. Corp. L.* 441, 447 (2003).

个可以用来提供救济的一致性概念,由此观点,对于那些不是那么符合注意义务或忠实义务之行为,善意则被利用来作为法院得以对董事开脱或入罪的托词;另一方面关于"善意"是否为一独立的义务,是否为注意义务或忠实义务的构成要素,在判例法上也不确定。在 Caremark 案中,衡平法院首席法官 Allen(Chancellor Allen)将"善意"的概念与注意义务联系起来,并清楚地表示纯粹违反注意义务并不会导致赔偿责任。在 Disney 案之前,对于善意是否构成第三种独立的信义义务,以及善意是否为可以归入忠实义务的概念,也仍有争执。[1] 一般而言,所谓注意义务系指要求董事诚实地及诚恳地为行为,不能涉及不忠实,且须无任何隐匿事项或动机,亦即早期善意义务概念主要来自于行为人的动机(motivational inquiry)。[2] 然而,实际上,"善意"已变成支配注意义务和忠实义务要求的核心概念,而非像以往般被它们包含在内。亦即董事若没有具备"善意",则将取消他受免责保护规定和经营判断原则的庇护资格。[3] 是故,"善意"的标准在确定董事决策过程中的责任,已经成为一个不可或缺的组成部分。犹如特拉华州的衡平法院所认为的,"善意"的替代效用可以从它的原始意义中印证:①忠于受托之人可能为了个人财务上的利益等种种原因而为不忠实的行为;②无论其动机如何,一个董事若有意识地不顾他对公司与股东的责任,即可能因他的行为所引起的任何财务损失,而遭受到个人责任的裁判。[4] 因此,法院将善意义务的内涵界定为:若董事故意使公司受损害或全然不顾其职责,即

---

〔1〕 Sarah Helene Duggin and Stephen M. Goldman, Restoring Trust in Corporate Directors: The Disney Standard and The "New" Good Faith, 56 *Am. U. L. Rev.* 211(2006), p. 218.

〔2〕 Sarah Helene Duggin and Stephen M. Goldman, supra note 176, at 238 – 239.

〔3〕 E. Norman Veasey, supra note 162, at 447 (2003).

〔4〕 CG Hintmann, supra note 19, at 580 (2005).

有违善意义务;反之,若仅是处理事务上的重大过失,但无主观上的恶意,则属于注意义务的范畴。在新近的案件里,法院已经对"重大过失几近鲁莽",以及"有意识不顾已知的危险"二者之间含义作出了区别。与传统的旧的善意义务的概念不同的是,在2006 年 6 月 In re Walt Disney Company Derivative Litigation 案的审理中,[1]特拉华州最高法院认定该案所确定的标准是一种新的善意义务。质言之,传统善意义务的概念不能涉及不忠实,即不恰当动机的问题(Improper Motivation),其常常是在传统忠实义务的案例中作为主观动机的道德上评价,而归于主观恶意的范畴,而比"重大过失"还要严重。而新的善意义务概念,适用于董事有意地不依从已知的义务,且能经由客观标准之适用衡量有无善意义务违反之情形,也就是说,新的善意义务系针对懈怠职守——对已知义务的故意不履行而言,然玩忽职守却非属于主观恶意之范围。[2]

(4)忠实义务与注意义务的关系

在大陆法国家(包括德国、日本、韩国等)传统的理论体系中,没有出现对于董事义务的概括性总结,以致说起董事义务的规定,始终是列举一些具体的内容,且各国对忠实义务与注意义务的认识也并不完全一致。因此,并没有一个完整的"忠实义务"与"注意义务"的概念,而将董事义务划分为"注意义务"和"忠实义务"的做法都是借鉴英美法的结果。[3] 而在英美法系内,也有学者认为,注意义务是一种"过失"概念,与忠诚义务是大为不同的。将过失行为界定为对忠诚义务的违反是一种误导,而将过失(注

〔1〕 In re Walt Disney Company Derivative Litigation, 906 A. 2d 27(Del. 2006).

〔2〕 Sarah Helene Duggin and Stephen M. Goldman, supra note 176, at 213,240.

〔3〕 杨继:"公司董事'注意义务'与'忠实义务'辨",载《比较法研究》2003 年第 3 期。

意义务)与故意(忠诚义务)混为一谈的行为肇始于特拉华州最高法院,认为这是糟糕的立法,而且是更糟糕的言辞。[1] 笔者认为,实际上二者是有区别的:①违法义务的主观心理不同。注意义务的主观上表现为"过失",而忠实义务的主观表现为"故意"。②注意义务不涉及利益冲突,而忠实义务则涉及利益冲突。③违反义务的惩处机理与政策取向不同,相对于注意义务行为人商业判断上的不谨慎行为,忠实义务行为人往往抱着"捞一把就跑"的心理,法院的审查相对仔细。④注意义务与忠实义务的判断标准、法理基础、适用条件也各不相同,在本书第四章将详细论述。

总之,信义义务内涵的下位概念有三:注意义务、忠实义务以及善意义务,且此三个独立类型,各具有不同之本质,亦规范不同类型的董事、控制股东行为。其重要性在于:提供行为标准之法律底线概念,作为确定控制股东责任的参考指标。若控制股东行为符合善意义务时,将可使董事享有某些法律上之利益,例如经营判断原则之推定保护或公司补偿条款之适用等,反知,若董事违反善意义务的标准,即无法引用法律上的保护或利益。

二、信义义务的历史演进

(一)古代法对信义义务的规定

1.古罗马时期的信义义务

信义关系的确立最早应该追溯到古罗马法上的"信托遗嘱"制度。这个制度产生于古罗马法特有的人格减等和身份制度。由于罗马法中特定的市民群体——主要是未婚成年人、外侨和被剥夺公权的人(persons attainted)没有资格获得遗赠财产的,因此为摆脱法律上的限制,实践中立遗嘱者会要求一个合法的指定继

---

〔1〕 威廉·A.格莱格里:"信义注意义务:词义的曲解",沈芯吉译,载http://www.law-lib.com/2005/11/5。

承人,将全部或部分他所接受的财产转让给立遗嘱者所希望的受益人。这种被指定或委托的继承人被称为"fiduciarius",即受信人。[1] 但是这种方式并不是一种法定义务,只是道义上的义务。

2. 中世纪的信义义务

至4世纪,教会法院开始吸收罗马法上的"信托遗嘱"制度[2],并逐渐将神学上的财产发展为"教会用益"(Utilitas Ecclesiae),从而确定了上帝与教会的财产所有权。后来,无论是大陆法还是英美法都直接或间接受到这种教会法的影响。[3] 如普通法上,作为财产管理和保有方式的用益,就得益于教会法上"教会用益"的广泛推广。最初,"用益"是修道士用以逃避严禁拥有财产的禁令,从9世纪开始它以拉丁文"ad opus"出现在英格兰的土地登记册中,到威廉大帝时期的法律和《英国土地清账书册》(Domesday Book)中变成了"use"一词,后来,其他人也开始运用它来逃避其他的禁令。15世纪以后,随着1535年英国《用益法》的颁布,衡平法开始对"用益"行使管辖权。因此,我国台湾地区学者认为,"用益"之设计在13世纪至15世纪,系为规避当时英国封建制度,特别是该制度下土地政策所发展出来的产物。[4] 在本质上,用益内部仍然是一种信义关系,该信义关系有利于缺乏法律强制力保护的财产受益人。[5]

中世纪之后,"用益"与"信托"之概念统一于"信托",从"用益"(use)转化成"信托"(trust)是1535年《用益法》颁布的直接

〔1〕 Shael Herman, Utilitas Eccleasiae: The Canonical Conception of the Trust,70 *Tul. L. Rev.* 2239,2275(1996).

〔2〕 Vincent R. Vasey, Fideicommisa and Uses: The Clerical Connection Revisited,42 *Jurist* 201,234(1982).

〔3〕 彭晓瑜:《教会法研究》,商务印书馆2003年版,第40页、第80页。

〔4〕 方嘉麟:《信托法之理论与实务》,中国政法大学出版社2004年版,第54页。

〔5〕 Vincent R. Vazsey, Fideicommisa and Uses: The Clerical Connection Revisited, 42 *Jurist* 201,209(1982).

结果[1],由于《用益法案》的设计并不完全,为了规避和突破该法案的限制,而人为创设的"用益"不宜于再称之为"用益"(use)了,有必要冠以一个别样的称呼以标明它并不是《用益法案》所要规范的"用益"。于是,在 1634 年标志性的 Sambch v. Dalston 一案[2]中,衡平法院大法官把这层不受《用益法案》拘束的用益称之为"信托"(trust)。经过了一个这样的演变过程,从此用益法融入到信托法之中。而在信托法中,受托人同样要为受益人的利益服务,并承担对受益人的信义义务。

但是信托法上的信义义务不同于古罗马法上的"信托遗嘱"上的信义义务,后者并不是一种法定义务,而前者是一种法定的禁止性义务,它要求负有信义义务的人,除非得到相反的授权,不得利用其所处的地位牟利,也不得把自己置于可能存在自我利益和信托利益发生冲突的地位,如果他已经处于这样的情况下,他必须先考虑自己的义务,再考虑自己的利益。[3]

(二)近现代法上信义义务的起源

1. 大陆法系信义义务的起源

近现代大陆法系上信义义务以代理和合伙为理论基础。前者起源于古罗马法上的委任制度,在查士丁尼《法学总论》中,委任作为契约的一种被规定下来[4],中世纪以后,随着商业交易规模的发展,商业制度的需求使注释法学派和教会法在此基础上发展了代理人制度。然而,罗马法上的委任契约毕竟非常简单,尚未形成现代意义上三方当事人之间的法律责任关系,但罗马法上

---

〔1〕　D. J. 海顿:《信托法》,周翼、王昊译,法律出版社 2004 年版,第 12 页。

〔2〕　Sambch v. Dalston (1635) Toth 188.

〔3〕　D. J. 海顿:《信托法》,周翼、王昊译,法律出版社 2004 年版,第 38 页。

〔4〕　查士丁尼:《法学总论》,张企泰译,商务印书馆 1997 年版,第 181 ~ 184 页。

古老的委任制度为后来代理理论的发展提供了想象的空间。[1]
而后者起源于罗马法上的信托遗嘱制度,最初只是作为遗赠人死
后财产转移的制度安排,后来才用于商业目的,被认为是"两个或
两个以上当事人为实现某一共同的目的而相互合作的协议"。[2]
事实上,严格意义上的代理法律关系,无论怎样,赋予代理人以受
托人身份的倾向在古典法中就已经出现了,而且一般委托可能是
通过代理人来实现的。[3]

而合伙制度的核心并不在于合伙组织的无限责任,而是合伙
人内部的信义关系,这种信义关系的制度安排实际上在很大程度
上继承了代理法和信托法上的原则,其核心在于将合伙人视为受
信人,并赋予与代理人或信托人一样的地位,而互负有信义义务。

2. 英美法系信义义务的起源

在英美法系,信义义务在代理法、合伙法、公司法中占有很重
要的地位,它是包括商事公司、合伙等在内的整个商事组织中委
托人或代理人之间权利义务关系设定的基石。在普通法上,代理
制度是许多历史事件的产物,包括王室法院对指定代理人的广泛
适用、教会法对代理概念的发展以及商业贸易对代理的确认
等。[4] 英国代理法起源于"用益"(uses),教会法曾经起过一定
的作用,梅兰特(Maitland)曾经在爱德华一世时期"寺院院长由于
修道士购买用于修道院的货物的价金而被诉"案例的评论中指
出:"修道士在法律上的死亡,促进了代理法的发展"。而美国代

---

〔1〕 江帆:《代理法律制度研究》,中国法制出版社 2000 年版,第 40 页。

〔2〕 巴里·尼古拉斯:《罗马法概论》,黄风译,法律出版社 2004 年版,第
200 页。

〔3〕 彼德罗·彭梵德:《罗马法教科书》,黄风译,中国政法大学出版社
1998 年版,第 382 页。

〔4〕 江帆:《代理法律制度研究》,中国法制出版社 2000 年版,第 48 页。

理法则基本上沿用了英国代理法的概念和原则.[1] 代理关系往往被认为是一种信义关系,如委托人明示或默示同意由代理人代表他办事;而代理人同样同意如此办事或直接如此办事.[2]

因代理关系的信任而产生受托信义义务,是指在没有向被代理人充分披露有关信息的情况下,代理人不得把自己置身于使其个人利益与其对被代理人所负义务相冲突的位置,有学者将此种义务归纳为利益维护义务、报告义务和忠实义务.[3] 早期代理法对信义义务的设定是通过判例法来完成的,如英国在 1820 年的判例中首先确认了代理人负有如同信托法中的信义义务.[4] 而美国在 1859 年的 Cumberland Coal And Iron Company v. Sherman 一案中,法院对代理人违反忠实义务作出了类似的判决,认为一个受雇人进行财产评估的代理人不能自己购买该财产.[5] 这些判例法依照信托法上的原理,确定了代理人所承担的衡平法上的义务,要求代理人必须避免利益冲突。现代代理法上,代理既是一种合意也是一种信义关系,这一点在美国 1958 年第二次《代理法重述》中有了非常详细的表述。

普通法上的合伙在 18 世纪以前仍然是商事组织的主要形态,往往被看做"是两个或更多的人作为共有人为营利进行营业的团体"。从外部关系上看,合伙实际上是一种兼具资合和人合性的经营实体或商事组织;从内部关系看,合伙实际上是一种合伙合同,合伙人内部仍然是一种信义关系。而信义关系的制度安

---

〔1〕 范剑虹、金彭年:《澳门国际商法典》(上),广东人民出版社 2005 年版,第 281 页。

〔2〕 Restatement(Second) of the Law of Agency § 1 comment. B (1958).

〔3〕 范剑虹、金彭年:《澳门国际商法典》(上),广东人民出版社 2005 年版,第 290 页。

〔4〕 Oliver v. Court,8 Price 127(1820).

〔5〕 Cumberland Coal and Iron Co. v. Sherman,1859 WL 8052 (N. Y. Sup. 1859).

排实际在很大程度上也是继承了代理法和信托法上的原则,其核心在于将合伙人视为受信人,并赋予与代理人或信托人一样的地位,而互负有信义义务,在这些义务上还衍生出其他的义务,如最高诚实标准义务、忠实义务和注意义务等,并逐渐通过判例法得以确立。这些义务在衡平法上可以被强制执行但须事先对交易及现金流量作一全面的财务审查。[1] 例如,在 1928 年美国 Meinhard v. Salmon 一案中,Salmon 被判决违反对其他合伙人所担负的信义义务。审理该案的卡多佐大法官还进一步确立了受信人的行为标准,要求受信人不仅要诚实,而且还应该在最敏感的细节上恪守荣誉感。[2]

工业革命以后,城市的兴起、航海业的发展,加上合伙的自身局限性和法人制度的确立,使公司开始形成。1673 年法国路易十四颁发《商事条例》,首次将无限公司纳入成文法,此后,随着一系列商事组织法的制定,现代意义上的商事公司作为一种新的企业形式应运而生。[3] 可以说,19 世纪伟大的法律发明,作为一个法人的商业公司的组织和解放,起初只不过是授予新出现的工业行动中心的法律形式。[4] 公司制企业的出现,带来了商业组织的革命性变化,股东之间的合作和共同意志被看成是公司产生的人性化前提[5],如同合伙组织中的合伙人之间的相互信任一样,股东对公司管理人以及控制股东和中小股东之间仍然存在相互的信任基础。随着现代公司的发展,信义关系也被引入到公司法中。但是由于各国历史发展不同,进入公司法的方式也不相同。

---

〔1〕 苏号朋:《美国商法制度、判例与问题》,中国法制出版社 2000 年版,第 458 页。

〔2〕 Meinhard v. Salmon,164 N. E. 546(N. Y. 1928).

〔3〕 覃有土:《商法学》,高等教育出版社 2004 年版,第 86 页。

〔4〕 [德]贡塔·托依布纳:《法律:一个自创生系统》,张骐译,北京大学出版社 2004 年版,第 137 页。

〔5〕 叶林:《中国公司法》,中国审计出版社 1997 年版,第 79 页。

以英美国家为例,有学者认为信义规则进入美国公司法是通过某种"比喻"的方式,也就是说,法院将某一种关系定义为信义关系时,往往先指出该种关系与既存的信义关系之间存在相似之处,将前者"比喻"成后者加以规制[1]。如在1807年马萨诸塞州上诉法院的一个判例[2]中,负责审理该上诉案的三名法官里,有两名法官是通过将信义关系以"比喻"(metaphor)的方式引入公司来支持其决定的。一位法官(Justice Sewell)将公司与公司现有股东之间的关系比喻为受托人与受益人的关系,并就此得出结论,受托人(公司)没有得到授权为受益人(现存股东)以外的人(所谓"受益人以外的人")创造利益。另外一位法官(Justice Sedgwick)则把所有的股东比喻为合伙人,并进而指出合伙企业(公司)的任何以利润为目的的行为,必须是为了所有合伙人(股东)的利益。可见,早在18世纪美国法院就曾将管理者—股东的关系定义为受托人与信托财产受益人(cestui que trust)的关系[3],而将信义关系引入到公司法之中了。而英国法将公司董事定义为受托人是有历史传统的,往往是通过信托法、代理法的方式进入公司法之中。18世纪随着"南海"泡沫的破灭,信托制度兴起,英国法院将信托关系引入了获得特许状的公司中,如在1742年的一个判例中[4],法官认为依特许状设立的特许公司(chartered corporation)如果其董事滥用公司资金,违反公司细则,则董事应对其违反信托的行为承担受托人责任。19世纪中期,随着代理人理论的发展,在英国法中,董事还被描述为公司的代理人,法官为弥补法律规则的不足,也将代理法中的原则运用于公

---

[1]　Tamar Frankel, Fiduciary Law, 71 *Cal. L. Rev.* 795,804 (1983).

[2]　Gray v. Portland Bank, 3 Mass. (1 Tyng) 364, 379 (1807).

[3]　D. Gordon Smith, The Shareholder Primacy Norm,23 J. Corp. L. 277 (Winter 1998), p.297.

[4]　Charitable Co. v. Sutton (1742), 2 Atk. 400; York. & North Midland Ry. v. Hudson (1853). 16 Beav. 485.

司之中。如在 1866 年的一个判例中,法官指出:一个公共持股公司的董事在公司中仅仅是公司的代理人;公司本身无法从事活动,因为它没有身体,它仅可通过董事而从事活动;就这些董事而言,此种情形也仅仅是本人和代理人的普通情形[1]。至于哪种解释更合理,英国学者认为,公司董事确实是公司的代理人,而不是公司或者其财产的受托人;然而,公司董事只有以整体——董事会出现,才能作为公司的代理人,因此就单一董事和公司的关系而言,还是信托关系比较贴切[2]。但就信义关系而言,在英国,是通过以上方式进入公司的。

总而言之,现在无论是大陆法系还是英美法系信义义务,其适用范围十分广泛,因为信义关系会被法官不确定地施用于大量的其他契约关系中,比如银行与借款人或存款人的关系、特许权(franchise)的授予者与受领者的关系、许可(license)的授予者与受领者的关系以及分销关系等。但如果在两个人关系中,其中一个人有权期待另一个人会忠诚地为他的利益,或为了他们共同的利益行事,并且排除后者的利益,那么衡平法就认为是负有信义义务的人[3]。只是人们根据信义关系的不同特点,确立了各具特色的信义义务[4]。

三、现代信义义务的发展趋势

依据信义关系中托付人或受益人的多寡所形成的法律规范不同,可将信义关系分为私人信义关系(private relation-ship)与公众信义关系(public relationship)。私人信义关系是指一个或少数人间授权给一个或少数托付人;或是少数人间因具有相互认知与

---

[1] Ferguson v. Wilson (1866) L. R. 2 Ch. 77, 89.

[2] Paul L. Davies, *Gower's Principles of Modern Company Law* (5th ed), 1999, pp. 598 – 599.

[3] L. S. Sealy, Fiduiary Relationships, *Cambridge L. J.* 1962, pp. 69, 71.

[4] 盛学军:《证券公开规则研究》,法律出版社 2004 年版,第 129 页。

了解的小团体间托付于其中一人以其为信义义务人。这种私人信义关系又因信义义务人的专业程度分为一般信义关系(general relationship)与专业信义关系(professional relationship);其中一般信义关系(general relationship)中受托人包括公开发行股份有限公司之负责人;而专业信义关系中的受托人包括律师、医师、会计师、不动产经纪人、证券商、新闻记者等。总的而言,信义义务源自特定当事人之间一种不对等的法律关系,作为此种法律关系基础的事实关系是:受托人具有专业知识,受益人需要他的忠诚、不偏私,并且充分信任受托人;受托人受到职业准则的约束,不能滥用此种信任。然而,两者间信义义务的程度与范围因信义义务所形成的原因及法律事实的不同而不同。由公法所规范者,依其职务行为受公权力之行政监督,与该相关法律的立法目的、政策、指导原理必然有一定的关系;而在私法所规范者,主要在债法上强调意思自治原则,当有违合同公平与正义时,方由法律或法院依诚实信用原则来调整,而在亲属法上则牵涉到弱势群体的保障,其人格权的维护与人格尊严的尊重相较于财产上利益的最大效率化显然重要得多。在这一点上,从英美实务上在 In Re Estate of Swiecicks 案[1] 中 Ryan 法官在其不同意见书中解释监护人(guardian)与遗产管理人(administrator)之明确的区别可窥见一斑。毫无疑问,这一带有明显道德色彩的义务最终发展为一种法定义务,其适用范围极广,在公司法、财产法、代理法、侵权法以及合同法中均占有重要地位,并呈现出以下特点:

(一)从民事主体到商事主体

传统的信托关系主要是受托人依照信托协议,为了受益人的利益而掌管信托财产,它是由你我之间的合同产生的(比如,你同意由我替你管理你的财产),也可能是我应第三者(比如,遗嘱

---

〔1〕 106 Ill. 2d 111, 87 Ill. Dec. 511, 477 N. E. 2d 488.

人)的要求,为你的利益去管理一笔财产(你可能是未成年人)。但在特殊的信托关系中,有许多人都可以定义为被信任者,其中包括代理人、受托人(trustee)、财产的执行及管理人、破产管理人(receiver)、财物的受托人(bailee)、监护人(guardians)以及律师、医生、教师和新闻记者等特殊的自由职业者等。之所以称为"自由职业"是因为根据其专业性质,只要具备一定的资质,可以个人独资营业。而所谓自由职业者中"自由"之含义,指其工作不受地域、时间和办公场所等的限制,但"自由"并非"独立"。因为这些所谓的"自由职业者"原本是属于公务员的专业人员,在西方国家因十七八世纪的自由化运动(Liberalisierung)后,从国家独立出来而成为自由职业,在我国则从公务员队伍中剥离而成为事业单位中一员。可见,"自由"、"独立"不等于放任,而是指"从国家中解放"(Frei vom Staat)之谓。从功能上看,他们的职业具有明显的公益与私益的双重性特点。一方面,他们是社员经济利益及个人生活改善的团体或个人,作为理性的"经济人",他们需要保持经济独立性,提供有偿服务,以使其永续发展,这是其作为一种法律职业的外在属性。另一方面,其职业特点具有公益性。以律师和教师为例,无论是古代的雄辩家还是现代的律师,所提供法律救助、法律援助甚至是具有商业性的法律服务,都是以扶弱济贫、提供社会服务,弘扬公平正义为最终目的。其存在的最根本的价值是具有为公众服务的精神,其职业道德的内容尤其强调利他主义和伦理性。正如美国律师基金会研究顾问雷蒙德所言:"法律实务是一项公众事业。"[1]而教师除了来自法律和契约的关系之外,教育是一种与人的灵魂和精神相关的情感关系,这种情感关系的建立对于学生的学业和人格养成具有极大影响与作用。正

---

〔1〕 〔美〕雷蒙德等:《律师、公众和职业责任》,中国政法大学出版社1999年版,第252页。

是在这个意义上,社会对教师这一职业的职业道德有着更高的要求。可见,正因为师生之间"教"与"学"、律师与委托人之间的受托关系,信义义务才产生。

而在商业领域中,合伙人、公司董事、高级职员和控制股东都视为被信任者。原因在于,从经济角度观察,各种商业组织均具有相似之核心法则,即"资产分割"(Asset Partitioning)。在资产分割概念下,合伙、公司、信托三者仅具有类似光谱上程度之差异,进而作不同的契约安排而已。资产分割被商业规划者用来调整当事人与第三人之间的债权债务关系,其外部法律关系虽无法透过一般契约关系创设出来,[1]却可通过内部当事人之间的信义关系来确定。正如英国一位信托法学者指出,信托法中的"被信任者"是一个扩张性的名词:如果在两个人的关系中,一个人有权期待另一个人会忠诚地为了他的利益(或为了他们共同的利益,并排除后者自己的利益)行事,那么衡平法就会认定后者是被信任者[2]。这样,信义关系扩展到许多专业人士(professionals)与他们客户之间,后来又扩展到商业领域中的代理、合伙以及公司关系中。由此可见,信义义务这个概念在没有公司法之前的信托法原理中就有了,最初出现在民事主体之间,并在契约法、侵权法、信托法和代理法中都存在信义关系。其中,英美学者还对信义关系进行了总结,如美国学者认为,在各种各样的信义关系中,除了明示信托(express trust)之外,其他信义关系以及相应的义务可划分为两大类:(1)服务提供类:甲方雇用乙方提供服务,由乙方就某一事项代表甲方行事。(2)权益保管类:甲方将其拥有的财产或利益置于(或被法院认定处于)乙方——一个可能被视为

---

〔1〕 王文宇:《新公司与企业法》,中国政法大学出版社 2003 年版,第10~12 页。

〔2〕 D. J. 海顿:《信托法》,周翼、王昊译,法律出版社 2004 年版,第38 页。

具有专门知识、能力或诚实正直的人——的保管或者控制之下。在这两类关系中,尽管当事人的关系可能产生于契约或同意,但伴随着这些关系的信义义务则是由国家强制规定的。即便当事人没有同意建立上述关系,或者至少没有同意承担相关义务,也丝毫不会影响信义义务的发生。英国学者则按照被信任者的行为及功能,把信义关系分为五种类型[1]:

(1)控制属于别人的财产:被信任者既可以对受托财产拥有法律上的所有权,如信托关系中的受托人,也可以没有法律上的所有权,但他们对别人的财产拥有控制权,如公司董事、代理人、合伙人以及受托保管人等。(2)为了别人的利益而行为,如代理关系。(3)篡夺公司机会的行为。(4)推定的不当影响,如精神导师与其追随者、儿子与父母、受托人与受益人以及律师与客户之间的关系等。(5)保密信息,此种信义关系广泛地存在于信托、代理以及雇佣关系中。

但是,信义义务为什么在公司法中特别重要?它又是怎样从契约法、侵权法、信托法被移植到公司法的呢?实际上,公司与信托有千丝万缕的联系,在公司法上仍然可见罗马法、日耳曼法、城市法、教会法、英美法、大陆法等诸种法律制度的痕迹。考察现代公司的源流可知,现代公司经历了早期垄断性质的公司、近代合伙经营性质的公司和现代法人性质的公司三个发展阶段。早期垄断性质的公司虽名为公司,实际上是"公司化","其时,公司化(Incorporation)与垄断(Monopoly)甚至被看做近义词"[2],只不

〔1〕 张开平:《英美公司董事法律制度研究》,法律出版社1998年版,第155～157页。

〔2〕 Leonard W. Hein, The British Business Company: Its Origins and Its Control, *The University of Toronto Law Journal*, Vol. 15, No. 1, 134 – 154. 1963,p.137.

过是特许行会的海外延伸[1]。而近代合伙经营性质的公司在很大程度上受到了索塞特(Societas)和康孟达(Commonda)组织方式的启发,而索塞特是一种早在罗马法时代便已经存在的组织形式,[2]实际上,是我们现代所谓的普通合伙的早期形式。康孟达在 11 世纪晚期开始流行于意大利、英格兰以及欧洲其他地方,其"最早的前身可能是穆斯林的一种商业惯例"[3] 现代公司制度被认为萌芽于康孟达或索塞特[4] 1720 年的"南海泡沫"(South Sea Bubble)使得沃波尔(Robert Walpole)着手整顿管理秩序,匆匆忙忙制定了"泡沫法案"(the Bubble Act),而"泡沫法案"明令禁止不经过特许便设立合股公司,使不得不存在的公司就只能采取另一种形式,即以信托的方式而组建。投资人组建公司的投资行为不再被定性为出资行为,而是被看做将财产移转给特定的受托人团体的信托行为(Deed of Settlement),再由受托人以投资人为受益人进行使用管理。尽管在公司组织上并没有什么不同,但是法律性质却有很大差异。前者为没有取得国家对其法人资格认可的合股公司(Unincorporated Joint-Stock Company),后者则是依信托财产授予契据(the Deed of Settlement)而设立的信托,不受"泡沫法案"调整,而应当适用信托法的规范。正如 Sewall 大法官在 ray v. Portland Bank 一案中所表达的那样,他认为"银行组建公司(Incorporation)的结果就是形成了一个涉及一定权利义务关系的信托,而在该信托关系中,公司是受托管理财产的受托人,而

---

〔1〕 朱慈蕴:《公司法人格否认法理研究》,法律出版社 1998 年版,第 7 页。

〔2〕 David Milman, *Regulating Enterprise:Law and Business Organisations in the UK* (Oxford Hart,1999),p.6.

〔3〕 哈罗德·J. 伯尔曼:《法律与革命——西方法律传统的形成》,贺卫方、高鸿钧等译,中国大百科全书出版社 1993 年版,第 429 页。

〔4〕 赵万一:《商法学》,中国法制出版社 1999 年版,第 69 ~ 71 页;何勤华:《英国法律发达史》,法律出版社 1999 年版,第 282 页。

每个股东就是依据他所拥有的股份享受收益的受益人。"[1]可见,当时的公司实际上披着一层信托的外衣而已,直到1825年"泡沫法案"被废止,这些公司才转化成现代意义上的公司。

实际上信义义务仍然以信赖为基础,建立在双方特殊的信义关系中,如信义义务通常具体化为对交易者之间的契约的信守。[2]在合伙中,合伙关系的本质是互相信任,而在公司中投资者把财产(钱)交给公司,公司的管理层人员就完全支配该财产,必须为了公司和投资者的利益服务,不能利用他们对公司财产的支配权追求自己的利益。这实际上在公司股东与管理者之间建立了一种特殊的关系——信义关系,陌生人之间不存在信托义务。如早就有判例认为董事、经理与公司有特殊关系,足够产生信托义务。董事与股东也有特殊关系(董事由股东们选举产生,他们的责任就是保护股东的利益),足够产生信托义务。[3]

(二)从约定义务到法定义务

诚实信用原则是现代法律理论中的一项基本原则,反映了法律对道德的继承与吸收,是道德法律化的鲜明体现。[4]根据美国信托法的规定,信义义务为任意性规定,允许委托人与受托人之间根据信托法的标准进行协商,对受托人的信赖义务进行修改,以降低受托人的信义义务。[5]关于控制股东信义义务,法理上存在争议。[6]争议之源在于信义义务的英文"fiduciary duty"翻译成汉语可为"信任义务"、"诚信义务"、"信誉义务"等,英美

---

[1] PerJudge Sewall in Gray,Portland Hank (1807) 3 Mass. 379.

[2] 詹世友:"'诚信'的理由:公共伦理的立场",载《学术季刊》2002年第4期。

[3] 郭丹青:"信托责任的真正意义——与郎咸平教授商榷",载中国证券报网2006–12–05。

[4] 沈宗灵:《现代西方法理学》,北京大学出版社1992年版,第120页。

[5] Resttatement(2nd) of trust § 222(1).

[6] 王保树、杨继:"论股份公司控制股东的义务和责任",载《法学》2002年第2期。

法学者将其称为"信任义务",而大陆法学者则将之称为"诚信义务"。关于其法律地位,学者和司法实践仍是见仁见智,莫衷一是,概括起来主要观点可以归纳为以下 4 种[1]:(1)认为公司法中诚信义务与合同法中的诚信义务并无二致。(2)将董事诚信义务等同于董事信义义务。(3)将董事诚信义务看成传统董事信义义务中注意义务或忠实义务的附属义务。(4)认为董事诚信义务是一项单独(separate)而且自立(free—standing)的董事信义义务。

　　在笔者看来,首先,信义义务并非合同上的当事人诚信义务。前者是地位不对等的信托法律关系双方当事人之间的义务,与平等主体的合同当事人之间的法律义务不同。由于信托关系的法律强制干预性以及现代公司治理的类型化和制度化,公司法上的信义义务的行为模式类型化程度高,成文化系统化难度低,不但为控制股东具体行为给出了良好指引,也相应限制了法官的自由裁量的空间。而合同法上的诚信义务则为民法上的一般条款,由于社会经济文化的丰富性以及当事人意思自治作用的发挥,具有"高度的抽象性、巨大的模糊性、相当的复杂性以及动态发展性",[2]很大程度上依赖法官在具体案件中自由裁量,稳定性较差。其次,信义义务的实质是对处于相对优势的受信人和处于相对弱势的受益人之间不对等法律关系的一种矫正,要求受信人秉持诚实、守信的良心准则,行使权力、履行义务。虽然,对于控制股东和公司、股东之间的关系,大陆法系和英美法系基于不同的法律发展传统有委托—代理理论和信托理论两种不同的认识,但是并不妨碍控制股东信义义务的成立,而且两大法系不约而同地

────────────

〔1〕　朱羿锟、彭心倩:"论董事诚信义务的法律地位",载《法学杂志》2007 年第 4 期。

〔2〕　郑强:"合同法诚实信用原则比较研究",载《比较法研究》2000 年第 1 期。

确认了这一体现公平、正义的衡平义务。最后,信义义务最初是一种约定义务,后来逐渐通过制定法演变为一种法定义务。因为,一方面,在词义上"信义"一词既有"信"之本义中的"诚信"、"信任"之意,同时受到"义"之约束,这样"信义"首先是一种道德规范,除此之外,在没有法律规定和当事人遵守"信义"的前提下,它还演化为一种法律规范,成为一个约定的义务。另一方面,从信义关系的历史看,现代西方公司制度和公司法中的信义义务同样来源于罗马法和教会法。大陆法系国家起初并无公司法上管理人的信义义务的法律规定,后来由于公司管理人利用控制权而支配公司,损害公司及其他股东利益的行为,才通过法律得以确认。如大陆法系国家,特别是对一些"转型"国家,如波兰、俄罗斯和德国有关的成文法和判例法加以分析发现,他们主要是从西欧或美国的法律资源中进行成文法律的移植(Pistor,2000)。移植的重点放在西方众所周知的那些法律规则的内容和公司法原则上,即重点是实体内容的移植,这些法律涉及的问题在盎格鲁—撒克逊国家正好落在信义义务的范围内。[1] 因此,在大陆法上,信义义务作为一种法定义务,是对民法上权利不得滥用原则的具体规定。而英美法国家中,公司被看做是一个"合同网",信义义务始于判例法,被看做是为股东利益服务的义务,在法律性质上为合同上的"默示条款"或在书面合同缺乏规定下,合同双方在交易费用为零的情形下,本应协商好的"隐含契约条款"。[2]尽管这种默示条款(implied terms)的性质仍然存在争议,但其理论基础仍然是诚实信用原则。

实际上,信义关系是具体的事实关系,"信义"义务很难用法

---

〔1〕 许成钢、卡塔琳娜·皮斯托:"转型的大陆法法律体系中的诚信义务:从不完备法律理论得到的经验",载《比较比较》第 11 辑,第 125~143 页。

〔2〕 弗兰克·伊斯特布鲁克等:《公司法的经济解释》,北京大学出版社2005 年版,第 124 页。

律条文确切定义,因此,传统公司法一般把"信义"定义为最高程度的善意、信任、忠诚、正直,并局限于一定的人际关系,如公司董事、清盘人,信托中的受托人等[1]。现代公司法上,所有权与经营权的分离所带来的公司控制权的争夺,迫使各国公司法都不同程度地确立了控制股东对公司和中小股东所负的信义义务。现代公司法的这种转变,无疑是对现实生活需求的一种基本回应,它不仅标志着对传统公司法理论中的资本多数决原则、表决权自由行使原则和有限责任理论的扬弃与修正,同时,从这一立法现实来看,控制股东的诚信义务由以前纯粹的道德义务上升为法定义务,由判例法上的义务上升为制定法上的义务。而且,有关信义义务的法律规则极富英美衡平法特色,先由美国民事判例集中设定,随后,各州在法典化的过程中甚至将之应用于刑法典[2]。

(三)从公司法到证券法

有限公司、股份公司和上市公司中控制股东都会对中小股东承担信义义务。但是由于法律规定不同,承担的信义义务也不同。在有限责任公司中,由于股东人数的限制,出资方式灵活,公司章程签订自由,股东直接参与公司经营,资本经营闭锁性等,特别是股份的非自由流通性,使有限公司中少数股东更容易受到控制股东的侵害、压制、排挤和边缘化,如否定中小股东股利取得权、剥夺中小股东参与公司管理权等。有限公司特殊性的根本原因在于股东的信任与合作关系是其赖以存在的基础。正是由于有限公司的这种特点,美国麻省最高法院在 Donahue 一案中,将有限公司股东之间的关系与合伙人之间的关系进行了类比,认为,股东之间在管理公司时负有与合伙人之间相似的信义义务,

---

[1] *Black Law Dictionary*(8th ed),West Group. 2004,pp. 523,640.

[2] 谢杰:"美国刑法中的商业贿赂犯罪与信义义务",载《人民法院报》2006 年 5 月 8 日版。

这种义务的标准是最高程度的善意和忠诚。[1] 而在证券交易中证券发行公司与普通投资者、控制股东与投资者之间同样存在着信义关系[2]，这样公司管理人的信义义务从公司法延伸到证券法领域。只是非上市股份公司与上市公司中控制股东在公司法上和证券法上对中小股东承担的义务不同。公司法通过直接规定股东的权利义务的方式来平衡股东关系，关注的是控制权的行使，证券法通过保护市场机制来保护投资者，关注的是控制股东的行为规制。因此，非上市股份公司管理人的信义义务的主要内容是忠实义务和注意义务，而上市公司中控制股东除了信义义务则还包括信息披露义务和当公司成为收购目标时的特别注意义务等，且每一个信义义务都有自己的责任标准和损害赔偿方法。因此，美国学者伯纳德·S.布莱克认为，信义义务的内容在持续发展，从未正式法典化，新的信义义务都完全是法官的创造。[3]

（四）从董事信义义务到控制股东信义义务

传统公司法只规定董事、经理等管理人的信义义务。然而，与公司的董事不同，控制股东并非受公司或股东之托而履行职务之职权，其并非法律形式上的公司管理者，对内他没有管理公司的权力，对外他不能代表公司行事。因此，信义义务并不涉及股东，股东不必对公司和其他股东负担特殊的义务。如日本学者末永敏和认为，股东仅对公司负有认购股份的出资义务，一旦成为股东后，则对公司不负任何义务。[4] 我国学者梅慎实认为，股

---

〔1〕 Donahue v. Rodd Electrotype Co. 328 N. E. 2d 505（Mass. 1975）.

〔2〕 盛学军：《证券公开规则研究》，法律出版社 2004 年版，第 125～127 页。

〔3〕 伯纳德·S.布莱克："外部董事的核心义务"，黄辉译，载王保树：《商事法论集》（第 11 卷），法律出版社 2006 年版，第 215～217 页。

〔4〕 末永敏和：《现代日本公司法》，人民法院出版社 2000 年版，第 38 页。

东只有遵守公司章程、交纳股款以及承担所持有股份为亏损的义务[1]。这一理论源于英国著名的 Fross. v. Harbottle 案中所确立的"司法不干预原则"(the Principle of Judicial Non-interference)[2],因为传统公司法理论坚持,股份是一种财产,它是一种由股东为自己的利益而享有和控制的财产,所以股东得以为追求本身的最大利益为原则,行使其股东权,而无须顾及其他[3]。而且就行使表决权的身份而言,英国学者 Chatlesworth 与 Mores 认为,在股东大会上投票的股东并不同于在董事会上行使表决权的董事,他们并非以任何形式的公司的代理人的身份在表决,所以,他们的行为仅取决于自身的意志,而不应附加其他的条件或课以其他特殊的义务[4]。

现代公司法则认为,股东权是一种综合性的、独立财产权。以不同的标准划分,股东权又可分为共益权、自益权,财产性质的权利和非财产性权利,控制权、经营权和决策权等,这种权利之间相互联系,并非随心所欲地行使。特别是,随着控制权的滥用,控制股东损害从属公司和少数股东权益事件的不断增加,传统的公

---

〔1〕　梅慎实:《现代公司治理结构规范运作论》,中国法制出版社 2002 年版,第 265 页。

〔2〕　在此案中,公司的两名小股东不满意大股东和董事对公司业务的经营管理,代表自己和其他小股东向法院提起了诉讼。法院首先认为,公司具有独立的人格,作为一个法人,即使其权利受到了伤害,也并不代表它的组成成员个人也受到了伤害,因此,作为公司的成员无权代表公司提起诉讼。再者,涉及公司内部事务时,根据多数决原则,只要是股东通过合法程序通过的议案都为公平正义的。因此,一则中小股东无权提起诉讼;二则法院无权过问公司的控制者或管理人员在对公司事务进行管理时的真实意图,以及他们是否具有智慧。Wait 法官在另一个案例的判决中认为,"当一名股东投票赞成或反对某项决议时,他是在按照自己的意愿行使自己的财产权利,他不对公司和其他股东负有任何诚信义务"。

〔3〕　施天涛:《关联企业法律问题研究》,法律出版社 1998 年版,第 187 页。

〔4〕　Chatlesworth and Mores, *Company Law* (14th. edition), Sweet and Maxwell press, London, 1991, pp. 430–431.

司法理论日益受到人们的质疑。理论界开始逐渐将信义义务的承担主体从董事、经理等管理人扩展到控制股东。20 世纪初,美国的司法实践率先确立了控制股东的诚信义务。在 Southern Pacific Co. v. Bogert 一案[1]中,Brandeis 大法官明确指出:"大股东掌握着控制公司经营的实力,而当大股东行使其控制的权力时,不论其所用方法如何,诚信义务即应产生。"后来,在 Pepper v. Litton 等一系列案件中,具有控制权之股东不论系直接以股东身份行使影响力或间接地透过公司董事、经理人而影响公司政策,该股东在行使职权或运用其影响力时,须依诚信原则之要求行事,成为英美司法中的一项重要规则。[2] 现在,控制股东的这种信义义务规则已被美国示范公司法所确认,并为不少州立法所效仿。当然,控制股东信义义务也广泛存在于大陆法系国家的制定法中。如随着控制股东操纵公司事务的事实越来越严重,20 世纪 70 年代之后,德国理论界开始承认了股份公司的股东,特别是控制股东对公司的忠实义务。在 1976 年的一次判决中,法官指出:"拥有表决权多数的控制股东,有可能对公司以及其他股东的利益产生影响,所以应该为消除这些影响,特别是对控制股东科以特殊的公司法上的义务,即忠实义务。"在 1993 年最后修订的

---

〔1〕 Southern Pacific Co. v. Bogert, 250 U. S 43487 (1919). Southern Pacific Co. 的一家子公司是 Houston 公司的大股东,Southern Pacific Co. 利用其子公司对 Houston 公司的控制与其签订了重组协议。根据该协议,Southern Pacific Co. 获得 Houston 公司的全部股份,而 Houston 公司的原有小股东却被排除在该重组计划之外,没有获得任何利益,小股东因此对 Southern Pacific Co. 提起了诉讼,认为 Southern Pacific Co. 滥用了其控制权。但 Southern Pacific Co. 认为自己并没有直接拥有 Houston 公司的股份,只是间接持股,不拥有 Houston 公司的控制权,不对小股东负有诚信义务。

〔2〕 许美丽:"控制与从属公司(关联企业)之股东代位诉讼",载《政大法学评论》第 63 期;许剑英:"浅论公司法关系企业章之立法",载《法令月刊》1997 年第 1 期。转引自冯果、艾传涛:"控制股东诚信义务及民事责任制度研究",载王保树主编:《商事法论集》(第 6 卷),法律出版社 2002 年版。

德国《股份公司法》第三篇关于"关联企业"的第二部分"在企业从属情况下的领导权力与责任"中,对控制股东(德国称为支配股东)的责任做了规定。[1] 此外,日本、我国台湾地区、韩国、欧盟等国家和地区的理论与立法中也有类似的论述和规定。[2] 可见,现代公司法上信义义务的发展由董事信义义务向控制股东的信义义务扩展。

综上所述,我们不难发现,控制股东信义义务立法经历了一个从无到有、逐渐扩展深入、不断完善的过程,到目前已在两大法系得到了广泛的确认。而在公司法中,控制股东信义义务对公司和股东信义义务制度有利于公司治理结构的完善与中小股东的利益保护,是对传统公司法理论中的资本多数决原则和表决权自由行使原则的制约与修正,也是传统公司法中股东民主理念的新发展,是信义义务适用范围的理性拓展。[3]

第三节　控制股东信义义务制度的立法价值与理论基础

一、各国控制股东信义义务的立法概况

实际上,控制股东信义义务的发展是现代公司法的典型特征。现在,无论是英美法系国家还是大陆法系国家都很重视控制股东滥用控制权的法律规制,通过立法或判例的形式规定控制股东的信义义务。

---

〔1〕 德国《股份法》第 309 条、第 311 条。详见卞耀武主编:《当代外国公司法》,法律出版社 1995 年版。

〔2〕 参见我国台湾地区"公司法修正草案"第 369 条第 4 款、韩国 1998 年修订商法、1985 年欧共体第九号指令等。

〔3〕 刘凯:"控制股东的信义义务及违信责任",载《政法论坛》2009 年第 2 期。

（一）美国

美国对控制股东信义义务的规定，经历了由控制股东在某种特殊情况下对中小股东的披露义务，到少数股东诉权制度的形成，再到控制股东对公司承担信义义务，最终由控制股东对中小股东直接承担信义义务，形成了一个较为系统周密的传统信托理论的信义义务，[1]这样一个逐渐发展和不断完善的过程。早在1919 年 Brandies 法官在 Southern Pacific. v. Bogert 一案中，就以判例的形式确立了信义义务，在该案中，他作出了这样的描述："大股东掌握着控制公司经营的实力，而当大股东行使其控制的权利时，不论其所用方法如何，信义义务即应产生。"[2]1923 年特拉华州（Delaware）法院在 Allied Chemaical & Tube Co. 一案的判决中指出，在某些情况下，具有控制权的股东与公司的董事，均应该对公司与股东负有信义义务。[3] 1969 年，Jones v. H. F. Ahmanson & Co. 一案的判决以及加州最高法院的维持判决，都宣称控制股东不仅对公司承担信义义务，而且直接对中小股东承担信义义务。[4]

（二）英国

在英国，虽然控制股东的义务在性质和实质上具有受信义务的特征，但英国的法院通常不把股东的义务概括为股东的信义义务。因此，英国公司法中，控制股东信义义务的概念并不像美国公司法那样清楚，其控制股东信义义务的发展也有一个历史过

---

〔1〕 Recent case Harvard Law Review Vol. 83 p. 1904. 转引自王远明、唐智宏："论控制股东的诚信义务对我国公司法的借鉴"，载《求索》2002 年第 5 期。

〔2〕 Southern Pacific. Vs. Boger，250 V. S 483，484（919）. 转引自柳经纬：《上市公司关联交易的法律问题研究》，厦门大学出版社 2001 年版，第 85 页。

〔3〕 李明辉、刘宏华："论控制股东的诚信义务"，载《江西财经大学学报》2003 年第 5 期。

〔4〕 Alan R. Pamiter，*Corporations*，中信出版社 2003 年版，第 282～283 页。

程。20 世纪初,英国法律开始要求股东行使表决权时为善意(good faith),这是向股东受信义务迈出的第一步〔1〕。在 Allan 案中,法院认为,法律允许公司修改章程,且修改章程仅受到法律规定和章程约定的限制,且股东的行为不仅应当基于善意,而且要符合法律的规定且为了公司的整体利益。然而此后 50 年中,这种受信义务在保护少数股东的实践中并没有发挥多少作用,仅为后来的发展提供了起点。但是,总的来说,英国控制股东信义义务的法律规则是不断变化发展的,在制定法中并不强调股东的信义义务,而控制股东对公司与股东的信义义务的讨论也总是伴随着因公司的根本变化而促使控制股东与少数股东的权利和法律地位的变化〔2〕。

(三)德国

1988 年以前,德国法院以违背股东有限责任原则且法律上无明显规定为由否认控制股东的信义义务,他们一直援用股东平等、良俗理论来保护少数股东的利益。但上述理论以社会秩序保护的最低限度为基准,法院仅在明显违反社会秩序场合才予以援用,不利于对少数股东提供有力的保护〔3〕。到了 1988 年德国联邦最高法院承认控制股东对少数股东负有诚信义务〔4〕。现在的《德国股份公司法》第 309 条、第 317 条从控制企业的角度,对该控制企业损害公司和股东负有义务的规定,这种义务通常表现为控制股东公开关系企业报表的义务。

---

〔1〕 Jeffrey G. macintosh, Minory Shareholder Rights, in Canada and England:1860 – 1987, *Osgoode Hall L. J.*, Vol. 27(No. 3,1989), p. 615, heinonline.

〔2〕 汤欣等:《控制股东法律规制比较研究》,法律出版社 2006 年版,第 74~75 页。

〔3〕 李哲松:《韩国公司法》,吴日焕译,中国政法大学出版社 2000 年版,第 58 页。

〔4〕 何美欢:《公众公司及其股权证券》,北京大学出版社 1999 年版,第 855 页。

（四）韩国

进入 20 世纪 90 年代，韩国受到德国林挪蒂判决的影响，正式展开了对股份公司股东间诚信义务的讨论。但是由于股份公司社团法人说的影响占主流，因此股东互相之间的诚信义务这个一般条款性法理未通过判例或立法得到承认。这种情况下，韩国对此的争论主要以学说为中心进行考察。韩国的学说虽对承认股东诚信义务的必要性有了共识，但是每个学者对承认的方法和根据是多少有分歧。以承担股东信义义务的方法为标准，可分为如下四种：[1]第一，是大部分的看法，应通过立法对股东诚信义务制定出明文规定。第二，是以对现行公司法的解释论导出股东诚信义务的看法。第三，在法律适用过程中法院应灵活的应付。第四，是韩国公司法应引进美国法律上的信托法理的主张。为了规范控制股东的行为，韩国商法新增第 383 条（2）款明确规定了董事信义义务，要求董事为了公司的利益而忠实履行其职责；并在 1998 年修正商法第 402 条（2）款中新设追究向董事指示业务执行者的责任制度，以便追究控制股东滥用自己地位的责任。[2]从而将不具有董事地位的控制股东纳入规范体系。

（五）日本

关于公司管理人的注意义务的规定，日本商法规定，公司与董事间之法律关系，准用民法关于委任之规定。同样根据日本公司法第 330 条规定，股份有限公司之重要干部及会计监察人间之关系，遵从关于民法委任之规定。因此董事作为董事会之构成人员或以代表董事身份执行职务时，须依委任之宗旨，以善良管理人的注意处理委任事务，负善良管理人的注意义务。关于忠实义

---

〔1〕 权在赫：《股份公司股东相互之间诚信义务研究》，清华大学 2006 年度博士论文，第 34～35 页。

〔2〕 ［韩］李哲松：《韩国公司法》，吴日焕译，中国政法大学出版社 2000 年版，第 226 页。

务的规定,日本商法于昭和二十五年(1950)参考美国法引进有关负责人的忠实义务,于日本旧商法第 254 条第 3 款规定:"董事负有遵守法令律、章程及股东大会的决议,为公司忠实履行其职务的义务"。后来平成十七年(2005)日本新修订公司法时由公司法第 355 条第 4 款以继承,其规定为:"董事必须遵守法令及章程及股东会之决议,并为了股份有限公司忠实执行其职务。"其解释为不得将自己或第三人之利益置于公司利益之上的义务。关于注意义务与忠实义务之关系,在日本学术界有同质说与异质说之分。其中,关于忠实义务的主要表现,在日本商法上有第 264 条之董事竞业禁止之义务、第 265 条之董事公司间之交易相关义务、第 280 条之二第 2 款有关对于第三人发行新股时所负之义务。[1] 根据日本公司法上董事对公司之责任的判决,可将董事善管注意义务分为两种类型:具体违反法令、抽象违反法令。其中在抽象违反法令中又可细分为商业判断类型与违反监督义务类型。而违反监督义务类型中又可细分为狭义监督义务及内部控制系统建构义务类型。[2]

(六)中国台湾

台湾地区"公司法"(2001 年修订)第 369 条之四规定:"控制公司直接或间接使从属公司为不合营业常规或其他不利益之经营,而未于会计年度终了时为适当补偿致从属公司受有损害者,应负赔偿责任。控制公司负责人使从属公司为前项之经营者应与控制公司就前项损害负连带赔偿责任。"

---

[1] 蔡宏瑜:"修正公司法第二十三条第一项有关公司负责人忠实义务之探讨(对公司之责任)——浅论日本商法规定对于公司负责人忠实义务所界定之意义及范围",载《玄奘法律学报》2005 年第 3 期。

[2] 黄百立:"日本董事注意义务之研究",载《中原财经法学》2007 年第 19 期。

（七）中国澳门

《澳门商法典》第 212 条第 2、3 款分别对控权股东（控制股东）的义务和责任做了规定。如该条第 2 款规定，"控权股东本身单独或透过上款所指的自然人或法人，行使控制权以损害公司或其他股东时，须对公司或股东所引致之损害负责。"该条第 3 款列举了控制股东须承担赔偿责任的五种情形："①令在道德或技术上明显不合资格之人当选行政管理机关成员、监事会成员或独任监事；②引致行政管理机关成员、经理、授权人、监事会成员、独任监事或公司秘书为不法行为；③以不平等条件为本人或第三人之利益，直接或透过他人与本人作为控权股东之公司订立合同；④引致公司行政管理机关或任何公司经理、授权人，与第三人以不平等条件为本人或第三人之利益订立合同；⑤故意令决议获通过，以损害公司、其他股东或公司债权人而为本人或第二人取得不当利益。"[1]

（八）中国大陆

中国证监会发布的《上市公司章程指引》第 40 条、第 72 条分别对控制股东表决权限制和关联交易中表决权排除、中国证监会发布的《到境外上市公司章程必备条款》第 47 条对控制股东表决权滥用、《上市公司收购管理办法》第 8 条对公司收购中控制股东对上市公司及其股东负有信义义务和《中华人民共和国公司法》第 21 条对公司的控制股东、实际控制人、董、监事、高级管理人员在关联交易中损害公司的利益作了规定。

二、控制股东信义义务的价值取向

（一）公平

人们将现实生活中的平等概括为三种：形式的平等（formal equality），即亚里士多德的平等对待；数值的平等（Numerical

---

〔1〕 赵秉志：《澳门商法典》，中国人民大学出版社 1999 年版，第 71 页。

equality），即相同的不法行为应当得到相同的处罚；名义的平等（normative equality），则是类似边沁和罗尔斯的正义观念，即一般原则下的相同，而考虑总体的福利状态。[1] 而公平，有学者将其概括为有四个方面的含义：法律面前人人平等、机会均等、分配公正和结果平等。[2] 可见，法律上的平等与公平是两个既有交叉又有区别的概念。公平含有平等，但公平并不等于平等。平等是从静态的角度来规范的，指法律上资格或地位的平等，仅涉及行为的起点问题。而公平是从行为角度来说，它涉及起点、过程和结果，[3] 含有主体平等、分配正义和结果公正。也就是说，事实上，平等在现实生活中是不存在的，它从来都只是从一定的观察角度对存在的不平等的抽象概括。[4] 而公平是事实存在的，他使得人们"得其所应得"。正因为如此，在各种德性中，人们认为公正是最主要的，它比星辰更加令人惊奇，所谓公正是一切德性的总汇。[5]

一个制度能否保证微乎其微的少数得到公平的善待，是检验这个制度是否文明和人道的试金石，也是决定这个制度长存不衰的关键。而控制股东信义义务的规定正是法律上公平价值的体现。与控制股东相比，少数股东在利益享受与风险承担上强弱不同，在信息获取程度方面存在不对称性，因而，在公司管理与投资决策中处于弱势地位，往往受到市场内外和公司内外不同主体的多重侵害。而在一个文明的社会——国家对实施市场法律负有

---

〔1〕 Polivios G. Polyviou, *The Equal Protection of the Laws*, Duckworth, 1980, pp. 7 – 15.

〔2〕 强世功："法理学视野中的公平与效率"，载《中国法学》1994 年第 4 期。

〔3〕 熊正刚、麻昌华："私法领域的行业保护与民法公平观"，载《法商研究》1997 年第 6 期。

〔4〕 G. 拉德布鲁赫：《法哲学》，王扑译，法律出版社 2005 年版，第 75 页。

〔5〕 亚里士多德："尼各马科伦理学"，载苗力田主编：《亚里士多德全集》(第 8 卷)，中国人民大学出版社 1992 年版，第 95~96 页。

最终责任——不能对社会的底层人民撒手不管。[1] 日本学者星野英一指出,现代民法对权利的抽象把握,转变为坦率地承认人在各个方面的不平等、根据社会经济地位把握具体的人、对弱者保护的年代。[2] 正是基于对弱者的保护,确立了控制股东的信义义务。在设计制度上,对控制股东的权利予以制衡,给予不同意愿的中小股东预留下申诉、辩解和行使权利的渠道,以实现现代民主法治社会的公平价值目标。

(二)正义

正义是人们所追求的一种理想,是人们的伦理观念,是法的评判标准和终极目标。正义有形式正义和实质正义之分。所谓形式正义侧重于规则的公正执行,要求制定法律和执行法律时应平等地适用于所有人,不能或不应有所区别;实质正义侧重于制度内容本身的科学和公正。与实质正义不同,形式正义并不考虑各种主体之间地位和实力的差异,其所倡导的法律制度的无差别适用本身却可能导致不公正或不正义,"同样情况同样待遇并不能保证实现实质正义"。梁慧星先生考察近现代民法后认为,实质正义与形式正义的法理念,蕴涵着对当时社会生活所作出两个基本判断:平等性与互换性。前者指一切民事主体都是平等的,叫做平等性;后者指民事主体在市场交易中频繁地互换其位置。近代民法,在平等性上的不足,因互换性的存在而得到弥补,因而体现形式正义,而现代民法上作为近代民法基础的两个基本判断即所谓平等性和互换性已经丧失,出现了严重的两极分化和对立,如企业主与劳动者的对立,生产者与消费者的对立,因而民法

---

〔1〕 P.S.阿狄亚:《合同法导论》,赵旭东译,法律出版社 2002 年版,第306 页。

〔2〕 星野英一:"私法中的人",载梁慧星主编:《民商法论丛》(第8 卷),法律出版社 1997 年版,第 185 ~186 页。

理念由形式正义转向实质正义〔1〕 实际上早在亚里士多德那里实质正义和形式正义的区分就存在了,只是他将正义的形式划分为交换正义和分配正义。〔2〕 前者乃将所有人类均具有全然价值来处理,彼此间无任何差别为内容,而后者则在团体的生活下,配合各人的价值以其差别而予以公平之相异处理。〔3〕 当代最著名的法学家哈特认为,"正义观念的结构是相当复杂的。我们可以说它由两部分组成:(1)一致的或不变的特征,概括在'同类情况同样对待'的箴言中;(2)流动的或可变的标准,就任何既定的目标来说,它们是在确定有关情况是相同或不同时所使用的标准"。〔4〕 正所谓"相同的情形相同调整,不同的情形不同调整"。只是在立法价值上,由形式正义走向实质正义,实现权利主体之间的利益平衡,是现代法的时代特征。

　　传统公司法理论认为,除履行出资义务外,控制股东与其他股东在行使股东权等方面并无不同,股东法律地位平等性与交易中的互换性的基础仍然存在,因此,法律没有规定控制股东的信义义务,立法上体现了形式正义,而弱化了实质正义,掩盖了股东间地位的事实上不平等。而实际中,控制股东凭借对公司机关的操纵和支配,损害公司及中小股东利益的行为明显违背了实质正义。故基于控制股东和中小股东之间实力悬殊的客观事实,对控制股东科以信义义务。从法律规则的制定上,控制股东信义义务

---

〔1〕 梁慧星:"从近代民法到现代民法",载梁慧星:《民商法论丛》(第6卷),法律出版社1997年版,第241页。

〔2〕 N.霍恩:《法律科学与法哲学导论》,罗莉译,法律出版社2005年版,第180页。

〔3〕 刘得宽:《民法诸问题与新展望》,中国政法大学出版社2002年版,第630页。

〔4〕 哈特:《法律的概念》,张文显等译,中国大百科全书出版社1996年版,第158页。

制度体现了形式正义,也就是有些学者所称的"合目的性";[1]而平等地保护有产者的利益,加强对中小股东的特殊保护,是法律上实质正义的具体体现,这正如亚里士多德所言,"正义本身乃是'他者之善'或'他者之利益',因为它所为的恰是有益于他者的事情"[2]。

(三)安全

安全是人的生理需要、安全需要、尊重需要、发展的需要以及归属感和爱的需要等众多基本需求之一。庞德认为,安全就是人们站在力量与理想的关系之间所考虑的安全,并通过法律的持续影响传播到世界每一个角落[3]正如霍布斯所描述的一样,"人的安全乃是至高无上的法律"。可见,安全成为法律的基础性价值,被认为是"法律的首要目标和法律存在的主要原因……如果法律不代表一种安全秩序,那么它就不是一种法律"[4]而法之安全,又可界分为"静的安全"与"动的安全"。前者乃对于吾人本来享有之利益,法律上加以保护,如各种物权、债权之不当得利、侵权行为规定,亦谓之享有的安全;而后者乃依自己之活动取得新利益时,法律上对于该项取得行为之保护,如物权上的善意取得制度、债法上的互易、买卖等制度,亦称之交易安全[5] 在商法领域,各国商法对商行为法律控制往往采强制主义、公示主义、外观主义、严格主义[6],无不都是交易的安全价值的价值

---

〔1〕 迈克尔·D.贝勒斯:《法律的原则——一个规范的分析》,中国大百科全书出版社1996年版,第3页。

〔2〕 E.博登海默:《法理学:法律哲学与法律方法》,邓正来译,中国政法大学出版社1999年版,第264页。

〔3〕 张乃根:《西方法哲学史纲》,中国政法大学出版社1993年版,第70页。

〔4〕 E.博登海默:《法理学:法哲学与法律方法》,邓正来译,中国政法大学出版社1999年版,第196页。

〔5〕 郑玉波:《民法总则》,中国政法大学出版社2003年版,第219页。

〔6〕 覃有土:《商法学》,高等教育出版社2004年版,第24页。

体现。

控制股东信义义务正是法的安全价值的客观体现。从实质上看,控制股东的控制权既是一种权利,也是一种客观存在的"权力"。一方面,控制股东利用其拥有的控制权行使对公司的管理权利;另一方面,通过这种控制,形成了对公司事务的支配力和影响力。控制股东之所以应当对其他中小股东承担义务,源于控制股东对公司控制权的拥有和行使。而控制股东的自利性及权力的本质特性都极易使控制股东的行为超越界限,因为道德冲突赤裸裸地揭示了人类的两面性——善与恶。[1] 事实证明,一个被授予权力的人,总是面临滥用权力的诱惑,面临着逾越正义和道德界限的诱惑,所以,法律的基本作用之一乃是约束和限制权力,而不论这种权力是私人权力还是政府权力。[2]

(四)效率

长期以来,公平、增长、稳定和效率一直为经济学研究的范畴。在经济学中,作为一个核心的内容,效率也成为判断经济行为和经济制度优劣的标准之一。所谓"效率",或称为"效益"(efficiency),有多种含义,但效率概念的基本内容,就是指投入与产出或成本与收益之间的关系。在法理学上,效率也成为法的价值追求和历史发展的必然结果。因为法律对社会关系的调整使之具有公平性和有序性。只是在不同的部门法中是遵循公平优先,兼顾效率,还是效率优先兼顾公平的法理念的问题。在经济、科技社会快速发展的今天,法律对社会关系调整的效果也可以理所当然地用效率的产生与否以及效率的高低作为一个评判标准。但是,把效率这一价值准则引入法律领域并加以研究则肇始于经

---

〔1〕 小约翰·科利等:《公司治理》,李维安等译,中国财政经济出版社2004年版,第2页。

〔2〕 E.博登海默:《法理学:法律哲学与法律方法》,邓正来译,中国政法大学出版社1999年版,第358~363页。

济学对法律的渗透。效率是经济分析法学的基本概念、核心概念。法律经济学认为法的宗旨是以价值得以极大化的方式分配和使用资源。无论是波斯纳的《法律的经济分析》还是罗伯特·考特的《法和经济学》等使用的都是效率概念,其已经成为微观经济学的三大概念最大化、均衡和效率之一。[1] 具体来说,法追求的效率价值包含着两层意思:(1)法律的外在效率价值,即法为人们设计最经济的行为模式,并使人们按照这一模式安排相应的行为,从而降低行为的成本。(2)法律的内在效率价值,即法通过其制定和运作使人们在生产中以相对较小的投入获得相对较大的产出,从而实现结果的最优化,为社会创造出尽可能多的财富。

就公司法而言,按所有权与经营权分离形成经营者控制现象后,公司权力应如何在控制股东与中、小股东之间适当且有效率地分配成为一个相当重要之课题。在一个团体组织中,必须存在一个有足够的诱因(incentive)确保公司生产与公司价值之最终监督者,由于公司组织中的剩余请求权人即为股东,故为保护其权利,应赋予其最终控制公司的权限,据此,公司法上权力分配采股东优位(shareholder primacy)系一较有效率之模式,而控制股东信义义务则为效率模式之具体落实,对平衡控制股东与董事间权力之分配以及公司治理的强化,应有相当之重要性。对控制股东信义义务而言,其作为一项法定义务,立法目的并不完全等同于传统合同法上的附随义务只是隐含在合同善意磋商、诚实履行的公平交易中旨在为说明当事人应当如何创设以及履行合同基本义务的一般条款,而在于两个方面:一是"对于一个特定的合同,诚信有助于详细说明合同的含义以及因此执行可能未被指明的交易或者协议的'内部逻辑'",其作用主要是"解释合同"和"填

---

〔1〕 罗伯特·考特:《法和经济学》,上海三联书店、上海人民出版社 1996 年版,第 22 页。

补漏洞"。〔1〕 二是通过制定一套严格的信用规则,较少订约成本。

三、控制股东信义义务的法理基础

确立控制股东对公司和股东信义义务的根据和方法,大体上有三种:(1)美国模式。基于信托的法理,承认股东间诚信义务。美国早在 100 多年前在判例法中就把控制股东理解为信托关系的受托者,以承认股东间的诚信义务〔2〕 (2)英国模式。根据合伙性原理理解股份公司,把股东间的关系可以类推为合伙成员相互之间的合同关系,以应付股东诚信义务成问题的领域〔3〕 (3)德国模式。德国自从 1988 年林挪蒂(Linotype)判决以来,承认了股份公司的股东间可以存在"特别的法律关系",在此范围内承认股东诚信义务的存在〔4〕 当然,承认控制股东对公司和股东信义义务,并不是单靠立法或方法引进就能解决,而应该从学说的层次开始,在此基础上重新建构公司法控制股东信义义务理

---

〔1〕 〔德〕莱因哈德·齐默曼、〔英〕西蒙·惠特克:《欧洲合同法中的诚信原则》,丁广宇等译,法律出版社 2005 年版,第 110 页。

〔2〕 朱慈蕴、郑博恩:"论控制股东的义务",载《投资者利益保护》,社会科学文献出版社 2003 年版,第 325 页。

〔3〕 Zipora Cohen, Fiduciary duties of Controlling Shareholders: A Comparative View, *University of Pennsylvania Journal of International Business Law*, Vol. 12, No. 3(1991), p. 387.

〔4〕 BGHZ 103,184 = WM 1988,325. 此判例的内容为"大众汽车股份公司为了获得 AUDI-NSU 公司的大部分股份,于是和公司签订了合同。合同规定,大众公司必须以 2.5 比 1 的比例,用大众公司的股份来交换 AUDI-NSU 公司的股东持有的股份。此后,一个股东就在证券市场上出售了自己的股份,每股售价为 145 马克。同期,AUDI-NSU 公司的最大股东反对收购,提起了要求撤销收购的诉讼程序。在诉讼中,大众公司与该大股东达成和解协议。据此,大众公司必须以每股 226 马克的价格以现金收购 AUDI-NSU 的股份。该收购价是原定价的四倍。上述已出售股份的股东便向作为 AUDI-NSU 的大股东的大众公司提起赔偿诉讼,要求大众公司赔偿其差额。然而德国法院驳回了被告的请求。其理由是 AUDI-NSU 的大股东与少数股东之间不存在任何法律关系,大股东没有义务给少数股东提供信息。该判例遭到许多学者的批判,最终由 Linotype 判决所抛弃"。

论,具体来说其法理基础主要体现在三个方面:

(一)事实上的信义关系理论

鉴于传统公司法理论这种忽视控制股东具有利用控制权为自己谋取私利的倾向,现代公司法认为,"一个只顾及自己利益的多数股东或控制集团将会以不公平的方式管理公司",[1]尽管股东与公司分别为不同的法律主体,但各自应对自己的行为负责。由于控制股东的实际支配力和影响力的存在,控制股东与公司和中小股东之间存在着一种事实上的信义关系。德国学者鲁特指出:"多数派股东与公司机关负有同样的对公司的信义义务,不仅对公司负有信义义务,而且一般地对少数派股东负有公正、正当地运用自己所处的多数派股东的地位。此种义务是基于多数派股东地位即体制的多数派股东就公司和少数派股东所拥有的影响力而产生的。"[2]美国斯托里(J. Story)法官将之形象地描述为"只要委以信任(如信托),那就必须全力以赴为他人利益,而不得有任何欺骗;一旦获得了影响力,那就不得利欲熏心、工于心计和损人利己;一旦掌握了个人控制的手段,这些手段就必须只限于用在诚实的目的。"[3]

(二)实践中的控制权存在理论

一般来说,在英美公司法领域中,信义关系实际上是基于公司中特定权力分配关系,尤其是控制权的分配关系。[4] 信义义务适用于那些有权控制其他财产的人。只要有控制权存在,它就

---

〔1〕 闫小龙、邓海兵:"论控制股东的诚信义务",载《北京市政法管理干部学院学报》2003 年第 1 期。

〔2〕 刘俊海:《股份有限公司股东权的保护》,法律出版社 1997 年版,第 297 页。

〔3〕 张开平:《英美公司董事法律制度研究》,法律出版社 1998 年版,第 151 页。

〔4〕 黄健:"保护少数派股东的法理基础与价值探析",载王保树主编:《转型中的公司法的现代化》,2006 年,第 585 页。

有潜在滥用的可能性。关于控制股东信义义务的产生,目前有两种学说:一是控制权对应说[1],认为控制股东无论是否真正行使控制权,控制股东都需要承担相应的义务。二是控制权行使对应说[2],认为单纯地居于表决权多数,并不必然带来义务,只有存在大股东行使控制权时,控制股东才负有义务。这两种学说的本质区别在于是控制地位还是控制行为带来了控制股东义务。[3]笔者赞同控制权行使对应说,主要是因为,首先,对控制股东科以信义义务的目的是追求法律的公平、公正和安全的价值观,保护中小股东的利益,维持股东利益平衡,维护公司的稳定。其次,若公司的控制股东只有控制地位而无控制行为,则其既不会对公司和公司的少数股东的利益造成损害,也丝毫不会危及公司的安全。最后,公司是个自治性的契约,股东与公司是两个不同的法律人格,都在诚实信用的原则下追求利益最大化。无控制权股东除了履行公司出资外就是行使股东权。他们的行为遵循意思自治原则,法律不应该对其附加特殊的义务。因此,法律不应该进行干预和强制。换言之,当多种市场约束管理者并产生激励促使其为股东谋利时,公司关系也为欺诈、关联交易以及对公司资产的"一次性"侵吞创造实质的机会,法律的任务是以一种对股东有益的方式减少这些机会。[4]也就是说,只有当管理者的行为事实危及股东或公司并可能损害到他们的现实利益时,法律才干预,这一学说,也在立法中得到了确认。

---

[1]　王保树、杨继:"论股份公司控制股东的义务与责任",载《法学》2002 年第 2 期。

[2]　何美欢:《公众公司及其股权证券》(中册),北京大学出版社 1999年版,第 823 页。

[3]　赵志钢:《公司集团基本法律问题研究》,北京大学出版社 2006 年版,第 193 ~ 194 页。

[4]　拉尔夫·K. 温特:"州法、股东保护及公司理论",载唐纳德·A. 威斯曼编:《法律经济学文献精选》,苏力等译,法律出版社 2006 年版,第 282 页。

(三)理论上的股东权实质平等理论

事实上,股东平等一直是公司法的基本原则,这种平等建立在同股同权的基础之上。德国学者认为,在股东权行使方面,股东受到的待遇必须与其持股比例相一致,公司不得给予个别股东以特别的好处,尽管中小股东应该受到某些特别权利的保护[1]。但是,随着资本多数决的异化,持股多少不仅决定股利回报不同,和股东表决权的话语权的"分量",而且公司控制股东会滥用公司控制权损害公司和少数股东。于是,要实现股东权实质平等,首先做到规则的平等,也就是人们说的"程序正义",要求在不同的条件下平等的区别对待,使任何人都应当拥有同等的自由的全面制度的权利;其次,还要做到"实质正义",使任何人能够理性的得到好处。

但是,人们已经塑造了社会经济的不平等,如公司法中控制股东与中小股东之间就存在这种不平等关系。只是人们要求这种不平等只能与地位、职务挂钩,这种地位、职务必须对所有人开放,而不是利用支配性地位损害他人的利益。英国学者 G. 比恩(G. . Bean)将这种关系定义为"是一方承诺将为了另一方的最佳利益而行为,或为了双方的共同利益而行为的社会关系"[2]。其中,受信人处于相对优势地位,而受益人则处于相对弱势。"为保护处于弱势地位的受益人的利益,衡平法院介入那些所谓的滥用'信赖关系'的案件,包括为了得到利益而违反受托人义务、违反信息保密义务以及施加不当影响等"[3]。法律也要求受信人对受益人(或)受托人承担相应的法律义务。如 1939 年美国道格拉

---

〔1〕 霍恩:《德国民商法导论》,朱林译,中国大百科全书出版社 1996 年版,第 168 页。

〔2〕 G. M. D. Bean, *Fiduciary Obligations and Joint Venture.* Clarendon Press. 1995. p. 23.

〔3〕 G. M. D. Bean, *Fiduciary Obligations and Joint Venture.* Clarendon Press. 1995. p. 26.

斯大法官在 Pepper v. litton 一案中也强调,"一个负有受托义务的人,不能利用本身的权力厚己薄人,失其公正立场,谋一己私利而害及公司、股东及债权人的利益。"[1]这种义务就是信义义务,它源自衡平法的伟大创造——信托制度[2] 可见,控制股东信义义务不仅可以保护股东免受公司管理者的侵害,也保护少数派股东免受多数派股东的侵害,其目的是维护投资者利益,体现权力与责任的一致,实现股东权的实质平等。

---

〔1〕 梅慎实:《现代公司机关权力构造论——公司治理结构的法律分析》,中国政法大学出版社 1996 年版,第 212 页。

〔2〕 周小明:《信托制度比较法研究》,法律出版社 1996 年版,第 83 页。

第三章 控制股东信义义务的立法依据

——以公司法律关系为视角

第一节 公司的本质:公司法研究的核心问题

欲解决控制股东和少数股东间之问题,由于二者皆为公司构成人员,故有必要先了解公司本质。

一、公司的本质

本质在现代汉语中有两重含义:一方面表征本性、固有的品质;另一方面表征一个哲学范畴,指事物固有的内部联系。关于公司的本质,一直以来是公司法研究的核心问题,概括起来,目前主要有以下几种学术观点:

(一)法人理论

法人理论肇始于罗马法,法人制度的建

立是德国民法典的伟大创造。关于法人的本质主要有法人拟制说、法人否认说、法人实在说。其中,法人拟制说之集大成者为德国历史法学派的萨维尼,他认为法人即为法律拟制之人;法人否定说否定法人的存在,认为社会生活中除个人和财产外,实无法人存在,又分为布林兹的目的财产说、耶林的受益体说和霍达的管理人主体说;而法人实在说肯定法人的存在,认为法人是法律上的组织体,又分为德国学者基尔克的有机体说和法国学者米休的组织体说。[1] 传统民法理论将公司视为一个具有法人资格的民事主体,传统的公司法理论将公司看做是一个拟制的商事组织,是法律规定的产物。公司的管理就是通过法人的机关——董事会来实现,而公司的股东则是通过持有股票、行使股东权来实现公司的管理。

(二)契约理论

契约理论(The Nexus of Contracts Theory),为 Michael C. Jensen 和 William H. Meckling 两位教授提出,认为,公司并非一个实体,而系由个别要式(formal)和非要式(informal)契约之连接,系由复杂的契约关系网所约束的人的聚集,并于此多方面相互联系而建立的权利义务关系。简而言之,公司在本质上是一系列合同的共同签署。20 世纪 80 年代的敌意收购浪潮,为这种理论提供了有力的实证支持,因为市场的力量被认为是可使股东既能避免集体行动成本,也能实现对公司的有效控制的不二手段。[2] 具体来说,公司是包括股东和管理层之间的公司各参与方之间所形成的权利束,各参与方通过自愿订立合同以获取更大利益,股东大会则通过投票否决权、法定人数规则等干预机制来控制公司,公司股东通过以不满管理层决定时退出合约的方式影

---

〔1〕　梁慧星:《民法总论》,法律出版社 1998 年版,第 118 ~ 119 页。
〔2〕　付军:《公司投票代理权法律制度研究》,北京大学出版社 2005 年版,第 19 页。

响管理层。实际上,契约理论的本质是把公司看做是一种体现着个人之间契约的一系列关系网的法律拟制,是契约化的经济组织,它契合了资本、劳动者、经理人和其他生产要素,使之成为一个具有内在同一性和有机性的经营实体,从而使市场交易的个别性交易和契约集中地演化为内部交易和关系性契约。[1] 在这些合同中包括同原材料或服务的卖方签订的供应合同,同向企业提供劳动力服务的个人签订的雇用合同,同债券持有人、银行及其他资本供应方签订的借款合同。[2]

(三)管理者理论

Berle 和 Means 认为,随着大型公众公司的股票持有者的分散化,股东不可以对公司董事与高级管理人员实施有效控制,高级管理人员才是公司的真正主宰。正是由于他们提出的所有权与控制权分离的理论,一种新的公司理论——管理者理论开始产生。这种理论认为,信义义务规则是保护股东的唯一有效的规则。但是这种保护由于股东实施权利的障碍而变得不够充分,还需要通过股东投票表决权规则来实现和保护股东权利。

(四)机构投资者理论

现在,机构投资者开始主宰公司领域,逐渐成为公司股票的主要持有人。据统计,1965 年,机构投资者仅拥有美国公众公司16% 左右的市值,20 世纪 90 年代初超过了50%。[3] 为了顺应机构投资者的发展,美国在 20 世纪 90 年代开始修订法律,如在加州公共雇工退休协会(CAIPERS)与全美股东协会(USA)的建议下,1992 年美国 SEC 分别颁布了《股东交流规则》(Shareholder

---

〔1〕 麦克尼尔:《新社会契约论》,雷喜宁等译,中国政法大学出版社1994 年版,第 10 页。

〔2〕 亨利·汉斯曼:《企业所有权论》,于静译,中国政法大学出版社2002 年版,第 24 页。

〔3〕 付军:《公司投票代理权法律制度研究》,北京大学出版社 2005 年版,第 20 页。

Communication Rules）和《管理人薪酬披露义务》（Executive Compensation Disclosure Rules），这种立法取向反映了一种新的机构投资理论。该理论认为，实现受益人的信义义务和财务目标，能促使机构投资者们更好地认真对待自己的权利，积极参与公司治理。

（五）新古典经济学派理论（The Neoclassical Theory）

为自 1776 年 Adam Smith 提出该理论以来公司存在之原因。认为公司（firm）为一组合理之生产计划流程，由公司经理人依其专业能力从事公司生产行为，整合公司内部各构成员和各部门，降低生产成本，以追求公司利益为目的，并极大化公司拥有者之财富。此理论将公司存在归纳为三项原因，同时亦为其三项优点：专业生产、资本财运用、规模经济。[1]

（六）厂商理论（The Theory of the Firm）

由 1991 年诺贝尔经济学奖得主 Ronald Coase 提出。该理论认为，于一般正常契约交易情形下，自由竞争市场中一定存有交易成本，唯因彼此信息不对称，使一般交易人必须花费过多成本搜寻信息，故契约交易价格不易确定，导致交易人为交易行为之意愿降低，进而影响市场交易的活络，使交易行为变得无效率，资源无法达到有效率配置。为了降低此不必要之成本，Ronald Coase 认为，此时应成立公司（firm）取代市场之价格机能。此系指借由公司组织，透过公司政策执行者于公司组织内由上而下垂直控制命令关系（hierarchical order），决定资源之有效运用，如此可降低许多缔约上不必要之交易成本，交易价格亦较容易确定，方能为有效率之交易行为，并使资源为有效率配置。

---

〔1〕　See William Klein & John Coffee, Jr., *Buisness Organization and Finance: Legal and Economic Principles*, Foundation Press, 173(2004).

（七）团队合作理论（Team Production Theory）

Margaret Blair 和 Lynn Stout 认为，公司为股东、债权人、员工以及其他利害关系人之团体合作模式，毕竟团队合作所得利益应高于孤军作战所得利益。因各个公司参与者对公司皆有其专属性投入（firm-specific investment），故团体活动难免有事前（ex ante）怠惰问题（shirking），以及事后（ex post）竞租问题（rent-seeking）。为达成公司团队合作最大效益，所有利害关系人皆愿意成立一中立之居中协调者，即董事会，掌握协调控制以及监督之权力，扮演公正第三人角色，因此公司董事会并非股东代理人（agent），而系公司所有利害关系人之受托人（trustee），故其所有要追求之利益并非股东最大利益，而系公司团队最大利益。[1]最近对团队合作理论的批评指出：以董事会作为中立协调者的看法，忽略大多数公司董事会的成员并非全为独立第三人角色，因董事会成员中仍有内部董事存在。[2]

二、对公司本质的评价

现代公司制起源于西方，公司内部的权利构造也与西方国家的三权分立制度有惊人的相似。英国学者高维尔认为："除公司不是主权国而唯一有点资格限制以外，公司与国家无其他差别。"[3]美国学者沃尔芬森进一步指出，"现代巨型公众公司是由控制团体管理的强有力的微型国家，因此，法律的制衡成为必要。公司法的首要目标是试图构架一部'宪法'，以界定和限制公司权

---

〔1〕 See Margaret M. Blair & Lynn A. Stout, A Team Production Theory of Corporate Law, 85 *Va. L. Rev.* 247（1999）.

〔2〕 See Ian B. Lee, Efficiency and Ethics in the Debate about Shareholder Primacy, 31 Del. J. Corp. L. 533（2006）.

〔3〕 高维尔:《现代公司法原理》，第 15 页（L. C. B. *Gower's Principle* of *Modern Company Law*, 6th, Ed, Sweet Maxwell, 1997, p. 15）。转引自梅慎实:《现代公司机关权力构造论》，中国政法大学出版社 2000 年版，第 309 页。

力中枢——董事会和高级经理层——的特权"[1] 我国学者江平总结说："现代公司是现代国家的缩影。"[2] 笔者认为,在某种意义上讲,公司的本质是西方国家分权制衡的国家制度在公司治理上的再现。公司是有权力的,这个"权力"谓之"公司的权力"(Corporate Power),依照英美公司法学者的理解,"是指公司依照宪法和法律的规定去做某些事情的能力或权利,公司被授权去做的事情就是它的权力。法院也通常在这种意义上使用权力的概念。"[3] 但公司毕竟不是国家,它不是公共管理和政治斗争的工具,而是为股东营利的工具。公司只不过是一个独立的民事主体、商事主体和法人主体。作为一个民事主体,它有权利能力和行为能力,作为一个商事主体他有经营能力,作为一个法人人格主体,它有责任能力。因此,本书认为,从外部看,从生成、活动到责任的发生,公司的存在是一个动态的过程。[4] 但是,在整个公司的运行过程中,公司是独立的,如设立过程独立、营业过程独立和责任独立。而就公司存在形式而言,"现代公司"是一种巨型商事企业,它是权力库,是我们所处的社会中非政府权力的最大中心。[5] 因此,在本质上,公司内部是权力配置和公司机关之间的权力制约。

当然上述部分学说也存在诸多理论缺陷。如新古典经济学

〔1〕　沃尔芬森:《现代公司》,自由出版社 1984 年版,第 3 页。转引自梅慎实:《现代公司机关权力构造论》,中国政法大学出版社 2000 年版,第 54 页。

〔2〕　梅慎实:《现代公司机关权力构造论》,中国政法大学出版社 2000 年版,第 1 页。

〔3〕　张瑞萍:《公司权力论——公司的本质和行为边界》,社会科学文献出版社 2006 年版,第 7 页。

〔4〕　张旻昊:"公司本质属性的动态分析",载《山东大学学报》(哲学社会科学版)2004 年第 4 期。

〔5〕　梅慎实:《现代公司机关权力构造论》,中国政法大学出版社 1996 年版,第 50～54 页。

派对公司之阐述仍有不足之处,遭致众多批评,[1]其仅说明公司之功能,如同黑盒子般只看到要素投入与产出的两端,并未说明公司的结构、公司的运作,以及公司内部构成员间之利益冲突与解决之道。而对契约理论的诟病在于,契约论者认为股东仅为公司参与者之一,于此前提下为何公司经营阶层仅需对股东负受托义务(fiduciary duty),毋庸对其他利害关系人负责。[2] 而对团队生产理论最近的批评指出:应由何人监督掌握协调控制权力的董事会,凭什么仅股东拥有决定公司重大事项之权以及以董事会作为中立协调者的看法,忽略大多数公司董事会的成员并非全为独立第三人角色,因董事会成员中仍有内部董事存在。[3] 我们认为,公司合同理论符合现实中任何商业组织形态,也就是说商业组织形成的目的在于降低交易成本,仅因交易成本高低的不同,越是复杂的交易关系,通过商业组织的内部化(internalization)越是成为成本低、效率高的交易行为。故可谓依交易成本由低至高的排列,当事人可自行决定以何种合同或类型的商业组织从事交易行为。总而言之,身为商业组织形态之一的公司,理当由最基础的合同关系由简化繁地逐步构成,故本书以下论述将以公司合同理论为基础。

其实,对公司本质的不同理解与争论,直接体现在对公司股

---

〔1〕 See Oliver Hart, An Economist's Perspective on the Theory of the Firm, 89 *Colum. L. Rev.* 1757 – 1758 (1989); Michael C. Jensen & William H. Meckling, Theory of the Firm: ManagerialBehavior, Agency costss and Ownership Structure, 3 *J. Fin. & Econ.* 305, 307 (1976).

〔2〕 See Jonathan R. Macey, Fiduciary Duties as Residual Claims: Obligations to Non-shareholder Constituencies from a Theory of the Firm Perspective, 84 *Cornell L. Rev.* 1266 (1999).

〔3〕 See Ian B. Lee, Efficiency and Ethics in the Debate about Shareholder Primacy, 31 *Del. J. Corp. L.* 533 (2006).

东、管理层以及市场力量在公司治理作用的分歧上。[1] 其中,管理者理论源于所有权与控制权的分离理论,机构投资者理论则来源于公司治理的需要。法人理论则基于民法上的法人制度,公司的管理是通过法人机关来实现的,而管理者代表公司进行经营的职权通过法律的授权获得,公司则作为独立的市场主体参与市场交易。而公司的合同理论则"更倾向于将公司定义为劳动与资本的一种伙伴关系"[2],通过一系列关系性契约的安排,确立了公司机体之间的权利与义务。而实现这种契约目的,取决于公司三方治理的有效性,即(1)股东自治。主要是加强公司各个参与者的道德上的自我治理和约束,建立信誉机制。(2)公司自治。主要是提供社会公共产品,建立公司契约中控制股东对弱势群体(如中小股东、被控制者、债权人等)的信义义务,加强公司参与者之间相互约束。(3)国家强制。主要是公司监管部门对公司的外部监控。公司的管理者理论和机构投资者理论,都要求制定信义规则,及实现信义规则的股东委托投票代理权程序,以保护公司股东或受益人权利。

第二节 公司所有权与经营权分离下的公司法律关系

现代公司是以所有权与经营权相分离为理论基础的。整个公司法律关系通过公司权力构造,体现着公司、管理者、股东的权利、权力的博弈。其中,在管理层与股东和公司的关系中,往往通过二个制度设计来防止管理层对公司股东和公司的"离心"作用:

---

〔1〕 付军:《公司投票代理权法律制度研究》,北京大学出版社 2005 年版,第 16 页。

〔2〕 达尔·尼夫:《知识经济》,樊春良等译,珠海出版社 1998 年版,第 124 页。

一是股东的表决权;二是公司管理者对公司和股东的信义义务。

一、公司与股东:有限责任与独立责任

(一)有限责任

从历史上看,有限责任并非公司形式与生俱来的特征,一些重要的公司立法例曾经长期规定了股东对公司债务承担无限责任的基本原则。股东有限责任原则为 19 世纪之立法者,是法人制度发展的必然结果,它昭示了有限责任作为缔约手段与融资工具的重要价值。[1] 当初针对单一及独立公司所采取的政策,其目的是合理分配企业的风险与成本,鼓励投资及累积资本。特别是,在当时,大型、公开发行公司的组织模式风行世界,而公司间相互持股之情形则为法律所禁止,立法者对于公司间控制从属、关系企业、母子公司等现象均一无所知。因此,股东有限责任原则是以单一、个别公司的经济上背景而发展出来的原则,并未考虑到未来集团式关系企业出现。当时,设计股东有限责任的主要目的,在于在公司本体与股东之间划定一个清楚的界线。故股东有限责任原则的法律根据,主要是在公司法的建构上在公司和股东之间的权力与责任之间建立之连接关系。就民法上一般责任原则而言,基本上须具有控制其行为的能力者,始应就其行为所造成之损害与结果负责。但是在大型公司企业所有与企业经营分离的情形下,公司因资本募集而设立,个别股东仅纯粹提供资金,并未参与公司之经营管理或决策过程,因此不能强加责任于其身,否则不仅妨碍股东之投资,不利于公司资本之筹措,这与民法上一般的责任法标准有所违反。可见,股东有限责任原则只是具有减缓公开发行公司与一般责任法则冲突功能,并显示权力与责任结合的反面效果,意即"无权力则无责任"(**No Liability**

---

〔1〕 〔美〕莱纳·克拉克曼等:《公司法剖析:比较与功能视角》,刘俊海等译,北京大学出版社 2007 年版,第 10 页。

Without Power)。

从经济角度分析,股东有限责任的优点在于:有限责任监督代理人的需求、股东之间相互监督的成本、通过鼓励促使管理者更有动力进行效率化经营、使市场价格有可能反映公司价值的其他信息、促使更加有效率的分散化投资及实现最优质的投资政策。[1] 然而有限责任之不足在于:过度从事高风险经营。因为企业的管理权,在企业价值高于负债时,属于股东;于企业价值低于负债时,则属于公司债权人。然而,企业的意思决定有其不确定性。当公司的企业价值高于负债时,管理权属于股东,但依照股东意思决定的结果,亦有可能使企业价值低于负债。因此,股东的决定,未必使公司的企业价值达到最大化。

股东有限责任制度既然衍生出上述弊端,法律制度该如何对应,方能一方面维护该制度存立的目的,另一方面又能杜绝其弊病,实乃摆在我们理论研究者面前的一个重大之课题。概言之,学者就此所提出之对策,约可分为事前防范及事后规范两种。前者系指在公司发生债务不履行之前,关于企业行动的规制;后者则指于公司发生债务不履行后之处理程序,及责任归属之措施。[2] 但我们认为最根本的策略应该是修正公司有限责任理论,构建公司独立责任。

(二)独立责任

公司与股东的关系体现为各自独立的人格和责任。公司在市场交易中具有法人格,而股东具有自然人人格。公司制度的建立是以独立人格为前提的,独立人格必然承担独立责任。关于法人独立责任目前有两种代表性观点:

---

〔1〕　弗兰克·伊斯特布鲁克等:《公司法的经济解释》,北京大学出版社2005 年版,第47 ~ 49 页。

〔2〕　金本良嗣、藤田友敬:"株主の有限责任と债权者保护",载《会社法の经济学》,财团法人东京大学出版会1998 年版,第208 页。

1. 肯定说。以我国《民法通则》为代表,承认法人具有独立责任,并将其作为法人应当具备的条件之一。该说是人们对法人独立承担民事责任解释的普遍看法。这一学说又因人们的不同理解而分为有限说和无限说学说两种。

其中,有限说认为,法人能够独立承担民事责任,首先是指法人的责任范围是独立的,也就是说法人仅以法人自己的财产作为法人债务的担保,并不将法人成员的财产和法人创立人的财产作为法人债务的责任手段。[1] 这意味着在法人对外独立承担民事责任上排除了法人与他人(包括法人成员和设立者)承担共同连带责任的可能性,也必然导致法人成员承担有限责任。

无限说认为,法人独立责任是要求法人以其所有的或经营管理的财产,包括设立时具有的及设立后增值的财产,作为对外债务的一般担保。既然法人以现在的及将来取得的财产对外承担责任,那么,它既不是物的有限责任,也不是量的有限责任而恰恰符合无限责任的要素,因此,法人对外承担的责任不折不扣地是无限责任。[2]

2. 否定说。认为法人独立责任并非法人的基本特征,尤其是现在俄罗斯、意大利民法典关于法人的规定和和美国商法典关于人的规定,以及借鉴德国民事立法的瑞士、日本和我国台湾地区均未将法人独立责任作为法人的特征,甚至有学者总结出了现今存在责任独立型、责任半独立型、责任非独立型和责任补充型四种法人责任形态。[3] 有限说与无限说都是从法人具有独立财产的范围来阐述法人独立责任,只是有限说以坚持过去德国民法对

---

〔1〕 彭万林:《民法学》,中国政法大学出版社 2002 年版,第 91 页。

〔2〕 夏利民:《民法基本问题研究》,中国人民公安大学出版社 2001 年版,第 122 页。

〔3〕 虞政平:《股东有限公司——现代公司法的基础》,法律出版社 2001 年版,第 167~173 页。

法人的判断和划分标准为前提,从而混淆了有限责任和独立责任;无限说则从法人财产的来源是无限的角度肯定了法人独立责任,二者并不矛盾。而否定说实际上并不否认法人独立责任,只是混淆了法人独立责任与法人责任形态。事实上,法人与独立责任以及股东的有限责任没有必然的关系。[1] 笔者认为,独立财产并不是法人独立责任的理论基础,独立人格才是独立责任的理论前提。只有具有独立人格,法人才具有民事权利能力和行为能力,进而具有民事责任能力,独立承担责任。因此,正确理解公司责任,重点要把握以下两点:

一是法律对法人财产责任的界定标准。法律对法人财产责任的界定是以人格独立为标准,而不是根据责任的有无限制的分类方法来确定。法律对法人财产责任的界定标准是针对法人本身而言,其承担财产责任的形式,由其独立的民事主体地位决定,即法人具有独立人格,意味着法人可拥有以与其成员和其创立者的财产分开的自己的独立财产,承担清偿债务的责任。而公司法人中公司法人人格否定制度反过来也可证明独立责任与独立人格的对应性。该制度在英美法上称为"揭开公司的面纱",德国法上称"直索责任",是指对已具有独立资格的法人在具体的法律关系中,因社员滥用法人人格给债权人利益造成损害时,基于公平正义而否认法人人格,责令有法人的社员直接与法人的债务人承担连带责任。

法人责任的有无限制是针对法人社员(或投资人)而言的,如公司法的一个突出特征是有限责任,之所以说公司责任是"有限"的,是指公司的投资者只以其对公司的投资额为限承担责任。同样,以投资为限的有限责任是大多数投资的共同特征,并非仅公

---

[1]　曹红冰:"关于法人独立责任之探讨",载《湖南商学院学报》2007 年第 3 期。

司法如此。个人独资、普通或有限合伙、商事信托以及其他风险投资中的债务投资者都属于有限责任[1]。但公司法人本身并非"有限责任",它必须像其他任何实体一样清偿自己的债务(无论如何,除非在其破产的情况下始可免除责任)。可见,所谓法人的有限与无限责任只是法人的社员或出资人承担财产责任的形式,由法人的类型形态决定,如完全行为能力法人是有限责任,而限制行为能力法人是无限责任。

二是法人与法人成员之间的关系。自 1896 年德国民法典创立法人制度以来,法人类型有了新的发展。从德国立法和判例可知"由于与登记社团法人、资合公司以及合作社法人已无本质上的差异,在德国无限公司、两合公司与经营营利性企业的民法上的合伙都被当作法人理解"。在法国理论上和立法上也开始承认合伙具有独立的主体资格,如修订后的《法国民法典》合伙编中明确规定,除隐名合伙外的合伙,自登记之日起具有法人资格,并将合伙视为公司的一种。日本民法对于团体法人,"即团体成员是有限责任还是无限责任的问题。关于这点,现行法人制度中对两者都有规定。例如日本的中间法人法中就有两种,两种规定之间差异很大。"[2]意大利民法典将公司、合伙、两合公司归为法人调整对象。《越南民法典》着眼于独立进行民事活动,也规定法人以外的合伙为独立民事主体地位。而在英美法上,至 19 世纪末,长期盛行的合伙不具有法律人格的观念开始动摇,一些判例已承认商人们不满于合伙商号欠缺法律人格的事实,并在确定商人们的意图时对这一事实给予了充分考虑。美国《统一合伙法》第 2 条就明确解释"人"包括个人、合伙、公司及其他组织形式。我国虽

---

〔1〕 弗兰克·伊斯特布鲁克等:《公司法的经济结构》,北京大学出版社 2005 年版,第 40 页。

〔2〕 渠涛:《中日民商法研究》(第 2 卷),法律出版社 2004 年版,第 23 页。

不承认合伙等非法人组织的独立民事主体但承认其诉讼主体地位。无疑,现在分别承担有限责任、混合责任、无限连带责任的公司、两合公司、无限公司、合伙等商事人格主体都在各国的民事立法中被赋予法人资格。他们之间的不同在于法人与其成员的连接模式和成员权的结构不同。也就是说,法人独立责任和法人责任的有无限制,即法人与法人社员(或投资人)的责任并无必然联系。正如有学者所说的一样,"社团法人社员的责任,方有无限责任和有限责任的问题,法人无所谓有限责任或无限责任"[1] 可见,既然已存在公司、无限公司、两合公司、合伙等分别承担有限责任、混合责任、无限责任的法人类型,与此相适应,法人以其自身财产承担有限责任不再是法人概念的标志,因为"与自然人以其自己的财产对外承担责任一样,法人也是以其自己的财产对自己所约定的或依法所应负的义务承担责任。但无论是在概念特征上还是依民法的一般规则,该原则均不排斥法人与其他人承担共同责任的可能性"[2]

其实,在公司法上谈到法人独立责任往往以有限责任来代替,这里的有限责任是股东的有限责任,由法人制度来确定;是量的有限责任,股东仅以其出资额为限承担赔偿责任;是相对的有限责任,一旦股东滥用公司有限责任,则"刺破公司的面纱"。在实践中,公司和公司的大股东(母公司),包括个人股东和机构股东,过度利用公司法所规定的股东有限责任的制度,运用其所占股份上的优势及"资本多数决定原则",操纵董事会和股东大会的会议,让公司作出只有利于大股东自己、却不利于其他股东及公司债权人的决议,从而使公司沦为其达到自己目的的工具,已经

<hr>

[1]　张俊浩:《民法学原理》(修订第3版),中国政法大学出版社2000年版,第178页。

[2]　托马斯·莱塞尔:"德国民法中的法人制度",载《中外法学》2001年第1期。

使公司有限责任原则面临考验。[1] 因而,公司的有限责任制度往往以公司法人人格否认制度相配置,通过否认公司与其背后的股东各自独立的人格及股东的有限责任,责令公司的股东对公司债权人或公共利益直接负责,以实现公平、公正和正义目标之要求。此外,有限责任制度作为公司制度的另一核心内容为,它的限制股东风险范围的作用在实践中有极大的意义,并且成为资本三原则和信义义务等重要制度的前提。

二、股东的角色:股东权及其延伸

营利是商事主体经营的目的,已经为各国商法所确认。从这个意义上讲,营利既是公司的本质,也是股东投资的目的。可以说,公司法的设计就是使股东如何充当公司管理的角色,公司如何保护股东的利益。而股东就是通过取得股东权来实现个人利益最大化和对公司的管理。如果没有股东权,公司与股东之间的独立、制衡关系就无法调整和确认,因此,保护股东权益是现代公司的发展趋势。[2]

(一)股东权的性质

股东和股东权是个耳熟能详的用词。然而,令人惊讶的是,除英美法系外,大陆法系各国公司法或民法典中,几乎无一就股东作出法律定义,学理上从不同角度将股东定性为投资主体、债权人、股份持有人等;而将股东权理解为基于股东身份所产生的一种法律地位,认为股东权是股东身份产生的全部权利的集合体。关于股东权(或者股权)的性质,我国在学术界一直存在争议,概括起来,主要有以下几种学术观点:

---

〔1〕 郑若山:《公司制的异化》,北京大学出版社 2003 年版,第 101 ~ 102 页。

〔2〕 覃有土:《商法学》,高等教育出版社 2004 年版,第 112 页。

1. 所有权说。认为股权是股东对公司财产所享有的所有权。[1]

2. 债权说。认为股东之所以认缴出资、持有股份只是为了获取收益分配。而股东所认股份是以请求利益分配为目的的附条件债权,也就是说,股东对公司享有的财产权是一种债权。[2]

3. 社员权说[3]。认为股权就是股东基于其社员资格而享有的权利,包括若干种财产性质的请求权和共同管理公司的若干种权利的总称。

4. 股东地位说。[4] 认为股权是股东在公司取得的成为各种权利基础的法律地位,以此法律地位为基础确认的权利(具体的权利才是股权的内容)。

5. 集合权利说。[5] 认为公司是由股东组成的企业法人,股权是股东具体权利和义务的抽象概括,并非单一的权利。

6. 独立权利说。[6] 认为股权是与所有权、债权、社员权等传统权利并列的一种独立权利形态。

---

〔1〕 王利明:"论股份制企业所有权的二重结构",载《中国法学》1989 年第 1 期。

〔2〕 郭锋:"股份制企业所有权问题的探讨",载《中国法学》1998 年第 3 期。

〔3〕 谢怀栻:"论民事权利体系",载《法学研究》1996 年第 2 期;梁慧星:《民法总论》,法律出版社 1996 年版,第 64 页;储育明:"论产权性质及其对我国企业产权理论的影响",载《经济法制》1990 年第 2 期;葛云松:"股权、公司财产权性质问题研究",载梁慧星《民商法论丛》(第 11 卷),法律出版社 1999 年版,第 46 页等。

〔4〕 该说为日本学者松田二郎主张,参见孔祥俊:《民商法新问题与判解研究》(第 1 版),人民法院出版社 1996 年版,第 273 页。

〔5〕 李本初:《股份经济学原理》,中国商业出版社 1993 年版,第 74 页。

〔6〕 覃有土:《商法学》,高等教育出版社 2004 年版,第 131 页;江平、孔祥俊:"论股权",载《中国法学》1994 年第 1 期;王平:"也论股权",载《法学评论》2000 年第 4 期;石劲磊:"论股权的法律保护",载《法律科学》1997 年第 1 期;李跃利:"论股权的性质",载《法学论坛》1997 年第 3 期等。

7."股权—股东权"说〔1〕认为股东享有的权利应分为"股权"和"股东权"两种，股权与"股东权"是两种不同层面的权利，"股权"是指股东对股份的所有权，是一种物权、财产权，"股东权"是区别于"股权"的一种社员权，是一种非财产权利。

8.经济发展权说〔2〕。认为股权的本质是追求增量利益最大化的经济发展权。

关于股东权的性质，笔者同意独立权利说，主要基于以下几点理由：

一是股东权不同于所有权、债权和社员权。

首先，股东权不是所有权。原因在于民法上的每一种不同的权利，都有自己不同的取得要件、内容和具体规则。所有权的取得、内容等规定于物权法，股权的取得要件、内容规定于公司法，这本身就已经表明二者是不同的权利。所有权的规则根本不能适用于股东，两种法律规则也没有任何的相同。"所有权说"有股东"共有权"和股东、公司"双重所有权"之分。这种理论无法解释股东对公司财产最终处分权的丧失，进言之，股东的利润分配权、剩余财产分配请求权等，都不是对物的支配权〔3〕

其次，股东权不是债权，也不是股东地位。与债权不同的是股东权不只是以请求利益分配为的目的，不同于民法上的权利能力的是股东权行使也不只是以取得股东地位为目的，而是股东权有具体的权利内容和利益。总而言之，这种理论无法说明股东的表决权、新股认购优先权和股份处置权的基本属性，也无法区别

---

〔1〕 郑彧："论股东的权利"，载顾功耘：《公司法律评论》，上海人民出版社2002年版，第89~94页。

〔2〕 陈乃新、刘登明、王灿："股权的本质是一种经济发展权——对股权本质的经济法学思考"，载《湖南省政法管理干部学院学报》2001年第2期。

〔3〕 葛云松："股权、公司财产权性质问题研究"，载梁慧星主编：《民商法论丛》（第11卷），法律出版社1999年版，第47~53页。

股东对公司的投资行为与债权人购买公司债券的行为的差异。[1]

再次,股权也不是社员权。社员权是社员基于社员资格或地位而享有的权利的总称。它与一般民事权利有别,是宪法上结社权在私法上的延伸,兼有财产权与非财产权的双重属性。[2] "社员权说"将以间接管理公司财产、保证实现股东利益为目的的表决权,归类为非财产权,其理由并不充分。[3] 实际上表决权是具有双重性质,既属于每一个股东的经济民主权利,也属于一种控制权。[4]

最后,本书当然不赞成"股权—股东权"说,原因在于股东权与信用权、商誉权等其他的复合性权利一样都包含财产权和非财产性权利。

二是股东权是一种独立性、集合性的新型财产权。

首先,从物权与债权的角度分析,股东权已经突破了所有权静态的归属性和本体的完整性,实现所有权及其权能的最大分离,将人们利用财产的方式由实物形态财产的绝对排他支配,转化为证券形态财产的利益分享;同时它突破了所有权的单一形式与固有结构,形成了具有"权利束"特征的财产权。这一权利的实质是所有权中的支配、处分与收益三项权能以及债权的请求权能组合而成的新权利。相对于物权与债权来说,股权是一项独立性

---

〔1〕 漆多俊:"论股权",载《现代法学》1993 年第 4 期;康德琯:"股权性质论辩",载《政法论坛》1994 年第 1 期。

〔2〕 章光圆:"论社员权的概念、性质与立法",载 http://www.cnbgt.com。

〔3〕 程晓峰:"关于股权性质的法律思考",载《山东法学》1998 年第 6 期。

〔4〕 梁上上:《论股东表决权——以公司控制权争夺为中心展开》,法律出版社 2005 年版,第 15 页。

的财产权,也是一种集合的财产权。[1]

其次,从法律制度上看,股东权并非像所有权那样以所有权概念为中心构成一个严谨统一的制度,股权的内容散见于形式意义公司法的各个部分。立法者不必去构建一个单一的股权制度,不必给股权下定义,既然它是如同受托人财产权、票据权一样的新型的财产权,就可以分别通过公司法、信托法和票据法来规定。也就是说,只需要考虑在各种具体的情形下股东各项具体权利是什么,怎么行使、保护等,而不在意股权性质如何。

最后,从财产权的发展看,随着社员权、股权、票据权等新型权利不断涌现,现代财产权的种类和形式日益复杂,呈现出三种趋势:财产权的多元性、财产权的综合性和财产权的价值性。[2]现代所出现的新财产不能仅限于在"绝对性的物权"或"相对性的债权"中寻找其法律性质,而是表现为包含着多种财产利益的综合权利。如股权既表现为股息分配请求权,又表现为股东的表决权,还有一些附属权利,诸如股东的代表诉讼提起权和新股认购优先权,控制权、决策权和转让权等。约翰·格雷认为,财产权正在走向分离,日益分解为由它们原来所有权组成的一组"权利束"。市场上的交易对象,实际上并不是物质商品本身,而是依附于这些商品的权利束。财产权观念的消失和财产权制度的解体是资本主义自身内部发展的过程和理想化市场经济运作的结果。

由此可见,股东权具有"权利束"的特征,是股东收益权和控制权的集合。[3]具体来说,本人认为,其应该是包括控制权、营业权和决策权三种权利的新型财产权。因为所有权关系的中心

---

〔1〕 吴汉东:"论财产权体系——兼论民法典中的'财产权总则'",载《中国法学》2005 年第 2 期。

〔2〕 马俊驹、梅夏英:"财产权制度的历史评析和现实思考",载《中国社会科学》1999 年第 1 期。

〔3〕 覃有土、陈雪萍:"表决权信托:控制权优化配置机制",载《法商研究》2005 年第 4 期。

成分包括财产的占有权、使用权、管理权、让渡权、转让权以及从财产中获得收入的权利。在所有权关系中,所有者直接经营财产并从中获得收入的权利是经营权。所有者使用、占有、管理、修改、让渡、销毁自己财产的权利,实际上是所有者对其财产的一种支配权,即控制权;所有者通过表决权等获得或选择控制权的权利,即为决策权。申言之,股东享有对资本的经营权、决策权和控制权,三者共同构成股东所享有的完整股权。

（二）公司股东的角色安排:股东权的次生权利

在整个历史发展过程中,随着财产价值利用观念的转变,财产的客体在变化,人们对财产权的取得方式也在变化。在农耕时代,生存是第一要务,人们对财产的利用主要集中在财产的用益价值,于是作为权利对象的财产,主要是服务于人的"物",因此,人们关注的是谁拥有私有财富的经济权。在工业时代,人们对财产的拥有不再主要为实现财产的用益价值或满足个人需要,而是将其投入流通,适应财产的便捷流转,以诉求它的交换价值,人类顺应了这种客观要求,在物之上设定各种"权利",创造出了各种代表财产的抽象形式,这样各种"权利"（如具有经济内容的民事权利和可流通的股票等有价证券）便成为财产权的客体。因此,人们关注的是公共财富和谁滥用了股东权;在信息时代,计算机软件、数据库和网络游戏上的虚拟财产等无形财产出现,人们开始重视财产的收益价值,在人类的某种活动,如营业资产、自由职业者的顾客、文学产权、发明专利上设定财产[1],人们关注的是信息财富,谁拥有我的信息隐私权。在生物技术时代,人们关注的是基因财富,谁拥有我的基因之人身权。总而言之,整个社会生活中,公众关心的主要问题仍然是财产权:拥有私人财产的权利、使用（或者滥用）公共财产的权利、无形财产权与信息隐私权

---

〔1〕　尹田:《法国物权法》,法律出版社 1998 年版,第 14 页。

的冲突以及在不久的将来会发生的关于基因所有权的争执等。

　　具体在股份公司中,股东所关心的是如何行使股东权。而作为一种新的财产权,股东权是什么? 我们认为,如果按权利的财产性质划分,股东权可分为具有财产性质的股票上的权利(也就是通常意义上的股东对其所有的股份的所有权)和具有非财产性质的管理参与权(股东基于其股东资格而取得在公司中的法律地位并因此享有的各种权利),其中财产权是核心,是股东出资的目的,管理参与权则是手段,是保障股东实现其财产权的必要途径。如果按权能划分,股东权可以分为自益权和共益权。股东凭借其自身的行为就可行使的权利称为自益权,以股东收益权为主,主要包括股东股息分配请求权、剩余财产分配请求权、新股认购优先权及股票交付请求权等;股东须和其他股东共同合作一起行使的权利称为共益权,共益权则更多地表现为股东主体平等的公允要求,主要包括知情权、质询权、表决权、少数股东特殊保护及大股东表决限制权等[1]。如果按股东权行使来划分,则股东权还可分为股东控制权、股东决策权、股东经营权等权利,在这个意义上讲,行使股东权就是股东考虑怎样拥有公司,怎样行使对公司的管理和控制。对此,美国学者曾作出这样精彩的描述,股东拥有公司这就暗含有几层意思[2]:(1)公司是可以被拥有的一件物品;(2)股东是这件物品的唯一主人;(3)他们怎样对待"他们"的物品都行。他形象地将公司比作是一件物品和一种财产,股东与公司的关系,就是股东如何去管理、控制和取得它。我们认为,股东在公司的角色就是通过股东权延伸出的控制权、决策权、经营权,来实现公司的财产利益。

---

　　〔1〕 刘俊海:《股份有限公司股东权的保护》,法律出版社 1997 年版,第 11 页。

　　〔2〕 理查得·奥利佛:《什么是公司欺瞒?》,魏聃译,华夏出版社 2004 年版,第 3 页。

1. 控制权

马克思说"财产权作为一种制度产品,其种类、范围是随着社会生产力的发展而带来……法便不得不承认他们是获得财产的新方式"[1] 作为一种制度产品,财产权具有两种职能,一是对物的控制,它给予自由和安全;二是通过物实现对人的控制,它给所有者以权力。[2] 这样,在公司的产权关系上,原来完整的资产所有权就分解为两个层次:其一,资产所有权(最终所有权)与法人所有权的分解;其二,法人所有权与公司控制权的分解。这样,在股份公司中就出现了两个对等的法律上的所有权主体,资产所有权的主体是公司出资者(股东),法人所有权的主体是公司法人;公司控制权的主体则是控制股东或拥有控制权的公司管理者。

控制权(right of control)概念主要使用在商事领域,具体有国际海事运输中的"货物控制权"、国际金融与公司法领域中的"股东控制权"。但什么是股东控制权,其法律属性如何,至今没有一部法律做出明确的界定。控制权是什么? 传统公司法理论并不关注它,原因在于古典企业的权力结构集所有权与控制权于一体,企业的所有与控制从属于所有者的意志。而现代公司中以单一公司为主体设计的法人财产权制度是在股东权与公司财产权的分离的前提下要求股东对财产的所有权权能的支配权与收益权的分离。[3] 这也使公司法更关注董事、经理的代理成本问题,而将股东假定为被剥夺了对公司财产和资源的支配权、仅享有剩余索取的权利。因此,梅慎实博士就认为"控制权犹如政治领域

─────────────

〔1〕《马克思恩格斯全集》(第3卷),人民出版社1972年版,第72页。

〔2〕 *Property*: *Its Duties and Rights*, The Macmillan Company 1922, pp. 1 – 33.

〔3〕 王卫国:"产权的法律分析",载《商事法论集》(第3卷),法律出版社1999年版。

的主权概念一样,是一种不可捉摸、难以界定的术语"[1]事实上,并非控制权概念的模糊,而在于经济学与法学对其关注的侧重点不同。经济学关注的是控制权行使的成本与效率,着眼于公司治理结构的选择;法学则注重控制权行使中的公平与正义,考虑控制权的所有权归属。因此,在给控制权下定义时,经济学家侧重于控制权中的"控制",它主要表现为"权力、能力",而法学家则突出控制权中的"权",强调的是"权利"。于是美国经济学家科茨主张把"控制权"看成是决定公司各方面重大政策的权力。[2]而美国公司法专家格罗斯曼和哈特则认为,公司控制权是对最终契约中没有被限定的特殊用途资产的使用的权利。[3]从广义上理解,公司控制权既包括政府对企业的生产要素和生产过程的控制力,也包括平等民事主体基于"私权"行使的对企业的资源配置、决策及管理的权力。从狭义上理解,公司控制权是指通过占有公司较大比例的股份,依法享有对公司决策经营、日常管理以及财务政策等方面的权利,即对公司的发展与利益形成机制分配机制的决策权。[4]从财产权的角度分析,有学者甚至认为所有权是一个权利束,包括占有权、使用权、处置权和收益权,后3项可以称之为控制权。[5]也有学者认为控制权具体包括决

---

[1] 梅慎实:《现代公司机关权利构造论》,中国政法大学出版社2000年版,第141页。

[2] 大卫·科茨:《美国大公司的银行控制》,中国对外翻译公司1978年版,第6~7页。

[3] Grossman and O. Hart, The Costs and Benefits of Ownership: A Theory of Vertical and Lateral Integration, *Journal Political Economy*, 1986 (94), pp. 691 –719.

[4] 杨华:《公司控制权市场的微观基础和宏观调控》,中国人民大学出版社2003年版,第17页。

[5] 李红昌:"管制的本质是契约关系吗?",载 http://col. njtu. edu. cn。

策权、经营权、监督权和参与权。[1] 可见,公司控制权概念具有多元和多维度特征。

实际上,公司控制权往往与控制、控制权、公司所有权等概念相联系。

一是公司控制权与货物控制权。从前面的分析可知,公司法上股东控制权在性质上是一种复合性权利,属于新的无形财产权,行使控制权的目的是获取控制利益。而国际贸易上的货物控制权是一种凭单方意思表示即可变更运输合同的权利,其性质目前仍然有争议,目前主要有形成权说、请求权说和债权说等观点。[2]

行使货物控制权的目的是指向货物本身,包括货物本身的保管(第一项权利)、货物的流向(第二项权利)、货物的归属(第三项权利)等,这些指示均构成控制权人对货物的处置。

二是公司控制权与股东控股权。股东控制权与控股权都源于特定股东以自己的意思表示对公司本身产生的根本性影响力。二者之间有紧密联系,在股权高度集中的情况下,掌握控股权,实际上掌握着公司。但是,拥有公司控股权,却不一定同时拥有公司的控制权。股东控制权本身并不一定需要拥有相应的股份,实际情况中没有公司股份或仅仅拥有微不足道股份的管理层却拥有控制权也为数不少。只有同时满足以获取控制权为目标的控股和基于控股所形成的控制这两个条件时,股东控制权和控股权才能一一对应。

三是股东控制权与公司所有权。经典理论中将控制权与公司所有权等同,认为掌握股东表决权的股东当然拥有对公司的控

---

〔1〕 甘培忠:《公司控制权的正当行使》,法律出版社 2006 年版,第 28 页。

〔2〕 陈波:"控制权的概念及其法律性质",载《中国海商法年刊》2006 年版,第 182～197 页。

制权。实际上,股东控制权不同于公司所有权。首先,民法上的每一种不同的权利,都有自己不同的取得要件、特定内容和具体规则。所有权有两层重要的含义:占有权和转让权。占有权是指确定谁可以按某种具体的方式使用某种稀缺资源的权利。转让权是指将所有权再分配(转让)给其他人的权利,包括以任何价格转让所有权的权利。而在所有权关系中,所有者使用、占有、管理、修改、让渡、销毁自己财产的权利,实际上是控制权。其中,所有权的取得、内容等规定于物权法,控制权的取得要件、内容则规定于公司法。其次,所有权和控制权是两种不同的权能和不同的制度安排。所有权着重界定物的归属,对所有权的制度安排,只是规定了所有权实现的可能途径,而控制权则决定物的效用,对控制权的制度安排,却可以通过约束管理层对公司的决策、管理、监督等权力(即控制权能),保障所有权的实现。

四是公司控制权与所有权。控制权来源于公司出资者让渡自己财产的所有权而形成的企业财产所有权之间二重分解所形成的双层结构。没有出资者的财产所有权的让渡,就没有公司财产权,也就更谈不上公司所有权,从而也就不会出现所有权和控制权的分离问题。[1] 正如前面的分析,公司控制权有些时候表现为公司控制权及投票权、决策权等方式。持有上市公司达到优势比例的股权是实现控制权的一种重要的保证,但是,归根结底,在现代企业制度中,构成控制权基础的仍然是所有权、股东权,控制权就是股东参与投票和影响决策的权利,它的基本作用在于保证收益权的实现,防止股东的投资利益受损。

笔者认为,从法律方面讲,控制权并不是一种或一项法律明确规定的具体权利。但是,其一,控制权相当于物权的占有权能。

――――――――――

〔1〕 高洁、唐晓东、李晓:"公司控制权及其'相邻权'关系研究",载《开发研究》2004 年第 6 期。

只是占有体现为对物的实际控制,占有权保护对象是物质财产,而控制权不能像对物质财产那样实施占有,权利人对权利的保护对象只能依靠法律明确的赋权,控制权的保护对象是非物质性的股东权。其二,控制权有点类似物权支配权。因为财产支配权是指权利主体直接支配标的物以实现权利内容,并可排斥他人干涉的权利,其客体是物,而物是指外在于人和人的行为、能够为人所控制和利用的客观存在(包括有体物、无体物和财产权利)。[1]因此,日本学者认为,公司实际上是个"双面兽",既有人的一面也有物的一面,公司兼有人和物的双重性格。[2]作为人,公司本身拥有公司财产所有权,作为物,构成公司主体的股东拥有对公司的控制权。当然,确切地说,控制权实际上是建立在控制基础之上的一种集束权力。首先,公司控制权是股东权的延伸,是权力主体对作为客体的公司所施加的边际影响力,是"控制股东以自己的意思支配和利用公司财产的权力",是"私权";其次,公司控制权是所有权的重要组成部分,如公司法人的"所有权"可以分成两部分权力:剩余收益索取权和公司控制权。[3]其中,所有权在公司控制方面表现为在公司股东大会上的表决权,而剩余索取权则是所有权的根本表现。

2. 决策权

公司法的发展趋势,显然已经由强调资本提供者的权益,转变为强调控制权的权力。[4]但是,在现代公司中,决策权的安排也是一个很重要的法律问题。一旦作出这种安排,权利便通过契

---

〔1〕　温世扬:"财产支配权论要",载《中国法学》2005年第5期。

〔2〕　王文钦:《公司治理结构之研究》,中国人民大学出版社2005年版,第67页。

〔3〕　殷召良:《公司控制权法律问题研究》,法律出版社2001年版,第14~15页。

〔4〕　伯利、米恩斯:《现代公司与私有财产》,商务印书馆2004年版,第163页。

约、购买和企业内部的管理安排,被有规则地重新组合。[1] 所谓决策权,是指决定并采取行动的权利,是拥有资源的个人做出决定和取得"权力"的基础。美国法学家汉弥尔顿认为决策权包括分配盈余及股利、公司合并分立、修改公司章程的权利。[2] 公司决策权反映了股东对公司控制权的享有权力,表现为谁拥有股东大会的选择控制权,谁就能控制股东大会,从而控制公司董事会。决策权的主体是公司董事或控制股东。决策权最重要的表现是董事商业决策权和股东决策权。对于董事商业决策权的范围,美国学者克拉克认为应该包括[3]:(1)任命、监督和撤换实际经营公司的高级职员,确定高级职员的薪酬;(2)授权董事会的专业委员会、高级董事和其他人决策的权利;(3)自行决定是否对公司的股东公告分配和支付股息;(4)通过、修订和废止公司章程;(5)在提交股东批准之前,发起和批准某些特别的公司行为,如修订公司章程、合并、出售所有资产及改善;(6)其他做出一般的重大企业决定,如制定公司产品和服务政策、重要的筹资协议。而关于股东决策权,我国新《公司法》第 38 条规定有 11 项权利。本书研究决策权的主体主要是董事、控制股东等公司管理者。关于公司决策权特别是董事决策权,美国法有成熟的经验。美国法中董事决策权不仅在内部要受到董事信义义务的约束,而且在外部要受到行政干预,如强制信息披露、加强监管等,同时美国司法和判例也要求董事行使决策行为应遵循相应的标准,如商业判断法则。此外还加强了对决策权的保护,如为董事提供责任保险。我

---

〔1〕 科斯、哈特、斯蒂格利茨等:《契约经济学》,李风圣等译,经济科学出版社 1999 年版,第 317 页。

〔2〕 Robert W. Hamition, *The law of Corporations*, West Group, 1996. p. 186.

〔3〕 罗伯特·C. 克拉克:《公司法则》,胡平等译,工商出版社 1999 年版,第 77~79 页。

国法律对董事信义义务的规定缺乏,也没有赋予董事决策权。[1]这也是本书研究的目的所在。

3. 经营权

在日常生活中,"经营"一词可与"经理"(manage)同义,有"使用、处置、控制"之意,它既可以指从事于、忙于某项工作、事业,也可以指自然人、法人做生意。作为一种权利,传统的民法并没有"经营权"的概念和内容,原因在于无论是大陆法系还是英美法系,无论是采所有权体系还是财产权体系,都使用的是同一个词"property rights",经营权要么被作为所有权的一种权能,要么被财产权的概念所取代,人们往往无须给其下一个明确的定义。然而,经营权还是走进了民法的殿堂,并逐步占据着愈来愈重要的地位,是因为经营权是经济发展和所有权演变的一个必然结果。[2] 它经过了原始自然经济的占有经营权、近代商品经济的特许经营权和现代发达市场经济的经营权证券化的发展演变过程。如在人类经济活动的历史进程中,最早出现的占有经营权是由自然人或集体出资购买,对物权的直接占有、支配和使用,其核心内容是从物权本身获取经济利益或收益,中世纪后又出现了特许经营权,其主要表现为政府特许的专营,我国古代的盐、铁专卖即是一例,[3]现代意义上的经营权产生于资本主义社会的中后期,是社会化大生产条件下,所有权主体与客体相分离的必然结果,它泛指人们享有利用财产,从事经营活动的权利。

在理论界,经营权问题早在 20 世纪八九十年代法学界已有所论及,如清华大学王保树教授曾提出过设立经营法学这门学

---

〔1〕 刘新辉:"论美国公司董事商业决策权的制约与保护",载沈四宝:《国际商法论丛》(第 7 卷),法律出版社 2005 年版,第 502 页。

〔2〕 张玲:"经营权产生根据新探",载《法学研究》1988 年第 6 期。

〔3〕 吴汉东、胡开忠:《特许经营权》,法律出版社 2001 年版,第 566 页。

科,其核心就是要研究如何保护企业经营权利。[1] 在实践中,经营权制度一直是我国经济体制改革的核心问题,在民事领域以土地承包经营权为中心,在商事领域则以国有企业经营权为重点展开。直到 1986 年通过的《民法通则》、1988 年颁布的《全民所有制工业企业法》和《全民所有制企业转换经营机制条例》等以立法形式规定经营权制度,经营权的争论才由此而来。传统的经营权被界定为"企业财产权"。它能够成为一个长久不衰的课题,不仅在于其源自于马克思主义的资本所有权与资本职能分离的原理,而且因为是我国"两权分离"的国有企业改革战略实施的理论基础。这一界定,在特定的计划经济条件下是有很重要意义的。它体现了有中国特色社会主义的国家经济制度,即我国是公有制为主体的国家,国有财产即国家所有的财产是经营权的客体,而经营权即是国家所有权的重要实现形式。然而,随着我国市场经济体制的确立,企业形态依据由所有制、部门、地域为标准所划分转向以组织形式、财产责任为划分标准,新型企业(如公司、合伙、个人独资等)法律形态体系已经建立;财产权也不断扩张,在人类的某种活动,如营业资产、自由职业者的顾客、文学产权、发明专利上设定财产。[2] 经营作为一种经济活动也不再只限于生产、经营领域,而且还包括投资与服务等。传统的经营权概念不再适应社会经济的发展。为了实现投资责任主体多元化、财产权利多样化,促进和增长社会财富,必须代之以新的经营权概念,对经营权进行新的阐释。有鉴于此,我们认为,可以将经营权定义为:在投资、生产、经营、服务等领域的权利人对其占有的财产所享有的执行、转让、管理和营业的集合性财产权。它又可分为法定经营权和约定经营权。其中,法定经营权以法人制度的规范化为基础,

---

〔1〕 王保树:"关于建立经营法学的一些思考",载《中国法学》1990 年第1 期。

〔2〕 尹田:《法国物权法》,法律出版社 1998 年版,第 14 页。

是物权法定主义的必然结果,在性质上表现为企业法人财产权的重要组成部分,而约定经营权是创立新的商事主体时所衍生的,以契约自由为基础所发生的经营权。概括起来,现代经营权具有以下几个特点:(1)主体多元性。由传统的特指单一的国有企业而发展为泛指包括自然人、合伙、公司等一切从事经营的民、商事主体。(2)权利集合性。以占有一定的财产为基础和前提,以获取收益为目的,是占有权、使用权、控制权和营业权的多种权利的集合体。(3)内容广泛性。经营权行使范围不仅直接表现为各种有形或无形的经营客体本身,而且拓展到投资、经营、服务等领域,覆盖产品生产、土地开发、房屋修建、网络资源利用、企业联营、政府特许经营等各种经济活动。(4)行为时效性。商铺经营权、土地承包经营权、公路经营权、旅游景区经营权和出租车经营权等各种经营权往往源于所有权人和经营权人之间的契约,一般都约定了经营行为的具体行使日期,或经过法定登记在经营执照中规定了经营权的行使期限,使得经营行为具有一定的时效性。

早在1904年德国帝国法院在一则判决中将"企业之营业不受他人以非法手段妨碍的利益"概括为"营业权"[1]。法国商事法也存在一个"营业权"制度,[2]但与德国法不同的是该权利仅被理解为一种权利意义上的财产形式,属于企业的营业资产。我国台湾地区民法学界也承认营业权的存在,学术界认为营业权属于"民法典"第184条第1款规定的"因故意或过失,不法侵害他

---

[1] RGZ54,24,司法实践中,对营业权的侵害主要包括如下类型:以主张实际并不存在的专利或商标权的方式妨碍企业生产某产品;采取破坏手段和非法的罢工方法妨害企业生产经营等。参见马俊驹、白飞鹏:"对财产上法益间接损害的民法救济:保护与限制",载《法学评论》2001年第2期。

[2] 程合红:《商事人格权论——人格权的经济利益内涵及其实现与保护》,中国人民大学出版社2002年版,第226~227页。

人之权利者,负损害赔偿责任"中权利的一种,为一种无形财产权。[1]从这些国家的立法看,营业权被看做是一种无形财产权。但是与"营业权"不同的是我国使用了"经营权"概念。一般认为,在传统民法中没有经营权这个概念,这个概念是在 20 世纪 30 年代末 40 年代初,由苏联学者维尼吉克托夫首次提出,[2]并随着国企改革的深入在中国兴起,通过《民法通则》和《工业企业法》确定下来。关于经营权的性质一直以来都存在争议。最早认为将经营权理解为公司法人财产权。[3]后来各种民法学教材、专家的文章倾向于将其定位为民法物权,认为经营权是一种独立的、新型的民事权利,源于法律主体最基本的财产权利——所有权。[4]也有学者认为经营权有广义和狭义之分,广义的经营权"是指人们利用物资,从事经营活动的物权形态",是"经营的法律形式";狭义的经营权则是"资产(资本)所有权衍生的、具有商品经营职能的法人他主物权"。[5]还有学者认为,经营权应该定位为物权占有权的一种特殊形式,指占有人占有和经营他人资产

---

〔1〕 杨立新、蔡颖雯:"论妨害经营侵权行为及其责任",载《法学论坛》2004 年第 2 期。

〔2〕 覃天云:《经营权论》,四川人民出版社 1992 年版,第 175 页。

〔3〕 如 1986 年颁布的《民法通则》第五章第一节第 82 条正式规定了经营权,1988 年颁布的《全民所有制工业企业法》(以下简称《企业法》)第 2 条第 2 款明确规定了经营权的法律地位,1992 年颁布的《全民所有制工业企业经营机制转换条例》规定了经营权的具体内容。于是有学者根据《民法通则》、《全民所有制工业企业法》、《监管条例》等法律法规的政策精神,对经营权说作了全面的论证。参见余能斌、李国庆:"国有企业产权法律性质辨析",载《中国法学》1994 年第 5 期。

〔4〕 刘凯湘:"论经营权与国有企业产权制度改革",载《北京商学院学报》1992 年第 1 期。

〔5〕 赵万一:"论公司经营权及其行使",载《西南法律评论》2004 年卷第 1 辑,香港国际炎黄文化出版社 2004 年版;彭万林主编:《民法学》,中国政法大学出版社 1994 年版,第 291 页。

的权利,体现了财产利用的营利特征[1]。

实际上,"经营"是对经济活动的组织和策划,有使用、处置和控制之意,指自然人、法人或其他组织为取得或扩大财产效益而围绕市场展开的各项活动,着重强调国家或行政机构对企业经营活动的干涉和控制。[2] 从这个角度看,笔者认为,经营权包括权利人对财产的执行、转让、管理和营业的权利。可见,经营权中包含营业权,前者是商主体依法享有的一种行动权,该权利具体包括两方面的含义,一是权利的主体必须具有商主体的资格;二是该商主体实施商事法律行为的范围必须受到法律的限制。[3] 而后者的适用范围相当有限,在德国仅适用于几个特殊的领域,如组织联合抵制、违法罢工、实际联合抵制或堵塞交通、对企业或经营造成损害的评判,包括商品检验,仅仅以侵害他人经营为目的发表真实事实的行为。就公司来说,营业权反映了公司管理者(包括董事会成员和经理层成员和控制股东)对公司业务的执行力、行动力和控制力,如我国《公司法》第47条规定,董事会具有的11项经营权限。公司经营权反映了公司经理层作为公司常设辅助业务的执行机构,行使对内管理公司的内部事务,对外代表公司与第三人进行业务往来的权力。广义的公司经营权还包括了公司执行控制权,如我国新《公司法》第50条规定了经理对董事会负责,可行使公司法规定的8项职权。

尽管经营、经营权和经营活动散见于我国诸多法律、行政法规,但这些法律、法规均没有给它们下一个准确的定义。我们认为,经营权是一个特定的法律范畴,在性质上既是一种法定的商

---

〔1〕 陈庆林:"论企业法人经营权质押制度的构建",载 http://www.chinacourt.org/public/detail.php? id=119791。

〔2〕 覃天云:《经营权论》,四川人民出版社1992年版,第176页。

〔3〕 杨立新、蔡颖雯:"论妨害经营侵权行为及其责任",载《法学论坛》2004年第2期。

事权利,也是一项新型用益权,具体体现在:

一是经营权是一种法定的商事权利。实际上,经营的正常进行往往需要习俗和法律的保障。而经营权存在的根据、主体资格的取得以及经营权保护便构成经营法律制度。我们认为,经营权是一项法定的商事权利,它具有两层含义:其一,经营权的主体必须具有法定的资格;其二,该经营活动范围必须受到法律的限制。尽管现有的法律法规并没有直接定义经营权,也没有列举经营权的具体内容,但是,还是通过核准经营范围,制裁非法经营行为间接确认了经营权。例如《民法通则》第 42 条规定:"企业法人应在核准登记的经营范围内从事经营",《合伙企业法》第 3 条规定:"合伙企业经企业登记机关依法核准登记,领取营业执照后,方可从事经营活动。"《公司法》第 12 条规定:"公司的经营范围由公司章程规定,并依法登记。"《刑法》第 225 条将"非法经营罪"作为一个新罪名予以确定,旨在打击非法经营行为。

二是经营权是一项新型的用益物权。传统的用益物权由古罗马法所创始,在特定的所有权体系下,逐渐产生了地上权、地役权、永佃权与典权四种主要用益物权类型,但当时的用益权标的物主要是不动产。我们认为,与传统的用益物权相比,一方面,经营权符合传统用益物权的典型特征:用益权或收益权,其对象可以是动产、不动产和权利。[1] 这体现在《澳门商法典》第 132 条"商业企业之所有人得为第三人设定企业之用益权",和《德国民法典》第 1030 条、1068 条和 1085 条关于物上用益权、权利上的用益权和财产上的用益权的规定。另一方面,经营权并不完全符合传统物权理论上土地使用权、宅基地使用权等任何一种用益物权的全部特征,因为经营权主体可以是自然人、法人或其他组织的

---

〔1〕 杨立新、蔡颖雯:"论妨害经营侵权行为及其责任",载《法学论坛》2004 年第 2 期。

一个所有人所有或许多所有人共有,经营权客体可以是某一实物、权益、不同的财产形态,或以财产价值总量为内容的资产。因此,现代意义上的经营权不是传统民法理论中的任何一种用益物权,而是一种适应现代经济发展和生活需要而产生的一种新型物权形式。

总之,股东权从本质上说是财产所有人利用公司这种载体,降低交易成本、追求利益最大化的手段,在股权与公司财产所有权相互独立的基础上,依"独立—制衡"的原则,形成公司内部的相互独立、权责明确、相互制约的科学管理机制。其中,股东既可基于股权,独立地行使自己的财产权利(这时主要是自益权),他还可以作为公司的意思机关——股东会的成员行使股东会的权利,如出售或转让权利的权利和通过交换取得受益的权利。这样,股东在公司股东会行使股权,使得股东的个人意志形成公司的意志。[1] 可以说股东的角色是在公司的合并、收购和股票交易时,通过行使公司控制权、决策权和经营权来实现,从而达到控制和管理公司之目的的。

三、管理者的权力配置:公司治理

(一)公司治理概述

公司法中常常将公司的架构和管理者的权力配制,用一个词"公司治理"来表达。这个词来自于英文 Corporate Goverance 的直译,一直以来都是现代公司法研究的主题,至今也没有形成一个统一的看法。国内有学者将其译成公司管制或公司机关权力构造,[2]我国台湾地区学者则译成公司管理或公司控制。[3] 但

---

〔1〕 钱明星:"论公司财产与公司财产所有权、股东股权",载《中国人民大学学报》1998 年第 1 期。

〔2〕 梅慎实:"现代公司机关权力构造伦",中国政法大学出版社 2000 年版,第 1 页。

〔3〕 刘连煜:"公司治理与公司社会责任",中国政法大学出版社 2001 年版,第 11 页。

国内相当一部分学者译为"公司治理结构"。尽管公司治理制度的演变已经有数百年的历史,但公司治理的用语尚属新生事物,最先从美国开始流行。[1] 而且,现代公司法的发展,越来越关注公司治理。尽管公司治理的主要内容在于解决所有者与经营者之间的关系,协调所有者与经营者之间的利益平衡,但是,其核心问题是谁从公司决策或高级管理阶层的行动中受益,谁应该从公司决策或高级管理层的行动中受益。[2]

关于公司治理的内容理论界有着不同的看法,有的从公司治理行为上归纳、有的从法律制度设计上归纳、有的从公司监控的角度归纳等,由于公司治理方面的论文、专著可谓车载斗量,笔者在此不再赘述。概括起来,公司治理是一个综合法学、经济学和管理学等跨学科的课题。法学家从法人制度的角度,研究公司的法人治理结构,也就是公司内部股东、董事和经理之间权力、责任和义务关系。经济学家从产权的角度,研究公司所有者与经营者之间的关系,如日本学者青目昌彦等认为,与产权相互关联的两个基本方法,形成公司治理:一是产权在给定的环境下,决定生成企业的形态;二是企业采用的治理机制,受决定其共同体妥当管理形态的已有产权制度制约。[3] 经济学家关注公司治理下的经营权与控制权分离下的代理人问题,其核心内容是如何降低代理成本。而管理学家则研究资本市场、经理人市场以及法律法规、文化传统等外部环境,如何对公司经营管理活动进行监督和激励等。

笔者认为,尽管人们可以从公司治理的作用、存在条件等方

---

〔1〕 王文钦:《公司治理结构之研究》,中国人民大学出版社 2005 年版,第 1 页。

〔2〕 Cochran,P. L. ,Wartick,*Corporate Governance—A Literature Review*,Morristown, N. J. : Financial Executives Research Foundation, 1988, pp. 4 - 5.

〔3〕 青目昌彦、奥野正宽、冈崎哲二:《市场的作用国家的作用》,中国发展出版社 2002 年版,第 324 页。

面对公司治理作出不同的理解,但是公司治理至少包括以下几个方面的内容:(1)公司治理所要解决的是公司所有权与经营权分离所导致的委托——代理问题,以及由此引起的对公司控制权和剩余财产索取权分配的一整套组织安排或法律制度设计。(2)这种组织安排或制度主要目的是协调公司中股东会、董事会、监事会、控制股东、经理和其他利益相关者之间的利益平衡,通过决策、监督和激励机制建立权力制衡。(3)就本文来说,探讨公司治理主要是研究一旦管理者权力制衡失去控制,使管理者损害其他利益相关者或中小股东利益,管理者(包括控制股东)信义义务在公司法律关系中所起的作用和运行机制。

(二)现代公司治理存在的问题与发展趋势

关于公司治理在公司法中的地位和作用,国内外学者也有不同的看法。有学者认为公司治理所面对的主要问题是利益制衡机制的架构。[1] 有学者认为"公司治理"的宗旨是重构现代公众公司的权力分配与行使关系,尤其是调整关于消极股东与作为公司控制者的董事会之间的权力分配与行使。[2] 我们认为,在公司法中公司治理实际上就是一种法律制度安排,所要解决的是如何配置和行使控制权,如何监督和评价董事会、经理人员和职工,如何设计和实施激励机制的问题,[3] 以便在股东、董事会、高级管理人员三者之间建立权力、责任和利益的平衡机制。

1. 现代公司治理存在的问题

一是股东大会中心主义形式化。传统公司法中,股东大会是全体股东对公司行使控制权的最高意思机关。股东大会选举董

---

〔1〕 倪建林:《公司治理结构:法律与实践》,法律出版社 2003 年版,第 4 页。

〔2〕 梅慎实:《现代公司机关权力构造论》,中国政法大学出版社 2000 年版,第 2 页。

〔3〕 钱颖一:"中国公司治理结构改革和融资改革",载青目昌彦、钱颖一主编:《转轨经济中的公司治理结构》,中国经济出版社 1995 年版,第 133 页。

事组成董事会,决定公司事务管理的意思,股东大会与董事会之间是上下关系,这就是"股东大会中心主义"。但是,现在公司的发展,越来越表现为公司的资合性,股权高度分散,股东与公司是以资本为纽带,通过出资、有限责任和证券交易等法律制度实现财产利益,而股东没有经营责任,也无专门知识、精力和义务参与公司经营、控制和管理,公司的所有权、控制权和管理权无法再融为一体。从而出现了"大股东控制"、"经营层控制"和"通过法律机制控制"等多种有关控制权与经营权关系的经济结构形式。[1]这样法律对公司控制权与经营权的结构设置是以"股东大会"作为最高权力机关,以"董事会"作为股东大会意思的执行机关。但是股东大会既不经营公司也不对外代表公司,只是选举董事和董事会,因此,"领导和管理"公司的权力只存在于少数大股东、控制股东,而股东大会除了在争夺董事会的地位,更换企业经营管理者的时候发挥作用,绝大多数情况下流于形式,导致董事会中心主义的强化。

二是董事会受托职能的弱化。现代公司中,股东不再拥有公司的日常经营权,而由董事及董事会掌握公司的经营权,使董事会中心主义得到强化。其结果是一方面由于现代公司中股东大会多采用委托书投票制度,许多董事的选任实际上被少数大股东或控制股东或高级管理人员所控制;另一方面,在许多公司中,董事会的职务被内部董事所占住,董事常常还兼任经理、常务董事等职位,董事会无法对经理形成相应的监督与制约。同时,现代公司管理需要越来越多的具有专门知识、技能和经验的专家,因此董事会的许多决策权因缺少更丰富的管理与知识而只能是象征性的许可,其对高级管理人员的经营管理方案失去了实质性的

---

〔1〕 梅慎实:《现代公司机关权力构造论》,中国政法大学出版社 2000 年版,第 256 页。

决策权。此外,为强化公司董事会的职能各国增加了独立董事的比例,但是,独立董事更多是为了稳定公司关系或提高公司声誉,实际上并不能独立行使职权,因此,公司董事会的职权随着一个特殊的更专业的经理阶层的出现正在弱化。

三是股东与董事、高级管理人员的委托——代理成本增加。现代公司中,股东与董事会,董事会与高级管理人员之间是层层委托代理关系。董事与董事会则具有双重职能,承担受托职责和管理职责:不仅是股东的受托人,承担受托责任,而且是高级管理人员的委托人,承担管理责任。在这个委托代理关系中,股东作为公司所有人和委托人,只期望董事及公司高级管理人员能为公司股东利益最大化而尽到忠实与勤勉义务;而公司的董事或经理等高级管理人员则可能把公司看做是权力、地位与"在职消费"的地方。尽管这种利益平衡可以通过订立合约来解决,但是,很显然公司合同是个不完全合同,订立合同需要很高的代价,最好的办法就是允许受托人的自利性行为的存在,这就必然产生委托代理成本。这些成本就包括经理的偷懒成本、短期成本、保守行为和控制行为所导致的成本。[1] 但是因为没有很好地建立一套有效的激励约束机制,如资本市场对企业的评价约束、商品市场的竞争约束和经理市场的约束,以及良好的征信机制和诚信环境,这种委托代理成本也在增加。

2. 现代公司治理的发展趋势

一是呈现从"股东会中心主义"到"董事会中心主义"的趋势。传统公司治理是一种基于产权关系,强调"股东至上"的股东主权理论。这一理论认为资本的积累是社会经济增长之唯一源泉,而股东拥有公司,公司的所有者即股东,而所有权当然地象征

---

〔1〕 何永芳:《现代公司制度前沿问题研究》,西南财经大学出版社2006年版,第129页。

着控制权。[1] 它强调资本雇佣劳动,管理者只是所有者的代理人。其宗旨就是能最大限度地克服逆向选择、道德风险等机会主义,降低代理成本以实现股东利益最大化。而在代理理论中,股东为公司所有权人,董事、经营阶层均仅为代理股东管理之人,不可越权,并对股东负有诚信义务(fiduciary duties),其业务执行均以股东最大利益为宗旨。[2] 申言之,因股东对于公司享有最终控制权,是以董事会将完全依公司章程授权和股东大会的决议执行业务。因此,直到20世纪初,英美国家的公司法均不承认董事会拥有独立于股东会的法定权利,董事会在公司业务决策的执行上须完全依照章程授权和股东会的决议。[3] 近几十年来董事主权或经理人主权主导了公司法的发展,使得公司内部治理结构以"董事会中心主义"为主流,但后来也有学者开始强调近来公司治理中"股东主权"渐获重视的变化,其认为董事、经营阶层应强烈地被要求对股东利益负责,而其他利害关系人往往有其他有效的法律机制足以提供保护,特别是,应有力地保护少数股东的利益,防止来自于控制股东滥用控制权行为的侵害。[4]

特别是随着以信息技术和各种网络为代表的新经济时代的到来,现代公司法的发展由产权关系为基础的公司控制权和剩余索取权的治理,演化为以协调利益相关者关系为内涵的超产权治理。[5] 公司治理由股东主权理论转向"董事会中心主义"的治理

〔1〕 Stephen M. Bainbridge, The Case for Limited Shareholder Voting Rights, 53 *UCLA L. Rev.* 601, at 605(2006).

〔2〕 Henry Hansmann & Reinier Kraakman, The End of History for Corporate Law, 89 *Geo. L. J.* 439, at 440 – 441 (2001).

〔3〕 张开平:《英美公司董事法律制度研究》,法律出版社1998年版,第36页。

〔4〕 Henry Hansmann & Reinier Kraakman, The End of History for Corporate Law, 89 *Geo. L. J.* 439, at 440 – 441(2001).

〔5〕 卢东斌、李文彬:"基于网络关系的公司治理",载《中国工业经济》2005年第11期。

模式。因为小规模的有限责任公司,由于股东人数少、公司规模小,股东直接参与公司经营决策是可以理解的;而上市公司由于股权分散,规模巨大、股东人数众多,让全体股东都参与到公司经营之中是并不符合现实的,公司的经营决策很难由少数一、二位股东控制,因此,公司实际上由经营阶层控制成为必然;况且,承担有限责任的股东直接插手公司的经营决策行为,可能出现个别股东通过利益冲突交易而获利,从而损害公司的独立财产,致公司和债权人因此遭受损失。[1] 这一理论将公司看做是一种合同网络关系,公司治理在重视财务指标的同时,非财务指标的比重在不断上升。这一理论萌发于哈佛大学法学院多德教授 1932 年发表的《董事应该为谁承担义务?》一文,1963 年斯坦福研究所正式提出了"利益相关者"概念,而瑞安曼和安索夫的开创性研究使其形成一个独立的理论分支,最后经过弗里曼、布莱尔、多纳德逊、米切尔、克拉克森等学者的共同努力才使利益相关者理论形成了比较完善的理论框架。在这个理论的基础上,弗里曼又相继提出了著名的"利益相关者授权法则"(Stakeholder Enabling Principle)、"董事责任法则"(Principle of Director Responsibility)和"利益相关者求偿法则"(Principle of Stakeholder Recourse)。其中"董事责任法则"要求公司董事负有谨慎运用商业判断的责任,以保持并引导公司事务与利益相关者授权法则的一致性;而"利益相关者求偿法则"则赋予了利益相关者对不能履行其谨慎职责的董事提起诉讼的权利。[2]

二是呈现从"董事会中心主义"至"经营者中心主义"的发展趋势。"董事会中心主义"模式的发展和普及的不足正如美国学

---

〔1〕　Stephen M. Bainbridge, The Case for Limited Shareholder Voting Rights, 53 *UCLA L. Rev.* 601 at 619 – 620 (2006).

〔2〕　颜运秋:"公司利益相关者派生诉讼的理论逻辑与制度构建",载《法商研究》2005 年第 6 期。

者 Berle 与 Means 所认为,随着公司规模的扩大,股份所有权将逐渐分散,这将导致降低股东对公司的权力和兴趣。随之而来的是,与分散的所有权相抗衡的,产生于公司管理中的管理者权威的确立。20 世纪 80 年代以来,美国等西方国家公司的控制权逐步集中到公司的高级管理人员等经营阶层手中,出现了"经营者中心主义"的趋势。在大型公开发行公司中,管理和控制的权力实际上既不掌握在股东会手中,也不是掌握在董事会手中,而落在了身为经营阶层的专业经理人等管理人员身上[1],这几乎是股权分散的大型公开发行公司之本质。[2]

在我国大陆地区,2006 年新公司法之前的中国股东会多被认为是公司治理中的最高主权或公司的唯一权力机关,[3]不像美国法上将公司红利分配、董事报酬等事项之决定权限交由董事会而非股东会,中国公司制度安排上系以股东会为最终权力之来源,而董事会、监事会的权限系股东会所赋予的,而非来自于法令的规定。[4] 而且,从 1993 年旧公司法第 163 条公司债发行决议、第 138 条新股的发行仍须由股东会来决议,非得由董事会单独授权决定来看,由此观之以往公司法研究多强调股东会的中心地位。

在我国 2006 年的新公司立法条文中,只有第 5 条第 2 款明确规定"公司的合法权利受法律保护,不受侵犯"。而并没有出现"本法所称公司,谓以营利为目的"之专门法条,那么,我国公司法规范目的和公司治理重心,究竟系追求股东利益最大化,抑或追

---

〔1〕 施天涛:《公司法论》,法律出版社 2006 年版, 第 297~298 页。

〔2〕 Henry Hansmann &Reinier Kraakman, "What is corporate law?" in Reinier Kraakman et al., *The Anatomy of Corporate Law: A Comparative and Functional Approach*, at 11(2004).

〔3〕 Cindy A. Schipani & Junhai Liu, Corporate Governance in China: Then and Now, *Colum. Bus. L. Rev.* 1, at 33(2002).

〔4〕 Id, at 34.

求公司利益最大化,本书认为必须先予厘清。若从公司应分配利益予股东之谓,则基于股东权为中心设计公司法之规范结构。因股东身为公司所有权人兼剩余财产请求权人之身份,股东获得利益时当然惠及公司其他利害关系人,则我国公司法应以追求股东利益最大化为目标。但若从我国公司法将公司重大事项投票权、股东有代位诉讼分配给股东的公司内部权力分配机制(allocation of power),特别是从我国公司法第21条规定,"公司的控制股东、实际控制人、董事、监事高级管理人员不得利用关联关系损害公司利益,违反前款规定并给公司造成损失的,应当承担赔偿责任",可以得知,公司立法之目的为欲以股东利益极大化来追求公司利益的极大化。我们认为,2005年修改后的中国公司法,虽更加强化了对少数股东的保护,但从新公司法第38条中股东会权限之"决定公司的经营方针和投资计划"的规定可知,公司股东会似仍然处于公司的决策地位,即在某种程度上坚持着"股东会中心主义",而未完全实行"董事会中心主义"。纵使新公司法在保留原有的董事会职权之际,增加了"公司章程规定的其他职权"的规定,似在为董事会扩权,很难说中国已出现完全向"董事会中心主义"倾斜之情形。当然,在股权较为集中的公司中,追求股东利益最大化的说法,可能会成为控制股东侵害其他利害关系人的正当理由,进而增加彼此间之代理成本,故本书认为就我国公司股权结构环境而言,我国公司以追求公司利益最大化为目标较为妥适。

(三)控制股东与公司治理

通过前述分析可知,因出现股东权与控制权争夺之情形,在公司内部产生了少数控制股东控制股权结构。在股权分散公司的经营阶层控制结构下,因公司股权具一定分散程度,故经营和所有分离现象(separation of ownership andcontrol),以及代理问题(agency problem)皆存于经营阶层和股东之间;但在股权集中结构下,即股权集中公司,或股权分散公司之少数股权控制结构中,由于公司控制权在控制股东手中,其可能寻求个人私利——"控制利益"(private benefits of control),故经营和所有分离所生之代理问题,显然存于控制股东和少数股东之间,与前述股权分散公司中的经营阶层和股东之间不同。[1]

但无论是哪种股权配置模式,当公司整体利益与控制股东利益不一致时,拥有影响力的控制股东难免会舍公司利益而追求个人利益,是毋庸置疑的。因为即便控制股东不实际担任公司职务参与经营,也可在幕后操控经营阶层,使其丧失应有的独立性。特别是控制股东更可借由关系人交易或利益输送行为,将公司资产低价处分,或将自身资产高价售与公司,借此掏空公司资产,少数股东之利益不但被忽略,反而须承担控制股东滥用公司资源之成本与风险。在我国,相较于英美国家股权分散公司之公司治理重视经营阶层和股东间之利益冲突,我国公司治理重心为控制股东和其他股东间之利益冲突。有学者认为,从效率层面观察,若未对少数股东提供可靠的保障,公司将难以自资本市场筹措资金,再者,控制股东亦往往借由不具效益之投资选择或经营政策,将公司利益不对称地移转于自身,故若未解决控制股东存在之负面问题,公司形成将会无效率。[2] 为此,公司立法必须设计相应的对控制股东行为的制衡机制,信义义务无疑扮演重要之角色。这样,公司治理中遵循民法上的契约观念,公司法律关系可以通过民事法律关系的构成要件,即主体、客体、内容(权利、义务和责任)来立法,为公司管理人的信义义务立法提供了制度保障,使信义义务规则在公司治理中必然扮演着重要的角色。

―――――――

〔1〕 See Ronald J. Gilson, Controlling Shareholders and Corporate Governance: Complicating the Comparative Taxonomy, 119 *Harv. L. Rev.* 1641, 1651 (2006).

〔2〕 See Henry Hansmann & Reinier Kraakman, The End of History for Corporate Law, 89 *Geo. L. J.* 439, 442 (2001).

第三节 公司监管:自由与强制

公司监管可分为"外部监管"与"内部监管"两种。前者是由行政主管机关、司法机关、市场等外部力量,迫使公司经营者放弃个人私利而追求公司利益;后者则要求在公司内部,建立一套完善的监督机制,由股东与常设监督管理机关善尽监督义务,避免公司经营者从事道德危险的行为。

一、放松规制与强化规制:从经济法的角度看公司的外部监管

(一)公司外部监管的经济法解读

20世纪70年代以来,由于新古典主义经济学、制度经济学的兴起和对凯恩斯主义的批判,以美国为首的西方国家发起了一场以放松规制为内容的规制改革运动,[1]反对政府对企业行为的过分干预。但是,自由还是强制,仍然是一个颇具争议的问题。一方面公司的经营需要遵循市场规律,经济上的平等、自由和竞争需要得到法律的保障。因为公司作为一个民事主体同样受到传统民法"契约自由"、"意思自治"和"所有权绝对"的保护。另一方面,随着自由市场经济的发展和大型企业的出现,环境污染、竞争混乱、贫富分化、弱势群体利益得不到保护等问题不断涌现,市场这只"看不见的手"逐渐凸显其功能缺陷,国家这只"看得见的手"则不断伸向经济领域进行各种干预,国家从"消极的守夜人"走向无处不在的干预者。于是,运用多种手段对公司事务进行间接或直接的调控成为各国现实的选择。立法的指导思想也从个人本位转向社会本位,法律也不再仅仅关注对个人权利的

---

〔1〕 陈富良:《放松规制与强化规制》,上海三联书店2001年版,第78页。

保障,而是更加注重对个人权利行使过程中的非理性行为进行约束和控制。对社会本位的日益关注必然衍生出公共利益原则,公司及其行为的价值追求不再仅仅体现个人利益最大化,而是只有在符合社会整体功利的前提下才能得到肯定性的评价。同时,在公司法中,国家可以基于促进效率和实现公平的两重目标进行强制。就效率目标而言,论者主要是从以下几个方面阐述:首先,是"不完整的信息"问题,包括系统性的信息问题和信息不均衡问题。这就会产生公司合同"缝隙",如公司合同制定中的欺诈、"柠檬市场"[1]等现象,造成资源的浪费;其次,是私人订立合同成本巨大,国家通过强制性的法律规定可以减少该成本并帮助对市场缺乏准确判断的投资者;最后,国家强制可以解决"消极的外部因素"和"集体行动"问题。就公平目标而言,国家强制会适当地阻止那些欺诈、误导、胁迫行为,并给予处于弱势地位者特别关注,对公司的实际控制者科以严格的信义义务,从而实现公正对待和相互之间利益的平衡。当然,国家强制也同样可以限制竞争的无序,创造公平的市场竞争机制,确保市场参与者遵循基本的道德准则。国家强制的手段在公司法中主要以强制性规范的形式予以体现,这些规范不容许公司或其参与者通过协议加以变更或排除适用。[2] 总的来说,公司法的外部监管,就是要解决个体营利性和社会公益性的矛盾,兼顾效率与公平,为了实现这样的目标,必须包括两大内容,即宏观调控和市场规制。[3] 具体来说,一是通过政府管制,运用国家行政权力克服"市场失灵",二是

---

〔1〕 柠檬市场也称次品市场,阿克罗夫在其 1970 年发表的《柠檬市场:产品质量的不确定性与市场机制》中举了一个二手车市场的案例,指在二手车市场,显然卖家比买家拥有更多的信息,两者之间的信息是非对称的。

〔2〕 贺少锋:"公司自治、国家强制、司法裁判",载 http://www.chinalawedu.com/。

〔3〕 吕忠梅、刘大洪:《经济法的法学与法经济学分析》,中国检察出版社1998 年版,第 61 页。

通过市场规制来约束经营者的行为。

（二）公司外部监管的主要方式

主要有行政监管、司法监管、市场监管等方式。

一是行政监管。具体来说包括公司法上主管机关的监督和证券法上主管机关的监督。在我国公司法上的主管机关监督的项目包括公司登记、业务监督和财务监督。而证券法上的主管机关的监督项目为公司发行有价证券的审核、公司经营者股份转让的方式、公司经营者股权的管理、公开原则的实践等。

二是司法监管。随着现代企业所有与企业经营分离之后，为防止公司经营者滥权，确保公司经营者恪尽其职，积极为股东创造利润，各国在法律制度的设计上，一般均赋予公司经营者所谓的"注意义务"和"忠实义务"，即通称的"信义义务"（Fiduciary Duty）。公司经营者执行职务，是否违反"注意义务"与"忠实义务"，而应对公司负损害赔偿责任，必须通过司法审查权的运作，由司法机关对于公司经营者的责任加以确定，此即形成司法机关对于公司经营者的监管。而司法机关在确定公司经营者的责任时，多半采取"经营判断法则"和"公司机会原则"作为认定的标准。在我国《公司法》第20条、21条和第148条都明确规定了公司董事、监事、高级管理人员应当遵守法律行政法规和公司章程，对公司负有忠实义务和勤勉义务，损害公司利益要承担赔偿责任或连带责任的相关规定。而在我国实务中，董事执行业务，有无违反忠实义务，而应对公司负担损害赔偿责任，对此问题，司法机关并未采取类似美国的经营判断法则，用以判断公司经营者行为的合法性。原因在于我国公司法对公司管理人违反忠实义务的规定采用了列举方式，但没有一个确定的标准。因此，司法机关对于公司经营者违反忠实义务和勤勉义务，从事利益输送的行为，应有更明确的法律依据。

三是市场监管。目前对公司的市场监管主要体现在产品市场、经理人市场和控制权市场方面。在产品市场方面,公司所生产的产品(商品与服务)面临严峻的市场竞争,公司为求在市场上永续发展,必须降低生产成本,提高产品质量,借以增加产品竞争力。在此种情形下,公司经营者必须致力于公司的经营,同时避免从事道德危险的行为。因为,公司业绩一旦滑落股东即会追究业绩滑落的原因,进而扯出公司经营者道德危险的行为。值得注意者,产品竞争市场能否充分发挥监控的功能,还取决于两个因素:(1)以该市场是否处于完全竞争状态;(2)市场竞争的结果,能否适时地反映到公司经营者的监管上。在经理人市场方面,一方面,位居公司经营职位的经理人,其经营决策若发生重大错误,或者从事道德危险行为,则其职位可能为外来的其他经理人所取代;另一方面,由于经理人市场具有流动性,当经理人因故辞职或被解职,而另求新职时,经理人市场将以改经理人过去的经营表现,决定其未来的职场竞争力。是故,经理人市场促使专业经理人在职时,能够放弃私利,一心追求公司的经营绩效,以便具有可持续发展的能力。值得注意者,经理人市场监管的功能同样取决于两个重要因素:市场是否具有高度流动性和经理人的任用是否以该经理人过去的经营绩效为标准。在公司控制权市场上,最具代表性的,以"公开收购股权"和"征求委托书"的方式,分别取得公司经营权和控制权。此外,就公司筹措资金的成本而言,如果公司经营者刻意规避经营责任,或仅追求个人私利,则市场上投资人购买该公司股票的意愿势必降低,公司的经营绩效势必会反映在该公司的股票价格上。一旦公司运营状况不佳,导致股价滑落,则投资人势必在资本市场上大举抛售股票,有意介入该公司经营之人得以较低的成本购入股票,进而获取公司经营权。

二、公司自治与国家强制:从公司法的角度看公司的内部监管

(一)公司内部监管的公司法解读

公司法的规则在学理上可分为普通规则和基本规则,前者指有关公司组织、权力分配和运作及公司资本和利润分配等具体制度的规则,后者指涉及有关公司内部关系(主要包括管理层和公司股东、控制股东与中小股东之间的关系)的基本性质规则。一般认为,在公众公司中,权力分配的普通规则适用于管理层与股东之间利益冲突最激烈的领域,原则上它们应该是强制性的,如:(1)由股东选举固定任期的董事,再由董事会聘任和监督公司高级管理人员的规则;(2)要求将公司业务和财务资料定期充分、真实的披露的规则;(3)要求所有有关公司控制权、主要资产和业务的转移都要经过股东投票表示意见的规则;(4)保证股东的投票权得到真实、充分的行使规则。[1] 但是公司作为一个民事主体和一个法人人格体,也要如同自然人一样有自己的权利能力和行为能力,享有一定意思自由,于是公司法上也有关于章程制定、公司担保、出资方式等方面的任意性规则。可以说,公司的内部监管同样充分体现了公司自治与国家强制。

1. 公司自治

所谓公司自治,指公司是独立于政府的"自治企业",是"公司股东所有之企业"。也就是说,公司是自律的团体,是个人基于意思自治而组成的契约和进行营利活动的工具,公司内部借助股东自治实现自我管理,自我监督。法律对公司内部关系基本上不予干涉,他人一般无权干涉。换言之,公司之监督以自治监督为原则,公权监督为例外,此殆为各国公司法自采准则主义以来一贯之态度。[2] 由此,我们认为,公司法上的公司自治包含两层含义:

一是公司自治是指法人自治。也就是说,公司是独立的民事主体之一,在法律限定范围内以公司名义享有私法的一切自由和

---

〔1〕 汤欣:《公司治理与上市公司收购》,中国人民大学出版社 2001 年版,第 81 页。

〔2〕 柯芳枝:《公司法论》,中国政法大学出版社 2004 年版,第 33 页。

自治权利,包括公司本身作为平等主体在私法领域享有的契约自由、营业自由、择业(选定经营范围)自由等权利。

二是公司自治是章程自治。体现为公司的股东、管理者或其他利益相关者利用公司章程自行约定公司权利义务的配置、风险和利益。特别是股东作为公司的所有者,享有对公司进行自主管理和经营的自由,包括设立和解散公司的自由、决定公司事务的自由以及任命和解任公司领导人的自由等,实际是个人私法自治在公司中的延伸或体现。

当然,公司自治也有个历史变迁的过程。在自由经济时代,民法强调个人本位,公司法也突出了股东组织和运作公司的自由价值。这种传统公司自治等同于股东自治。[1] 20 世纪后经济垄断加剧,现代民法呈现"私法的公法化",民法通过诚实信用原则和公序良俗原则对私法自治或契约自治进行限制,以及由法律直接规定某些契约条款无效。[2] 受民法思潮的影响,现代公司自治已基本上脱离了个人本位,强调团体共同利益。基于效率的要求,公司团体行动在某种程度上不受成员个人意思之拘束而成立,需要注重团体利益,限制个人意思。[3] 同时,立法已趋向于让公司承担一定的社会责任,并由"相关利益者"共同治理公司,公司的独立性受到一定的重视。[4] 特别是随着股权的分散、公司所有权与经营权的分离,甚至在西方国家出现了非依股东多数意思支配公司的情形,股东的利益面临着危险。于是,现代公司

〔1〕 王红一:"论公司自治的实质",载《中山大学学报》(社会科学版) 2002 年第 5 期。

〔2〕 梁慧星:"从近代民法到现代民法——二十世纪民法回顾",载《中外法学》1997 年第 2 期。

〔3〕 杨崇森:"私法自治制度之流弊及其修正",载郑玉波主编:《民法总则论文选辑》(上),台北五南图书出版公司 1984 年版,第 152 页。

〔4〕 崔之元:"美国 29 个州公司法变革的理论背景及对我国的启示",载《经济研究》1996 年第 4 期。

法为避免公司内部控制与操纵,对大股东和其他能够对公司实行支配的人进行了一定的规制,对受支配之弱小股东进行救济与保护。可以说,现代公司自治越来越体现"共同治理"的法人自治。从公司自治的角度看,现代公司自治可以理解为对形式上的股东自治的修补或对真正意义上股东自治的追求。

2.国家强制

私法自治与国家强制是两种对立的理念,自治是从理性经济人的假设出发,相信每个人能做出最有利于己的决定。而强制体现的是国家对私人行为的干预和管理。我国台湾地区学者苏永钦认为:"国家强制的理念或者从公共利益必须由国家来界定,或者从市场机制在某些领域会失灵出发,国家不仅参与市场,而且干预人民的市场行为表现在法律上,自治规范于法律规范,一为裁判法,一为技术法,一为行为法,一为政策法。"[1]

就公司监管来说完全的公司自治存在很大的弊端。一是在公司内部,控制股东对于公司的操纵并非一定是为公司或所有股东的利益,而常常带有个人目的,并且为个人利益来损害公司的利益。随着公司规模的扩大、公司投资者的分散化和社会化,公司发起人、经营管理者的意思自由使公司的投资者、雇员和债权人以及社会本身面临较大的危险。公司异化于股东更容易导致公司人格滥用,从而破坏市民社会的秩序。二是从宏观调控上,公司内部的劳动契约随着私法公法化的发展已脱离了民法的范畴;公司招股、增资等契约实质等同于附和契约[2]受到国家干预;公司章程的内容不得违反强行法的规定,其部分内容也由法

---

〔1〕　苏永钦:《走入新世纪的私法自治》,中国政法大学出版社2002年版,第10页。

〔2〕　附和契约,指的是随着经济交易的复杂化或为了提高交易的效率,现代社会中,大企业等在与顾客交易时预先制定一定的合同条款(约款),并将之以固定的文字印刷出来,对同种交易具有共通内容,规定此种交易条件的一般称为普通契约条款,此种契约形式被称为附和契约。

律直接规定;为注重交易安全与灵活,现代商事立法多采用外观主义,如公示制度等;公司作为生产者的严格责任,如产品质量责任;等等.[1] 三是在公司社会责任上,强调公司自治以股东自治为基础尽管仍然十分必要,但股东自治的基础又必须一定程度上置于法律干预之下。因此,仍然需要国家强制。

公司法上的国家强制也表现为公司监管。加强公司监管的目的在于保障公司独立性,确保股东自治,维持市场稳定,实现社会公共利益。公司监管的主要手段是制定法律,也就是公司监管法。早期的法学理论一般把公司法归入民商法的体系中,国家并不注重公司监管,公司法律规范的内容也大多为私的规范。后来,为适应社会经济生活的需要,国家强化公司监管,公的规范比重越来越大,出现了公司法的"私法公法化",部分学者开始把公司法纳入经济(行政)法的框架内。作为公司法的共同组成部分、公司公法与公司私法具有不同的价值目标,公司私法关注的是效率,而公司公法则更多地关注安全。公司法"私法公法化"的趋势及其发展表明,公司监管已经形成.[2]

我们认为,在现行公司法中的"股东"角色与权力分立模式下,少数股东力量受到弱化甚至排挤,特别是在我国企业普遍还存在经营与所有不分的情况下,造成"控制股东"、"董事长与董事会"、"经营阶层"(含总经理)之三位一体,当公司合同机制和市场机制都无法发挥监督效果时,应尝试发挥法规范的监管制衡机制。一是若采公司合同机制,则可将公司章程视为一大型公司合同,公司成员可通过此合同约定来为公司治理。在这里,控制股东和其他股东的关系,应视为长期性公司合同,理当具长期合

〔1〕 王红一:"论公司自治的实质",载《中山大学学报》(社会科学版)2002 年第 5 期。

〔2〕 李晓鹏:"试论我国公司监管理念与制度的变革",载《山东工商学院学报》2004 年第 2 期。

同的履约特质。然而,以长期性合同来分析,我们发现控制股东作为一个追求利益最大化的"经济人",当有获利机会时,因侵占行为通常具一次性(one shot appropriation)和拿了钱就跑(take the money and run)等特性,控制股东必然会牺牲包括少数股东在内的其他利害关系人之利益,而为自己做打算,故此时长期合同的履约存在明显缺陷。若合同违约一方违约之成本比履约之未来交易价值低后,则长期性合同约束力不再。又前述降低交易成本还取决于成熟信息市场,故对资本市场未成熟之法域,长期合同的优点难以显现。[1] 二是针对合同机制对于控制股东和少数股东间的监督无效,若采用市场机制,则因公司经营效果可反映在股票市场上,并直接影响公司筹资成本的高低,通过股票市场可监督握有控制权的经营阶层或空罐子股东在公司内的影响力。然而,在资本市场中,无完全竞争的结果无法立即反映、市场流通性不高、资本市场成熟度不足、股权结构过于集中等原因,使我国公司治理市场监督力量不足,效果有限。由此可见,公司立法必须处理好公司监管与商事自由的关系,公司公法规范与私法规范的关系。因为监管能带来安全,却会扼杀效率;而自由能提升效率,却会损害安全。公司立法必须在公司运作效率和社会交易安全之间找到一个最佳的结合,信义义务规范就是公司监管中自由与强制的结合点。

(二)公司内部监管的主要方式

一是股东监管。股东身为公司的所有者,公司经营的好坏与其关系最为密切,为了保障股东权益,各国立法一般均赋予股东监控公司经营者的权限,股东权限的行使有两种模式:一为集体股东权的行使;另一为个别股东权的行使。前者由股东会以多数决方式选任与解任公司经营者,决定公司的重大事项;后者则鉴

---

〔1〕 See id. , at 103;See id. , at 638, 642–643.

于股东人数众多,股东会召集不易和股东会为公司经营者所掌控,因此乃增设少数股东权,用以保护少数股东的权益,其最典型的范例乃股东代表诉讼。

二是公司法人治理机关监管。由于股东会的召集次数有限,股东无法经常聚集一堂,商议公司业务与财务,加上股东代表诉讼或其他少数股东权的内容缺失,难以发挥其应有的功能。为此,各国立法均在公司内部设有常设监督机关,对于公司经营者的行为持续地予以监管,该常设监管机关的设计,因各国经济、文化和法制传统的不同而不同,有的国家以监事会的形态出现,有的国家则以监事的形态出现,有的设立独立董事,等等。不论如何,其目的旨在经常性地监管公司经营者,使其放弃私利,尽力为股东和公司营求利润。

三、公司内、外监管的互动与协调:现代公司监管的方向

在我国的公司监管中,外部监管更多地仰仗公权力的介入。就行政监管而言,法律的制定与监管的成本和效益是必须考虑的。一是除了国有独资公司外,其他的公司组织形式属于私人间的法律关系,公司的股东、董事、经理人、债权人、消费者等与公司间的关系,均为一种具有合同性质的"私法关系",股东、债权人和其他与公司有关的利益相关者的权利,都在某种程度上是"财产权",所不同的只是股东权是一种兼具人格和财产的混合性财产权。从法律的眼光来看,行政机关对公司所进行的行政监督,是一种介入财产关系的行为,它还必须通过"依法行政原则"、"比例原则"等方式具有合法性。为此,行政监管还取决于法律明确的授权。二是由经济观点来分析,行政监管因为信息不对称,政府人力和行政资源有限而成本高,而且行政执法人员因为个人私利性也会使"良法"的执行出现偏差而导致无法落实。因此,实际上欲完全依赖行政机关为公司监控是不可行的做法。

同样,在外部监管中,市场监管者也有致命的弱点。即便产

品、劳工、资本及公司经营权等市场监管会或多或少对公司董事、控制股东的行为产生有限的效果,然其也不可能成为不可替代的监控机制,原因在于市场上各种要素之间是互动的,一方面由于其他因素的介入,董事、控制股东的行为在市场上的反应可能无法完全预测;另一方面,市场上的某种行为,比如说争夺公司经营权也不一定与公司董事、控制股东的行为有必然关联。至于司法监管和内部监管还取决于良好的社会环境和一部良好的法律。

其实,无论是内部监管还是外部监管,都不是独立的。各种监管制度之间也有相当的关联性。不同公司的监管也会因为社会环境的不同而不同。就公司监管机制的选择来说,如果公司内部的董事会、股东会和监事会能充分发挥内部监管的功能,那实际上对公司的外部监管的需求就会降低;反之,如果内部监管无法发挥,则一方面,思考如何通过立法去完善和调整内部监管机制,另一方面思考如何去强化外部监管机制,改善外部监管环境。

就控制股东信义务而言,其并非只是一个实体法上的义务而已,它涉及控制权的争夺与股东权的配置,其监管机制也有十分紧密的联系。股东(大)会、董事会、监事会等各种内部监管机制,如何分配其在公司监管中所扮演的角色,仍然值得深思。一是控制权的争夺与信息的揭露有密切的关系。在公司内部控制的层面,若信息揭露不充分,则股东会、董事会所作的决定形同虚设,决策失误的几率会很高,即便欲用代表诉讼或是行政监督来监控,若没有足够的、关键性的、确凿的证据,公司监管也无济于事。二是股东权的配置与公司的股权分散状况有关。在公司的大部分股权集中于少数大股东和经营者持股比例偏低的公司,公司监管的效率制度是不一样的。其中,在前者董事会可能也为少数几位大股东所把持,他们不一定会考虑到小股东的利益,此时,可能需要调整董事会制度(如增加外部董事或独立董事)或利用赋予小股东权利等特别监管方式来保护小股东;反之,在后者,经营者不可能控制董事会或股东会,此时,只需要加强董事会和监事会的功能或许就可以有效达到监管的目的。当然,无论是何种监管方式都是讲究成本与效率的。良好的监管制度可以降低代理成本,有利于公司良好运营;反之,可能换来董事、控制股东经营弹性的缩小,以及在程序上的花费。而在交易成本为零的情况下,股东及经营者间可以达到完整的协议,股东会选择在具体情况下总合成最低但效益最高的整体监管机制。

我们认为,法律规范的介入就在于提供一套基本但有效率的公司监管模式,让公司中的各种利益相关者可以在这个模式上进一步作成协议,但我们不能将各种监管手段孤立化、绝对化,而是在有限的资源下,应该选择最有效的监管手段。

第四节 控制股东信义义务的立法依据:股权保护和滥用规制

一、利益平衡:现代公司立法的方向

关于我国公司法中是否应该规定控制股东信义义务一直存在争论。反对者认为,一是传统公司法的秩序是建立在股份平等和同股同权的基础之上的,股东不分大小均等地行使股东权。认为资本多数决原则能够有效保护大股东的投资热情,提高公司决策效率,而且持股多数并不必然带来义务。二是信义义务产生于特殊的信义关系之中。在公司法律关系中因公司的人格独立和股东有限责任割断了股东之间的人身信任和信赖关系,股东的地位并不因持股数量的不同而改变。特别是股份公司不像合伙那样有很强的人合性,股东的行为只受到公司制度和公司章程的制约,如果让控制股东在公司事务中对中小股东承担信义义务,则公司法的资本多数管理原则将会被摧毁。三是传统的公司法中

规定,股东除对公司承担出资义务之外,股东之间是平等的,相互之间没有义务,"大股东大权利,小股东小权利"是最基本的市场规则,让大股东对小股东承担义务,将会颠覆基本的市场游戏规则。[1] 四是在英美法系国家往往规定的是公司管理人对公司、股东或公司与股东负信义义务,但并不认为股东之间互负信义义务。尽管控制股东信义义务仅仅在判例法中得到承认,但在成文法中并没有规范,因此除非成文法的明文规定和基于特定事实,大股东对公司进行控制是无可厚非的,即使通过控制活动获得利益也不构成违反诚信义务。[2]

但是国内相当多的学者赞成赋予控制股东信义义务。朱慈蕴教授认为,我国当前上市公司控制股东滥权行为,如虚假出资、操纵股票价格、关联交易、压制小股东、恶意转让控制权等现象十分突出,严重损害股东和债权人的利益,因此,控制股东应当承担比普通股东更多的义务,故应该将诚信义务扩大适用到控制股东。[3] 冯果教授也列举了控制股东损害中小股东利益的数种行为,如排挤和压榨中小股东、侵吞公司财产、不正当关联交易、内幕交易、夺取公司机会等,认为控制股东滥用控制权严重损害公众投资者的积极性。[4] 法律应该设计控制股东对中小股东的信义义务来调整大股东与中小股东之间的关系,实现股东之间的利益平衡。

笔者认为,在公司法律关系中,股东与股东之间的关系历来

---

〔1〕 蒋大兴:"反对少数股东保护——寻求股东权利构造的基本面",载王保树主编:《转型中的公司法的现代化》,中国社会科学文献出版社2006年版,第553~555页。

〔2〕 甘培忠:《公司控制权的正当行使》,法律出版社2006年版,第172页。

〔3〕 朱慈蕴:"资本多数决原则与控制股东的诚信义务",载《法学研究》2004年第4期。

〔4〕 冯果、艾传涛:"控制股东诚信义务及民事责任制度研究",载http://www.iolaw.org.cn/shownews.asp?。

都坚持股权平等原则和资本多数决原则,股东表决权也是按照一股一权、一股一票来设计的,这势必造成控制股东在股东和公司治理结构中的优势地位。一方面,从其在公司中扮演的角色看,控制股东具有双重身份。当他作为股东时,具有委托人的地位,而当介入公司的控制管理活动时,又具有信托人的地位。可以说基于自然的经济关系,在公司最早设立募集资金时,中小股东完全是基于对控制股东的信赖而非对董事的信赖才做出决定投资的。另一方面,控制股东通过自己的表决权操纵股东大会,进而操纵董事会,并通过影响董事的行为或通过多数表决权取得对公司事务的决策权、控制权,从而损害公司或中小股东的利益。因此,让控制股东同时对公司与中小股东承担信义义务体现的就是公司中股东的利益平衡,符合公司和中小股东的双重利益。

二、股东权配置:股权平等与股东平等的协调

股东在公司中的角色是通过股东权的行使来实现的。股东权的配置是一个世界性的问题,凡存在公司制度的地方,不可避免地存在股东权之间的利益冲突。特别是被称为"法人资本主义"的[1]法人持股、机构持股的出现,持股与被持股公司、控制与被控制公司之间的关系已经越来越相对趋于集中,使法人持股公司的中小股东(多为终极自然人投资者)处于多层股东有限责任的屏障和隔离状态。这种股权的高度集中不仅使公司控制权与所有权相分离的传统观点,受到了现实的挑战,而且也使股东权两个最基本的原则——同股同权原则与资本多数决原则受到批评和质疑。人们对于由此带来的权利滥用心存忧虑,以至现代公司关于股东权主体权能及行为能力的保护成为法律所关注的焦点之一。

---

〔1〕 施天涛:《关联企业法律问题研究》,法律出版社1998年版,第16页。

　　传统公司法理论奉行股东至上原则,认为公司是股东的公司,公司的唯一目标就是实现公司(股东)利益的最大化。因此,当公司管理层权力的运作常常损害股东利益并带来一系列社会问题时,人们只关注公司权力问题。他们把管理者与股东之间的关系看做是信托关系。在信托关系中,强调对股东利益的保护,支持股东抵御公司管理者的侵害,强调作为受托人的经理和董事履行信托义务的责任,而基本没有涉及公司权力行使与社会责任的关系问题。如哥伦比亚大学法学院伯利(A. Berle)教授在其《作为信托权力的公司权力》一文中,从股东与公司管理者之间的信托关系的角度,强调对管理者权利的控制,认为公司管理者应在法律控制之下,以便于股东可以从他们的决策中获利。[1] 伯利教授已经看到所有权与控制权的分离,但他主张强加一种新的责任给管理者使其能以所有者的立场去决策。他强调的是公司经理、董事对股东的责任。现在,法律赋予公司管理者、控制股东对公司和股东的信义义务已经是个必然的选择,为此,必须修正同股同权原则。

　　同股同权原则是适应于股东权的自益权部分的,但是,如果将同股同权原则不加权能区分地适用于整个股东权,则共益权部分亦被这一原则绝对化了。而共益权部分同股同权绝对化,其实是中国式公司股权结构下的治理症结。它的不良反应是,全部公司股东在行使股东权中的共益权时,除控制股东能按自己意愿而获益外,中小股东的共益权包括表决权被分化、萎缩而最终形同虚设。同样,自益权的绝对性排除了中小股东的共益权权能。因而股东权必须从法律规范上将其区别为共益权与自益权,对同股同权在自益权和共益权分别适用,以此寻求股东权权能的合理配

---

〔1〕　C. A. Harwell Wells, The Cycles Corporate Social Responsibility: An Historical Retrospective for the Twentyfirst Century, 51 *Kan. L. Rev.* 2002, p. 77.

置,达到全部股东共益权的最佳合理实现方式。如 OECD 在 2004 年 4 月公布之公司治理原则(The OECD Principles of Corporate Governance 2004)中,强调股东之权利与主要功能(The Rights of Shareholders and Key Ownership Functions),认为公司治理架构应保护并协助股东行使股东权,并应对所有之股东(不论是少数股东或外国股东)采取公平待遇原则(The Equitable Treatment of Shareholders),赋予所有股东在其权利被违反时,能有机会获得有效之救济。据此,可知国际上发展对于强化股东权之趋势,以及对于股东(尤其是少数股东)给予公平待遇之原则,于当代公司法学中实具有相当重要之意义。实际上,现代公司已经从股权平等向股东平等过渡,在具体的法律制度上如何协调股权平等与股东平等原则,尚需要不断深入和探索。[1]为此,我们认为,公司法上要为保障少数股东之权益不仅要明确资本多数决原理的适用范围,而且一方面要对于股东(份)平等原则之内涵进行界定,要区分股份平等原则与股东平等原则。事实上,股份平等原则导致资本多数决原则的确立,但股东平等原则却可构成对资本多数决原则的制约。盖当资本多数决原则被滥用或有被滥用之虞时,可基于股东平等原则,对该滥用行为进行预防或者提供事后的救济,以平衡控制股东与少数股东之差距。[2]除此之外,还要对股东(份)平等原则之内涵设有若干原则性之规定,如股份金额均等原则、股份消除平等原则、盈余平等分派原则、新股平等认购原则、剩余财产平等分派原则和股东分类表决原则。但除此之外,可以肯定地说,控制股东信义义务能很好地保护股东权利,协调股权平等与股东平等原则。

---

〔1〕 王义松:《私人有限公司视野中的股东理论与实证分析》,中国检察出版社 2006 年版,第 329 页。

〔2〕 刘俊海:《股份有限公司股东权的保护》(修订本),法律出版社 2004 年版,第 101 页。

概言之,股东平等原则于我国股东权之配置价值,不仅在于防止少数控制股东侵害一般股东的权益,更重要的是事关对国家整体经济发展的正面影响。市场经济机制的正常运作,系以其各个不同商业组织型态的企业的健全运作为前提,一旦社会大众对此等企业运作的健全性产生怀疑,势将动摇其对市场经济体制之信赖。而公司立法和未能充分保护少数股东权益的国家,将使控制股东,特别是外资大股东只基于短期性观点进行投资,一旦有风吹草动,部分外资撤离时,其他资金理所当然跟着撤退。从2009年全球金融海啸引起的波动效应来看,此种一窝蜂的撤资行动,严重者甚而引发经济危机,国家之经济发展将因此蒙上阴影。

三、公司治理:以信义义务为轴线展开

一般来说,谁拥有资产所有权,谁就拥有剩余控制权。作为一个合同关系,公司被看做一种合同的联合体,以权利、义务和责任为轴线,配置股东权;作为一个权力和权利配置机构,公司治理的首要功能就是以公司法规范和公司章程为依据,配置公司控制权。因此,公司治理有两层意思:一层是公司治理是在既定资产所有权前提下安排的。所有权形式不同,比如债权与股权、股权的集中与分散等,公司治理的形式也会不同。另一层是所有权中的各种权力通过公司治理结构进行配置。同样,在配置权利和权力的同时也要制约权力。其中,控制股东信义义务便是这种法律关系中的一个连接点。

当然,坚固而有效的公司治理结构既是一个动态系统,也是一套标准,可由一系列关系的好坏加以测量,如公司与管理者的关系,管理者与股东的关系,控制股东与中小股东的关系,等等。公司治理也是以伦理为基础的,市场全体参与者都受其约束,这必须是对诚信原则毫不动摇的承诺。这一道德的基石,是为投资者服务的永恒承诺。这一伦理必须由信守公众利益的人去保护。

而这一切,可由一个积极而独立的董事会开始。[1] 当然,只要良好的公司治理结构充满我们的市场,它的影响必会超出前面说过的责任和义务之外。一个完整的法律关系要素包括主体、行为、客体、权利、义务、责任,而在这个权利—义务—责任体系中,义务与权利是相对应的,责任是不履行义务的结果,也是对不履行义务行为的一种制裁。很自然,作为一个法律规范,义务规范十分重要,它是实现权利的前提,也是承担责任的基础。因此,从公司法律规则的制定上说规定了主体、客体、行为、权利、责任,规定义务也是顺理成章的事情。可见,控制股东信义义务在公司治理结构中具有十分重要的地位

四、公司监管:信义义务是公司自治和国家强制的结合剂

政府与公司是推动经济发展的重要力量。政府通过管制实现资源配置,公司通过契约关系,实现组织运转。

为什么要进行公司监管? 就公司外部来说,政府要实现宏观调控,弥补市场失灵[2],而就公司内部来说是要解决三个方面的问题:确保让有能力、有诚信的人来支配市场经济资源,使他们的决策真正为公众利益服务,防止不胜任或不诚实的人来运作公司。在制度层面上公司监管体现为自治与管制。公司自治一方

---

〔1〕 亚瑟·莱维特:"公司治理结构的新标准",李为、水东流译,载《证券市场导报》2001 年第 7 期。

〔2〕 市场失灵有以下几个因素:(1)垄断和不正当竞争,其中垄断包括自然垄断和行为垄断,前者是指由技术理由或特别的经济理由而成立的,后者则是竞争中的市场结构决定。而不正当竞争则是由竞争者的不道德因素如贿赂、倾销、侵犯商业秘密、诋毁商业信誉等行为所致。(2)外部性,指在某一经济活动中,根本没有参与的人得到可察觉的利益(或蒙受可察觉的损失)。(3)内部性,如存在风险的条件下签订意外性合约的成本、合约者的行为不能被完全观察到时所发生的观察和监督成本、交易者收集他人信息和公开自己所占有信息时发生的成本。(4)风险,包括信息的不对称和不确定性风险,如基础研究、高新技术和尖端技术等行业投资和经营的风险突出。而公司自治则为了实现组织运转。

面依靠公司合同,通过公司章程来约束公司管理人、股东和其他利益相关者的行为;另一方面则表现为公司法律关系主体之间的信誉。有学者认为,公司自治包含三层意思:一是它必须是独立的法人,能够做到真正的经营自主,盈亏自负;二是公司靠章程来维系;三是要独立于政府,没有上级领导机构[1]。管制同样表现为两个方面,一是利用行政手段干预公司经营行为;二是利用发布行政政策或公司相关立法,通过义务性规范来约束公司的经营行为。其目的是通过公、私法的制定赋予政府直接或间接地介入市场和企业的行政权力,同时,鼓励竞争、限制垄断,减少市场交易的外部性(如环境保护)和内部性(如制定产品质量和安全标准和信息披露)。

为什么需要管制,美国宪法之父麦迪逊指出"如果没有一个组织来防范做恶者,来明确界定何为恶行的规则,个人就不可能和平地追求自己的利益,私有产权也不可能得到有效的保障","政府之存在不就是人性的最好的说明吗? 如果每个人都是天使政府就没有存在的必要了"[2]。但是如何协调管制与自治则是关键。一方面利用管制解决问题所带来的交易成本非常高,而信誉解决成本就会很低。如果我们双方都非常信任,有些问题就非常简单,但如果我们互相不信任,那就需要签订一个很复杂的合约,以便在操作的过程中有一个合理合法的依据,这个复杂的合约也将带来不低的交易成本[3]。另一方面公司自治,如制定公司章程、或者签订契约,虽然能够借鉴其他国家减少控制利益的规则,并将其强加给股东,但是在这些章程中采纳这些规则的效

---

〔1〕 江平:"公司法与商事企业的改革与完善"(五),载《中国律师》1999年第6期。

〔2〕 Adwin Cannan, *Elementary Political Economy*, London: Routledge-Thoemmes,1997,p. 119.

〔3〕 张维迎:"管制与信誉",载《中外管理导报》2002年第7期。

用是有限的,规则效用的发挥还需要借助法院、先例、专业人员和规范。[1] 此外,公司法上,因为主体地位和内部关系的重合(母子公司关系)、内部关系和外部关系的重合(关联企业、董事责任等),不仅原有的许多传统民法上的范畴,比如法人制度、代理制度、代表制度也随着发生了变化,弥补商事法律行为中的缺陷,而且要求公司法更多地发展新的制度和规则,诸如母子公司的关系、反欺诈性财产转移制度、董事责任制度化、关联企业、公司的兼并与重组中控制股东的信义义务制度,以加强公司自治与国家的强制。

但是管制在公司法中体现为外部的政府管制和内部的强制性契约规范。而控制股东信义义务便是如此,它既可以转化为一种政府管制,如信义义务条款作为一种义务性规范可以由政府颁布一整套法律、法规、条例来执行和保障;同时它又体现为一种公司自治,这种义务性规范可以通过包括公司章程、契约、条例,以及一系列具体的合同来落实信义义务的主要内容。可见,信义义务是公司自治和国家强制的结合剂,能有效协调公司监管中的自治与强制。

现代公司治理、公司监管、有限责任都是为了公司良好运作和股东权、控制权配置。规制控制权滥用,协调股东利益平衡,确保股东权实现还需要信义义务规范的参与。因为义务是实现权利的前提,也是责任承担的基础。就控制股东信义义务来说,它既是公司监管中自治和国家强制的结合剂,也是公司治理展开的中轴线和股东利益平衡的协调点。

---

〔1〕 杰弗里·N.戈登、马克·J.罗:《公司治理:趋同与存续》,赵岭等译,北京大学出版社 2006 年版,第 110 页。

第四章 控制股东信义义务的存在基础

——一种法律经济学分析

第一节 公司法中法律的经济分析的目的和路径

一、法律的经济分析的目的

马克思指出,"法的关系正像国家的形式一样,既不能从它本身来理解,也不能从所谓人类精神的一般发展来理解,相反,它们根源于物质的生活关系"。[1] 但是预测法律作用的效果,除了法的正义、公平、秩序、安全、自由等价值外,还需要用效率来评价。为此,近年来,经济学家和法学家们开始致力于法律的经济分析,用经济学的理论和经验方法来阐述法律领域中的各种争议

---

〔1〕《马恩列斯论法》,法律出版社1986年版,第19页。

和问题。所谓法律的经济分析,又称法律经济学(Law and Economics)或经济分析法学,指适用经济学的理论和方法到整个法律体系,具体而言,即系以经济学的理论和方法研究法律问题,或以法律为分析的对象,而以经济分析为分析的方法。[1] 波斯纳认为,是指"将经济学的理论和经验方法全面适用于法律制度分析的学科,使法律制度原则更清晰地显现出来,而不是改变法律制度"。[2] 大卫·D.弗里德曼指出,法律的经济分析包括三个紧密相连的部分:预测特定的法律规则会产生什么样的效果,解释为什么特定的法律会存在,确定应该存在什么样的规则。[3] 在他看来,其中,最具争议的部分是通过法律的经济分析来决定法律应该是什么。所要解决的核心的问题就是效益。也就是说"法律所创造的规则对不同种类的行为产生隐含的费用,因此这些规则的后果可当作对这些隐含费用的反应加以分析"。[4] 因此,"经济分析法理学认为,任何法律现象都是以一定的经济关系为基础,所有的法律规范都是以有效利用自然资源,最大限度地增加社会财富为目的,效益原则成了法律建立的基础,也是法律的唯一出发点和归宿"。[5] 一切法律制度和法律活动,都应以效益为价值取向,去有效分配和使用资源,最大限度增加社会财富为目的。在他们的视角中,法律制度归根结底受效益原则的支配,法律安排实质是以效益为轴心。例如,公司的运行、财产权的

---

〔1〕 谢哲胜:"法律经济学基础理论之研究",载《中正大学法学集刊》2001 年第 4 期。

〔2〕 理查德·A.波斯纳:《法律的经济分析》,蒋兆康译,中国大百科全书出版社 1997 年版,第 27 页。

〔3〕 大卫·D.弗里德曼:《经济学语境下的法律规则》,杨欣欣译,法律出版社 2004 年版,第 7~11 页。

〔4〕 罗伯特·考特、托马斯·尤伦:《法和经济学》,上海三联书店 1994 年版,第 13 页。

〔5〕 王果纯:《现代法理学——历史与理论》,湖南出版社 1995 年版,第 82 页。

制定,法律责任规则的确定,解决法律纠纷的程序等,都可以经过规则设计,确保权利、权力、义务、责任和利益的运作更多地体现效益原则,促进高效益分配社会资源。总之,法律的经济分析就在于,从经济的角度探讨法律制度的基本精神,通过对法律要素的确认、分配、促进实现社会资源的最佳配置,满足法律主体的最大需要和利益,以效益最大化为目标来推动法律制度的改革。

早在 20 世纪六七十年代,"效益"一词被引入法律之后,以效益作为分配社会资源的标准,已成为法学家的口号和政府制定各项政策的原则。从经济意义上来讲,效益包括两层含义:生产效益和分配效益。前者要求以最低的成本完成生产任务,关注的是生产成本;后者主要是关心资产是否被用于能使它们发挥最大价值的地方。而在法律经济学的视野中,法律不只关注作为价值的生产效益,同时它也十分关注作为价值的分配效益。

追溯法律制度发展的历史,我们不难发现,尽管正义一直作为分析和评价法律的准则,并成为法律基本的价值目标,但是效益同样是判断法律规则的完美标准。在对法律的经济分析的过程中,我们发现正义与效率之间有着惊人的关联。在很多情况下,正义的原则正好符合那些根据我们观察是有效率的原则。[1]尽管西方一些学者通常把效率与正义对立,但面对效率与正义两种价值的冲突,仍不能舍弃正义而选择效率。因为"如同真理相对于思想体系而言,正义是社会制度的首要价值"。[2]因此,经济学中将资源分配中的正义与效率这对既相互适应由相互矛盾的价值,用一个经济学术语"帕累托最优"来描述,即指在不使任何人境况变坏的情况下,而不可能再使某些人的处境变好。

---

〔1〕　大卫·D. 弗里德曼:《经济学语境下的法律规则》,杨欣欣译,法律出版社 2004 年版,第 20 页。

〔2〕　乔克裕、黎晓平:《法律价值论》,中国政法大学出版社 1991 年版,第160 页。

二、法律的经济分析在公司法中的路径选择

法经济学家们认为,法律规则都是为了社会交往的全部领域引导人们有效率地活动而形成的制度。但是在公司法的发展过程中,他们也一直关注着公司规则、制度的正义和效益价值。在法经济学中为什么会有公司,美国经济学家威廉姆斯在其 1981 年发表的论文《现代公司:起源、严禁、特征》中指出,"我认为现代公司主要理解成许许多多具有节约交易费用目的和效应的组织创新的结果"。正如交易成本经济学所言,相对而言,一项交易在经济组织内比在市场内运行,其成本要低一些。[1] 而公司的功能在于增加资本的实质数量,以及有效地将资本和其他投入混合起来,而这些投入则由一位管理者来支配和监督。[2] 可见,成本与效益是公司法和公司制度设计所最关注的价值。

就控制股东行为的规制来说,早期的公司法认为,公司的重大变革需要由全体股东同意才能进行,关注的是法的分配效益。比如在公司合并中,采取绝对保护少数股东利益的原则,认为少数股东若对控制股东为购买股份所支付的价格不满意,他们可以否定这样的合并,即使这种合并对公司而言是有效率的。但是现在,他们认为,这种为了少数股东的利益而牺牲公司的利益的制度逐渐被认为是违反了效率原则。因此,公司法逐渐将公司合并由股东个体同意的规则改为只需要由大多数股东同意即可进行。原因在于,人们开始注重公司的分配价值,例如一项交易可能从整体上是收益大于成本的,但从交易的某一方来看,可能是损害大于收益。这里特别要警惕的是这样一种交易,即那种并没有价

---

〔1〕 高在敏、王延川:"法律经济学分析对公司法研究的误导——兼论公司治理命题的由来",载赵万一、卢代富主编:《公司法国际经验与理论架构》,法律出版社 2005 年版,第 44~45 页。

〔2〕 拉尔夫·K.温特:"州法、股东保护及公司理论",载[美]唐纳德·A.威斯曼编:《法律经济学文献精选》,苏力等译,法律出版社 2006 年版,第 282 页。

值的增值,只是既有的价值在不同的利益主体之间重新分配的交易。总而言之,对少数股东或者非控制股东的利益的关注,主要是出于两个方面的原因,一是如果对非控制股东缺乏令人信赖的保护,那么公司打算通过股权市场筹集资金就会比较困难;二是控制股东将公司收益不成比例转移给自己,往往涉及低效率的投资和管理策略,而这两方面的原因都根植于效率的考虑。[1]

正是因为早期公司法为了促进效率,一再放松对控制股东行为的管制,例如在公司合并(freeze-out merger)的态度上,公司法由早期的绝对保护中小股东对公司的参与权,到最后整个承认控制股东可以单方面采取行动剥夺中小股东对公司的参与,其目的也就是增强控制股东对公司事务管理的灵活性,以实现经济增长。但是在效率原则的保护下,法院已经越来越难以对控制股东管理公司的行为提出异议,因为这些行为对中小股东带来了不公平的结果。而笔者认为,贯彻公司法上的效率原则并不在于如何尽可能地保护控制股东的行为不受到应有的审查,而在于如何保护能促进价值增值的交易得以顺利发生,效率目标不能成为控制股东滥用控制权损害中小股东利益的托词。实际上,如果法律能够确保经理人主要对股东利益负责,而且控制股东不会从事侵害非控制股东的利益的机会主义的滥权行为,那么公司同样能够有效运作。[2] 因此,规定控制股东的信义义务,不只是为了保护中小股东的利益,防止公司控制权的滥用危害整个公司的利益,而是要确保公司能够高效率的运作。

---

〔1〕 杰弗里·N. 戈登、马克·J. 罗:《公司治理:趋同与存续》,赵岭等译,北京大学出版社 2006 年版,第 48 页。

〔2〕 同上引,第 49 页。

第二节　契约经济学理论与控制股东信义义务

一、契约与契约经济学

契约,俗称合同、合约或协议。英语为 contract, compact or covenant。在法律上,契约可采两个方面定义。[1]一方面采用"合意"(Agreement)的概念来定义,另一方面采用"约定"的概念来定义。依据前者定义,"契约是发生由法律强制(enforced)或认可的义务的合意"(Treitel);而依据后者定义,"契约,是一个或一组约束,对其违反法律予以救济,或以某种方式对其履行作为义务加以认定"。实际上二者并无区别,但经济学与法学对契约的解释有很大的区别,如法律上认为,契约是两个人或多个人之间为相互间设定合法义务而达成的具有法律强制力的协议,[2]而经济学上契约的范围很广,所有的市场交易都被看做是一种契约。但是法学与经济学也有联系,如现代契约经济学理论和法律上契约的发展都起源于古典的契约思想。有学者认为,古典契约思想,就世俗的源头,可追溯到古希腊,就宗教的源头,可从《圣经》中找到。[3]而古典契约思想的最高准则是自然理性,也就是后来为法国民法典所确认的自由、平等和正义思想。

当然,经济学与法学理论的最大不同在于,经济学需要有一个概念所假设的条件为前提。现代契约经济学是从完全契约、激励契约等一整套概念、范畴和分析方法开始的。罗纳德·科斯因

---

〔1〕 望月礼二郎:《英美法》,郭建等译,商务印书馆 2005 年版,第 287 页。

〔2〕 **David M. Walker**, *The Oxford Companion to Law*,李双元等译,法律出版社 2003 年版,第 257 页。

〔3〕 何怀宏:《契约伦理与契约正义》,中国人民大学出版社 1993 年版,第 17 页。

1937 年在其论文《企业的性质》中提出了企业的契约性质而成为现代契约经济学的奠基者。他认为在企业契约的内部存在一种权威关系,企业之所以存在是因为权威关系能大大减少需要交易的数目,即企业各种要素无须市场定价,而由企业家来指挥。在他看来,企业和市场是合同的两种形式和资源配置的两种手段,其中,市场上资源的配置由非人格化的价格来完成,而在企业内部则由权威关系来完成。[1] 可以说科斯不仅奠定了交易费用的理论而且也奠定了现代契约理论的基础。20 世纪 70 年代以后,在科斯的契约理论的基础上,张五常、威廉姆森、格罗斯曼、詹森、麦克林等人分别从契约选择、节约交易费用、不完全契约等方面,相继提出了自己的企业契约理论。正是因为他们将公司的内部行为导入经济学的视角,从而开创了"公司的契约理论"。

二、契约经济学与传统公司法、合同法

既然公司是一系列的关系合同,那公司法就被认为是一部由若干标准化合同所构成的法,那是否就意味着代表公司事务就要受到契约法的约束呢?在大陆法系自然不存在这样的追问,因为大陆法系以制定法为依据,法官不能造法。而英美法有"衡平法"(equity)的传统,公司法制度不仅有普通法的层面,尚受到衡平法的影响(如控制股东信义义务即为一例),这也就造成部分学者在思考上受到限制。即便是在英美法系之下,因契约经济学原理,也不妨碍将公司作为契约进行的思考。因为,本质上契约与要不要适用契约法实际上是一个问题的两个方面,我们不能将"契约"与"契约法"画等号。我们所思考的"契约"观念,乃是基于当事人间的协议以解决某些事务的行为,而非已界定在法律规定,符合约因或其他要件拘束下的"契约",此种协议,若符合契约法的

---

〔1〕 郭金林:《企业产权契约与公司治理结构——演进与创新》,经济管理出版社 2002 年版,第 4 页。

规定,会发生契约法上的效力,但如果不符合契约法的规定,仅代表该协议不被契约法所执行,而不代表该协议就不是经济意义上的"契约"。

我国是典型的大陆法系国家,没有建立衡平法的制度,因此,在法的层面上建构公司契约观念是完全可能的。在我国合同法下的"契约",也就是合同,原则上亦只需双方的"合意"即可以成立,况且,与公司类似的"合伙",亦为一个合同,公司法中公司与董事间的关系为"委托"关系,实际上也是一个合同。只是如同民商法上一些部门法如劳动合同法、消费者权益保护法、保险法、票据法中的劳动合同、消费合同、保险合同和票据等一样,公司关系合同被作为一个标准合同。而采标准合同的观点,意味着立法者或是法院,在面临不完备合同的问题时,必须要考虑到当事人在相同情况下会以何种方式解决问题,从而可以仿真市场,以降低交易成本。但事实上,法律规定的内容,似乎不仅止于模拟当事人间可能的约定,当事人可以在将法律规定作为行动的前提下去订立合同,随着法律规定的不同,当事人间的协商与互动亦会有所不同,从而为求能达到较有效率的结果,法律规则的选用是相当有技巧的事情。[1]

采取公司合同理论的观点,也会衍生出另一个问题:是否公司法要采取任意还是强制规定的立法?对此,强烈主张公司法必须尊重当事人自治(private ordering)者认为,公司法内所有的事务都可以经由当事人间协议,公力介入应降到最低程度;反之,亦有许多学者在不同层面修正公司合同理论,认为在某些情形不能完全尊重合同自治,必须要容许强行规定的存在。[2]其实,无论

〔1〕 Ayres & Robert Gertner, Filling Gaps in Incomplete Contracts: An Economic Theory of Default Rule, 99 *Yale L. J.* 87 (1989).

〔2〕 Melvin Aron Eisenberg, The Structure of Corporation Law, 89 *Colum. L. Rev.* 1461 (1989).

是公司法的任意还是强制,始终存在"市场失灵"和"政府失灵"的问题,两种情形下均会有法律强制介入的空间。

我们认为,私人间的事情,如果能通过公司关系合同有效解决,似无必要利用法律介入;但是若当事人间无法达成交易的情形,或由于交易成本的缘故,尽管需要法律模拟当事人间可能从事的交易以降低成本,但并不需要利用法律强制规定的方式来介入。然而,当公司内部关系人之间交易地位极度不平等或类似信息不对称、市场价格无法反映公司现状等原因致无法实现交易市场的意思自治,则有必要借助于法律的介入。此时,为追求"公平"或其他政策目的有时会以强制规定的方式出现。[1]

三、公司关系合同与控制股东信义义务

美国社会法学家庞德认为,大陆法系中国家法律的中心是意志,而英美法系国家则是关系。[2] 由此,以美国为代表的法律经济学家认为公司不属于人的规范而是一系列契约,在他们看来,公司既不是一个组织体,也不是一个能够被拥有的东西,而是包括一系列合同关系的法律拟制。[3] 往往被描述为明示的或默示的一系列合同。可见,公司本质上是公司参与人的博弈,公司各参与人的交易行为和经济活动,从根本上说,都是借助契约进行协调和激励的,交易各方在相互兼顾的前提下以较低的交易成本实现自己个人的目标。[4] 于是,公司参与人之间的关系被定性为是一种合同关系,公司法向公司的控制者——控制股东施加信

---

〔1〕　Lucian Ayre Bebchuk, Limiting Contractual Freedom in Corporate Law: The Desirable Constraints on Charter Amendments, 102 *Harv. L. Rev.* 549 (1984).

〔2〕　罗纳德·庞德:《法律史解释》,曹玉堂等译,华夏出版社1989年版,第110页。

〔3〕　R. W. 汉密尔顿:《公司法》,中国人民大学出版社2001年版,第6页。

〔4〕　范黎波、李自杰:《企业理论与公司治理》,对外经贸大学出版社2001年版,第24~25页。

义义务被认为是一种受托人义务,这样就把受托人义务转变为"纯粹的合同义务"(mere contract obligations)。[1] 他们认为,公司法所规定的受托人义务只是一种"备用规定"(ba. ckground rules),它们在以下两点上与合同法的规定具有相似性:(1)它们都假定为是当事人为了彼此的关系而合意达成的,因而当事人也可以合意作出相反的规定。(2)法院可以像解释合同条款一样解释这些义务规定。通过对受托人义务规定的"合同性"解释,受托人义务规定变为不具有强制性效力但具有约束力的规定。公司法上的义务规定之所以具有拘束力,其原因在于各方当事人没有明确拒绝全部或部分规定,而他们本来是完全可以自由决定是否这样做的,因而可以认为他们已经默认(imputed consent)接受这些义务规定。

信义义务是否有存在的合理性,又是如何作为法律的规定而引入到公司法中?依据 Easterbrook 与 Fischel 的解释,公司是持续性的关系契约,如果公司合同可以写得足够详细,就再无引入信义义务的必要,因为雇员、债券持有人必须行使他们的合同权利,而不可以主张公司管理层对其履行信义义务。反之,利益的分野若不能通过公司合同予以细致规定,也没有找到其他的替代方案,则信义义务便以其阻吓作用来代替了事先监督。[2] 因为订立详尽而明确的合约面临着高额的成本,如果投资者和管理层双方的谈判(和执行合约)的交易为零,则信义义务的规定在保全公司经营和风险承担相分离所带来收益的同时,还降低了公司管理层将其个人凌驾于投资者利益之上的可能。因此,信义义务的存在是对合同结构中合意不充分的一项补充原则。考察合同理论

---

[1] John H. Langbein, The Contractarian Basis of the Law of Trusts, 105 *Yale L. J.* 625(Dec. 1995), p.645.

[2] 弗兰克·伊斯特布鲁克等:《公司法的经济解释》,北京大学出版社2005年版,第102~104页。

的发展,我们可知,无论是大陆法上的信义条款还是英美法上作为信义原则的默示契约,都是诚实信用原则的派生,信义义务便与大陆法上的合同附随义务很相似。其一,很多研究大陆法的学者往往将信义义务翻译为诚信义务,将之与附随义务联系起来。因为它与附随义务的共同点都是以诚实信用原则为基础。如附随义务产生于古罗马的诚信契约;在诚信诉讼中,"由于关系不是严格由法律或裁判官的程式确定的,因而审判员可以而且应该根据诚信(exfidedona)去探究当事人达成的是什么东西"。但是信义义务还是不同于诚信义务,因为后者是一个宽泛的概念,它并不具有确定的内涵,它可广泛地适用于民事义务领域,其所代表的义务类型也不具有针对性和指向性,因此也不构成某一具体的义务类型。其二,信义义务与附随义务的具体类型理论界并没有统一的说法。学者在论述时多采用列举式的方法进行说明,如认为信义义务包含注意义务和忠实义务或其他义务等;而附随义务分为注意义务、告知义务、照顾义务、说明义务、保密义务、忠实义务、不作为义务等。还有学者首先从整体上将附随义务划分为注意义务(或诚信义务、忠诚义务等)和保护义务,再在此基础上作进一步的划分,形成附随义务的分层结构类型。但可以肯定的是,二者在具体的义务类型上有交叉。同样的,信义义务与英美法上的默示契约也很相似。所谓默示条款(implied terms)指的是合同本身虽未规定,但在纠纷发生时可由法院确认的、合同中应当包含的条款。对于合同中的默示义务,则由法律默示得出的条款来决定责任的性质和大小。[1] 也称为法院制造的义务,有学者称之为诚信义务。英美法的诚信义务是根据诚实信用原则产生的合同义务,它贯穿于合同的磋商、订立、履行或执行的整个过

---

〔1〕　Jonathan. Nash:"英国合同法的最新发展",张明远译,载梁慧星主编:《迎接 WTO——梁慧星先生主编之域外法律制度研究集》(第 1 集),国家行政学院出版社 2000 年版,第 7 页。

程,是许多独立于合同的义务最概括的表述,它以不恶意作为的义务为主,也包括以诚实信用原则而产生的作为义务(如告知义务)。信义义务原则与合同默示条款很相似,都产生于英美判例法,均具有弥补法律漏洞的功能。如在公司法中,当公司的管理人没有尽到信义义务的责任时,法官可以援引信义原则,作出自由裁量。而在合同法上,一旦合同当事人在履行合同的过程中不以诚实信用原则认真履行合同,或者某一方当事人为获得不当利益而主观制造合同漏洞,当事人产生纠纷诉至法院,法官此时有权利和必要对合同补充默示条款。

当然,法律为什么要规定信义义务条款或将信义原则作为一种默示契约,很难完全通过合同理论来作出合理的解释。原因在于,在现实生活中,还存在一类合同,它们存续时间长、合同各方接触紧密、其利益需求因外界情形的变化而随时调整,而且这种合同的存续也不以明确的承诺为前提,公司关系人之间的合同就是这种合同关系的典型代表,法律社会学家麦克尼尔将其称为"关系合同"。除了公司关系人之间的合同外,还包括合伙、雇用、婚姻等合同。[1] 近年来,日本有学者也提出所谓的"关系性合同理论",主张合同的拘束力及围绕合同的各种义务乃基于社会关系而发生。该理论的主张者认为,无论在以前或是现在,每一合同的背后实际上都受到种种社会关系的拘束,而构成此种社会关系的基础是该社会的伦理与信义的观念。[2] 事实上,传统的合同法无法对这类合同做出合理的解释,而麦克尼尔教授之所以将其称为关系合同,其目的也是想以此与古典的法律理念相区别。实际上,在经济学视野中,"公司关系合同"只是一种假设,往往以

---

〔1〕 Paul. J. Gudel, Relational Contract Theory and the Concept of Exchange, 46 *Buff. L. Rev.* 763(Fall,1998),p.782.

〔2〕 马特:"评'事实上的信托关系'——TMT 商标权属纠纷案的一点法律思考",载 www. civillaw. cn/article。

有限理性和机会主义为前提,如威廉姆森的关系性缔约理论就是以这两个重要的行为假设,把公司治理结构的不同方式与交易的特点联系在一起。可见,关系合同与古典合同还是有很大的差异的。

首先,古典合同是完备合同,而关系合同是不完备合同。在新古典经济学的一般均衡交易模型中,所有的合同都是价格与数量的交易,每一份完全合同都是一个帕累托均衡点,从而能够严格地履行和实施。这是因为,合同条款详细地写明了在与合同目的相适应的未来不可预测事件出现时,每一个合同当事人在不同的情况下的权利与义务、风险分配的情况、合同履行的方式及合同所要达到的最终结果。一旦合同是能够强制履行的,那么它就能最优地实现合同当事人协议所要达到的初始目标。事实上完备合同不仅取决于一个完全竞争市场,而且合同主体要有稳定的偏好。也就是说,完备的合同需要满足苛刻的条件:一是合同当事人要符合"经济人"的要求。二是必须在一个完全竞争的市场中签订合同。然而没有一个市场能达到完全竞争的要求,也没有一个合同当事人在受局限的环境下达到利益最大化。可见,所有的合同是不完备的,只是假设不同罢了。

古典合同假设合同是完全的。尽管古典合同可能也意识到合同中有不完全性,但是这种不完全可以通过完全的合同法来弥补。为此,合同法关注完备合同赖以存在的主客观环境,为不完备合同能使当事人达到完备的目标提供实践性规范标准。相应地,合同法可为古典合同的运作提供比较完全的法律或正式制度构架。一旦当事人因为不完备合同而发生争议,我们就以完备合同的背景条件为依据,对完备合同与不完备合同之间的差额进行权利义务分配。

但是,关系合同假设合同是不完全。在实际的交易中,由于人在心理、生理和语言等能力方面的局限性和外在世界的不确定性,人们在经济活动中总是追求理性。而且,在具体交易中,当事人很难拥有完全的信息,他们要么处于信息不对称,要么处于信息不确定状态。同时,现实生活中各种各样的交易成本[1]的存在使社会生产不能达到理想的状况。此外,其他合同当事人无法证实或观察一切因素的影响,这些因素使得合同的制定和执行往往都是不完备的。

总结起来,公司合同的不完备在于昂贵的费用,主要来自主、客观方面的原因。(1)就主观原因而言,与古典契约中假定的经济人的理性行为不同,现实生活中的人都是缔约者(contracting man),其行为具有"有限理性"(bounded rationality)的特征。由于有限理性,缔约者不具备通过事先缔约活动(ex ante contracting)对所有问题作出安排的能力,因此所有现实的缔约活动都是不完备的缔约活动(incomplete contracting)[2] (2)就客观原因而言,公司面对的是一个不确定的世界,公司要在这样的世界生存,就必须随机应变,一个完备的契约,无异于否定公司的存在[3]

从理论上说,一方面,一个不完备的关系合同不能通过合同法完全弥补。不仅因为合同法本身不完全,而且关系合同主要强调的是关系第一,因此,关系合同还需要人际关系来弥补,使合同得以运作。另一方面,"市场失灵"的存在就需要国家干预,就公司合同来说,仅仅依靠当事人在市场条件下的交易条款并不能实现合同目的(如果把当事人适当地退出公司也理解为当事人缔结

---

〔1〕 威廉姆森认为,人的有限理性、机会主义行为、未来的不确定性及交易过程中的不完全性或"小数目事件"是交易成本产生的原因。参见 Oliver E. Williamson, *The Economic Institutions of Capitalism*, New York, Free Press 1985, p. 53。

〔2〕 Roberta Romano, *Foundations of Corporate Law*, 法律出版社 2005年版,第 9~10 页。

〔3〕 张维迎:《企业理论与中国企业改革》,北京大学出版社 1999 年版,第 75 页。

公司合同时本来应有的一个目的)。只有通过法律依照相同的原则来决定合同的履行。而在实践中存在的公司的控制者对其他股东的侵害行为案件里,只有法律明确赋予控制股东信义义务或受托人义务,否则,在一个不完备的合同条款里,法院很难直接适用合同条款来解决股东之间的争议。从本质上来说,信义原则的规定只是法律认为,股东在缔结合同之初是理性的、充分了解相关信息并预见到长期关系的复杂性以及在平等的基础上协商谈判本来会订立的条款。法律之所以把这些条款强制化,其原因就在于上述的条件在公司合同的缔约实际中几乎不成立,因而不能指望股东能够自行达成这些条款,而只能依靠法律的强制来实现。

其次,古典合同与公司关系合同中当事人的地位不同,前者当事人地位平等,后者则不平等。传统的合同法规则是对平等主体之间义务的规制,它承认各方可以只考虑自己的利益而非对方的利益。而公司关系合同中,由于公司控制权的存在,当事人处于不对等地位,在这种情况下仅仅依靠合同法的规则是不足以保护劣势地位的当事人利益的。[1] 而且,控制股东与中小股东对很多可能被认为违反义务的行为都没有达成任何明示的或正式的合意。即使达成了合意,也要对股东批准利益冲突交易的合意实行严格的审查标准。因此,公司法对公司中的信托义务人(包括控制股东、董事)的行为做了很多限制规定,以限制义务人在处理与受益人关系时的自由。也就是说,公司法中不能通过明确的合同而是法律规定信义义务原则来保护受益人的利益。

但是,我们完全可以从经济学的分析中找到答案。由于市场

---

〔1〕　汤欣:"论公司法的性格——强行法抑或任意法?",载《中国法学》2001 年第 1 期。

是一种伦理的制度,[1]理性的经济人为追求其经济利益的最大化,往往都试图用欺诈、不正当交易或以牺牲或贬损对方或其他当事人利益的方法,来满足自己的经济利益,就成为现实的可能。而在公司的控制权交易中,信义原则具有降低交易费用的经济功能,这可以通过法律的经济分析方法得到验证。

一是从法律经济分析的角度看,当事人通过契约建立的经济关系从本质上说是一种利益关系,进行利益交换的目的是期望获取某种自认为的更大的利益。[2]

在法律经济分析中,包括商品在内的一切社会资源只有经过交换方可能趋于最有价值的利用。其中,交易费用是个至关重要的因素。科斯指出,交易费用是为了获得准确的市场信息所要付出的费用,以及谈判和经常性契约的费用。当然,现在,交易费用的概念扩展到包括度量、界定和保护产权的费用,发现交易对象和交易价格的费用,讨价还价的费用,订立合同的费用,执行合同的费用,监督违约行为并对之制裁的费用,维护交易秩序的费用,等等。依据"科斯定理",[3]产权的界定是明晰的,且交易费用是零,则帕累托条件将能实现。其核心思想仍然是成本与效益。所谓成本,即是运用市场价格机制的成本,也就是与市场机制共存的,用于交易的非生产性成本。所谓效益,本意是指用最少的成本去获取最大的收益,以价值最大化的方式利用经济资源,法律经济学意义上的效益,采用了帕累托标准,即效益的提高必须是对各方都有益。以损害某一方利益来改善他方利益的方法是非效益的。科斯定理认为,在零交易成本的世界里,只要权利界

---

〔1〕 A.艾伦·施密德:《财产、权力和公共选择——对法和经济学的进一步思考》,上海三联书店、上海人民出版社 1999 年版,第 38 页。

〔2〕 波斯纳:《法律的经济分析》,蒋兆康译,中国大百科全书出版社 1997 年版,第 12 页。

〔3〕 "科斯定理"一词是由施蒂格勒 1960 年发明的。

定明确,权利可以自由交换,主体积极合作,则无论权利属于谁,权利的配置都会发生有效益的结果。但是零交易成本只是一种假定,现实交易中存在着"实在交易成本",这种交易成本包括获得准确市场信息所需的成本,讨价还价与签订合同所需的成本,监督合同履行所需的成本。在上述实在交换代价的情况下,有效益的结果就不可能在每个法律规则下发生,此时合意的法律规则是使交换代价的效益减至最低的规则。

二是从经济学上经济人和交易成本理论来解释,对每一个有缺陷的合同进行完善就显得至关重要。不完备合同对交易的效率和安全确实是一种困扰,解决这种困扰的思路是充分利用合同网络,以合同来补充合同的不足。但是,在具体的执行过程中,处于网络中的每一个合同如果不能有效补充遗漏条款则交易的不确定性仍未彻底地被解决。因此,根据法律经济学的基本理论对个人自由、非正式制度和正式的法律制度之间的效率位阶作出判断,进行合同漏洞的填补是关键。目前对合同漏洞的补充有四种选择:(1)以共同的默示意图补充。王泽鉴先生认为,默示意图要以契约文义为出发点,通观契约全文,斟酌订约时的事实和资料,考量契约的目的及经济价值,参酌交易惯例,并以诚实信用为指导原则,兼顾双方当事人利益,并使其符合诚实之法律交易。[1] (2)推定的当事人意图补充。科宾认为,一个合同文书,应按使其产生法律效力而不是使其无效的方式来赋予意思。这并非一个要求法院必须对文书赋这样的意思的规则,而只是在其他因素并不导致相反的确信时,赋予文书这样的意思较为妥当的政策。[2] (3)以法律规范补充。法律规范又有强行性规范补充和任意性规范补充。强行性规范内含着一个社会在一定的政治、经济、文化

---

〔1〕　王泽鉴:《民法债编总论》(第1册),三民书局1993年版,第179页。

〔2〕　A.L.科宾:《科宾论合同》,中国大百科全书出版社1997年版,第621页。

发展阶段的最基本的交易秩序,其经济合理性体现在节约交易成本,一旦动摇将危及整个社会的交易安全等基本价值。因此,当事人的协商、法官的自主探测和推定共同意图均不得与之矛盾。而任意性规范往往适用于立法者在对合同进行类型化的基础上所设定的典型利益状态,在具体操作上,待补合同首先被归于一定的合同类型,然后适用一般的及有名合同中的任意性规定加以补充。(4)以习惯和惯例补充。包括中国在内的许多国家的法律都作了规定,如《法国民法典》第1159条规定,"有歧义的文字依契约订立地的习惯解释之",第1160条规定,"习惯上的条款,虽未载明于契约,解释时应用以补充之",《德国民法典》第157条规定,"契约的解释……应考虑交易上的习惯",《美国统一商法典》第2-202条规定,"行业惯例可以作为对文字材料的解释或补充",1964年的海牙《国际货物买卖合同公约》第9条规定,除非当事人另有约定,当事人应受与当事人处于相同情况下的惯例的约束,等等。当然,以上合同漏洞的填补还停留在古典契约的制度层面上。

信义义务的规定作为一种强制性规范在公司合同中能与合同法上的漏洞填补原则起到异曲同工的作用,这可以从经济学上解释。在经济学上,不完备的契约本身就是一个留有"漏洞"的契约,当实际状况出现时,必须有人决定如何填补契约中存在的"漏洞",交易费用理论者将这种权利定义为剩余控制权(residual rights of control)。[1] 而在一个所有权与控制权分离的公司中,这种剩余控制权显然掌握在公司管理者的手中,此时,缔约者的

---

〔1〕 格罗斯曼、哈特:"所有权的成本和收益:纵向一体化和横向一体化的理论",杨继良译,载陈郁主编:《企业制度与市场组织——交易费用经济学文选》,上海三联书店、上海人民出版社1996年版,第270页。

另外一个行为特征——机会主义[1]——就会发生作用。由于机会主义,公司管理者往往会利用手中的剩余控制权,通过填补契约中的"漏洞"来为自己谋利。为此,公司管理者与一般股东(含中小股东)的利益冲突产生。因此,实现契约有效性的一个重要途径在于提供充足的诱导机制(激励机制)。[2] 而法律的作用是在合同当事人缺乏有关合同条款时,提供合同漏洞的填补。[3]

当然,上述理论为我们提供了根据效益原理认识与评价控制股东信义义务制度的途径。一般说来,法律应在权利界定上使社会成本最低化,这就要求法律能选择一种成本较低的权利配置形式和实施程序。为此,控制股东信义义务制度应遵循交易成本最低化的原则,调整交易主体之间的权利配置关系,以实现促进社会经济发展和推动社会进步的最优效益。换言之,从经济的角度分析,公司法至少具有三大作用[4],一是提供一套标准的可供选择的法律规则,便利内、外部监督机制的建立;二是对公司及其成员行为进行规范;三是肩负提供公共产品的义务。而信义义务就是第三者效应的例子。因为公司在订立章程时不可能完全预测将来的信息,也没有一个能制定出所有对付将来可能发生的偶然实践的合同规则,即使要制定能包罗万象的调节信托行为的代价也是十分昂贵的,因此,国家立法通过规定信义义务,以制定法的方式提供这种制度产品。

---

〔1〕 所谓"机会主义"(opportunism),是指人们以不诚实的或者说欺骗的方式追求自利的行为特征,也就是通常所说的道德风险。参见 Oliver E. Williamson, Transaction Cost Economics: The Governance of Contractual Relations, *Journal of Law*, *Economics*, *and Organization*, October 1979, 22。

〔2〕 布赖恩·R. 柴芬斯:《公司法:理论、结构和运行》,法律出版社 2002 年版,第 285 页。

〔3〕 Lucian A. Bebchuk, Foreward: The Debate on Contractual Freedom in Corporate Law, 89 *Colum. L. Rev.* 1395 – 1408(1989).

〔4〕 郁光华:《公司法的本质——从代理理论的本质观察》,法律出版社 2006 年版,第 10 页。

第三节　委托—代理理论与控制股东信义义务

我们如果要经营某种商业,不仅面临资金、技术、原材料各种要素的组合,而且涉及组织形态的选择。在现代社会中,常见的商业组织的形态有独资(sole proprietor)、合伙(partnership)、公司(company,corporation)等,其中以公司形态最为典型。正如前面的分析,公司是一种契约,从组织成立来看,公司设立之初,在发起人间必须要先有一合意,预先决定公司的形态、业务范围、股份总额、是否要公开募集资金等,这个合意,实际上就是一种契约。而在公司内最主要的契约是公司经营者(管理者、控制股东)与股东、公司间的契约。

一、公司管理人的法律地位与信义义务的产生

在公司法律关系中,涉及股东、公司和管理者三者之间的相互关系,其中,公司的管理者在公司中处于十分重要的地位。关于"公司的管理者"的概念并不十分明确,且其法律地位也因各国立法对公司管理者范围的规定的不同而不同。本书认为,从公司内部的权力控制来看,"公司的管理者"是指那些有权直接控制公司的运营,在公司中担任董事、监事、经理、控制股东和其他高级管理职位的人;从公司外部来看,公司管理者往往是公司的法定代表人、代表,或者至少是公司代表机关的某一个成员,比如董事、执行董事、经理等。由于本书更多地涉及公司管理者的信义义务,因此有必要探讨管理者的范围和法律地位。

(一)公司管理者的界定

1. 英美法系国家的公司管理者

在英美法系国家,"公司管理者"主要包括董事(director)和高级职员(officer),其中董事的范围应该比较明确。其中,根据英

国公司法,除股东任命的董事之外,还存在着一种事实董事(de facto director)和一种影子董事(shadow director)。所谓事实董事,是指他的职务以及他的行为使与公司交易的第三人认为他就是董事;所谓影子董事,则是他能够指挥或指导公司董事采取行动。虽然他们都没有得到股东的任命,在法律上并不是公司董事,但由于他们的行为能够约束公司,因此法律也要求他们承担公司董事的义务。[1] 而"高级职员"一词的范围则并不明确。就美国的法律规定而言,一般认为,高级职员至少应当包括总裁(president)、副总裁(vice-president)、司库(treasurer)和秘书,除此之外,公司可以自行确定高级职员的编制,并将其他高级职员的职称自行写入公司章程。[2] 在英国,公司法所明确提到的高级职员似乎只有公司秘书(secretary)。[3] 这是因为许多英国公司中高级管理职位是由执行董事(executive director(s))充任的,他们被共同称做"管理董事"(managing directors),他们之中的一个被称为"首席执行人员"(chief executive)。而英国公司中的"总裁"(president)通常是授予退休首席执行人员的荣誉称号。[4] 实际上,英国法的规定与美国法有点类似,意味着公司可以根据实际需要自行设置高级职员的职务。

2. 大陆法系国家的公司管理者

在大陆法系国家,"公司管理者"一般包括董事、监事和经理等,具体的规定,往往因不同国家公司治理模式和实践中的公司运作的不同而不同。比如,在德国股份有限公司中,公司管理者主要是指董事会和监事会的成员,有时还会包括公司经理人以及

---

〔1〕 Paul L. Davies, *Gower's Principles of Modern Company Law*, Sweet & Maxwell 1997, Sixth Edition, pp. 182 – 183.

〔2〕 胡果威:《美国公司法》,法律出版社1999年版,第170页。

〔3〕 Companies Act 1985 (C. A. 1985), S. 283.

〔4〕 Paul L. Davies, *Gower's Principles of Modern Company Law*, Sweet & Maxwell 1997, Sixth Edition, p. 193.

有权进行共同经营的代办商等,这与德国股份有限公司实行的"股东会—董事会—监事会"治理模式有关。而德国的有限责任公司则相对灵活,因法律为其规定的管理结构为"股东会—经理",在德国有限责任公司中,公司管理者主要是指经理以及可能存在的监事等。[1] 在日本,因 2002 年前日本公司采取的是"股东会—董事会—监事会"公司治理模式,其公司管理者应当包括公司的董事和监事。不过,2002 年日本商法典修改后,日本公司法取消了原来的监事会制度,转而设立独立董事及执行经理制度。[2] 实际上,日本公司管理者应当包括董事(含独立董事)、监事及公司执行经理等。

3. 我国的公司管理者

在我国,"公司管理者"至少应当包括公司的董事、监事、高级管理人员和控制股东。单就高级管理人员而言,除实践中金融、证券经营以及保险等特殊行业之外,我国以前的公司法律制度中似乎并没有就一般意义上公司的"高级管理人员"和"控制股东"做出明确的界定。2006 年新公司法第 217 条明确规定,"高级管理人员"是指公司的经理、副经理、财务负责人,上市公司董事会秘书和公司章程规定的其他人员。"控制股东"是指其出资额占有限责任公司资本总额百分之五十以上或者其持有的股份占股份有限公司股本总额百分之五十以上的股东;出资额或者持有股份的比例虽然不足百分之五十,但依其出资额或者持有的股份所享有的表决权已足以对股东会、股东大会的决议产生重大影响的股东。从高级管理人员的构成来看,除公司的经理、副经理、财务负责人以及上市公司董事会秘书等法律明确规定的职务之外,公

〔1〕 托马斯·莱塞尔等:《德国资合公司法》,高旭军等译,法律出版社 2005 年版,第 129、524 页。

〔2〕 吴建斌:《最新日本公司法》,中国人民大学出版社 2003 年版,第 146、176 页。

司还可以根据实际情况,在章程中将担任其他职务的人规定为"高级管理人员"。

需要指出的是,在一些规模较小的公司中,公司管理者的职位往往是由多数股东指派或者直接充任的。在这些公司中,一些从表面上看属于公司与管理者之间的冲突,其实质却是多数股东与少数股东的争议。美国学者布鲁尼(Victor Brudney)教授就曾指出,封闭性公司(closely-held corporation)中典型的股东管理者与其他股东的关系更接近于合伙人的地位,而不同于公众性公司(publicly held corporation)中管理者的情况。事实上,英美法系公司法在处理封闭性公司股东管理者与普通股东之间的利益冲突时,会适用其他的法学理论和规则,与典型的合伙和公众性公司都不同。[1]　由此可见,关于公司管理者的界定,不只是涉及公司治理结构的安排,而且涉及公司与管理者(包括控制股东)及与公司的股东(包括中、小股东)之间的利益平衡,也涉及管理者的法律地位。

(二)公司管理人的法律地位

关于公司管理人的法律地位,大陆法系往往从民法里寻找理论依据,而英美法系则往往从信托法中探源,法律经济学者则从经济学中寻找理论支持。归纳起来主要有以下几种代表性观点。

1. 委托代理学说

以德国法为代表,董事与公司之间的关系完全适用于法律关于代理关系的调整规范,代理人在公司委任权限范围内开展公司业务管理活动,公司对董事会成员所进行的管理公司业务活动的后果负责,公司不得以所谓的"董事任命或资格瑕疵"或"公司内部管理瑕疵"为借口而否定董事会成员对外行为的有效性。[2]

---

〔1〕　Victor Brudney, Contract and Fiduciary Duty in Corporate Law, 38 *B. C. L. Rev.* 595, p. 610.

〔2〕　《德国民法典》第26条、27条和《德国股份公司法》第78条。

实际上,此学说源于民法上法人制度理论,认为公司是一个拟制主体,它本身没有行为能力,公司只能通过董事会的行为才能与第三人建立法律关系,董事被视为公司的代理人,享有代理人的权利,承担代理人的义务和责任。当然,德国也有学者认为,董事这一职位相当于托管人。[1] 实际上,托管是指某人将其财物的所有权移转于另一人;虽然受托人对外是所有权人,但在内部关系上,即在当事人之间的关系上,受托人承担维护委托人利益,并在一段时间后或在特定条件下归还托管物的义务。受托人虽然在经济上不具有所有权人的地位,但在法律上具有所有权人的地位;他有权从事那些只能由所有权人从事的行为,但他只得在符合托管关系的有关宗旨的情况下行使所有权人授予给他的法律权限。[2] 本人认为,由于信托制度来自英美法,因此,德国法上托管人实际上相当于英美法上的信托人。

2. 信托理论说

以英美法系国家公司法为代表,认为董事决不能成为公司财产的合法所有人,因公司对其财产拥有所有权。但董事可被视为公司财产的受托人,因董事必须管理此项财产,并为公司的利益而履行其职责。虽然董事是由股东会选任的,但"董事不是股东个人的受托人,也不是与公司订有合约的第三者的受托人"。[3] "董事与股东大会之间被认为是一种信托关系,即董事会作为股东的受托人,对股东负有信托义务,负责托管股东的财产并对公司经理人员的行为进行监管,以维护股东的利益。"[4] 因此,英国

---

〔1〕 托马斯·莱塞尔等:《德国资合公司法》,高旭军等译,法律出版社2005年版,第164页。

〔2〕 同上引,第499～500页。

〔3〕 R. E. G. 佩林斯等:《英国公司法》(中文版),上海翻译出版公司1984年版,第221、222页。

〔4〕 Northey & Leigh, *Introduction of Company Law*, 2nd ed. London Butterworth and Co. Lth. ,1981,p. 189.

衡平法把受托人严禁由信托中获益的规则作为自己最重要的原则。

3. 代理与信托关系兼有说

也有一部分学者考察英国、美国、加拿大等普通法系国家公司立法、判例、学说,坚持认为董事对于公司具有双重身份。如英国公司法规定:第一,董事是公司的代理人;第二,董事又是公司的受托人,在此基础上,董事对公司承担一种诚信责任[1] 也就是说董事作为公司的代理人在公司事务中对公司负有适当注意的义务;而董事作为公司的受信托人,还必须对公司、对股东忠实,董事的行为必须以公司及股东利益为出发点[2] 美国《标准公司法》第35条规定,除本法或公司章程另有规定外,公司的一切权力都应由董事行使或由董事会授权行使,公司的一切业务活动和事务都应在董事会的指导下进行。……董事应忠诚地,以其有理由认为是符合公司最高利益的方式,并以一位同样地位和类似环境的普通人士处世的谨慎态度来履行其作为董事的职责,包括履行其作为董事会的任何委员会的成员的职责,履行受托人维护股东高度利益的义务。而香港《公司条例》是参照英国《公司法》制定的,同样要求董事具有双重任务:代理人和受托人。董事应尽代理人的义务,也要履行受托人维护公司、股东利益的义务。

4. 委任理论说

所谓委任是指一方通过合同委托另一方掌管或处理他的事务,而另一方也同意接受委托。这一学说在大陆法系国家十分普遍。根据委任原则,当一个人在公司发起人会议上或股东大会上被选为公司董事并承诺这一职位后,公司与董事的委任关系就成

---

〔1〕 沈四宝:《国际商法》,对外经济贸易大学出版社2002年版,第121页。

〔2〕 王耀平、王伯庭:《现代企业问题法律分析》,吉林人民出版社2003年版,第144页。

立了[1],其法理还应包括:(1)委任是依当事人信赖的基础,而受任人和委任人都应对这种信赖关系的建立和存续负有义务;(2)董事的善良管理之注意义务,应是对公司的经营(包括事务处理)尽其客观的注意义务;(3)受任者——董事对于委任者——公司,应该诚心诚意,忠实于委任者[2]。这个说法为日本、我国台湾地区及我国大陆部分学者所倡议。如《日本商法典》第254条第3款规定,"股份有限公司与董事之间的法律关系适用委任的有关规定"[3]。但是,在日本学界也有人主张应当将公司与其管理者之间的关系定性为代理和信托关系,或者单纯代理关系或者单纯信托关系。他们认为,无论董事与公司之间属于任何关系,均离不开相互之间的高度信任。否则,公司绝不会将关系到全体股东利益以及公司兴败存亡的经营管理事务托付给全体董事[4]。依台湾地区"公司法"第192条第4项规定,公司与董事之间的关系,除本法另有规定外,依民法关系委任之规定。由此可见,个人董事与公司间之关系为个人法上之关系,适用民法有关委任之规定。为此一契约之缔结系以股东会之决议过政府或法人股东之指派为基础,而以处理公司之团体法上之事务为其标的,与一般之委任不尽相同[5]。同样,台湾地区学者对上述定性也持有异议,认为以单纯的委任民事关系对公司与其管理者的关系加以规范,是忽略了公司法之商事性质,以及董事居于公司内

---

〔1〕 黄建雯:"中港公司董事法律规则比较研究",载王保树:《商事法论集》(第4卷),法律出版社2001年版,第182～183页。

〔2〕 森林滋:"董事会的善管义务与忠实义务",载王保树:《商法的改革与变动的经济法》,法律出版社2003年版,第148页。

〔3〕 《日本商法典》,王书江等译,中国法制出版社2001年版,第65页。

〔4〕 吴建斌:《最新日本公司法》,中国人民大学出版社2003年版,第146～147页。

〔5〕 柯芳枝:《公司法论》,中国政法大学出版社2004年版,第249页。

部人的特性。[1] 我国公司法并没有对公司中董事的地位作出明确规定,但在学说上,王保树教授认为,董事和公司的关系根据委任原则处理比较符合中国的传统和习惯。[2]

5. 不界定公司管理人与公司之间的关系说

这种方式又可以分为两种类型:一种为不在公司法中有任何定位公司管理人与公司间法律关系的条文或用语;第二种方式为就公司管理人的责任方面,明确否定法律关系。若采取第一种方式,可能会有两种结果:一为公司管理人与公司间的关系因无法律依据而陷入一种不确定的状态,完全由学者去解释。学者们既可以将其解释为委托合同关系,也可解释为其他特别的法律关系。第二种结果为在董事与公司间的委托关系被打破之后,原本依赖委托合同的结构需要重新调整,此时必须对公司法进行较大的修改,以补充其立法上的不足,否则,法律关系的不确定可能会另外产生法律漏洞。若采取第二种方式,则完全排除任何界定公司管理人与公司间法律关系的尝试。这种方式可能产生更大的法律漏洞,有赖更大地修改公司法的内容。

当然,以上各种学说在界定公司与管理者关系时都具有一定的合理性。但公司与管理者之间的关系,不能单单建立于委托代理说、信托说、信托与代理二者兼有说或委任说。因为用任何一种学说去确立公司与管理者的关系,都可能存在很大的困难。如在大陆法中,德国、瑞士和日本的法律认为,委任与授权行为是有区别的。委任是本人与代理人之间的内部关系,而授权行为则是委任合同的对外关系,是本人及代理人同第三人的关系的法律依

---

〔1〕　王文宇:《新公司与企业法》,中国政法大学出版社 2003 年版,第 61~62 页。

〔2〕　王保树:"股份有限公司中的董事和董事会",载《外国法译评》1994年第 1 期。

据。[1] 而在英美法系中,代理与信托也是有区别的,如信托关系通常涉及信托财产的概念,是对物的,而代理关系是对人的。在信托中,受托人则不受委托人和受益人的控制,他有权根据信托条款和法律规定实施信托,不过受益人可以强迫受托人实施信托。而代理关系中,代理人必须随时服从委托人的控制。[2] 因此,背景和关系俱异的公司与董事会,难以用单一的理论去规定,无论是管理者继续行使其代理、委任、代表、信托权力,还是准确量度不同类型的公司管理者与公司的关系,每一种理论解释在同一个国家内也存在很大分歧。

因此,笔者认为,由于公司与管理者关系的独特及现存各种学说的不足,不应依赖现存的学说规范公司管理者,法律上应明确地规定公司管理者的任命、权利、义务、回报、责任,使公司与董事的关系共同建筑在一个稳定的法律框架的基础上。我们只要明确"受托人是为另一人的利益做事的人,它接受了别人托付给他保管的财产",[3] 确定公司或公司管理人作为受托人的地位就行了。这要求我们的立法机构拓展信托责任的法定概念,也许还可以包括对股东的责任,也包含对雇员和社会的责任,也许还可以包括其他要素所有人。[4] 因此,无论是大陆法系还是英美法系,不管界定公司与其管理人的关系与否,将公司管理人的界定采用代理关系说、信托关系说,还是代理信托兼说,只要他们之间存在信义关系,我们都可以将公司管理人理解为公司受托人。这

---

〔1〕 沈四宝:《国际商法》,对外经济贸易大学出版社 2002 年版,第 26 页。

〔2〕 何保玉:《信托法原理研究》,中国政法大学出版社 2005 年版,第 18 页。

〔3〕 Marlene O'Connor Restructuring the Corporation's Nexus of Contracts:Recognizing a Fiduciary Duty To Protect Displaced Workers, *North Carolina Law Review*,June 1991,(69),p. 1247.

〔4〕 马乔里·凯利:《质疑"股东优势"创建市场民主》,中信出版社 2003 年版,第 146 页。

样,委托人可以针对代理人,采用信托受益人可以针对受托人获得相同的救济。代理人虽非受托人,但他们有一个共同点,基于公司与管理者之间的不平等关系而都承担着一种信义责任。广义上说,他们都属于英美法上的受信任者,由于各种原因受到他们的信任,必须承担一定的责任,从而给他们施加了一定的义务,不能辜负他们的信任。[1] 当然,基于国外对信义关系的研究,公司与其管理者关系的核心特征可以简单概括为两个方面[2]:第一,管理者的替代责任;第二,对管理者的权力委托。法律的目的就是通过赋予管理者信义义务来限制管理者对委托权力的滥用。

二、委托—代理理论与控制股东信义义务

早期的信义关系广泛存在于本人与代理人、董事与公司、合伙与共同合伙人之间,后来英美判例法又将其扩展到大股东与中小股东之间。尽管大陆法各国并没有控制股东信义义务的直接规定,但不少学者从控制股东对公司实际影响力出发,提出控制股东为事实上的董事说,[3] 而主张其承担与董事相似的受托人义务。

在前面,我们运用经济分析法学理论分析了控制股东存在的原因,现在我们仍然运用经济分析的方法,从公司管理人的角度,用委托代理理论分析信义义务的存在。

(一)委托代理理论概述

因时代变化和科技进步,现今事务的分配倾向专业化和细致化,故产生前述的经营和所有分离(separation of ownership and control)现象,人与人之间的交易行为也多以"本人(principal)—

---

〔1〕　何保玉:《信托法原理研究》,中国政法大学出版社 2005 年版,第 17 页。

〔2〕　孙威:"关注公平——论公司管理人信义义务的价值取向",载沈四宝:《国际商法论丛》(第 8 卷),法律出版社 2006 年版,第 98 页。

〔3〕　冯果:《公司法要论》,武汉大学出版社 2003 年版,第 117~118 页。

代理人(agent)"模式出现,此即代理理论(agency theory)的形成。[1] 但此处的代理人和我国民法中"代理"概念相比,其含义更广,包括委托—代理关系中的受托人及其他有类似特征之人,故与我国民法上所指"取得代理权限"上的代理人概念,并不完全相同。

根据《新帕尔格雷夫经济大辞典》的解释,委托—代理关系是指"委托人(如雇主)如何设计一个补偿系统(一个契约)来驱动另一个(他的代理人如雇员)为委托人的利益行动"。[2] 委托—代理理论的核心问题在于它揭示了代理存在的两个问题:一是代理人的"经济人"本性和其自身具有的利益追求。二是滥用代理权。原因在于本人和代理人双方皆为理性(rational)与自利(self-interest)的经济人(the homo economics),基于机会主义(opportunism),代理人即可能怠惰(shirking)或为侵害本人权益的行为(misappriation)。就公司组织而论,掌握公司控制大权之经营阶层或控制股东,也会基于自身利益而侵害少数股东权益。因此通过整理可知,在公司法上,代理关系有以下缺陷:利益冲突(conflicts of interest)、应负责任不对等、信息不对称(information asymmetry)、契约不完全等四大缺陷。实际上,上述行为都会产生监督成本和约束成本,我们称之为代理成本,[3] 或代理费用,具体包括:(1)委托人的监督支出;(2)代理人的保证支出;(3)剩余损失。[4] 此类问题亦会产生道德危险(moral

〔1〕 See Michael C. Jensen & William H. Meckling, supra note 3.

〔2〕 《新帕尔格雷夫经济大辞典》(第3卷),经济科学出版社1992年版,第1035页。

〔3〕 严武:《公司股权结构和治理机制》,经济管理出版社2004年版,第24~25页。

〔4〕 迈克尔·C.詹森、威廉·C.麦克林:"公司理论:管理行为、代理费用和所有权结构",张丽丽译,载[美]唐纳德·A.威斯曼:《法律经济学文献精选》,苏力等译,法律出版社2006年版,第249页。

hazard)与逆向选择(adverseselection)两大风险。为了防止或限制代理人损害委托人的利益,委托人也可以相应采取以下两种办法,其一,给代理人设立适当的激励机制或是对代理人偏离行为进行监督;其二,要求代理人保证不采取损害委托人利益的行为或在代理人采取这种行为时给予委托人必要的补偿。

本人认为,经济学上的委托代理理论并不局限于法学上的委托代理关系,而是泛指在市场交易中存在信息非对称现象的各种交易关系,如雇主与雇员的关系、董事或经理与股东的关系、住户与房东的关系、债权人与债务人的关系等。只是,既然一个公司中股东与管理者之间的关系符合一种纯粹的代理关系的定义,所以,可以用委托代理理论来解释现代公司存在的"所有权与控制权相分离"所产生的各种现象。

(二)委托—代理理论与控制股东信义义务

在伯利—米恩斯提出公司所有权与控制权分离理论以前,如果每个所有者都参与公司必须作出的每一项决策,那么,在公司经营中的规模经济将很快为较高的谈判成本压倒。[1] 而现在,企业所有权与控制权的分离这一现象严格说出现在上市公司中。为了节约监督成本以及保证更为有效的监督,公司股东同意将监督决策权转给一个小的集团——董事会来实施。[2] 由于在公司股权所有者分散(包括大股东、中小股东和控制股东等)的条件下,如果让所有股东自己去管理公司是不现实的。不仅因为财富的拥有者并不具有与其从事相应事业所相称的知识、经验和技能,而且其管理公司的代价又远远超过了自己的收益。因此,雇

---

〔1〕 H. 登姆塞茨:"关于产权的理论",载 R. 科斯、A. 阿尔钦、D. 诺斯等:《财产权利与制度变迁——产权学派与新制度学派译文集》,上海三联书店、上海人民出版社 2004 年版,第 110 页。

〔2〕 赵小雷:《现代公司产权理论与实务》,上海财经大学出版社 1997 年版,第 77 页。

用特定的代理人来管理公司既可以通过代理制度扩张其私法自治的范围,也可以节省缔约、履约等交易成本,无疑是一种有效的选择。

控制股东与中小股东除了具有"股东"这一共性外,他们之间又分别具有"委托人"和"代理人"的特征,从而构成了一种非直接契约形式的委托—代理关系。在这种委托代理关系中,代理人充分了解自己的品质、能力和努力程度,拥有委托人所不知道的私人信息,处于信息优势的地位,而委托人则通常不了解代理人的品质和能力,很难观测代理人的努力程度,即使能够观测到,其成果也过于昂贵,处于信息劣势的地位。从经济学上来理解,市场交易中同样存在信息的非对称,这种非对称信息是指这样一种情况,缔约当事人一方知道而另一方不知道,甚至第三方也无法验证,即使能够验证,也需要花费很大物力、财力和精力,在经济上是不划算的。[1] 其主要表现为交易双方对于交易对象或内容所拥有的信息质量与数量的不相等,以及经济主体在决策时缺乏作出最优决策所需要的完全信息。从法律层面上来理解,在委托代理中,存在两个层次的非对称状态[2]:第一,缘于不完全信息、信息的成本和社会专业化的客观存在而产生的,它是信息的客观存在方式;第二,缘于信息优势者的败德行为或疏忽大意。但是,从法律后果上看,无论是怎样的信息不对称,其最终的后果是委托人对代理人的行为要承担风险,这是一种道德风险,也就是代理成本。根据赫姆斯特姆的研究,在一个产出取决于多人共同努力的团队生产中可以证明,如果保持预算平衡,则不可能设计出一种团队成员效用之和最大化的一个纳什均衡。它表述了道德

---

〔1〕 科斯、哈特、斯蒂格利茨:《契约经济学》,李风圣译,经济科学出版社1999年版,译者前言,第19页。

〔2〕 许凌燕:"消费者信息权的民商法保护",载《工商行政管理》2002年第21期。

危险的共同性质,那就是均产生源于市场交易中的信息不对称和"公司合同"的不完全性契约性质,均源于代理人(雇员、经理人员、董事和控制股东等)的偷懒、不负责任和以种种手段从公司攫取财富的行为。[1]

当然,在制度经济学视野里,道德风险不等同于道德。道德作为一种非正式约束制度,能够在不完备的条款之外,保证合约的自我实现,而道德风险行为则增加了交易费用。[2] 在现实生活中,道德风险与道德之间并不存在像道德风险的字面含义那样密切的联系,但形容词"道德的"在许多场合下都使人误解了道德风险的含义,由于被长期地使用,道德风险几乎成了一个神圣的字眼。[3] 但是道德风险与道德是有紧密联系的,道德与不道德是产生道德风险行为的动机和衡量标准。其实,在法人团体中,善行仅仅是针对股东利益而言的,这是道德的基本标准。[4] 但是,道德危害并不是不可遏制,而之所以说不能遏制,是因为监督成本太高。[5] "只有对公司管控体制实施强有力的法律干预和政府管制,才能克服委托—代理问题。"[6]因此,应该设计一种合理而有效的激励—约束机制以制约代理人为追求自身利益最大

---

〔1〕 M. Jensen and W. Mecking, Theory of the Firm: Managerial Behavior, Agency Costs and Owership Structure, *The Journal of Financial Economics* 3 (1976), p. 305.

〔2〕 曾欣:《中国证券市场道德风险研究》,西南财经大学 2002 级博士论文,第 26~27 页。

〔3〕 肯尼斯·阿罗:《信息经济学》,何宝玉等译,北京经济学院出版社 1989 年版,第 171 页。

〔4〕 乔里·凯利:《质疑"股东优势"创建市场民主》,中信出版社、辽宁教育出版社 2003 年版,第 55 页。

〔5〕 赵小雷:《现代公司产权理论与实务》,上海财经大学出版社 1997 年版,第 134 页。

〔6〕 柯武刚、史漫飞:《制度经济学:社会秩序与公共政策》,韩朝华译,商务印书馆 2000 年版,第 332 页。

化而背离股东利益最大化的行为。[1] 可喜的是,经过法学家们的努力,为克服代理成本和遏制道德风险,现在包括中国在内的许多国家公司法发展了各种理论,如违反良俗理论,权利欺诈理论和诚信理论和信义义务的理论等强化规制,其中尽管为美国公司法普遍接受的信义义务理论植根于信托法的基础上,但也为我国立法机关所推崇。如 2002 年 1 月 9 日,中国证监会与国家经贸委联合发布《上市公司治理准则》第 19 条规定"控制股东对上市公司及其他股东有诚信义务,控制股东对其所控的上市公司应严格依法行使出资人的权利,控制股东不得利用资产重组等方式损害上市公司和其他股东的合法权益,不得利用其特殊地位谋取额外的利益"。该条确认了控制股东向公司和其他股东负有诚信义务。[2]

第四节　公司利益平衡与控制股东信义义务

一、控制权争夺与股东不平等

公司法采用了同股同权、同股同利原则使股东之间的利益能够达到形式上的平等。尽管从投资人的角度去理解,这一规则使股东之间的财产分配是公平的,一分投资,必有一分收获,多投资,多收获。但是,股东之间实际上并不可能真正平等。

首先,同股同权、同股同利只是股权平等,不是股东平等。就表决权而言,股东因持股比例的不同,地位不同。因为持股多少决定了股东行使表决权的话语权,一旦掌握了话语权,成为公司

---

〔1〕 赵小雷:《现代公司产权理论与实务》,上海财经大学出版社 1997 年版,第 55 页。

〔2〕 蔡福华:《公司解散的法律责任》,人民法院出版社 2005 年版,第 179 页。

管理人或控制股东,则要么取得公司的决策权(如董事组成的董事会)、经营权(董事或经理),要么取得公司的控制权(如控制股东)。因此,为了获得这种行动自由,一个管理者必须掌握对下级的权力,即掌握最后做出决定的形式权力以及为让下级接受这些决定而与组织每个成员和每个群体进行谈判的非形式权力。[1]可以说,掌握了控制权就能够取得对公司全面控制、管理的权力,进而通过控制权的争夺改变股权结构,使潜在的股东利益分配在股东之间展开。

其次,持股比例的不同造成股权结构不均匀。股权结构不平衡引起公司控制权争夺,最终导致股东利益不平衡。可以说控制权的争夺是一种新的利益争夺方式。因为公司控制权是现代社会最重要的财产权利,取得公司控制权意味着取得对公司的经营管理权。而这种经营管理权既包括对公司全部财产的处置权,也包括对公司管理者的人事安排决定权。关于控制权的形态,伯利和米恩斯在《现代公司和私有财产》中进行了归纳,主要包括[2]:(1)通过近乎全部所有权实施的控制;(2)多数所有权控制;(3)不具备多数所有权但通过合法手段而实施的控制;(4)少数所有权控制;(5)经营者控制。其中前三种控制权是以法律为基础,后二种是以既定事实为基础的,如内部人控制。甘培忠先生认为,在正常情况下,公司控制权掌握在大股东和管理层手中,债权人和其他利益相关者也会对控制权产生实质影响,公司控制权的行使为大股东、董事和经理控制公司带来本身利益和衍生利益。其中,大股东控制公司所带来的本身利益包括控制中小股东财产并确保自己财产处于自己监管之下、个人大股东通过控制公

---

〔1〕 米歇尔·克罗齐埃:《科层现象》,刘汉全译,上海人民出版社 2002 年版,第 178～199 页。

〔2〕 伯利、米恩斯:《现代公司与私有财产》,商务印书馆 2005 年版,第 80 页。

司展示才干、推广自己管理理念,谋求人生价值,公司为控制股东培养自己管理团队、获取共享收益和私人收益,而董事与经理层的本身利益包括获取高额报酬和实现管理理念。而他们控制公司所带来的衍生利益则包括大股东获取商业方面的其他发展机会、溢价转让控制权所获得的财产利益和董事、经理所获得的金钱利益(含股票期权和其他激励好处)和其他社会利益(如各种荣誉、名誉等)。[1]

二、利益平衡与控制股东信义义务

在所有权与经营权日益分离的今天,公司的股权日益集中,公司内部的权利分配将向控制股东倾斜,这种非对称的权利配置,会导致股东利益冲突。而在公司内部,股东与管理人,以及不同股东之间的权利和利益是个动态的博弈过程,这个过程围绕着公司控制权展开。

从经济人理性的角度分析,驱使某一经济主体从事行为的根本动机在于其从这种行为中获取的收益所付出的成本。通过控制权的争夺,公司股东可以获取直接或间接收益,直接收益包括股利分配和资本利得,体现为货币收益;而间接收益主要是公司控制权的行使,主要是非货币收入,包括个人偏好满足、职业消费和关联交易等方面获得的收益,可能是货币收入或非货币收入等。特别是在间接收益方面,控制股东所得非一般股东所想象,二者之间存在某种不公平。从控制权的财产性分析,公司控制权是一种财产权利束,能为控制股东带来财产利益,控制权的争夺必然引起利益冲突,进而导致股权结构的不均匀和潜在的股东不平等,从而引起新的利益冲突。因此,在公司控制权的争夺中,法律的作用在于如何规制控制股东滥用控制权,如何实现股东收益

─────────────

〔1〕 甘培忠:《公司控制权的正当行使》,法律出版社 2006 年版,第 38 ~ 42 页。

和应该付出什么成本。

实际上公司控制权的正当行使的根源在于平衡各种利益主体,而首要价值目标是成本与效益。围绕着公司控制权的行使先后产生了几种重要理论:利益相关者理论、委托代理理论和信义义务理论。利益相关者理论奉行股东至上主义,强调的是公司的社会责任,认为公司管理人在为公司作出重要决策时不仅要考虑股东利益,而且要考虑其他利益相关者的利益,做到"一种均衡和平衡所有不同的利益集团的要求——股票持有者、员工、消费者和公众利益"[1]。而委托—代理法律关系的核心是被代理人(principal)保留控制和指挥代理人行为的权力,典型的情况是,被代理人为代理人规定终极目标和行事的基本策略,偶尔还会规定一些代理人行为的细节,而且被代理人随时准备纠正代理人的某些具体做法。因此,委托代理理论倡导通过采取适当的激励措施,鼓励公司管理人为了股东利益最大化而服务。通过对公司法一些基本规定进行研究,我们认为,上述任何一种情况在股东和董事及高级职员之间都不存在,公司股东并不能像被代理人约束代理人那样,拥有控制和指挥公司高级职员和董事行为的权力[2]。以美国各州的公司法为例,公司董事会拥有管理和监督公司业务的权力和义务(power and duty),而股东则没有,英国公司中也存在着同样的现象[3]。也就是说解决控制股东滥用控制权,单纯依靠股东来约束是无济于事的。既然股东不可能像董事约束公司职员那样约束董事的行为,而且股东也不可能撤销其对于董事们的授权,因为股东从来没有作出过这种授权,这种授权

---

〔1〕 玛格丽特·布莱尔:《所有权与控制:面向21世纪的公司治理探索》,张荣刚译,中国社会科学出版社1999年版,第205页。

〔2〕 R. C. Clark, Agency Costs Versus Fiduciary Duties, in *Principals and Agents: The Structure of Business*, 1985, pp. 55 – 59.

〔3〕 布莱恩·R.柴芬斯:《公司法:理论、结构和运作》,林华伟等译,法律出版社2001年版,第101页。

是由法律明确规定的,〔1〕那么法律就必须加以干预,通过建立灵敏有效的规则,来应对管理者给公司带来的危险,保护后者不受前者权力滥用的伤害,具体的方式是:

一是建立控制权制度规范,为股东权利与责任提供基础性制度安排。首先,建立股东与股东之间的合约,"立法者通过使用促进平等待遇的规范可以获得理想的政策结果"。〔2〕如提供同股同权,同股同利,一股一票制度安排,并以法律的形式确立股东的权利,有利于良好的公司控制权结构的建立。因为公司资产并不专属于哪一位股东,股权分配不均匀导致股东之间权利与责任的不对称,从而影响公司控制权。其次,有限责任制度的建立,可以减少股东之间相互签订契约的交易费用,也可以约束某些股东的机会主义行为,减少股东之间的相互监督的成本,提高股东的投资积极性。可见,只有明确地界定股东的权利,减少股东之间相互争夺权利造成的资源浪费,才能避免出现一个拥有公司 10% 股票的人,却掌握了公司 100% 的投票权。并且,当决策失误时,由于有限责任制度,他仅承担 10% 的财产损失,另外 90% 的财产损失将由没有投票权的股东来承担。

二是控制权激励。在现代股份公司中,由于"企业所有权和控制权"的分离,股东只保留选择经营者以及参与重大决策的权利,而公司的日常经营权则被授予了公司管理者。尽管经营者的目标和公司的利益是一致的,但是股东和经营者的目标和利益不一致,以及他们之间的信息不对称,使管理者可能采取道德危险行为,侵犯股东的利益。为此,必须建立适当的激励约束机制,来避免管理者和股东的目标、利益不一致而产生的效率损失。从本

---

〔1〕 R. C. Clark, Agency Costs Versus Fiduciary Duties, in *Principals and Agents：The Structure of Business*, 1985, pp. 55 – 59.

〔2〕 布莱恩·R. 柴芬斯:《公司法:理论、结构和运作》,林华伟等译,法律出版社 2001 年版,第 505 页。

质上看,控制权激励是一种动态调整经营者控制权的决策机制,决策的内容包括是否授予控制权,授予谁和授权后如何制约等,决策的结果在很大程度上影响经营者的选择、经营者的努力程度及其采取的行为。在现代股份公司中,这种制度安排对内表现为股东大会、董事会、经营者和监事会之间权利的分配和制衡关系,对外则表现为对外部控制权市场(主要是委托书收购、兼并、收购、破产清算以及经理市场等)上在职经营者的行为激励,如实行股票期权,或者经营持股等。

三是控制权约束。对公司管理人(包括控制股东)滥用公司控制权的约束有两种方式:(1)监督方式。如对内建立独立董事制度,完善监事会制度,对外加强公司监管。(2)契约方式。如订立公司契约,具体规定管理者权力的正当使用,以及管理者违反契约的法律责任。

本人认为,通过契约对管理者进行控制存在两个方面的弊病。其一,公司关系并不当然都具有契约的性质。例如,公众性公司的股东没有机会就公司特许状的内容、公司章程或管理者的雇用合同进行讨价还价。其二,即使这样的契约安排是可行的,要对管理者运用权力的所有可能情况进行列举并做出"能"或"否"的规定,必然要耗费大量的人力、财力,这种做法是得不偿失的。因此,直接由法律规定控制股东信义义务能最好地节约成本。

第五章　控制股东信义义务原则

——信义义务的判断标准

资源总是稀缺的,法律之目的即为将资源有效率配置,以便决定赋予何者拥有该资源之权利(entitlement),以避免交易成本升高和利益冲突(conflicts of interest)发生。然而当一个人行使权力致影响其他人的财富时,可能会产生利益分野。对此,学者 Guido Calabresi 与 A. Douglas Melamed 在 1972 年分别提出"财产法则"(property rule)和"补偿法则"(liability rule)的概念,以交易成本高低决定资源和权利的分配,以保障股东之财产权。在这里,所谓"财产法则",是指当权利配置于特定个体后,其他意图取得该权利者,仅能通过自愿性交易之方式,由原持有人处取得,故于财产法则下,交易之产生与价格皆系由买卖双方以自愿性协商之方式决定,除非经权利人同意,权利人有权禁止其他人侵害其权利,如回复原状、归入权、强制履行。而在"补偿法则"下,当他人破坏原持有人之持有状态时,该他人必须以支付权利客观价格之方式为补偿,换言之,法律容许原权利持有人被迫进行交易,如损害赔偿。如整体交易成本不高,选择财产法则为资源分配即可;如整体交易成本过高,即需以补偿法则介入资源之分配。[1] Robert Cooter 和 Bradley J. Freedman 尝试以经济学吓阻理论(economic theory of deterrence),说明财产法则或补偿法则之选择。其指出,若欲对被告/违法行为人之期望制裁(expected sanction)具一定之吓阻力(deterrence),即必须符合下列数学公式:$p \times m = 1$,p 为预期制裁机率(probability),m 为总体惩罚量(punitive multiple)。[2] 但无论是财产法则还是补偿法则最终还是要通过具体的行为结果来表现,为此确定违反利益冲突之标准便显得十分重要。

就公司内部来说,利益分野在公司与管理者、股东与控制股东、管理者之间一直存在,缓解利益冲突有很多方式,如制定严格的法律、市场的自我调节(包括劳动力市场、产品市场、控制权交易市场等)和签订公司合同等。其中,公司合同论者认为,公司乃"一系列合约的连结",投票权和信义原则被认为是一种较好的调整方式。[3] 而信义原则不仅包含了反盗窃指令、限制利益冲突的交易以及对管理层中饱私囊、损害投资者利益的行为予以限制等种种规则,它还被认为是对公司结构中合意不充分的一项补充规则和对公司合同予以细致规定和进行额外监督的替代解决方

---

〔1〕　See Guido Calabresi & A. Douglas Melamed, Property Rules, Liability Rules, and Inalienability:One View of Cathdral, 85 *Harv. L. Rev.* 1089 (1972).

〔2〕　See Robert Cooter & Bradley J. Freedman, supra note 53, at 1052.

〔3〕　罗培新:《公司法的合同解释》,北京大学出版社 2004 年版,第 22 页。

案.〔1〕 笔者认为,信义原则既是信义义务的指导原则,也是信义义务在司法判解中的判断标准。而标准可以分为一般标准和具体标准。就信义义务来说,一般标准要求公司管理人(包括控制股东)能够遵守诚实信用,公平、公正,做到忠实地为公司和股东的利益工作,不超越公司特权,以正当的目的行使权力,同时在工作中能够合理、谨慎地以最大的善意和注意,符合公司最佳利益方式行使职责。而具体的标准则是以商业判断和公司机会作为衡量尺度。

第一节 忠实勤勉原则

一、忠实勤勉原则概述

所谓信义义务是在18、19世纪由英国大法官法庭(The Court of Chancery)为拥有资产或为其他人利益行使代表资格功能的人精心设计的一种义务,最初适用于董事,以后经过英美普通法和衡平法扩展到董事、经理、其他高级管理人员和控制股东,其核心内容是要求他们本着公司和股东的利益善尽忠实、勤勉之责。后来在法律的相互移植中为大陆法系所借鉴。"信义义务"是对合同不完善的补充,这种义务虽未获得共识,但已经得到广泛的承认。作为一项强制性规定,将股东对公司管理者的勤勉、忠实经营(的信义义务)预期通过公司法固定下来;作为一项信义原则,忠实勤勉原则的根本目的在于对详尽订约的高成本作出救济,并使股东可以不必事事亲临监督,以避免对经理层的不当约束。〔2〕

---

〔1〕 弗兰克·伊斯特布鲁克等:《公司法的经济结构》,罗培新译,北京大学出版社2005年版,第103~104页。

〔2〕 罗培新:《公司法的合同解释》,北京大学出版社2004年版,第288~289页。

严格说来,将董事视为受托人是不充分的。董事与公司的关系和信托关系有很大的不同。第一,在一般信托关系中,受信托人是基于信托而为受益人所持有的财产的法定所有权人(legal owner),而公司董事不是公司财产的法定所有权人,公司本身就是公司财产的法定所有权人。公司董事在处分公司财产时,须以公司名义为之。[1] 第二,作为公司商事组织的商事管理人,董事在公司资本投资方面所享有的权力要比严格意义上的受信托人所享有的权力要大。一般受信托人在通常情况下承担的义务是对他们管理下的财产进行管理与维持,他们不得将信托财产用于投机事业,否则,会受法律制裁。对公司董事而言,为了使公司股东取得最大的投资回报,人们期望并鼓励董事去从事更具冒险性的事业。[2] 但是,从某种意义上讲,公司董事确实又处于受信托人的地位。公司法的核心问题是对管理层的最优控制。在现代公司中,管理层虽然拥有大量的权力去影响组织的经营和受其影响的参与者的命运,但是他们并不享有对自己牟利的权力。[3] 在这方面,信托设计中的"管理与利益分离"与公司设计下的"所有与经营分离"无疑具有异曲同工之妙。将公司董事置于受信托人的位置,就是因为两者这种关系性质的同一,从而对董事科以受信托义务,解决管理层的懈怠和不忠。1939 年大法官道格拉斯(Justice Douglas)在佩普诉里顿(Pepper v. Litton)一案中明确表达受信托义务的基本含义是:一个负有受托义务的人,不能利用本身的权力厚己薄人、失其公正立场,谋一己私利而害及公司、股东及债权人的利益。[4] 概言之,受信托义务包括注意义务与忠

〔1〕 张民安:《现代英美董事法律地位研究》,法律出版社 2000 年版,第 256 页。

〔2〕 Robert W. Hamilton,*The Law of Corporation*, West,1990, p. 259.

〔3〕 罗伯特·C. 克拉克:《公司法则》,工商出版社 1999 年版,第 736 页。

〔4〕 梅慎实:《现代公司法人治理结构规范运作论》,中国法制出版社 2001 年版,第 418 页。

实义务。二者乃信托本身的具体化。关于注意义务与忠实义务的关系,美国学者 Easterbrook 与 Fischel 认为二者之间并无明显的区别,但实践中却会"区别对待",原因在于,涉及利益冲突的忠实义务比不涉及利益冲突的注意义务更能得到司法的"宽宥",他进一步指出,二者之间的区别,一个令人满意的解释在于两者对违反义务的惩罚机理和政策取向有所不同。[1] 笔者认为他们分别对应于受信人主观上的忠实和勤勉。前者表现为主观故意,后者则是主观过失。

二、忠实勤勉原则的法理基础

忠实勤勉原则是信义义务的一项重要原则,是信义义务(包括注意义务和忠实义务)内容的一般判断标准。讨论忠实勤勉原则的法理基础,实际上就是讨论忠实义务和注意义务的法理基础。

(一)忠实义务的法理基础

忠实关系是指当一方信赖他方并依己意将自己的处理事务权力(power)或财产(property)托付他方或依法或法院裁判形成一定之地位,使一方对他方决策有控制(control)或影响力(influence),且对其财产或事务有管理权所形成的法律关系。[2] 在此关系中,被托付之一方称为忠实义务人(fiduciary),其相对人可称为托付人(trustee)或受益人(beneficiaries)。[3] 为什么两大法系同时规定了忠实义务,笔者认为,既有不同法系国家之间的相互学习,也有一个国家内本身的法律传统和文化背景。在大陆

---

〔1〕 弗兰克·伊斯特布鲁克等:《公司法的经济结构》,罗培新译,北京大学出版社 2005 年版,第 106~107 页。

〔2〕 Robert Cooter and Bradley J., The Fiduciary Relationship: Its Economic Character and Legal Consequences, 66 *N. Y. U. L. Rev.* 1045, 1046 – 7 (1991).

〔3〕 Robert W. Tuttle, The Fiduciary's Fiduciary: Legal Ethics in Fiduciary Representation, 1994 *U. Ill. L. Rev.* pp. 889 – 890, 953 – 954.

法系,特别是以德国为代表的公司法中,股东忠实义务并未直接规定于其法典当中,而只存在于判例法中。例如,德国帝国法院最初并不认可股东忠实义务,在1908年的Hibernia案的判决中,帝国法院认为,没有必要限制多数股东的权力,因为基于现行法的基本原则,使少数股东服从于多数股东的意志是现行法直接和必要的法律后果。正是基于当时形式上的观察问题和思考问题的方式,司法判例没有对多数股东的权力予以限制。而直到1975年联邦最高法院对著名的ITT一案的判决才最终确认了有限责任公司股东间的忠实义务。但是1988年的Linotype判决之前,理论界有关股东忠实义务的问题仍然存在争论,至今,在德国忠实义务也只是一项判例法上的一般义务。[1] 同样是英美法系,尽管美国法的基础是英国普通法,但有学者明确指出,美国公司法比大多数判例部门都更明显的是一种土生土长的产物。[2] 其实,为管理者设定忠实义务的真正原因在于在公司与管理者的关系中实现公平。其中大陆法系传统理论认为董事与公司之关系多适用委托代理关系,因此基于代理关系中的代理人对本人承担的义务就是董事对公司承担义务的基础。[3] 而英美法系国家对此提出了自己的见解,我国有学者通过研究将这些见解概括为八种理论:[4]

1. 财产理论(property theory)

该理论认为,如果一个人对财产或任何其他利益享有法定所

---

〔1〕 王彦明:“德国法上多数股东的忠实义务”,载《当代法学》2004年第6期。

〔2〕 伯纳德·施瓦茨:《美国法律史》,王军等译,中国政法大学出版社1997年版,第12、72页。

〔3〕 蒋大兴:《公司法的展开与评判——方法、判例、制度》,法律出版社2001年版,第547页。

〔4〕 张民安:《现代英美董事法律地位研究》,法律出版社2007年版,第146~160页。

有权或控制权,而该种对财产或其他利益所享有的所有权或控制权所带来的利益由他人享有,则彼此之间即存在着信义关系。在1977年的一个判例中,法官认为,判断是否存在信义关系的标准有二:一是受益人对信托财产享有利益关系;二是受托人负有维护受益人该种利益的义务。[1] 然而,财产理论一直受到许多人的批判,首先,将财产理论作为赋予公司管理者信义义务的根据,可能会因过度限制了管理者的行为而妨碍公司的正常发展。其次,要将财产理论适用于公司,法官就必须将许多传统意义上并非财产的事物看做是财产。这样,法官可能必须先对"什么是公司财产权利"的问题作出认定,必要时还需要对财产的概念加以拓展。最后,依据财产理论,法官将无法解释法律就管理者违反信义义务的行为提供给公司的救济。比如,董事接受贿赂,收取某种秘密利益或所允诺的其他好处以及董事利用公司机会攫取利益等应当归还公司。然而,这种救济根据财产理论是解释不通的,因为它意味着公司对某种它根本不可能享有权利的财产享有利益。

2. 信赖理论(reliance theory)

信赖理论源自 Morrison v. Coast Finance Ltd 一案,[2] 在该案中,法官认为当存在着信任和信赖关系时,即存在着信义义务。尽管信赖理论经常被援引,并且得到了最广泛的运用,但它仍然存在着某些问题。首先,该理论仅仅是对实然状态的描述,并未分析事物的应然状态。甚至有人将之称为一个"源于空气的、伦理的和道德的规则中的原则",而绝对经不起法律制度范围的事

---

[1] Evans v. Anderson [1977] 76 D. L. R. [3a] 482 (Alta. C. A.), 506.

[2] Morrison v. Coast Finance Ltd. [1966] 55D. L. R [2d] 710 [B. C. C. A] 723.

实之检验。[1] 其次,该理论太模糊而难以适用到个案中去,会造成在许多具体情况下,法官将被信任者的信义义务赋予原本不存在信义关系的人。因为这种信任涉及一个人的正直和完全披露的假定,故不能当然地认为存在信义关系。[2] 也就是说,即使在没有信义关系的情况下也可能存在着信赖。

3. 不平等关系理论(unequel relationship theory)

在 Follis v. Township of Albemarle 一案中,[3] 法官认为"必须在当事人之间存在着某些不平等的地位,或者产生于某一特定关系,如父母与子女之间,监护人与被监护人之间,律师与委托人之间,受信托人与受益人之间,本人与代理人之间等,或者是由于一个人对另一个人所实施的支配地位,而不管该种特定关系归于哪一种类"。实际上此种不平等地位表现为法律上的不平等,如受托人和受益人之间的关系和事实上的不平等,如一方当事人对另一方当事人之支配。[4] 该理论的优点在于它关注到了授信者在信义关系中弱势地位的重要意义,但不足表现为:一是该理论的基础是道德而非法律的,很难解决具体的法律问题。例如,公司和债权人之间的关系,董事作为公司的管理机关在与第三人从事交易时,双方地位都是完全平等的,但董事对债权人承担信义义务的现实,很难依据不平等关系理论得到解释。二是不平等关系理论是为处于弱者地位的当事人提供保护,并假定作为弱者的一方当事人处于无能力的境地。如果将此种理论适用于董事和公司、董事和股东、债权人甚至其他利益主体之间的关系,则实际

---

〔1〕 J. C. Shepherd, *Law of Fiduciaries*, Toronto:The Carswell Company Limited. 1981,p. 57.

〔2〕 See D. Waters, *Law of Trusts in Canada*, 2d ed. (Carswell:Toronto, 1984) at p. 345.

〔3〕 [1941] LDLR 178. 181 〔Ont. 〕.

〔4〕 J. C. Shepherd:*Law of Fiduciaries*, Toronto:The Carswell Company Limited. 1981,p. 61.

上就是假定公司、股东和债权人甚至其他利益主体对管理者而言完全处于无能力的地位,而实际情况是,公司法赋予公司股东享有对公司管理者提起直接诉讼或派生诉讼在内的多种权利。

4. 契约性理论(contractual theory)

契约性关系理论源于 19 世纪末和 20 世纪初有关财产返还的准契约性观点。在 1888 年 Boston Deep Sea v. Ansell 案中,法官就将信义关系看做是"暗含契约"或"衡平权利"[1] 作为第一个现代性理论,契约性理论是由斯考特(Austin Scott)教授在 1949 年首先提出来的。它指出:"谁是一个受信托人? 一个受信托人就是一个承诺为另外一个人的利益而从事活动的人。该种承诺是否采取契约的方式无关紧要。该种承诺是否是无偿的亦无关紧要。"[2] 该理论的实质是,此种"交易"是由授信者或某些代表他利益的人提出要约以便取得被信任者作出忠实于授信者的承诺。同其他理论相比,它的优点在于它不像其他理论那样具有模糊性和不确定性,而具有适用性和灵活性的特点,并成为可以直接适用于个案事实的理论,而为法官广泛援引。

5. 不当得利理论(unjust enrichment theory)

该理论由 Fry J. 在 1879 年首先提出来,[3] 并在许多判例和论著中普遍存在。认为,当一个人获得了根据正义的要求应当属于另外一个人的财产或其他利益时,信义关系就存在。实际上,不当得利理论广泛适用于与侵权和契约无关的法律救济类型,但应用于公司法中,其优点在于将责任的基础建立在"正当"这些抽象的、道德的概念基础上,使法庭能够针对具体案件而有灵活的

---

[1]　Boston Deep Sea Fishing and Ice Co. v. Ansell (1888) 39 Ch D 339, 367.

[2]　Scott, A. W. The Fiduciary Principle, 37 *Calif. L Rev.* 521, 540 (1949).

[3]　Ex Parte Dale & Co. 11 ChD. 772, 776(1879).

处理权。[1] 但是不足在于:一是损害赔偿范围难确定。是以受益人所得为标准还是以受害人所失为标准?如果以受损的范围为准,则许多情况下,公司管理者在代表公司活动时虽然获得了利益,但公司并未受损。而如果以"牺牲公司利益为代价而获得利益"为标准,则在损害的利益和获取的利益之间如何协调亦存在着问题,这涉及公共政策问题。二是利益返还请求权的抗辩。不当得利的理论坚持返还应建立在管理者的善意基础之上,但这与公司法上"只要被信任者从其地位中获得了利益,被信任者之善意就不能成为授信者返还请求权的抗辩"相悖。

此外,还有韦恩利(E. J. Weinrib)教授首先提出的权力和自由裁量权理论,以及其将之与权力和自由裁量权理论相提并论的商事效用理论,和由谢泼德(J. C. Sheperd)教授提出的受限制的权力之转移理论(transfer of encumbered power theory)。其中,权力和自由裁量权理论的实质是,一个人所享有的权力会使另外一个人的法律地位发生改变。因而,对此种权力的行使必须附加一定的义务,以便维护受该种权力影响的人之利益。此种理论的最大优点在于它不像其他理论那样使用一些不确定的概念来说明特定人之间的权利义务关系;而是建立在权力、权利和义务这些法律概念之上,将它们作为构建特定关系的基础,因而,具有确定性的特点。而商事效用理论以道德和公共政策作为基础,该种理论的合理性是建立在经济现实的基础上,并同公司法中重视被信任者的主观因素的观念息息相关,将管理者在行为时主观上的善恶作为判断是否违反信义义务和承担法律责任的重要因素。而受限制的权力之转移理论是契约性理论和权力与自由裁量权理论这两种理论的混合。其实质是将权力看做一种特定的财产,它

---

〔1〕 Keech v Sandford. Keech v Sandford (1726) Sel Cas T King 61〔25 ER 223〕.

可以由一个人作为受益人而享有,而由另外一个人行使。事实上,现代公司法中,管理者不仅应对公司承担法律义务,而且还应对股东、债权人以及其他利益主体承担义务。如果采取受限制的权力转让的理论,则股东尤其是债权人对管理者享有的请求权就无法解释,因为,债权人根本不可能将权力转移给管理者,因而管理者也不应对债权人承担信义义务。[1]

总之,由于公司、股东与管理者之间不公平关系的存在,在制定制度及其实际运作中赋予弱者权利,使其得到一定程度的保护,以实现其正当利益,为此,法律才会为管理者设定忠实义务。

(二)注意义务的法理基础

注意义务理论广泛存在于刑法、民法、侵权法、信托法和公司法法律理论中,如在刑法理论中,注意义务的根据,可概括为两大类:一是依据法律、法令的规定所明示的义务;二是依据习惯和条理所产生的注意义务。[2] 在民法上,注意义务的前提是过失,注意义务的根据可以基于法律、法规,合同约定,职业业务、常理、习惯要求以及先行行为的产生等原因。[3] 侵权法上的注意义务是指因社会接触或社会交往活动而对他人引发一定的危险而基于诚信原则、善良风俗或适当社会生活不成文的规则所要求的对此等危险之合理的注意而对一般人负有的除去或者防止危险的义务,是诚信原则在侵权领域的法扩张表现,[4] 在信托法上,因受托人对信托财产受托人权力的扩张所带来的风险(受托人侵犯受益人收益权与受托人滥用信托财产支配权的可能)与信托财产增

---

〔1〕 张民安:《现代英美董事法律地位研究》,法律出版社 2000 年版,第169 页。

〔2〕 周光权:《注意义务研究》,中国政法大学出版社 1998 年版,第 49 ~50 页。

〔3〕 晏宗武:"论民法上的注意义务",载《法学杂志》2006 年第 4 期。

〔4〕 杨垠红:"一般注意义务研究",载《厦门大学法律评论》(第 9 辑),厦门大学出版社 2005 年版,第 38 页。

值的机会同时并存,为此现代信托法律赋予受托人谨慎义务,以确保受托人信托财产支配权的恰当行使。[1] 而公司法上,确立注意义务的依据是公司管理人与公司的关系。在公司法中,公司管理人具有双重身份,如董事既是公司代理人,也是公司的受托人,在此基础上董事对公司承担信托责任。[2] 因此,依大陆法系代理理论的一般原理,在有偿代理中,代理人处理代理事务时应尽善良管理人的注意。而依英美法中信托责任的基本原则,董事作为公司的受托管理人,是"经授予一项有合法所有权的财产并为他人利益而管理该项财产的人",他在行使权限时,必须对公司尽忠效力,谨慎行事。但公司法上董事的注意义务也与刑法、民法、侵权法的相关理论相关联,有学者认为董事的注意义务传统上来源于侵权,并随着企业的扩大,公司的社会性、公共性的增强及社会资本的分散化,所有—控制之间的分离程度增大,而不断地独立于一般侵权规则。[3] 这一义务要求公司管理人在履行与其职位相应的义务时必须诚实地行事,具备一定程度的谨慎与技能,否则要承担注意义务和相应的法律责任。

概言之,在英美公司法中,注意义务和忠实义务主要源于英美判例法,其他法定义务则主要源于公司制定法和相关法律,诸如证券交易法等。在大陆法系国家公司法,注意义务和忠实义务主要源于民事法律,其他法定义务则主要源于公司法和其他有关法律。[4] 而在我国,董事忠实义务和注意义务则主要源于公司

---

〔1〕 刘正锋:"美国信托法受托人谨慎义务研究",载《当代法学》2003 年第 9 期。

〔2〕 沈四宝:《西方国家公司法概论》(修订本),北京大学出版社 1989 年版,第 150 页。

〔3〕 邓峰:"领导责任的法律分析——基于董事注意义务的视角",载《中国社会科学》2006 年第 3 期。

〔4〕 张民安:"董事忠实义务研究",载《吉林大学社会科学学报》1998 年第 5 期。

制定法和相关的司法解释、法律法规。

三、忠实勤勉原则的认定标准与适用

忠实勤勉原则之适用,实际上是忠实义务与注意义务之适用,而公司的管理者包括董事、监事、控制股东及其他高级管理人员,因此,为求方便,仅仅以董事为限。

(一)忠实义务的认定标准与适用

1. 忠实义务的认定标准

关于忠实义务,大陆法系民法一般仅仅规定受任人对于委任人负有善管义务,而不规定受任人的忠实义务,这是由于此种义务往往被视为一种道德义务,而非法律义务。但是,大陆法系仍然将公司与董事的关系定位为委任关系,因此,近年来,这种现状有所改变。比如,日本在制定商法典时,除在《日本商法典》第254条规定董事可依《日本民法典》第644条负善管义务之外,还借1950年大规模导入英美法律制度为契机,追加董事的忠实义务。[1] 而韩国1998年修正商法时在"董事的忠实义务"的标题下,新设了"董事应依照法令和章程的规定,为公司忠实履行其职务"。[2] 但是,同日本的通说及判例一样,他们也认为忠实义务是公司法对抽象的善管义务的具体化,并非对董事赋予了新的义务,忠实义务与善管义务在本质上没有区别。[3] 可见,大陆法系主要是通过制定公司法或商法规范忠实义务。但是,除了意大利民法典直接规定董事应当履行提供劳务者的忠诚义务外,其他各

---

〔1〕《日本商法典》第254条之三规定:"董事负有遵守法令及章程的规定并股东大会决议、为公司忠实地执行职务的义务。"参见王书江等译:《日本商法典》,中国法制出版社2001年版,第66页。

〔2〕《韩国商法典》第382条之三。参见吴日焕译:《韩国商法典》,中国政法大学出版社1998年版,第83页。

〔3〕末永敏和:《现代日本公司法》,人民法院出版社2000年版,第146页;李哲松:《韩国公司法》,吴日焕译,中国政法大学出版社2000年版,第487页。

国法律对忠实义务的具体含义都未作明确的界定。与大陆法系不同的是,英美法通过判例法和制定法中的信义关系来规范忠实义务。其中信义关系是衡平法院在裁决关于"信任"事务中,为了保护授信人的利益而发展起来的,被用来指代所有类似于信托关系,为了他人的利益履行职责因而要求更高的行为标准的那些法律关系,如本人—代理人、董事—公司以及合伙人—共同合伙人之间的关系。[1]

忠实关系要求忠实关系人需以托付人或受益人的利益且因其而为职务之履行,经由实务判决中不难窥出法院要求忠实义务无私地、无我地付出,即要有父母之于子女,牧师对其信众般的保护、监顾,如 Cardozo 法官在 Meinhard Salmon 案[2]中所说"被告使自己置于一种地位,在其中,其个人自私的想法应被抛弃,无论这种自我牺牲是如何的艰辛"。这是以保护、监护为内容的父权关系(即身份关系)所应有的职务行为,其本质上是以完全利他的思想为中心。但是,如何判断"完全利他",这涉及忠实义务的认定标准。目前,在英美法系对此主要有两种判断标准:主观标准和客观标准。主观标准以"合理目的"为标准,强调忠实于公司利益,并始终以最大限度地实现和保护公司利益作为衡量自己执行职务的标准;而客观性标准则不使自己的义务与个人私利发生冲突。[3] 忠实义务的适用范围,主要包括董事、监事、其他高级管理人员,是否包括控制股东,各国立法不一。大陆法系中,以德国为代表,1965 年修订的《股份法》本来没有对控制股东规定义务,其最高法院也没承认此点。但在 20 世纪 70 年代后,基于控制股

---

〔1〕 张开平:《英美公司董事法律制度研究》,法律出版社 1998 年版,第151 页。

〔2〕 249 N. Y. 458, 164 N. E. 545.

〔3〕 L. C. B. Gower: *Gower's Principles of Modern Company law* 6th Ed, Stevens,1997,p. 583.

东操纵公司事务的事实愈益严重,德国最高法院在 1976 年的一次判决中修改了从前的意见,强调"拥有表决权多数的控制股东,有可能对公司以及其他股东的利益产生影响,所以应该为消除这些影响而对控制股东以特殊的公司法上的义务——忠实义务加以约束"。后来,德国法院甚至通过判决将此种义务引向其他非控制股东。[1] 而英美法系中,以美国为例,美国法院运用衡平法中关于"忠实关系"的制度,通过扩大"忠实义务"的适用范围,使有控制权的股东对少数股东也负有忠实义务,以此来保护受到侵害的股东。美国学者认为,由于有控制权的股东在公司中处于优势地位,并且其行为对少数股东的权益会产生重大的影响,因此他们便对少数股东承担了忠实的义务。当控制股东违反这一义务时,少数股东有权直接提起诉讼,而无须通过公司提起"股东派生诉讼"[2]。

关于忠实义务的适用类型,大陆法系多采列举方式,在理论上,有日本学者认为董事的竞业禁止义务、自己交易规制、董事的报酬规则等属于忠实义务的范畴。[3] 而英美法系学者认为忠实义务应该包括两项内容:主观性义务和客观性义务。前者指诚实与诚信义务,可以概括为公司管理人以公司的最佳利益为出发点,在强行法和公序良俗允许的范围内行使酌情权,忠实,全心全意为公司利益服务。[4] 而后者指不使自己的义务与个人的私人利益相冲突,也就是在个人利益(包括与自己有利害关系的第三

---

〔1〕 赵晓华、潘凤焕:"控制股东忠实义务探析",载《北京市政法管理干部学院学报》2003 年第 3 期。

〔2〕 焦律洪:"论对持少数股份股东的法律保护",载《国际商务》1995 年第 5 期。

〔3〕 末永敏和:《现代日本公司法》,人民法院出版社 2000 年版,第 147 页。

〔4〕 罗怡德:"美国公司法中董事所负之'忠实义务'之研究",载《辅仁法学》第 9 期。

人利益)与公司整体利益相冲突时,管理人不得利用其在公司中的优势地位为自己或与自己有利害关系的第三人谋求在正常交易中不能或很难获得的利益.[1]

2.忠实义务的表现形式

考察各国法律规定,笔者认为忠实义务的表现形式主要应该有以下几种类型:

(1)竞业禁止义务

如《意大利民法典》第2390条规定董事不得在其他与公司竞争的公司中出任无限责任的股东,也不得为自己或他人的利益从事与公司相竞争的业务,经股东会准许的情况,不在此限。《德国股份公司法》第88条规定:"(1)未经监事会许可,董事会成员既不允许经商,也不允许在公司业务部门中为本人或他人的利益从事商业活动。未经许可,他们也不得担任其他商业公司的董事会成员或者业务领导人或者无限责任股东。监事会的许可只能授予某些商业部门或商业公司或某种商业活动。(2)如果一名董事会成员违反了这一禁令,监事会可以要求赔偿损失。公司也可以要求该成员将他为个人利益而从事的商业活动作为是为公司的利益而从事的商业活动,以及要求交出他在为他人利益而从事的商业活动中所获得的报酬或者放弃对报酬的要求。(3)自其他董事会成员和监事会成员得知产生赔偿义务的行为的那一刻起3个月后,公司的要求失效。如果不考虑得知的时间,这些要求自提出之日起5年后失效。"欧洲各国公司法、《日本商法》等也作了类似规定。在美国,董事通常被允许可在公司外,从事其他业务,以分散董事个人的投资风险。然若董事从事与公司相类似业务行为时,即具有利益冲突。因为此时董事因居于公司要位,熟悉

---

[1] Alan R. Palmiter, *Corporations—Example, and Explanations*, Aspen Publishers,4th. ed. ,225(2003).

公司业务机密,若据以此信息优势再与公司竞争,势必使公司居于不利之地位,故须有所规范。但并非所有竞业行为均一律禁止,只要董事的行为系属诚信(good faith)且对公司无害,即不禁止董事为竞业行为。而多数案例认为董事因竞业而被认为违反忠诚义务,可以发现多因利益冲突、掠夺公司机会、私取(misappropriation)商业秘密或客户名单等理由,而此些都系认为基于商业上之伦理而来。[1]

(2)董事篡夺公司机会的禁止义务

公司机会原则是英美公司法和判例中的重要理论,何谓"公司机会",其如何判断、何时董事可利用该机会等,一直以来是英美法院实务及学者探讨的热点,不过原则上机会掠夺如同自我交易一样并不当然无效,亦即在某些条件下仍允许董事利用外部机会(outside opportunities),因为完全禁止将导致董事一方面回避组成公司的形态或不愿担任公司的经营者以避免此责任,另一方面利用外部机会亦可分散董事的投资风险,毋庸将董事的所有资产全投注于其所担任职务之公司上,故发展出公司机会理论(corporate opportunity doctrine)来平衡公司潜在性的发展与董事个人利益的获得[2]。其中,英国判例倾向于严格禁止董事利用公司的商业机会,而美国普遍承认董事在一定条件下对公司机会的运用,不过标准不一。在大陆法系国家,传统公司法理论并无公司机会理论,但近年来,已经有日本学者借鉴美国判例法,认为董事基于其在公司中的地位,将公司与第三人间的交易机会转为己用,既不应纳入竞业禁止义务的范围也不应划入善管义务的范

---

〔1〕 [美]罗伯特·W.汉密尔顿:《美国公司法》(第5版),齐东祥译,法律出版社2008年版,第349~351页。

〔2〕 Lewis D. Solomon & Alan R. Palmiter, *Corporations—Examples and Explanations*, Aspen Publishers,4th. ed. ,265(2003).

围,而是纳入忠实义务之中。[1]

(3)限制自我交易义务

英国对公司的自我交易经过了严格禁止到有效限制的过程,如英国早期判例法中的著名理论是:"负有信用义务的人,不得签订这样的合同——在合同中他有或者可能有个人利益,而且该利益可能与他有义务保护的人的利益相冲突。"而且"这是一条非常严格的原则,与合同本身公平与否无关,也不允许对问题本身提出质疑"。[2] 后来,随着公司形式的普遍化,英国公司法修正了这一原则,如英国1985年《公司法》第317条第(1)款及附件《表A》第85条的规定,公司的董事如果以任何方式对公司的某一项合同或交易有兴趣,必须披露合同的性质及所有的重要的、实质性的利益。同时,实践中在保证公司利益的前提下,公司愿意赋予董事以更多的权利,即学术界与立法界一致认为的自我交易豁免原则,即自我交易必须满足下列条件:①股东大会批准;或者②公司章程含有授权条款,允许董事这样做;或者③董事向董事会全部披露其个人利益。[3]

自19世纪下半叶以来,美国公司法和司法判例开始对自我交易行为采取宽容的立场。美国学者哈罗德·马什(Harold Marsh)认为,到了1910年"一般规定是,董事与其公司之间签订的合同如果得到了没有利害关系的大多数董事会成员的批准,并且,即使有人提出异议,法院也不认为该交易具有明显的不公平性或欺诈性,那么该合同就具有法律效力;但是如果批准该合同的董事会的大多数成员对此均有利害关系,不论该交易是否公

---

〔1〕　李功国:"公司董事忠实义务分析",载《甘肃理论学刊》2006年第1期。

〔2〕　何乃刚、朱宏:"论董事与公司间交易的规范",载梁慧星主编:《民商法论丛》(总第23卷),法律出版社2002年版,第98页。

〔3〕　王春颖:"公司董事披露合同利益的义务——英国公司法有关理论探讨及案例评析",载《外国法译评》2000年第2期。

平,只要公司或股东提出申请,该合同都可以被判定无效"。1960年以后,上述原则进一步放宽"除非受理异议诉讼的法院认为该合同显失公平,即使是有利害关系的董事会批准订立的这类合同,一般也都认为具有法律效力"。[1] 按照特拉华州普通公司法第144条,自我交易只要符合下列三项标准之一,就不得仅仅因为它是自我交易行为而主张其无效:①与该交易有利害关系的董事已经向公司非利害关系的董事们披露了他与此项交易之间的关系或利益的重要事实,并且经非利害关系董事批准;或②向公司股东披露了上述重要事实,并经股东会批准;或③该交易在被批准时对公司来说是公正的。[2]

(二)勤勉义务的认定标准与适用

1. 勤勉义务的认定标准

关于勤勉义务的认定标准,在大陆法系中,德国采用客观标准,法律规定董事必须运用一个勤奋和热诚的经理的关注,[3]或者达到一个普通和谨慎商人的关注。[4] 我国台湾地区"公司法"规定,有报酬的董事,应对公司尽善良管理人的注意义务;对于无报酬的董事,则仅与处理自己事务负同一注意即可。将董事的"注意义务"与董事的报酬联系起来,以期公平、合理。日本民法典也有类似的规定。[5] 值得说明的是,包括德国在内的大陆法系国家一般均认为公司与董事之间是委任关系,董事作为受任人在处理公司事务时,须以善良管理人的标准给予合理注意,并且董事对公司的"善管义务"还应适用关于"委任"的法律规定,特

---

〔1〕 罗伯特·C.克拉克:《公司法则》,胡平等译,工商出版社1999年版,第131页。

〔2〕 张开平:《英美公司董事法律制度研究》,法律出版社1998年版,第240页。

〔3〕 《德国股份公司法》第93条。

〔4〕 《德国商法典》第347条。

〔5〕 台湾地区"民法典"第535条、《日本民法典》第644条。

别是,有偿委任与无偿委任的注意程度不同,有偿委任的注意程度比无偿委任更高。

英美法系中,在英国法上,1925 年,英国高等法院大法官 Romer 在审理"城市公正火灾保险公司上诉案"中就对董事注意义务进行了经典的阐述。归纳起来,在英国董事注意义务的判断标准是一种主观标准,以董事个人所具有的知识和经验来衡量其是否履行了注意义务。[1] 但董事的注意义务的范围及程度在很大程度上由公司所从事的业务性质所决定。[2] 澳大利亚公司法上的注意义务(reasonablecare)也采主观性的注意标准,对其判断时应考虑的因素包括:特殊公司的经营和规模,董事被任命时所具有的经验、知识、技能,如会计知识、法学知识、管理经验等。如澳洲公司法第 232 条规定,董事在履行责任时,应当给予的关注及勤奋是当一个合理人士在公司的相似的职位上及身在公司的情况下会给予的关注及勤奋。其中,[3] 新西兰公司法对董事注意的义务的规定明显比英国、美国及澳洲的规定严格,在衡量的标准上,新西兰法是以一个"合理的董事"作为标准,并不是一个平常谨慎的人士。如新西兰公司法第 137 条规定,公司董事在作为董事而在行使权力或履行职责时,必须给予的关注、勤奋及技能是一个合理的董事在同样的情况而又考虑到包括但不限于下述情况时所会给予的关注、勤奋及技能:(a)公司的性质;(b)及决定的性质;(c)及董事的职责及他或她肩负的责任的性质。这条法例要求董事不单要给予关注,还要给予勤奋和技能。在美国法上,对勤勉义务的判断标准主要有两个。一个标准是美国《标

---

〔1〕 姜惠琴:"英美董事的注意义务及对我国的立法启示",载《中国人民大学学报》2006 年第 6 期。

〔2〕 张开平:"英美公司法上的董事注意义务研究",载王保树主编:《商事法论集》(第 2 卷),法律出版社 1997 年版,第 401 页。

〔3〕 吴凤君:"澳大利亚公司法中的董事义务及对我国的立法启示",载《辽宁大学学报》(哲学社会科学版)2005 年第 6 期。

准公司法》第 8.30 条的规定:"董事履行义务应当:1.善意(in good faith)行事;2.以处于同等地位普通谨慎之人(ordinarily prudent person)在类似情况下所应有的谨慎履行其职责;3.采用合理的认为符合公司最佳利益的方式行事。"[1]纽约州公司法第 715(h)和 717(a)条有类似规定。[2] 另一个标准则是 Selherimer v. Manganese Corp. of America 一案[3]中总结出来的,该标准要求"普通谨慎之人(ordinarily prudent person)在类似情况下处理其个人商业事务应具有的勤勉、注意与技能"。其中,这个普通谨慎之人在英美公司法和判例法中应该具有三个条件:(1)不需要有极高的专业技能,只需要具有与其身份相适应的合理的知识和经验即可;(2)一般董事没必要对公司业务予以持续性的注意,只要在定期董事会上履行谨慎义务即可;(3)只要章程许可,董事可以将其义务委托给别的职员,除非他有理由怀疑该职员承担该项义务的能力。[4]

2.适用范围

在适用范围上,综观美国在董事注意义务上的司法实践,所有的案例可以基本上归结为两大类:董事为商业决定和监督公司业务执行。当在某一决策上存在过失(negligence)或者重大(gross negligence)时,董事往往可以援用经营判断准则保护自己,前提是董事能够证明自己在决策时充分了解了有关情况,进行了必要的咨询,而且更重要的,这项决策中没有自利行为。而涉及董事疏于对公司业务的管理和监督,这种情况下董事一般不能援引经营判断准则。法院将根据一般确定的董事行为标准,来

---

〔1〕 Model Business Corporation Act (MBCA) 1984 § 8.30.

〔2〕 胡果威:《美国公司法》,法律出版社 1999 年版,第 181 页。

〔3〕 Robert W. Hamilton, *The law of corporations*, 中国人民大学出版社 2001 年版,第 381 页。

〔4〕 L. S. Sealy, *Cases and Materials in company Law*, 6th edition. 1996, 271.

判断董事是否疏于管理,以及是否存在因果关系。[1]

一是注意义务标准与商业决定。在 Aronson v. Lewis 一案中,特拉华州最高法院表示,"董事如欲受商业判断法则之保护,于商业决定前,董事有义务知悉其所获得的重要资讯,并在履行其义务时尽到其注意,虽然本州法院使用不同字眼描述注意义务之标准,本判决认为依商业判断原则,董事的责任必须有重大过失"。[2] 经营判断规则也仅仅是一个董事注意义务体系下的对董事责任的保护机制。它规定董事不因正直的错误而承担责任。经营判断规则的确立就是防止法官和公司的其他人员对董事的商业决策做事后评价。当然,美国公司法规定注意义务与经营判断规则,体现了"注意义务和忠诚信托义务与商业判断规则之间的持续对立和对二者平衡点的不懈追求"。[3] 但如何厘清两者的关系却并不容易。虽然我们能在概念上作一基本的区分,但是在正直的错误和疏忽大意的错误之间划清界限可能是相当困难的。[4] 不过,我们可以将二者的关系凝结为:董事的经营判断不能受到攻击,除非他们的决断是以疏忽大意的方式作出,或者带有欺诈性、利益冲突或者非法性。[5]

二是注意义务标准与公司业务监督。董事除法令限制不得授权外,董事得授权公司管理部门之高级职员执行业务,董事于授权后,有义务监督公司高级职员妥当管理和监督公司业务。有关董事监督公司业务执行的著名案例有 Lutz v. Boas 董事因怠于

〔1〕　郝利凡:"论美国公司法中董事的注意义务",载《法制与社会》2006年第10期。

〔2〕　473A. 2d 805,812(Del. 1984)。

〔3〕　罗伯特·C. 克拉克:《公司法则》,工商出版社1999年版,第736页。

〔4〕　Robert R. Pennington, *Directors' Personal Liability*, Collins Professional Books,1987,p. 33.

〔5〕　罗伯特·C. 克拉克:《公司法则》,工商出版社1999年版,第91页。

执行监督功能,遭损害赔偿责任案〔1〕 在该案中,法院认定公司外部董事怠于执行公司职责,对公司所受损失负担损害赔偿责任。在 Graham v. Allis-Chalmers Manufacturing Co 一案中,〔2〕法院认定,董事应尽一般谨慎人管理公司业务所类似情形下的注意,如无可疑事由,董事并无义务建立一套侦查系统以发现公司内的不法行为,〔3〕 而在 Francis v. United Jersey Bank〔4〕 一案中,法院认定公司董事有义务认知公司经营业务,董事对公司应尽注意义务,不得主张其欠缺专业知识而为抗辩。

通过以上分析,我们发现,董事注意义务有三种标准,主观标准、客观标准和混合标准。其中以英国等为代表的采主观标准,它要根据管理者拥有的实际经验和知识在相同条件下的注意程度来判断;而以德国为代表采客观标准,它强调应然的注意义务——完全重置于法律假定的一个处于相同或类似地位的普通谨慎之人在相同或类似环境下所应尽到的注意程度(其中德国法明确要求董事应尽"专家"的注意程度)。但近年来,英美等国开始采用双重标准,即董事的行为同时受主观标准和客观标准的约束。如英国最近一项具有重要影响的实证研究表明,半数以上的受调查对象支持采用主客观双重标准。"法律委员会"关于董事义务的研究报告亦建议在《公司法》(1985 年)中增补关于董事注意义务和技能义务的规定采用主客观双重标准,〔5〕 一方面,董事的行为适当与否必须根据处在相似地位的合理人的客观标准判断。另一方面,对具有某方面专业知识和技能的董事在其特长领域处理公司事务时适用主观标准。这种做法既可保证董事具

---

〔1〕 Lutz v. BOAS,171 A. 2D 381(Del. 1961).

〔2〕 188 A 2d 125(Del. 1963).

〔3〕 Graham,supra note 23 ,129 – 130(Del. 1963).

〔4〕 432 A 2d 814(N J. 1981).

〔5〕 杜卫红:"论董事的注意义务",载《长沙电力学院学报》(社会科学版)2003 年第 4 期。

有较高的整体经营管理能力,又能督促那些有特殊识别能力的董事竭尽全力服务于公司,它代表着未来公司法的发展方向。

第二节　商业判断原则

一、商业判断原则概述

商业判断原则(Business Judgement Rule),又名经营判断规则或业务判断原则,美国 ALI 将其定义为董事或经理善意地作出商业判断。而依布莱克法律辞典的解释为"一种推定(presumption),即推定公司董事所做的商业决策是在没有自我利益或自我交易的情况下所为的,且该决定是在掌握了相应信息的基础上,善意且诚实地相信(honest belief)该行为是符合公司的最佳利益的,使他们能够对于在其权限范围内以善意且适当的注意而为的无利益或有害于公司的交易行为,得以免除其法律责任"[1] 这一原则在于保护公司管理者(包括公司董事、高级人员,如果控制股东又是董事时,则享受商业判断规则的保护)。为讨论方便,本书只研究董事适用经营判断规则问题。

作为一个判例法理,商事判断原则最早产生于 19 世纪的英国,如早在 1864 年英国就出现过经营判断原则支持企业社会责任行动的判例[2] 而首先确立经营判断规则的判例是美国 1829年路易斯安那州最高法院判决的 Percy v. Millaudon 案。此后,1847 年阿拉巴马州最高法院判决的 God-hold v. Branch Bank 案、1850 年阿里兰州最高法院判决的 Hodges v. New England Screw Co. 案均根据该规则拒绝令董事对合理的经营失误承担责任。随

---

〔1〕 *Black's Law Dictionary*, 8th edition, West Publishing Co. 2004, p. 200.

〔2〕 "英国的企业社会责任运动",载 http://www. china. com. cn/chinese/zhuanti/zgqy/931268. htm。

后是在 Spering Appeal（1872）案中，由于当时担任董事是没有任何报酬的，因此，法院采取了宽大的态度来认定董事的责任，明确表示了董事只就重大过失承担责任，并且提出了商业判断法则的概念。尽管，经营判断原则在许多判例中可见，但是，以特拉华州最高法院在 Aronson v. Lewis 案中所做的概括为最佳，如在该案中，法院认为商业判断原则是一种假定，即公司的董事在作出经营决定的时候，以熟悉情况为基础，怀有善意并且相信其所采取的决策最有利于公司的利益。在不存在控制权滥用的情况下，法院将尊重董事的商业判断，对董事决策提出挑战的一方要求承担推翻这种假设的举证责任。[1]

在制定法方面，美国在州立法层面，直至 1992 年才有部分州将该规则部分或全部写入《公司法》，但特拉华州、加利福尼亚州、堪萨斯州等州仍未将经营判断规则成文法化。不过，到 1999 年，美国还是大约有 40 个州通过立法允许公司限制或免除董事违反注意义务的责任。[2] 而美国律师协会起草的《模范公司法》直至 2002 年修正时才将该规则纳入其中。在澳大利亚，法院在涉及董事信义义务和正当目的的案件中很早就运用了经营判断规则，但直到 1989 年，澳大利亚立法机构才首次提出应将经营判断规则写入公司法，并在《公司法经济改革计划法》（该法于 2000 年 3 月 13 日生效）第 180 条中规定了该原则。其中，第 180 条（1）中规定了董事和其他高级管理人员的注意义务，第 180 条（2）中规定：在作出经营判断行为时，公司董事或其他高级管理人员只要符合下列要件即被认为履行了本条第一项规定的义务及普通法和衡

---

〔1〕 林玲：“美国公司法上的商业判断原则”，载《当代经理人》2006 年第 2 期。

〔2〕 R. T. O' kelley, Robert B. Thompson, *Corporations and other Business Associations*, *Cases and Materials*, Iittle, Brawn and Company 1992, p. 311.

平法上的类似义务:(a)其是为正当目的且诚信地作出经营判断;(b)其在判断所涉事项中没有重要的个人利益;(c)其是在获得了有合理理由认为是适当的信息的基础之上作出判断;(d)其合理地相信该判断符合公司最大利益。该条规定的重要意义在于它在立法层面上确立了适用经营判断规则的具体标准。[1]

尽管该规则最初产生于英美法系,但其影响逐渐扩大到大陆法系的国家。例如在德国,商业判断规则在公司法规中日益体现。[2]同属于大陆法系国家的日本,早在1950年前后就有学者对美国的经营判断原则进行了详细的介绍。之后,学者们一直在积极地探求该原则在日本的适用模式,研究如何建立大陆法系国家经营判断原则的理论体系。20世纪70年代中后期,日本一些下级法院在审理涉及董事对公司责任,或者董事对第三者责任的案件时,出现了援用该原则的一些原理来判断董事是否违反注意义务或者忠实义务的判决。如1976年6月18日,神户地方法院在一份判决中指出,"董事根据经济状况作出的经营方针如有失误,只要其为公司利益尽了力,则即使造成了公司的损害,也不能算违反了其对公司的义务"。此外,在日本,董事不仅可根据经营判断规则主张不对因自己合理之失误致公司所受损失负责;而且还可根据该规则主张不对因自己合理之失误而致第三人所受的损失负责。如1982年9月30日,东京地方法院判决公司代表董事无须就其开出本票的行为对持票人负责。在这个案件中,公司代表董事为支付公司购货款,向债权人开出了一张本票,后来公司破产,本票不能兑现,于是持票人将代表董事诉上法庭。法院认为,在公司经营状况恶化时,承担业务执行职责的代表董事,为

---

〔1〕 胡滨、曹顺明:"论公司法上的经营判断规则",载《中国社会科学院研究生院学报》2005年第1期。

〔2〕 Nobert Horn, *Cross-Border Mergers and Acquisitions and the Law*, Hague:Kluwer Law International,2001,p. 21.

了恢复良好的经营状况而进行融资,以保持交易的持续和扩大,这是当然之事。只要董事的行为在当时条件下没有明显的不合理,且未使用非法手段,则即使后来的结果证明该行为不正确,也不能认为该代表董事的行为构成了职务怠懈行为。[1] 1993 年《商法》修改后,随着股东代表诉讼案件数量的增加,法院适用经营判断原则的判决也不断涌现。现在,日本基本上以判例的形式确立和发展了经营判断规则。不过,日本国内对应否在立法上导入经营判断规则,仍有不同的看法,有人主张"日本公司控制董事行为的结构尚不健全,也未充分发挥其机能,所以,暂时不能轻易导入该原则"。[2]

二、商业判断原则的法理基础

公司管理人的信义义务是建立在被信任者责任的理论基础之上的。而被信任者的义务的主要内容是忠实义务与注意义务。商业判断原则是指导法院审查董事行为、判断董事是否承担责任的标准,它和被信任者的谨慎义务是密不可分的。并且随着公司控制权的争夺,股东派生诉讼的增多,商业判断原则在司法中被广泛认知和应用,成为整个公司法中判断董事等公司管理者是否尽到谨慎责任的重要标准。从实务上分析其存在的合理性在于:一方面商业判断法则积极地鼓励企业经营者从事投资行为,以促进整体经济产业的规模。商业判断法则承认,商业决策经常地伴随着风险与不确定,然而,为鼓励董事从事高利润,而又伴随某种风险的投资,基于效能的理由,应使公司决策者得到决定性的行为且免受法院或陪审团的第二次猜测,为鼓励董事与职员勇于进

---

〔1〕 胡滨、曹顺明:"论公司法上的经营判断规则",载《中国社会科学院研究生院学报》2005 年第 1 期。

〔2〕 末永敏和:《现代日本公司法》,金洪玉译,人民法院出版社 2000 年版,第 157 页。

入新境,发展新产品且承担其他商业风险,是投资人的愿望。[1]
另一方面在于事后判断的困难——当一件诉讼是以经营判断决
策提交法院,是因结果致公司遭受巨大损失则必已经历相当时
间,则举证上的困难提升了高成本的诉讼费用且证据或已丧失殆
尽。[2] 然其法理基础在于司法承认董事拥有经营管理之特权,
主要是基于以下之解释:

(一)商业判断原则是董事责任的"保护伞"

在美国法律界,一般将董事与公司的关系视为信托关系,根
据这种关系,董事必须为公司的最大利益而行事,即董事必须忠
实于公司;美国《修正标准公司法》第8.30条即规定,董事在履行
义务时必须做到以下几点:(1)善意;(2)以处于相似地位的普通
谨慎的人在类似情形下所应尽到的注意;(3)以其合理相信的符
合公司最佳利益的方式行事,即董事应当善管公司事务。从经济
学的角度讲,公司作为一种营利主体,在追求利润最大化的过程
中,本身就必须承受经营失败的危险。造成经营失败的原因有很
多,可以分为可控性因素和不可控性因素。[3] 如果是后者造成
的经济损失,董事可以免责,这毫无争议;如果是前者,人们通常
会认为这是管理上的失误。然而,需要注意的是经济学上的管理
失误并不等于公司法上经营者的过失,判例法上判例原则的提出
实际上就是试图在一般的管理失误与经营者的过失之间划出一
条界线,将董事的责任限制在一个合理的范围之内。[4] 即公司

---

〔1〕 Koos v. Central Ohio Cellular, Inc., 64 N. E. 2d 265, 272 (Ohio Co. App. 1994).

〔2〕 Melvin A. Eisenberg, The Duty of Care of Corporate Directors and Officer, 51 *U. Pitt. L. Rev.* 945,963 – 964 (1990).

〔3〕 张开平:《英美公司董事法律制度研究》,法律出版社1998年版,第191页。

〔4〕 Lyman Johnson, The Modest Business Judgment Rule, 627, *Bus. Law.*, Vol. 55, (Feb. 2000);Block & Prussin, The Business Judgment Rule and Shareholder Derivative Actions, 37 *Bus. Law.* 27,32 (1981).

董事在作出一项商事经营判断和决策时,如果出于善意,尽到了注意义务,并获得了合理的信息根据,那么即使该项决策是错误的,董事亦可免于承担法律上的责任。毕竟,商业环境复杂多变,充满着极大的不确定性,而商业判断原则承认商业决策经常附随不可知的风险与不确定性[1] 甚至,为了鼓励董事从事具有重大潜在利益的风险投资,公司决策者被允许果断地决定并享有免除法官或陪审团加以审查的自由,以鼓励董事进入新市场、开发新产品、创新以及承担其他的商业风险[2] 因为"人非圣贤,孰能无过",经营判断的失误对公司管理者来说在所难免,既然经营判断的失误是无法避免的,那么,再要求董事对一切因自己失误而给公司造成的损失承担法律责任,无疑是极不公平的。不分情况的要求董事对因自己的行为而给公司造成的损失承担责任,只会打击董事经营管理的积极性,阻碍公司的经营,延误商业机会,抑制经济活动,从而损害社会的整体利益[3]

(二)商业判断原则是股东利益保护的平衡点

公司作为减少交易成本的一种制度设计,其目的主要是追求效率。股权分离是推动公司优化管理、实现利益最大化的重要改革。根据股权分离,公司的管理权被赋予了经营管理者——董事会,而不是股东。商业判断原则确保由公司董事而不是股东管理经营公司,若容许股东经常轻易请求法院审查董事会之经营管理决策,则会使本来属于公司董事会的决策权转移一位或数位其他多数股东利益不一致的股东。因为,在今日企业的股权结构下,公司往往会由不同利益集团下的股东组合,而董事会显然无法满

---

〔1〕 Gagliardi v. TriFoods Intern, Inc., 683 A. 2d. 1049,1055 (Del. Ch. 1996).

〔2〕 Principles of Corporate Governance: Analysis and Recommendations §4.01(c) Comment at 174(1994).

〔3〕 刘俊海:《股份有限公司股东权的保护》,法律出版社 2004 年版,第 435 页。

足每一集团的股东,故其面对不高兴的股东总是能表决使董事脱离其地位,故当董事是保护并促进所有股东的利益时,而均衡地衡量利益冲突股东是应受商业判断法则所保护。[1] 尽管传统上商业判断原则排除股东干预,为董事之"保护伞",但最终发挥保护股东免受其他股东干涉之重要功能。[2] 其最终目的仍然是着眼于全体股东的利益,而并非纯粹为公司董事利益所设。此外,支撑着商业判断原则的一项认知是,如果对经理们的商业决定都加以严格的司法审查,反而不利于股东利益。[3] 的确,从表面上看,经营判断规则是在董事经营判断失误时免除其责任的一种法理,这似乎对公司且最终对股东不利,但如果没有经营判断规则,董事的创意和想法不能充分付诸实施,董事行为趋于保守,公司只能坐看赢利机会白白流走,反而无益于股东利益。而从公司的内部关系来说,公司的所有者是股东,公司赢利的直接受益者为公司和股东,商业经营的风险性决定了作为决策者的董事不能保证百分之百的决策准确,难免发生决策失误,从而导致股东利益的损失。而股东认购股票的行为是一种投资行为,既然是投资行为必然就伴随着风险,从某种意义上说股东其实也自愿地接受这种由判断所带来的风险。根据经济学上风险和收益相抵原则,承担正常商业风险所带来的损失的不应该是经营者,而应该是投资者即股东。[4] 可以说,商业判断规则不单单是董事利益的"保护伞",而且也是股东利益的平衡点,该规则具有保护利益的两面

---

〔1〕 Gilbert v. El Paso Co. , 575 A. 2d 1131 (Del. 1990).

〔2〕 Dooley & Veasey, The Role of the Board in Derivative Litigation: Delaware Law and the Current ALI Proposals Compared,44 *Bus. Law.* ,503 ,522 (1989).

〔3〕 弗兰克·伊斯特布鲁克、丹尼尔·费希尔:《公司法的经济结构》,张建伟、罗培新译,北京大学出版社2005年版,第105页。

〔4〕 白鹏:"商业判断规则值得借鉴",载《中国中小企业》2006年第7期。

性,既在形式上加强了对董事的保护,又在实质上加强了对股东利益的保护,也就是说加强了董事的义务。可以说商业判断规则一举多得,即同时有利于公司、股东和董事,三方利益在商业判断规则的框架下能相互促进、高度统一,从而使得公司与董事的委任关系进入一个良性发展的轨道。这也充分体现了法律的公平和正义的要求。

(三)商业判断原则是被信任者义务与责任的判断标准

在市场信息不对称,股东和董事双方缔约地位不平等、市场失灵的情况下,对董事和经理人员不顺应股东利益和市场竞争规律的行为,股东可以按照被信任者责任体系的指引寻求事后的司法救济,[1]而所谓被信任者责任体系理论上有"二分法"和"三分法"之分。前者之公司管理者的信义义务包括注意义务和忠实义务,而后者则包括注意、忠实和勤勉义务或者是善意、忠实和谨慎义务。其实,善意被视为是忠实的表现,而谨慎、勤勉是注意的表现。同样的,善意也是谨慎职责的重要组成部分。因此,无论是"二分法"还是"三分法",只要非善意所为都是违反信义义务,承担信义责任。而在被信任者责任体系中,商业判断原则作为司法领域一个重要的操作性规则和司法审查规则,对法院审理涉及公司管理者(特别是董事)职责的复杂案例提供了一个重要的客观评价标准。可以说,商业判断原则是被信任者义务体系的重要组成部分。特别是在最近 20 年里,商业判断原则在兼并、派生之诉、公司控制权争夺、利害关联董事和控制股东责任承担等方面有着广泛的应用。[2]从法院的立场来看,法官欠缺从事商业活动所必需的技能和商业判断能力,商业判断法则作为一个被信任者责任判断标准,可以避免法院在错综复杂的公司决策方面陷入

---

〔1〕 丁丁:《商业判断规则研究》,吉林人民出版社 2005 年版,导论第 5 页。

〔2〕 丁丁:《商业判断规则研究》,吉林人民出版社 2005 年版,第 13 页。

被动的局面,如在 In re J. P. Stevens & Co. Shareholders Litigation and Solish v. Telex Corp. 一案中,法院判称:"由于商人与妇女被认为拥有法院所欠缺的技能、信息判断能力,而鼓励拥有此等技能与信息者并从事资产分配、评估与承担经济风险,具有重要的社会功能,长久以来,法院就表面上看来以诚信所为之决策,不愿事后予以审查判断。"[1]

三、商业判断原则的性质与适用要件

在美国法制上,董事于执行职务时,是否违反注意义务和忠实义务,而应对公司负损害赔偿之责,法院在判断上,采取的是著名的"经营判断法则"作为认定的基准。[2]

（一）商业判断原则的性质

我们通常所说的经营判断规则,实质上是业务判断规则与业务判断原理的混合。它作为公司治理原则,成为普通法内容的一部分至少有超过 150 年的历史了。它既是一个程序法规则,也是个实体法规则。

作为一个程序法规则,它与股东派生诉讼相关联,它为董事提供了一项诉讼上的抗辩制度。这时候,商业判断原则被描述为对董事有利的一种推定,只要董事会已经尽到了合理注意、善意与诚信并真诚的相信其所为之行为系为了股东的利益,则法院对董事决策予以最大的珍重。正如美国商业示范公司法草案（MBCA）起草人所言,"商业判断原则是一个普通法上的概念,董事会的行为被推定属于完善的商业判断,其行为被认定符合合理商业目的时,董事决策将不受干扰"。[3] 据说,在援引经营判断

---

［1］　In re J. P. Stevens & Co. Shareholders Litigation,542 A. 2d 770,Fed. Sec. LPep. P95.

［2］　刘连煜:《公司治理与社会责任》,中国政法大学出版社 2001 年版,第 144 页。

［3］　Proposed Model Bus. Corp. Act § 8. 31.

规则时,法院将其建立在这样一个假定的基础之上:在作出经营决定上,公司董事们在了解情况的基础上出于善意和为了公司的最大利益的正直信念而采取行动。如果在股东代表诉讼中,认为公司董事批准的交易缺乏公正性,那么董事只有在没有利害关系、独立于交易作出决策前获悉了所有相关信息的三个前提下,才有权适用商业判断规则。如果缺乏上述任何一条,董事将无法援引商业判断规则免责[1] 而作为一个程序性规则,商业判断原则系一个证明法则,其中"推定"意味着证明责任的分配和转移。就原告来说,他要求原告对董事会所做行为负担举证责任,并且,原告需要证明董事没有尽到诚信、忠实与合理注意之一种,方可胜诉。如果原告无法举出证据推翻商业判断原则之推定,则商业判断原则将保护公司董事以及其所做成之商业决策[2] 对被告而言,要求就被起诉之行为,证明对公司系完全公平或于某种情况下,是公平的,如特拉华州法院认为,董事或控制股东与公司,被要求使法院高度相信该交易系公平交易(Fair dealing)与公平价格(Fair price)的结果[3] 而对法院来讲,如果董事有权受到该规则的保护,那么法院就不能再对其商业决策作司法评价,如果董事无权享受该规则的保护,那么法院就会审查董事的决策是否体现了对公司以及公司少数股东的公正性。重要的是,司法上对董事经营判断规则的尊重可能不仅意味着法院不愿仔细审查董事的谨慎性,而且意味着他们不愿权衡董事决议与其他被选目标、政策的优劣[4]

作为一个实体性规则,商业判断原则既是被用以保护董事不

---

〔1〕 "Gries Sports Enterprise, Inc. v. Clevel and Browns Football Co.", 26 Ohio St. 3d 15, 496 N. E. 2d 959(1986).

〔2〕 Cinerama, Inc. v. Technicolor, Inc., 663 A. 2d 1156, 1162, Fed. Sec. L. Rep. p. 98,812(Del. 1995).

〔3〕 Supra note 30 at 1163.

〔4〕 罗伯特·C.克拉克:《公司法则》,工商出版社1999年版,第99页。

因其决策而受责任追究,即只要董事基于合理的信息作出的具有某种合理性的业务决策,即使从公司的角度看,它仍是糟糕的或是灾难性的决定;同时,这种决策是具有法律效力的,对公司具有约束力,股东不得阻止、搁置或者攻击这种决策。[1] 同时,也是股东与董事风险分配及董事内部权力和责任的平衡机制。[2]

（二）商业判断原则的适用要件

商业决策经常地伴随着风险与不确定,它既鼓励董事从事高利润,也伴随某种风险的投资,基于效能的理由,应使公司决策者得到决定性的行为且免受法院或陪审团的第二次猜测,为鼓励董事与职员勇于进入新境,发展新产品且承担其他商业风险,是投资人的愿望。[3] 作为一个原则,商业判断原则总是与注意义务紧密相连,其适用要件也与注意义务的嬗变方向一致,即经历了一个从低标准到严格标准,再到有限严格标准的流变之旅。[4] 所谓低标准,源于罗姆法官对董事注意义务的经典定义,它实际上仅以"诚信方式履行基本注意义务"为经营判断原则的适用要求,而严格标准则在 1985 年的史密斯诉凡·高尔科姆一案中正式确立,要求董事必须熟悉情况,合法、正当行事,否则即为有"重大过失"而不受该原则保护。而有限严格标准则为美国《示范商事公司法》第 8.30 条和 ALI"诸原则"第 4.01(c)条所规定,前者要求董事应该秉承善意、谨慎和遵从正当程序。而 ALI"诸原则"第 4.01(c)则认为,高级主管或董事在作出一项商业判断时符合

---

〔1〕　汉密尔顿:《公司法概要》,中国社会科学出版社 1999 年版,第 255 页。

〔2〕　容缨:"美国商业判断规则对我国公司法的启示——以经济分析为重点",载《政法学刊》2006 年第 2 期。

〔3〕　Koos v. Central Ohio Cellular, Inc., 64 N. E. 2d 265, 272 (Ohio Co. App. 1994).

〔4〕　陈宇:"权责衡平:董事注意义务——经营判断原则关系论",载《重庆工学院学报》2002 年第 4 期。

下述条件时即履行了信义义务：与判断的事项没有利益关系；与所知悉与判断相关的事项之范围；在当时情况下的合理相信是恰当的；该判断是为公司最佳利益作出的。[1] 只是与《示范商事公司法》不同在于，ALI"诸原则"要求董事必须证明自己的善意。[2] 也就是说如果董事决策存在欺骗（Fraud）、违法（Illegality）以及越权行为（Ultra Vires）等情况，即使存在符合公司最佳利益，其行为也不受商业判断原则的保护，[3] 或者浪费公司财产（Waste of Corporate Aaaets）[4] 都排除商业判断原则的保护。

总的来说，商业判断原则的适用要件应该包括主观要件和客观要件。

1. 主观要件

（1）忠实（Good Faith）。商业判断原则推定董事之行为系出于衷心相信其最有利于公司，[5] 也就是说该原则并不保护董事的恶意行为。而关于恶意行为的认定，原告需要举证董事明知或故意隐瞒其所掌握的信息或主张董事的决策并非合理判断，而这些恶意行为常常表现为董事试图维护自己的地位而故意损害公司或股东的利益，董事滥用决策权或裁量权，[6] 或者董事故意地实施了违反法律或公序良俗的行为。但是不适当的决定与未尽到注意义务，并不等于恶意，因为恶意只是针对董事行为的性质，原告需要举证且证据应该是充分的。

（2）合理的注意。在审查董事经营判断的正当性时，一般将

---

〔1〕 美国法学研究所:《公司治理原则——分析和建议》，楼建波等译，法律出版社 2006 年版，第 201 页。

〔2〕 丁丁:《商业判断规则研究》，吉林人民出版社 2005 年版，第 24 页。

〔3〕 Supra note 21 at 1516 – 1517.

〔4〕 Principles of Corporate Governance: Analysis and Recommendations § 1.42(1994).

〔5〕 Supra note 42 at 812.

〔6〕 丁丁:《商业判断规则研究》，吉林人民出版社 2005 年版，第 35 页。

经营判断的过程或程序与内容分开,在商业判断的过程中要求董事的意思决定必须具有合理性。[1] 而关于注意义务的认定,在美国各州公司法和实务中并非有统一的标准,目前主要有两种观点:一般过失说与重大过失说。一般过失说认为,受托人责任源自传统的信托法,而信托关系的本质是依据信托契约的协议内容谨慎管理信托财产,并没有风险承担而只有注意之责任,因此,受托人的注意义务当以一般过失为判断标准。而美国的判例中认为,董事等公司管理人员不同于一般的受托人,其在作出商业判断时会带给公司管理和经营风险,董事等高级管理人的责任在于只要谨慎处理这些风险,故只有其行为有重大过失才承担归责责任。如在 Francis v. United Jersey Bank 一案[2]中,法院认为,董事应该履行了解公司活动、对公司业务有初步了解、监督公司业务、定期参加公司会议、定期检查公司财务,发现可疑事情立即展开调查等注意义务,否则被认定为有重大过失。

2. 客观要件

客观要件要求首先要有商业判断存在,同时董事会要独立并且无利害关系。

(1)商业判断

它是董事在董事会权限内的具体行为和行事内容的定性。是否适用商业判断的前提,一是必须是有意志的决定行为,单纯的而非故意不作为的不受商业判断原则保护,如在 Rales v. Blasband 案中,法院认为"董事欠缺意志决定的作为或者不作为,不适用商业判断原则;[3]二是必须要有事实上的商业判断的存在,如弗吉尼亚州法院认为,"如字面上意义所言,商业判断原则

---

〔1〕 Supra note 30 at 1164.

〔2〕 Francis v. United Jersey Bank,432 A. 2d 814,87N. J. 15(N. J. 1981).

〔3〕 Rales v. blasband,634 A. 2d 933. Fed. Sec. L. Rep. P. 98,821(Del. 1993).

适用的前提在于董事的行为必须属于商业判断决策。如果系属于有关法律与公司章程的解释,则不适用商业判断原则"[1] 易言之,董事或经理等公司管理人员必须有参与或作出商业判断的决定,如果没有实际采取某种行动,如取得资产、公司合并、公司收购或公司担保、公司借贷或进入新的商业、股利分配与发行等行为,或者没有作出意思表示行为,则不能适用商业判断原则来保护自己。也就是说董事必须要有所作为或有目的的故意不作为,如特拉华州法院在 Aronson v. Lewis 一案中指出,"如果董事系有目的的故意不作为,则仍然受商业判断原则的保护"[2] 否则,如果董事欠缺意志决定的作为或不作为,都不能援引商业判断原则。

(2)独立性且无利害关系

所谓独立性很难准确定义。独立性意味着不被他人所控制,能够基于董事会作出的决定,排除外在影响,为公司利益独立作出决策。反之,若董事的行为受到外界因素的影响或制约则被认为是缺乏独立性。但是如董事成为控制股东(controlling shareholder),但无法证明控制与支配的关系,则不能认为董事的行为缺乏独立性,除非证明董事受到其他控制股东的操纵。而所谓无利害关系则是指无经济上的利益或侵害。而相关利害关系包括具有直接关系的金钱利益和非金钱上的职位利益、报酬受领和股份持有等。

(三)商业判断原则适用之例外

虽然不论在理论上或实务上分析,美国法上均认可法院不应以事后之明来过度评断董事的决定,但并不代表着法院完全放弃董事注意义务的要求,董事的决策原则上受到商业判断原则之推

---

[1] Lake Monticello Owners' Assoc v. Lake,643 S. E. 2d 652,656(Va. 1995).

[2] Supra note 27.

定,除非可举证推翻,否则法院不应审查董事的决定。然而,可预期的是并非所有情形均有商业判断原则之适用,在某些情形下,董事之行为并不应受该原则之推定。

1. 未尽到最佳的诚信义务(good faith)

此系董事个人若在公司的行为中涉有不法或获有利益,如欺诈、不法或利益冲突[1]等,此时商业判断原则即不保护董事所为之决定。[2]例如在 Sinclair Oil Corp. v. Levien 案[3]中,法院认为当有自我交易(self-dealing)的情形下,无商业判断原则的适用,即要求董事在决定过程中系属完全独立客观;若有利益冲突,则不保护其所为之决定免受法院之审查,此时董事若想证明该决定确属有效,即须证明该交易是完全公平的(entire fairness)。总而言之,若多数董事涉及利益冲突,或受到利益冲突董事所影响,或非利益董事表决时,未受到利益董事完全充分地信息揭露,此时,董事之行为均不受到商业判断原则之保护。[4]　再者,若董事有

---

[1]　Shlensky v. Wrigley, 237 N. E. 2d 776, 780 (1968). ("The decision is one properly before directors and the motives alleged in the amended complaint showed no fraud, illegality or conflict of interest in the making of that decision."); Solomon v. Armstrong, 747 A. 2d 1098, 1112 – 1113 (1999). ("More importantly, the structure of a transaction and the relationship between the parties might trigger stricter judicial scrutiny. In a situation where a parent company merges with a less-than-wholly-owned subsidiary, if allegations of self-dealing arise, the transaction may not be afforded the protections of the business judgment rule.")

[2]　692 F. 2d, at 886. ("Whatever its merit, however, the business judgment rule extends only as far as the reasons which justify its existence. Thus, it does not apply in cases, e. g., in which the corporate decision lacks a business purpose, is tainted by a conflict of interest...")

[3]　280 A. 2d 717, 720 (1971). ("Since the parent received nothing from the subsidiary to the exclusion of the minority stockholders of the subsidiary, there was no self-dealing. Therefore, the business judgment standard was properly applied.")

[4]　United States v. Schilling (In re Big Rivers Elec. Corp.), 355 F. 3d 415, 443 (2004).

不法行为时,即使该行为获有充分之信息与有利于公司,仍不得免责。例如帮忙贿赂国外政府官员、移除或废除公司的计划且违反劳工法令雇用不当的员工等。[1]

2. 不合理商业目的的商业决定

当董事所为的决定不具备合理的商业目的时,即不可援引商业判断原则之保护。[2] 其目的重在行为与否所显现的价值,因为当董事的决策不具备合理商业目的而仍执意为之时,该行为容易被认为是"浪费"或"掠夺"公司资产。[3] 故若董事的决定是在合理的商业目的下,即使该决定在事后被认为是不明智的,董事仍受到商业判断原则之保护,但若董事所为的交易行为在行为时已明显对公司无利益时且不具备适当的商业目的时,该行为对公司的资产而言,即会被法院认为是浪费公司资产。[4] 其实合理的商业目的并不难证明,此并无绝对的标准,需依照不同案件事实来决定,如在 Shlensky v. Wrigley 一案中[5],被告董事系持有公司 80% 股份,该公司拥有芝加哥小熊队,而当时美国大联盟有多支球队的主场都设有照明设备以作夜间比赛之用,而夜间赛事亦吸引较多球迷进场,然被告董事不愿设置此一设备,因此股东认为因无法进行夜间赛事而导致丧失更多球迷进场的机会,失去所可能获得的利益,因此控诉董事未尽其对公司的忠实义务。

---

〔1〕 Abrems v. Allen. 74 N. E. 2d 305 (1947).

〔2〕 Unocal Corp. v. Mesa Petroleum Co. , 493 A. 2d 946, 954 (1985). ("A hallmark of the business judgment rule is that a court will not substitute its judgment for that of the board if the latter's decision can be 'attributed to any rational business purpose.'")

〔3〕 Lewis D. Solomon and Alanr. Pamiter, *Corporation—Examples and Explanations*, 104 (3th ed. 1999).

〔4〕 MBCA § (a)(2)(ii). ("rare case where corporation's best interest is 'so removed from realm or reason' or director's belief 'so unreasonable as to fall outside bounds of sound discretion'").

〔5〕 Shlensky v. Wrigley, 237 N. E. 2d 776, 780 (1968).

而被告董事提出抗辩,主张夜间赛事妨碍球场周围的邻居,无法与其维持友善的关系,此举系为了公司的长期利益。虽然原告质疑此是否为董事的真实目的,但法院仍采认被告的主张。由此可知,合理的商业目的实不难证明,通常在该经营环境下所可被认为系适当的目的时,法院多会接受这一主张。

3. 重大过失

在法院实务下,仅过失系不足以推翻商业判断原则,需要董事的行为构成重大过失方可推翻商业判断原则,换句话说,商业判断原则并不保护有重大过失之董事。[1] 然有些时候,公司法中注意义务的标准是不明确的,特别是如何判断一行为系违反重大过失?在 Van Gorkom 案此一具有里程碑意义的判决中,可知董事之决定须在可合理获得信息的可能性下为之,本案涉及公司董事在决议一项并购案时,未进一步地去调查公司的实际价值,未询问相关的问题与更深入的讨论,也未去探求有更好的潜在性并购对象,且讨论时间与过程也过于仓促,而事实中可看出多数董事仅系单纯地相信董事 Van Gorkom 所提出的报告。因此特拉华州法院认为公司董事未受到充分告知有关于公司的价值,而董事亦未进一步去探询或委由具有财经专长的机构提出报告,此具有重大的过失(gross negligence),而无法受到商业判断原则之保护。即法院认为在董事为决定前,须获有所有可能取得的信息方可作出决定,且在获得信息后,亦须付予相当时间让其考虑该交易是否合理,否则该决定则可会具有重大过失。[2]

---

　　〔1〕 Craig W. Palm and Mark A. Kearney, A Primer on the Basics of Directors' Duties in Delaware: The Rules of the Game, 40 *Vill. L. Rev.*, 1307 – 1308 (1995).

　　〔2〕 [美]罗伯特·W. 汉密尔顿:《美国公司法》(第5版),齐东祥译,法律出版社2008年版,第340~343页。

第三节 公司机会原则

一、公司机会原则的概述

公司机会原则是英美法国家经过几百年的判例逐渐发展成熟的一个重要理论。按照公认的观点，源于衡平法上的受托人信义义务理论，产生于1726年英国一个普通信托判例——Keech v. Sandford案中确立的"除非委托人明示同意，受托人不得利用其地位谋利"的原则，尽管并未涉及公司问题，但英国法律界均认为此案对于禁止篡夺公司机会案件的发展有很大的影响，因而被称为"公司机会规则"的渊源。[1] 而拉格德诉安尼斯顿公司案（Lagarde v. Anniston Lime &Stone Co.）被认为是美国早期关于公司机会原则的典型案例。[2] 在拉格德诉安妮斯顿公司案中，亚拉巴马州最高法院最终裁定：被告Louis违背其作为受托人的诚信义务，必须将公司已签约的准备购买的Christopher所拥有的三分之一的利益归公司，而Martin所拥有的其余三分之一的利益不属于公司的期待利益，则不必转归公司。公司机会的基本理念是：如果认为某一商业机会是公司机会，那么公司的董事或控制股东等就不可为自己获取或抢夺这一机会。至于董事或控制股东如何自己获取或通过第三独立人获取这一机会，都不是问题的要害。问题的关键在于：在公司与董事或控制股东之间，机会属于公司。[3] 事实上，为了规范公司管理者的行为，各国公司法管

---

〔1〕 何美欢：《香港代理法》（上册），北京大学出版社1996年版，第146页。

〔2〕 薄守省："论美国法上的公司机会原则"，沈四宝主编：《国际商法论丛》（第4卷），法律出版社2002年版，第106页。

〔3〕 梅慎实：《现代公司机关权力构造论》，中国政法大学出版社1996年版，第218页。

理者信义义务的判断标准之一便是规定董事负有不得与公司争利的义务。在英美普通法上把这种义务称之为"不争利规则"（non-profitrule）。在大陆法系，这种"不争利规则"一般称之为"竞业禁止"。但是英美法上"不争利规则"不仅包括狭义的"竞业禁止"，而且包括"不得篡夺公司机会"。[1]

尽管公司机会规则是从判例法发展起来的重要理论，但是现代，英美国家还分别在其制定法中将这一规则法定化。如1994年美国法学会制定的"ALI 规则"第5.05节对此做了详细规定，其对公司机会所下的定义是按照公司董事和高级主管是否为专职来判断的，其中专职的以与公司经营范围有密切联系为标准、非专职的以义务标准为判断；对于董事、经理利用公司机会的抗辩理由，ALI 规则与判例法最大的不同就是严格要求必须先向公司提供该商业机会，且就可能产生的利益冲突的所有重要事实做出披露，并且公司董事会或股东必须依法定程序拒绝该机会，否则就违反了禁止篡夺公司机会之义务。[2] 而英国在1978年关于公司法的修改草案中亦有禁止董事擅自将公司的机会转为己有的条文。如英国1978年公司法第44条第4款规定了公司机会的定义，它不像美国 ALI 规则那样区分专职和非专职董事、高级主管，而是指利用作为董事和高级主管的职务便利所得的商业机会或根据情况有理由相信有关该机会的事实是被期望披露给公司的；第44条第6款规定了董事、经理等高级主管未违反公司机会规则的例外情况，即在充分披露的基础上经过公司适时地授权或批准。[3]

---

〔1〕 陈景菁："论董事篡夺公司机会之禁止义务——兼论我国《公司法》中相关制度之完善"，载《学术交流》2000年第3期。

〔2〕 艾伦·R.帕尔米特：《公司法：案例与解析》（第4版），中信出版社2003年版，第268页。

〔3〕 L. C. B. Gower, *Gower's Principles of Modern Company Law*, (6th ed), Stevens & Sons, London, 1997, p. 592, 598.

二、公司机会原则的法理基础

随着公司所有权与经营权的分离,公司出现专门的经理阶层,公司股东不再关心公司的经营而关注公司的盈利,正如那些评论者所言,"那些在这个世界上生意和职业取得成功的人通常更关心他们的工作,关心那些使他们成功的事情,而不关心监视公司的高层管理人员、公司政策以及保护他们作为股东的法律权利,这说明那些集合起来在公司有重大利害关系的群体是最不关心的人"。[1] 但是如何保证管理者为公司和股东利益最大化而努力,只有依靠法律上的制度供给加以平衡,因为"法律对于权利来讲是一种稳定器,而对于失控的权力来讲是一种抑制器"。[2] 于是,各国公司法规定管理人需向公司和股东担负信义义务(fiduciary duty),以约束经营者滥用权力的行为,损害公司利益。而在一个商业世界中,对商业机会的把握,无疑对一个公司起着十分重要的作用。但当公司在寻求某项商业机会时,董事和管理层为什么却坐视不管或不能利用呢? 为什么要对公司机会予以保护,其法理基础何在,仍然是个值得讨论和研究的问题,它直接影响着公司机会的界定标准。通常认为公司机会原则的法理基础有以下几种观点:

(一)董事的忠实义务说(Duty of loyalty)。大陆法系认为,基于董事与公司之间的信任,本应属于道德义务范畴的忠实义务从普通的民事委任关系中分离出来,并通过立法程序而成为董事的法律义务。由于董事的忠实义务既有浓郁的道德性,又有严格的法律性,是道德义务与法律义务的有机结合体,因而公司管理者不能滥用权力损害公司利益。而英美法系又将董事和公司之

---

〔1〕 J. A Livingston, *The American Stockholder*, J. B Lippincott Co. 1958, p. 26.

〔2〕 E. 博登海默:《法理学:法律哲学与法律方法》,邓正来译,中国政法大学出版社 1999 年版,第 293 页。

间这种关系演化为一种准信托关系,并承继了信托制度上的利益冲突原则(Conflict of interest of duty)和不争利原则(Non-profit doctrine)。按照上述解释,如果某个商业机会属于公司,那么董事对该机会的争夺和利用便是与公司争夺利益,是对公司利益至上原则的违反。

(二)公司财产说(Corporate asset)。商业机会是专为商家提供最新的、最丰富的买、卖、代理、合作、加工等商贸信息而设置的。现代信托立法顺应社会财产存在形态的变化在确认无形财产作为信托财产的代位物与增值物的基础上,确认信托管理过程中产生的诸如商业机会、商誉、权利等均构成信托财产。[1] 因此,在英美法系,当商业机会被确定属于公司时,便可以归入信托财产,公司便对其拥有财产权。实际上,公司机会是公司扩张或高级经理人利益实现的基础,它同样符合民事客体之客观性、有用性和稀缺性特征,能够形成特殊的经济能力或经济利益,属于"有价值的权利",而且因其价值可以用金钱来衡量而具有财产利益,本质上应当属于非物质化财富的范畴而成为一种无形财产。[2] 正因如此,美国公司法理论认为,如果一家公司拥有的商业机会被认为是公司机会,那么这家公司的受信托人——它的董事、高级职员以及控制股东——就不能自己篡用或侵占这一机会。[3] 而英国法院在裁决中经常将公司机会或公司信息作为公司的所有物,即公司的"财产"或"资产"来对待。[4]

(三)代理说。以董事为代表的公司管理者负有禁止篡夺公

---

〔1〕 刘正锋:"受托人经济忠诚义务研究",载《理论月刊》2003 年第 7 期。

〔2〕 张耀明:"论公司机会准则",载《社会科学》2006 年第 9 期。

〔3〕 徐卫东、祝杰:"董事的信托义务研究——从制度协调的视角调控董事行为的一种尝试",载《吉林大学社会科学学报》2004 年第 2 期。

〔4〕 L. C. B Gower, *Gower's Principles of Modern Company Law* (6th ed), Sweet & Maxwell, 1997, p. 564.

司机会的义务乃是英美代理法理论的题中之义。英美法系认为，代理人不得利用自己作为代理人的地位从第三人处谋取利益，凡是代理人通过这一方式取得的任何利益都应如数上缴被代理人。一些法院将代理人的此种义务概括为禁止利用或者滥用代理人的地位，或者从代理人地位中获得的机会（包括公司的机会）的义务。[1]在这种理解下，公司法应当针对篡夺公司机会等不当行为有所作为，法律干预和所有者及企业组织者的自助行为都旨在最大程度地减少代理人成本。[2]

（四）权力滥用理论（misuse of powers）。该理论由学者谢弗德(J. C. Shepherd)提出，[3]认为当董事获得某种商业机会，无论该机会是否能够被公司获得，如果董事被证明在事实上通过职务关系而获得该机会，除非他能够证明其并非通过权力的滥用而取得该商业机会，否则，他就应当向公司承担法律责任。法官运用此种理论的具体做法是，[4]首先界定是否权力滥用，即考虑董事所实际享有的权力范围，然后观察董事所利用的商业机会的性质和过程，以及获取和利用商业机会的前提和原因；最后，进行因果关系的推定。[5]如果得到肯定的答案，那么该商业机会的利用和董事权力的滥用之间的因果关系就被推定存在（Presumption of Causation）；如果董事不能提供证据证明二者并无因果关系，那么就必须承担篡夺公司机会的法律责任。该理论意在解决传统的

---

〔1〕 徐海燕:《英美代理法研究》，法律出版社 2000 年版，第 211 页。

〔2〕 埃里克·奥茨:"代理人偷懒与委托人滥用———一种关于厂商的法律理论"，载《经济和社会体制比较》2001 年第 6 期。

〔3〕 DeLarme R. Landes, Economic Efficiency and the Corporate Opportunities Doctrine, *Temple Law Review*,（Winter 2001）,p. 14 ,22.

〔4〕 Lewis D. Solomon, Donald E. Schwartz, Jefferey D. Bawman, Elliott J. Weiss, *Corporations Law and Policy*, West Puhlishing Co. 1994 ,pp. 800 - 804.

〔5〕 张民安:《现代英美董事法律地位研究》，法律出版社 2000 年版，第 419 ~ 420 页。

公司机会认定标准的不确定性和难以操作性,对公司机会的认定提供了较大的便利。但是,权力滥用理论是以"利用职务便利"或者说"利用了公司资源和地位说"为法理基础的,它也存在着比较大的缺陷,其仅仅是通过机会的来源来考虑机会归属的,即要区分他的职位能力是基于他与公司关系的原因,还是由于他个人能力的原因。这种基于职位上的和个人能力之间的差别带来了无休止的关于正确事实的争论。同时过于重视机会效率和对公司利益保护,使董事被赋予了过重的诉讼负担,克拉克(Clark)教授举了一个例子来说明这个问题:假定一个人被邀请去参加一个某人在家中举办的鸡尾酒会,在那里他听到了一个交易机会,如果他自己或他就职的公司购买了这一机会将会获得丰厚收益,但非常清楚的是,主人邀请他去仅仅是因为他是本地一家大公司的总经理,那么我们是否应该说他获得这一信息是由于其自身职位的原因呢? 这是一个很普遍的问题,因为判定什么时候经理已经完全脱离了他的这一社会角色通常是非常困难的。[1]

　　上述四种观点分别从公司机会主体、客体以及主客体之间的关系的角度阐明了公司机会的重要性,都有道理。如董事忠实义务说认为董事和公司之间的关系为信赖关系,董事应忠实地为公司和股东利益最大化而努力,为此,不得为了自己利益与公司争夺公司机会;而代理说则从减少代理成本的角度出发,认为应当禁止篡夺公司机会等不当行为;而权利不得滥用说则以"利用职务便利"说为法理基础。笔者认为,公司财产说更准确,能够有效涵盖上述各种观点。就公司机会来说,有二种情况,一是第三人提供给公司的商业机会;二是第三人提供给公司董事或其他高级管理人员为本公司与其他公司交易的商业机会。有学者认为,依据大陆法系的传统观点,因为商业机会没有固定和明确的主体,

---

〔1〕　罗伯特·C.克拉克:《公司法则》,工商出版社1999年版,第192页。

所以它无法像一般的财产那样容易确定归属。但是,若只讨论公司和董事两个确定的主体时,商业机会的归属却是可以确定的,因为我们至少可以判定某商业机会更应被公司还是被董事获取。在这种观点下,商业机会就像通常的财产一样能够判断权利主体,只不过在确定权利主体的过程中,需要考虑更多的相关因素,比如谁先对该机会的获取付出努力,谁获得该机会更为合适等。与此不同的是,只要某项商业机会被认定为是公司的,就应当将其当做公司的资产一样保护。[1] 因此,公司董事或其他高级管理人员不得滥用、侵占或任意丧失公司机会。从民事财产所有权保护的角度理解,则任何人不能随意地篡夺公司机会。

三、公司机会原则的判断标准

（一）英联邦国家公司机会原则以及公司机会的认定标准

在英国,公司机会原则起源于信托理论中的利益冲突原则和不争利原则。在篡夺商业机会的案例中,法院往往直接依照上述两项原则判断忠实义务是否被违反,以及公司的利益是否受到损害,另外,公司机会原则建立在董事作为信托人的严格忠实义务的基础上,公司机会理论对董事利用商业机会的规制极为严苛,从英国最早的两个经典判例可见一斑。从 1916 年的 Cook v. Dees 案到1967 年的 Regal（Hastings）Ltd v. Gulliver 案,法院采取的都是严格执行公司机会准则的立场,其判决基础是:那些处于受信托地位的董事之所以要对其行为负责,不是因为他们有欺诈行为,或者缺乏诚信,而是其受信托地位所决定的。[2] 但这种严格的立场已经被某些英联邦法院所改变,比如法院在 Peso Silver Mines Ltd v. Cropper 和 Queensland Mines Ltd v. Hudson 等

---

〔1〕 唐江山:"试论英美法中公司机会的认定标准——兼论我国对公司机会原则的引入",载 www.privatelaw.com.cn。

〔2〕 曹顺明、高华:"公司机会准则研究",载《政法论坛》(中国政法大学学报)2004 年第 2 期。

案件中认为,在公司考虑了一个机会并诚实地拒绝这一机会后,董事可以运用自己的资金实施这一机会。随着商业环境变得日益复杂,效率原则在司法裁判中的兴起,Regal 案所确立的严格规则已经有些不合时宜了,许多学者已经对该项原则提出了批评,指出必须采用更加灵活的标准适用公司机会原则。[1]

关于公司机会的认定标准,在 Canadian Aero Service Ltd v. O'Malley 和 Kishimoto Sangyo Co. Ltd. v. Akihiro Oba 等案件中,法院提出了成熟商业机会(Maturing Business Opportunity)的概念,如果董事在离职前,某项商业机会并没有成熟(Mature),而仅仅是预期中存在的(Prospective),那么董事在离职后追求这种商业机会并不受到禁止;某项商业机会是否成熟取决于周围情势(Surrounding Circumstance)和商业机会的性质(The Nature of the Opportunity)。然而,成熟商业机会的理论并没有扩展成为一项公司机会的认定原则,并且该理论本身也没有具体的操作规则来认定机会是否成熟。著名的公司法专家 Gower 教授指出,在许多判例中,法院实际上是通过判断商业机会是否处于公司正在或即将从事的商业活动的范围之内,来认定公司机会的,这种方法类似于美国的"经营范围标准"。但是在英联邦国家,公司机会的认定并没有形成广泛适用的规则。

(二)美国公司机会的认定标准及其分析

公司机会原则肇始于美国。在 1900 年的 Lagarde v. Anniston Lime & Stone Co. 一案中,阿拉斯加州法院就确立了董事不得篡夺公司拥有利益或期待利益的机会的原则。此后,美国各州公司机会原则的判例层出不穷,这在客观上也极大地促进了美国法上公司机会理论的发展,使得公司机会原则逐渐脱离董事忠

---

〔1〕 曹顺明:"董事竞业禁止义务法律问题研究",载《公司法律评论》,上海人民出版社 2003 年版。

实义务并成为独立的公司理论和制度。[1] 然而,也正是由于相关判例的不断涌现,以及各州司法独立性的影响,公司机会出现了诸多截然不同,但相互交错的认定标准,以致许多美国学者都认为,关于公司机会的法律是美国公司法领域最为复杂的部分之一。[2] 这些标准主要包括:

1. 利益或期待标准(Interest or expectancy test)

该标准产生于拉格德诉安尼斯顿公司案(Lagarde v. Anniston Lime &Stone Co.),[3] 是公司机会最为传统而且仍在广泛使用的司法标准,依照该标准,公司机会必须涉及公司既得利益的财产或者公司拥有由既得权利而产生的期待,它所强调的重点是公司的受托人(董事、经理或其他管理人员)不得有意损害公司既得的和期待的利益。这一标准实质上是把公司机会看做是一种财产权利,不难发现,该标准以"公司财产说"为法理基础,然而现实和期待利益本身就像商业机会那样无法认定,从而具有较大的不确定性(Indeterminacy)。更为重要的是,这种标准将既得权利也包含在商业机会之内,但是拥有商业机会只表明具备了获取权利或利益的可能性,至多包含一种期待上的利益,所以"利益或期待标准"在本质上是"根据受信托人不得损害、利用受益人利益或者与受益人竞争的一般原则来界定公司财产的内涵"。可以看出,该标准的理论基础和英国法上公司机会原则是相同的,也因此有人指出此时公司机会还没有作为一个独立的原则出现。[4]

---

〔1〕 梅慎实:"董事义务判断之比较研究",载《外国法译评》1996 年第 1 期。

〔2〕 贾希为:"中国国有企业的多层代理及其改革的选择",载《经济社会体制比较》2002 年第 6 期。

〔3〕 Lagarde Et Al. v. Anniston Lime & Stone Co.,126 Ala. 496,502,28 So.199,201 (1899).

〔4〕 Philip St J Smart, *Hong Kong Company Law*: *Cases*, *Materials and Comments*,(Butterworths Asia,1997),p. 261.

2. 经营范围标准(line of business test)

此标准由特拉华州法院在 Guth v. Loft Inc. 一案[1]中进行了阐述,然后迅速成为检验公司机会的最重要的标准。州最高法院在该案中提出,"一旦公司的董事面临这样一个商业机会,该机会是公司在财力上能够从事的,而该机会在性质上亦属于公司的经营范围并且对公司有实际好处,或在该机会上公司享有实际或期待的利益,那么该董事不得将自己的私利与公司利益发生冲突,并且不得将此机会据为己有"。具体而言,一家公司从事某种行业,并且对提供给它的机会所包含的行为具有基本知识、实际经验和实施能力,就其财务状况来看,这种机会在逻辑上当然适合该公司经营,而且该机会与公司的合理需求和扩展愿望是一致的。[2] 该标准被认为是对"利益或期待标准"的补充和扩展,当公司对某项商业机会并没有现实或期待的权利,或者说这种权利难以判定时,法院可以通过该机会属于公司的经营范围或者对公司经营具有相当程度的关系(Closely associated with business activities),来认定机会属于公司。那么什么才叫公司的经营范围呢? 美国学者汉密尔顿认为,经营范围标准不仅应考虑机会与公司经营范围的相关性,而且应考虑以下因素:(1)是否为该机会进行了谈判;(2)是否机会起初是提供给公司或作为公司代理人的董事;(3)是否董事由于在公司中的职位而知悉该机会;(4)是否董事由于在公司的地位或财产而利用该机会;(5)公司在多大程度上需要利用该机会,即使某机会不在公司经营范围内,如它起初是提供给公司的它将被认为是公司机会。[3] 不过仍有美国学

〔1〕 Guth v. Loft, Inc. ,23 Del. Ch. 255, 275,5 A. 2d 503, 512 – 513 (Sup. Ct. 1939).

〔2〕 罗伯特·C. 克拉克:《公司法则》,胡平等译,工商出版社 1999 年版,第 190 页。

〔3〕 汉密尔顿:《公司法概要》,李存捧译,中国社会科学出版社 1998 年版,第 263 页。

者对该标准提出了质疑,在 Guth 一案中,特拉华州法院并没有对公司经营范围设定精确的定义,在这里,公司经营范围仍然是个模糊的概念。

3. 公平标准(Fairness test)

该标准对公司机会的判断需要以公平和公正的道德标尺加以衡量,以实质公平和具体案例具体对待(Case-by-case Basis)原则为基础。该标准被马萨诸塞州法院在 Durfee v. Durfee & Canning Co. 一案中采用,认为公司机会的要义的"真实的依据"是当公司的利益需要保护时,根据特定的事实,受信托人擅用这一机会是不公正的。[1] 其实该标准是在承认公司机会并没有认定规则的前提下提出的,因此称其为一项标准并不合适,美国法律学者 Ballantine 认为,公司机会原则的真正基础(True basis)是被信任者的行为违反公平原则,从而法院需要根据具体案件使用道德标准(Ethical Standard)来保护公司利益,[2] 按照 Ballantine 的说法,我们只得授予法官斟酌各种具体情形的广泛的自由裁量权,但同时在适用公平标准时,法官是需要考虑以下因素的:董事管理控制方式的性质;这一机会是依据董事个人的能力还是他在公司中的职位获得的,董事事先是否已向董事会或股东会披露以及他们的反应;董事获取这一机会是否与公司存在利害关系;以及基于公司对董事的信托的其他事实或条件,他是否尽到了一个普通的善良人应尽的勤勉、关心、奉献、公正的义务。[3]

由此看来,英国对公司机会的规制确实显得既缺乏具体的规

〔1〕 罗伯特·C.克拉克:《公司法则》,胡平等译,工商出版社 1999 年版,第 191 页。

〔2〕 John Lowry: The no Conflict-No Profit Rules and The Corporate Fiduciary, *Journal of Business Law*, 2000, p. 3.

〔3〕 Lewis D. Solomon, Donald E. Schwartz, Jefferey D. Bawman, Elliott J. Weiss, *Corporations Law and Policy*, *Materials and Problems*, West Publishing, 1994, pp. 800 – 804.

则,又显得严格,并不可取。而美国关于公司机会规制经历了一个从"利益和预期"标准到"公正性"标准的演变,规制也愈来愈趋于严格。这反映了现代经济活动中在赋予董事等经营管理人员更大权力的同时,也要加强对其行为的规制。但是,美国前述的三个标准也有不足之处。如从单个标准来说,根据"利益或期待"标准,认定的公司机会较为狭窄,不利于公司利益的保护。随着后两个标准的出现,该标准也失去适用的余地。"经营范围"标准本身则属于非纯粹客观的标准,"公司经营范围",本身也是一个不准确且极易引起争议的概念。特别是"经营范围"标准不区分机会是否是公司所追求,是否是董事因其在公司中之职位而获得的,而是纯以机会与公司经营范围的紧密程度来判断有时亦欠公允。[1] 而"公平"标准虽符合衡平法的精神,但不足是过于主观,有时欠操作性,不利于指引当事人的行为,也不利于法院对纠纷的裁决。

在判例法上,一个新标准的产生并不意味着旧标准的废除。由于三个标准是逐步发展起来的,为此,在具体适用这些标准上,1974 年明尼苏达州(Minnesota)法院通过米勒一案(Miller v. Miller)提出了两步分析法(Two-step analysis):第一步是确定案件中的商业机会是否属于公司,判断标准是"经营范围标准"的更宽松的适用,[2] 即综合考虑公司对该商业机会是否有现实或者期待的利益,商业机会与公司目的以及目前经营阶段之间的关系,机会是否是公司能够轻易扩展到的经营领域,商业机会的竞争性质(Competitive nature),公司是否具备利用该商业机会的必要知识、经验、设备和人员等。第二步是篡夺机会的董事是否违

---

〔1〕 杨琴:"浅论篡夺公司机会的禁止",载《武汉商业服务学院学报》2006 年第 3 期。

〔2〕 Matthew R. Salzwedel: A contractual theory of Corporation Opportunity and a proposed statute, *Pace Law Review*, (Winter 2002), p. 102.

背了作为受信托人(Trustee)对公司应尽的忠诚义务。公司对第一步骤负有举证的责任,而董事对于第二个步骤负有举证的责任。这种方法实际上是试图将经营范围标准和公平标准结合起来的产物。在抗辩理由方面,各州通过判例主要形成了以下四种抗辩:一是不存在公司机会的抗辩;二是公司缺乏资格或财政困难的抗辩;三是公司拒绝该机会;四是公平性抗辩。其中第二种抗辩通常没有说服力,而第三种抗辩则是利用最广泛地用来证明使用机会正当性的理由。[1] 两个步骤本身都需要更加具体的规则才能得到实施。我国学者认为,两步分析法只不过是将"经营范围标准"和"公平标准"进行改造和整合,并大致地确定董事和公司的证明责任,除此之外并没有新的发展。而且这种整合似乎也存在逻辑上的问题,[2] 克拉克教授(Clark)指出两步分析法存在着许多含混不清之处,[3] 认为,公开公司和闭锁公司有很大区别,对其管理人员应适用不同的规则,即对公开公司应适用统一的绝对规则,对闭锁公司则适用选择性规则。所谓绝对规则,是指严格、统一地对公司管理人员适用的规则。所谓选择性规则,就是可以针对不同情况区别对待管理人员使用公司机会的规则。为此,1994年,美国法学研究所的《公司治理原则:分析与建议》第5.12条对公司机会作出了全面的规定,试图将其法典化。一是该草案对专职和非专职董事或高级管理人员在公司机会的认定标准上采用双重标准,即对非专职董事和其他高级管理人员而言,公司机会是指其在改造对公司之义务时获得的或利用公司的信息或财产而获得的商业机会,对于专职的公司董事和高级管理

---

〔1〕 罗伯特・C.克拉克:《公司法则》,胡平等译,工商出版社1999年版,第199~200页。

〔2〕 薄守省:"论美国法上的公司机会原则——兼谈大陆法上的竞业禁止",载沈四宝主编:《国际商法论丛》(第4卷),法律出版社2002年版,第122页。

〔3〕 罗伯特・C.克拉克:《公司法则》,工商出版社1999年版,第196页。

人员而言,公司机会是指其在履行公司义务时获得的或公司经营范围内的所有商业机会。二是规定了两点除外:(1)获取该项机会对公司来说是公平的;或者(2)获取该项机会是经过有关利益冲突和公司机会的披露之后就获得了无利益冲突的股东的事先授权或事后批准,而且获取该机会并不构成浪费公司机会。[1]在笔者看来,所谓"公平"应包括实质性规则和程序性规则,前者应包括公司利用机会不能、公司自愿放弃商业机会,善意并不与公司竞争和第三方拒绝与公司做生意,而后者应包括披露和证实程序,即要求公司经营管理人员必须向公司披露有关公司机会的全部重要事实并说明其利益冲突,而要求公司放弃这一公司机会之决定,应该由无利害关系董事跟第三方进行沟通与确认。它实际上是为公司董事和高级主管利用公司机会方面树立了明确的"安全港"程序规则和诉讼上的举证责任分配原则。这种设置不仅"提高了诉讼效率",还通过其预防功能"减少了公司机会争端的发生"。[2]

关于是否篡夺公司机会的认定,笔者认为,可以借鉴刑法上的犯罪构成要件的理论,从主体、客体、主观方面、客观方面四个条件来判断:(1)主体上应是公司内部人员(包括公司董事、经理和其他管理人员),因为他们拥有广泛的业务控制权。(2)主观方面是恶意的:要求通过职务身份知悉这一商业信息的公司管理人明知该机会属于公司,并有义务向公司披露而未披露,同时主观上具有为自己及他人谋利的动机,而没有从公司的最高利益出发。(3)客体是公司管理人任职期而不是在卸任后接触到各种各样的信息中,确实是属于公司的而非个人的被认定为是"公司机

---

〔1〕　美国法学研究所:《公司治理原则——分析和建议》,楼建波等译,法律出版社 2006 年版,第 407 页。

〔2〕　张开平:《英美公司董事法律制度研究》,法律出版社 1998 年版,第277 页。

会"的利益。(4)客观方面要求公司管理人利用本属公司的商业机会为自己或他人取得财产利益或与他人达成交易,从而给公司带来损失。

依英美公司法原理,公司机会属于一种财产权利,故篡夺公司机会应当承担损害赔偿责任。但是篡夺公司机会只是使公司失去从事一项交易的可能性,其对公司所造成的损失通常难以估价。因此,在判例法上,承担损害赔偿的方式通常有两种[1]:一是依照"不当得利"确定赔偿金额。如果该董事、经理或其他管理人员利用公司机会已经实现了利润或转售此机会而得利,这一金额容易确定;但是,如果并未实现利润,则对此作出估价比较困难。二是依照拟制信托的原理,把董事、经理或其他管理人员篡夺公司机会而达成的交易转归公司所有。这种方式完全避开了估价难题,也能够确保公司利用该机会所实现的收益。

第四节 信义义务原则与我国公司法的完善

一、我国公司法中公司管理人的责任体系的立法与缺陷

大陆法系传统的国家,其公司法理论中并没有公司机会原则的规定。其公司法[2]脱胎于民商法,董事等公司高级管理人员在公司中的地位适用代理或委任说,因此,他们与民法的代理法上的代理人并没有特别的不同,必然要符合民法上代理人要尽到合理的注意义务来善意、谨慎为被代理人的利益服务的总体要求。也就是说董事、经理和控制股东等公司管理人应以善良管理人的身份来处理、执行或监督公司的业务。而我国属于大陆法系

---

〔1〕 石旭雯:"篡夺公司机会禁止制度研究",载《甘肃政法学院学报》2001 年第 3 期。

〔2〕 张耀明:"论公司机会准则",载《社会科学》2006 年第 9 期。

的立法体制,因此,我国公司法律、法规也要求董事等高级管理人员应尽公司善良管理人的注意义务。如在1994年8月27日国务院证券委员会、国家体改委发布的《到境外上市公司章程必备条款》第115条规定:"公司董事、监事、经理和其他高级管理人员都有责任在行使其权利或履行其义务时,以一个合理的谨慎的人相似情形下所应表现的谨慎、勤勉和技能为其应为的行为。"1995年12月25日国务院《关于股份有限公司境外上市外资股的规定》第6条规定:"公司的董事、监事、经理和其他高级管理人员对公司负有诚信和勤勉的义务。"1997年12月6日中国证监会发布的《上市公司章程指引》第81条规定"董事应当谨慎、认真、勤勉地行使公司所赋予的权力",但是与此相应的公司法却没有相应规定"注意义务"。而1993年和1999年公司法第59条都规定"董事、监事、经理应当遵守公司章程,忠实履行职务,维护公司利益,不得利用在公司的地位和职权为自己谋取私利"。并且第60—63条具体规定了公司管理人员应禁止的行为:(1)不得利用职权收受贿赂(第59条);(2)不得挪用公司资金或私自将资金借贷他人、以个人名义私开账户存储、以公司资产为他人担保(第60条);(3)不得违反竞业禁止(第61条);(4)不得泄露公司秘密(第62条);(5)违反公司章程或违反法律给公司造成损害的行为(第63条)。2006年最新修订的公司法第148条也规定,"董事、监事、高级管理人员应当遵守法律、行政法规和公司章程,对公司负有忠实义务和勤勉义务"。其中,第149条和第150条具体规定了九类禁止行为,分别是:

(1)挪用公司资金;

(2)将公司资金以其个人名义或者以其他个人名义开立账户存储;

(3)违反公司章程的规定,未经股东会、股东大会或者董事会同意,将公司资金借贷给他人或者以公司财产为他人提供担保;

（4）违反公司章程的规定或者未经股东会、股东大会同意，与本公司订立合同或者进行交易；

（5）未经股东会或者股东大会同意，利用职务便利为自己或者他人谋取属于公司的商业机会，自营或者为他人经营与所任职公司同类的业务；

（6）接受他人与公司交易的佣金归为己有；

（7）擅自披露公司秘密；

（8）违反对公司忠实义务的其他行为；

（9）董事、监事、高级管理人员执行公司职务时违反法律、行政法规或者公司章程的规定，给公司造成损失的，应当承担赔偿责任。

从我国新公司法的规定来看，我国公司管理人的义务和责任体系存在以下缺陷：

一是忠实勤勉原则的表述过于简短和模糊。立法上不仅没有严格区分忠实、注意义务，并将其分别类型化，而且也没有明确表述忠实、注意义务的具体含义，规定一个具体的判断标准。此外，在具体的内容上，不仅遗漏了信义义务的主体应该包括控制股东，也没有明确规定公司管理人是否应该对公司、股东还是债权人承担信义义务责任等。

二是在忠实义务方面，虽然具体列举了损害公司利益的九类行为，但无一例外地都是公司管理人明知或应该知道的可能有损公司利益的故意行为，而不包括过失行为。同时采用列举的方式也不太周延，没有篡夺公司机会的规定。

实际上，我国实践中经常出现董事篡夺公司商业机会的行为，但是，缺乏明确的法律规定。而在学术界，关于我国公司法是否明确规定公司机会，目前有两种观点，一是肯定说。认为我国1999年公司法第59～63条对篡夺公司机会有类似的规限制定,[1]二是否定说。本人认为,我国只规定了董事对公司的"竞业禁止"义务,但其中包括了"不得抢夺公司的商业机会"的义务,并没有包含"禁止篡夺公司机会"的强制性义务。因而若援用第61条第1款的规定不足以禁止董事篡夺公司商业机会的行为,而第59条之概括规定,不便于实际操作。同样新公司法第149条第5项可以看做是对公司机会和竞业禁止的规定,但是公司法并没有对此进行明确的界定。因为,公司机会是公司对其具有利益或预期,或者对公司来说必不可少的商业机会。[2] 但是,并非所有情况下,董事都不得利用公司的机会。如果董事能够证明公司无能力,或者公司明确拒绝或放弃机会,或者公司同意董事利用这一机会,则董事利用公司的机会就是合法的。[3] 因此,有必要规定公司机会条款,其中适用的关键是明确界定何为"公司机会"。事实上,对于竞业禁止和公司机会原则的关系目前学界主要有三种观点,即重合关系、交叉关系和属种关系。[4] 在我看来,很明显"竞业禁止义务"与"禁止篡夺公司机会"都是由董事忠实派生出来的,且它们在客体上有交叉,但实质是公司法上两个不同的原则。

首先,主体不同。竞业禁止的主体是公司的董事、经理;而不得篡夺公司机会的主体是公司董事、高级管理人员和控制股东。

其次,客体不同。前者是不得与所任职公司有同类业务的行为,而"公司机会规则"规范的则是公司管理者篡夺公司商业机会的行为。

再次,内容不同,前者是对公司既得利益的保护,而后者是对

---

〔1〕 石旭雯:"篡夺公司机会禁止制度研究",载《甘肃政法学院学报》2001年第3期。

〔2〕 罗伯特·C.克拉克:《公司法则》,工商出版社1999年版,第188页。

〔3〕 徐卫东、祝杰:"董事的信托义务研究——从制度协调的视角调控董事行为的一种尝试",载《吉林大学社会科学学报》2004年第2期。

〔4〕 罗正龙:"论公司机会认定标准",载《法制与社会》2006年第11期。

公司期待利益的保护。

最后,责任不同。我国的竞业禁止制度采取的是利润夺取型的介入权救济制度。而"公司机会规则"采取的多为推定信义义务救济制度。

三是在勤勉义务方面,我国传统的企业立法从未规定过经营者的注意义务。如1988年4月13日颁布的《全民所有制工业企业法》第63条规定,因工作过失、玩忽职守给企业和国家造成损失的企业领导干部应承担行政责任和刑事责任。1992年7月23日国务院颁布的《全民所有制工业企业转换经营机制条例》第48条规定,厂长、其他厂级领导和直接责任人员对于经营管理不善的行为应承担法律责任。虽然上述法律、法规都对经营者的责任作了规定,但由于立法中缺乏对经营者注意义务的规定,特别是缺乏衡量注意义务履行实际状态的法律标准,致使绝大多数存在工作过失、玩忽职守行为的经营者,在企业亏损甚至破产时,都能逃避法律制裁。尽管我国新公司法有注意义务的规定,但只有第148条"董事、监事、高级管理人员应当遵守法律、行政法规和公司章程,对公司负有忠实义务和勤勉义务"作了概括性的规定,但怎么运用于司法实践,没有任何的可操作性。如何在公司管理人作出商业决定造成公司利益受到损失时适用注意义务,没有任何的衡量标准。

二、我国公司法上的信义义务原则的完善

(一)健全公司管理人信义义务和责任体系,完善忠实勤勉原则的实体内容

我国公司法与东亚近邻日本和韩国一样为大陆法系,由于受英美法系的影响,我国不仅在成文法中规定了"忠实义务",而且在立法上为注意义务的发展预留了空间。但是我国忠实勤勉原则的条文简略、抽象,没有操作性,公司管理人的义务和责任体系很不完善。因此,建议立法中:一是公司法应该严格界定和区分

忠实、注意义务,清楚表述忠实、注意义务的具体含义,确定各自的判断标准和类型化,针对不同的类型,设计可操作性程序,有利于对违反信义义务的法律规制。二是规定违反义务的责任方式,包括返还财产、归入权、股东诉讼和事后救济机制等,以寻求管理人与股东之间的利益平衡。三是增加控制股东信义义务的特别规定,如增加控制股东的出资义务、操纵公司营业和利益分配的义务、保障公司独立人格的义务等条款。

（二）完善注意义务条款

一是借鉴国外成熟的立法经验,对注意义务的认定标准、适用条件和适用范围作出具体规定,如增加商业决定和业务监督中的注意义务。二是由于市场风险始终存在,不可能要求管理者经营中做到万无一失,建议导入商业判断原则,因为该项原则不仅可以弥补公司法立法上的空白,而且使之成为董事免于合理性经营失误而承担责任的一项法律原则。

（三）完善忠实义务的条款

主要是将忠实义务类型化,增加不得篡夺公司机会的规定,如设立专门的公司机会条款。实际上大陆法系国家尽管没有明确规定禁止篡夺公司机会原则,且都能容纳这一制度。如《德国股份公司法》第88条第（1）款也规定:“未经监事会许可,董事会成员既不允许经商,也不允许在公司业务部门中为本人或他人的利益从事商业机会。未经许可,他们也不得担任其他商业公司的董事会成员或者业务领导人或者无限责任股东。”而《韩国商法典》（KCC）在1998年修改后,董事被明确赋予了“信义义务”,韩国学者认为,董事竞业禁止义务的目的是“限制董事利用其地位挪用以公司费用获得的营业机会”,且“竞业限制范围不限于公司的事业目的,包含公司营利性可以涉及的一切交易”。日本近来已有学者借鉴美国的判例法,认为董事基于其在公司中的地位,将公司与第三人间的交易机会据为己有,不应纳入竞业禁止义务的范围,而有必要承认此为忠实义务的一类独立形态。[1] 有鉴于此,建议公司法将禁止篡夺公司机会原则作为一个独立的忠实义务形态,对公司机会的含义、标准和违反该义务的法律责任、救济手段作出专门规定,如我国公司法可以借鉴美国法律协会《公司治理原则:分析与建议》中关于公司机会的定义[2]:公司机会是指以下任何一种从事商事活动的机会(包括取得、使用任何契约权利或任何其他有形、无形财产):

(1)对于一个高级主管或任何董事而言,这一机会是指下述情况下他被告知或能够得知的任何机会:

(A)与他作为高级主管或董事而履行其应尽的义务相关,或根据情况合理的判断,他应该相信,向他提供这一机会的人是期望他把这一机会告知该公司,或

(B)通过使用公司信息或财产所得到的、该高级主管或董事根据合理的判断应该相信这一机会是对公司有利的机会;或

(2)对于一个专职的公司高级主管或董事而言,这一机会是指他知道或应该知道该机会与其公司所从事或依合理的预计能够从事的业务有密切的联系。

---

〔1〕 杨琴:"浅论篡夺公司机会的禁止",载《武汉商业服务学院学报》2006 年第 3 期。

〔2〕 美国法学研究所:《公司治理原则——分析与建议》(上),楼建波等译,法律出版社 2006 年版,第 407 页。

第六章 控制股东信义义务的保障机制

第一节 程序保障机制:分类表决与股东利益平衡

一、公司法上的平等:实质公平与程序正义的完美结合

(一)股东权利的平等是一种实质公平

公法和私法的划分起源于古代早期的罗马法还是较晚的查士丁尼的《国法大全》,我们尚不能确定,但不容置疑,这种划分是由注释法学派在他们的著作中和罗马法课程的讲授中首先确立的。公法规范一般是强行法或强制性规范,依靠政府的管制或调节,而不允许当事人依自由意思排除以追求安全、公平和公正的理念为规范内容;私法规范一般体现为任意法或任意性规范,遵循意思自治原则,以自由、平等和效率为价值目标。

公司法是商法的一个部门法,是规定股

东与股东之间,股东与公司之间,公司与相对交易人之间的权利义务为主的法律部门。现代中国商法学者普遍认为,公司法在性质上应该属于私法,但其中也有不少属于公法范畴的规定,因此,公司法具有私法公法化的性质。[1] 实际上,立法价值是表现于立法主体与立法对象之间的一种互动关系,是立法主体通过立法活动而蕴涵于法律文本中的价值与利益。其中,公平与效益构成了立法价值不可分割的两个方面。[2] 就公司法来说,一方面,公司立法应该体现私法性质,通过设定授权性和任意性的规范,贯彻自由、效率的理念,赋予当事人自由选择权,以追求公司效益的最大化。另一方面,随着巨型公司、跨国公司的出现,公司的所有权与控制权的分离,经营者与消费者、国家利益与政治安全等矛盾的出现,公司法还要通过公权力强化国家对公司的宏观调控,加强对公司的监督和约束,要求公司承担一定的社会责任,以充分体现公司法上公平的价值观。公平通常有实质公平与形式公平,它源于实质正义与形式正义的分类。前者是指从内容上追求一种结果公正的正义,"在于实现社会范围内的实质性、社会性的正义和公平,是一种追求最大多数社会成员之福祉的正义观,强调针对不同情况和不同的人给予不同的法律调整"。[3] 而后者,按照罗尔斯的说法:"形式的正义是对原则的坚持,是对体系的服从",[4]体现为公共规则的正规和公正的执行,达到使多数人或一切人都能各得其所的分配结果。如果从司法的角度来表述,有人则称之为实体公平和程序公平。总而言之,公平、正义与

---

〔1〕 覃有土:《商法学》,高等教育出版社 2004 年版,第 100 页。

〔2〕 李林:"试论立法价值及其选择",载《天津社会科学》1996 年第 3 期。

〔3〕 史际春、邓峰:"经济法的价值和基本原则自论",载《法商研究》1998 年第 6 期。

〔4〕 吕世伦:《法哲学论》,中国人民大学出版社 2001 年版,第 500~501 页。

理性等一样都被视为法律的内在价值。

就公司内部法律关系来说,公司法作为一个以营利为目标的经济组织,其立法的目标在于充分加强对公司权益、股东权益和其他利益相关者权益的法律保护。其中,股东权益的保护是现代公司法的发展趋势。具体体现为:一是通过法人制度和有限责任制度,使公司具有独立的法人资格,股东承担有限责任,从而使股东能够减少投资风险,刺激投资的作用。二是通过一系列的公司行为立法和组织立法充分保证股东权的实现。如我国公司法通过股东表决权、股东派生诉讼、公司法人人格否认,以及同股同权、信息披露等各种制度充分保护公司全体股东的股东权。但是公司中股东持股和投票权制度决定股东在公司管理中的地位,其中,控制股东处于强势地位,而中小股东则处于弱势地位。由于二者在公司中的地位不同,掌握话语权的控制股东往往利用控制权损害中小股东的利益,因此,如何保护中小股东的利益便成为公司立法的关键。我们认为,实质公平与平等原则在公司法中处于核心地位。首先,小股东长期处于社会经济弱势之地位,经由股东平等原则检验公司法现行规定,其为确保小股东权利于法规范上受到平等保障提供了理论依据,并可适度矫治小股东长久以来地位受到大股东压迫之情况。其次,为分类表决制度、公司监督保障制度等公司治理监督系统的设计提供法理支持,也彰显我国公司法之社会实践价值,如小股东权利受到充分保障之投资环境,促使各中、小股东和外国股东对我国投资环境产生信任感,而令其可以基于长期视野,从事投资行为,势将促进我国整体经济繁荣发展。再者,大股东身为公司比例上之最大所有人,自然亦因公司监控体制完善,易于吸引投资人挹注资金长期投资,必然将使公司得以迅速于市场上筹措发展所需资金,资源扩大,如此将促进我国资本市场形成良性循环。

当然,就股东权保护的制度设计上,现有的公司法充分体现

了实质公正与程序公正的结合。其中,实质公正主要表现在以下几个方面:

一是股份平等原则。股份是股东法律地位的表现形式,股份亦象征着股东资格及其与此相关的股东权利和义务。股份具有平等性,每一股份表示一个独立存在的股东权,股东权以持股数而不以股东人数为计算标准,股东权增减与持股数多少呈同一比例,同类股份表示同质同量的股东权。我国新公司法第 106 条中关于一股一表决权的规定,第 130 条中关于同股同权、同股同利的规定,第 177 条中关于按持股比例分配股利的规定,第 195 条中关于按持股比例分配剩余财产的规定都体现了股份平等原则。公司是股东出资设立的,股东设立公司的目的在于追求自身利益的最大化。

二是股东平等原则。股东平等是从主体的角度出发界定平等的,它是民法上的公平和诚实信用原则在公司法上的具体化,它有利于防止和救济资本多数决之滥用,使大、小股东之间的利益得以平衡,保护中小股东的利益,形成实质上的平等。具体而言,股东平等原则包含以下几层含义:第一,所有股东的法律人格是平等的;第二,基于股东身份所享有的权利性质和类型是相同的;第三,在公司的实际运作中,股东权利的行使在状态上是有差异的,但是这种差异可以依据股东自愿增减其所持股份而发生变化;第四,股东应该遵循同样规则转让股权,所有股东均可以以抛售股份的形式作为保护自身利益的最后手段。在我国公司法上,有不少体现股东平等原则的规定,如同股同权和同股同利(第126 条、127 条)、一股一表决权(第 104 条)等。

三是股东权平等原则。股东权包括股东自益权和股东的共益权,前者指股东以从公司获得经济利益为目的的权利。我国新公司法第 4 条将之概括为资产受益权,具体到法条中则主要有新股认购权(第 134 条第 4 项)、股份转让权(第 72 条、140 条、141

条)、股利分配请求权(第 35 条、167 条第 4 款)、剩余财产分配请求权(第 187 条第 2 款)等。后者则指股东以参与公司的经营为目的的权利,我国公司法第 4 条将之高度概括为重大决策和选择管理者的权利。此外还从其他各章作了一些具体规定,如股东大会出席权及表决权(第 104 条),公司章程、股东大会会议记录和财务会计报告查阅权(第 34 条)等。

四是股东诉权平等原则。股东诉讼权是指当公司股东大会、董事会的决议有违反法律,侵害股东利益的情势时,股东享有的提起诉讼以保护自己合法权益的权利(公司法第 152 条)。其中,股东诉权包括股东自益诉讼和股东派生诉讼。

五是公司法人人格和责任平等原则。主要体现在公司法人制度上,每个股东都是一个投资者,以其出资为限对公司承担独立责任。同时公司法人人格的独立和股东有限责任合理地分配了由于生产的社会化和社会分工而产生的利益和负担,使公司股东和公司债权人可以各得其所,于和谐的社会秩序中促进了现代经济的成长。因而,严格恪守公司法人人格和股东有限责任制度即是维护实质正义。由此可见,所有上述制度的设计无疑都是对所有股东实体权利的平等保护,是一种实质公平。

(二)规则公平是一种程序正义

19 世纪中叶以后,随着资本主义由自由竞争时期向垄断时期过渡,特别是由于私有财产权绝对与契约自由原则的长久实行,强凌弱、众暴寡、劳资冲突、贫富悬殊等问题日渐突出,于是权利社会化思潮应运而生。相应地,立法思想也由权利本位过渡到社会本位,契约自由开始受到一定限制,所有权绝对原则不断被修正,无过失责任适用范围逐渐扩大,弱者权利保护不断强化,民法

理念亦由追求形式正义转向追求实质正义,〔1〕社会公平和实质
正义等现代法律理念深入人心。〔2〕 和谐社会的提倡,就是一种
社会正义和实质公平的体现。但是,追求实质正义首先要实现程
序上的公平,也就是说要求在规则上区别对待和差别对待,加强
对弱势群体的保护。

所谓弱势群体是个相对的概念,是相对于优势群体的一个范
畴。如经营者与消费者,控制股东和中小股东、劳动者与用人单
位,城市工人与农民、国有企业与民营企业,等等。所谓规则公平
就是要将这些弱势群体的利益在制定规则的时候能充分考虑。
如我国以前在制定社会保障制度,特别是下岗工人最低生活保障
中,常常将农民工排除在外,在建立社会养老保障和医疗保险制
度时总是将农村、农民排除在社会保障之外就没有体现规则公
平。但是现在,则开始转变。就公司法而言,在公司法人制度的
具体运行过程中,由于各个主体之间的个体差别,尤其是在社会
地位、经济实力、信息对等等方面的实际差异,公司法人制度以抽
象人格平等为基础的公平体系无法实现,因为法人人格独立和股
东有限责任在保护股东权益的同时也带来了公司股东优势地位
滋生的危险。同时,由于市场信息不对称,公司法人制度自身隐
藏的道德危险得以显现,权利行使自由、意思自治成了经济上占
优势地位的控制股东一方压制中小股东,或利用其优势地位滥用
控制权实施诈欺行为,导致社会正义被控制股东所践踏,从而在
一定程度上挫伤了其他市场交易主体的积极性,损害了市场的公
正、效益原则。因此,公司法应该修正现有规则,实现规则平等。
为此,公司法应注重具体人格(诸如中小股东、消费者、债权人等)

---

〔1〕 梁慧星:《民法学说判例与立法研究》(二),国家行政学院出版社
1999 年版,第 83 页。
〔2〕 冯果:"变革时代的公司立法———以台湾地区'公司法'的修改为
中心考察",载《南京大学学报》2003 年第 2 期。

的保护,特别是加强对中小股东权益的保护。一是规定异议股票回购权、委托投票权等股东权益,强化公司的社会责任。二是保证中小股东信息权,如公司详细的财产状况及公司所进行的具体经营活动,保证小股东能充分获悉其他股东的姓名、名称、住址、持股数额等,以便于小股东在行使表决权及对公司的监督管理权时,能有的放矢地行使其权利,以真正保障小股东作为公司主人翁所应享有的正当权利。[1] 三是在制定规则时应将中小股东的利益考虑在规则之内,如建立股权分类表决制度。

二、分类表决制度与控制股东信义务

(一)各国分类表决制度立法概况

所谓的类别股是指在公司的股权设置中,存在两个以上不同种类、不同权利的股份,这些股份因认购时间和价格不同、认购者身份各异、交易场所有别,而在流通性、价格、权利及义务上有所区别。所谓分类表决制度,又称类别表决或类别股东表决(class voting),是指上市公司对有可能损害流通股股东(中小股东)利益的事项进行表决时,如果一项股东大会议案对不同类别股东权益的影响不同,这时就需要通过类别股东会,赋予不同类别股份特别表决权的制度。所谓股权分置,是指上市公司的一部分股份上市流通,另一部分暂不上市流通。

在股市发达的西方,类别股表决是随着19世纪末20世纪初公司股份的多样化而出现的,现在美国、日本、加拿大、意大利、印度等国的法律和公司章程中均有分类表决制度的规定。其中,在英美法系以美国《标准公司法》对类别表决规定甚详,[2]从其规定中我们可以看出,如果股东大会的某一项提议将会对某一类股东的权利进行改变,此时这一类别股的多数股持有者的赞成是提

---

〔1〕 许凌艳、张中:"论公司法的立法价值取向",载《法律适用》2002年第12期。

〔2〕《美国标准公司法》第32条、59条、第60条等条款。

议通过的必要条件。美国1978年《联邦破产改革法》第11章[1]及各州公司法中也有相关规定。我国《香港公司条例》规定："凡在任何时期将资本划分为若干种不同之股份者,各种股份所附权益(除发行该种股份之条件别有规定者外)得征询该种股份四分之三持有人以书面赞同或另行召集该种股份持有人会议通过非常决议案变更之。另行召开前项会议,应适用本规则关于平常会议之规定办理,但至少须有二人占有或受托代表该种股份三分之一以上出席,方足法定人数,所有亲自或委托代表出席之该种股份持有人得要求投票。"[2]在大陆法系中,《欧盟公司法》规定:"如果公司股份资本划分为不同类别,股东大会的决议要生效,必须由权利受该决议影响的各类股东分别表决并同意。"[3]我国台湾地区"公司法"第159条规定:"公司已发行特别股者,其章程之变更如有损害特别股股东之权利时,除应有代表已发行股份总数三分之二以上股东出席之股东会,以出席股东表决权过半数之决议为之外,并应经特别股股东会之决议。公开发行股票之公司,出席股东之股份总数不足前项定额者,得以有代表已发行股份总数过半数股东之出席,出席股东表决权三分之二以上之同意行之,并应经特别股股东会之决议。"[4]此外,《法国商法典》第156条,《日本商法典》第345、346条,《韩国商法》第435、436条都有类似的规定。我国在2004年《国务院关于推进资本市场改革开放和稳定发展的若干意见》启动了股改分置方案,随后在2005年中国证监会推行股改分置改革的相关文件,如《关于加强社会公众股股东权益保护的若干规定》、《上市公司股权改革管理办法》

---

[1] Chapter 11 of the US Federal Bankruptcy Reform Act of 1978.

[2] 《香港公司条例附件》附表第一号,甲册股份有限公司管理规则,绪则第3条。

[3] 《欧盟公司法》第5号指令第40条第1项。

[4] "台湾公司法",2001年11月12日修正。

（以下简称"管理办法"）中肯定了这项制度,强调上市公司应建立和完善社会公众股股东对重大事项的表决制度。特别是管理办法第 5 条规定,公司股权分置改革动议,原则上应当由全体非流通股股东一致同意提出;未能达成一致意见的,也可以由单独或者合并持有公司三分之二以上非流通股份的股东提出。"管理办法"第 16 条规定,相关股东会议投票表决改革方案,须经参加表决的股东所持表决权的三分之二以上通过,并经参加表决的流通股股东所持表决权的三分之二以上通过。尽管 2006 年新公司法并没有正面规定包括分类表决在内的类别股份制度,但新《公司法》第 127 条改变了旧《公司法》第 130 条关于同股同权和同股同利的规定,规定同种类的每一股份应当具有同等的权利,间接承认了股份公司的类别股份。

　　归纳起来,各国公司立法中与控制股东信义义务相关的分类表决制度主要存在于章程变更和利益冲突交易中。一是由于章程变更往往采用资本多数决原则,变更的结果直接影响股东权利（当然包括类别股东权益）,因此,各国公司法都规定公司章程变更时的类别股表决制度。美国特拉华州公司法规定,公司变更章程影响类别权利,必须分类表决,异议股东无股份收买请求权。在英国公司法中,如果章程变更影响了类别股东的权利,主要的保护机制就是类别股东会的同意。但是由于公司章程或其他文件对股份的种类及负载其上的权利有时可能规定得模糊,导致解释上的歧义,从而使当事人之间发生争议,英国判例法已经发展出一套规则对分类股份条款进行解释。[1] 在法国公司法中,如果变更股东的特别权益,不仅应经特别股东大会审议通过,而且要求受影响股东经专门股东会特别同意。[2] 在德国公司法中,

---

〔1〕 张舫:《公司控制的理论与实践》,西南师范大学出版社 2006 年版,第 221 页。

〔2〕 《法国商事公司法》第 165 条。

如果章程的修改影响了个别股东或者某一类股东的权益,只有征得这些股东的同意,相关的修改才能生效;如果一类股东的权益受到影响,那么该类股东必须以多数票的形式作出决议;在未同意前,股东大会的决议没有法律效力。[1] 在日本、韩国和我国台湾"公司法"中,只要不违反强行法的规定和股东平等原则,允许章程变更;如果公司章程变更给某一种类股东带来损害,必须经过该类股东的多数同意,在这种情况下,法律一般不赋予类别股东的股份收买请求权。尽管我国新公司法没有直接规定类别股分类表决制度,但是规定了异议股东股份收买、回购股份请求权。二是在利益冲突交易(conflicted interest transactions)中,由于公司的内部人(包括董事、经理和控制股东等公司管理人)利用其在公司中的控制地位,使公司和自己或关联人交易,可能损害公司利益的行为,因此,各国公司法均对利益冲突交易进行限制和监督。其中,以英美法系的美国为代表,采原则上允许交易,但需要保证公平的做法,而大陆法系国家则采原则上禁止交易原则。但两类做法均规定了例外原则,那就是如果少数股东的多数表决同意(majority of minority ratification)利益冲突交易,则该交易就是公平的。对交易的结果原则上不允许提出异议,但如果有异议,则少数股东有表决回避请求权。

(二)分类表决制度的法理基础

分类表决的理论基础首先与契约和权利观念有关。近代公司法理论强调股东之间、股东与公司之间的关系具有契约性,股份是一项以持有人与公司之间的契约为基础的财产。[2]因此,公司对外发行股份意味着与股东建立一种契约关系,持有人基于持

---

〔1〕 托马斯·莱塞尔:《德国资合公司法》,高旭军等译,法律出版社2005年版,第284页。

〔2〕 See L. C. Gower & A. J. Easson, *The principles of Modern Company Law*, 4th, ed. (London, Stevens, 1979), p. 560.

股而享有的权利就是一种契约性权利,这种权利非经法律允许不可更改。易言之,类别股的权利是通过股东间个别契约确定,其权利由公司章程、招股说明书等各文件确定,其权利的变动须有持有人的同意。其次,分类表决的另一理论基础是实质公正和规则公平。不同类别的股份享有不同的权利,同一事项对不同类别股份的影响程度不同甚至截然相反,这就要求对不同类别股份给予不同的关照,当其他类别股可能通过全体股东大会决议侵蚀某一类别股份的权益时,就有必要允许该类别股份单独表决。

在各国公司法中都存在类别股,如我国存在法人非流通股和流通股,国外则存在普通股和优先股两种最基本的类别股等,而拥有类别股的股东可以是控制股东或中小股东等特殊股东。当然,分类表决也面临着与资本多数决、股东平等等一些公司法基本原则的冲突,阻碍公司发展,如不同投资者对公司业绩有着不同的要求和期待,控股股东或多数股东更关注公司的长远发展,少数股东更关注公司短期的盈利能力和利润额。而分类表决本身是没有效率的,额外的程序,有可能使公司错过良好的投资和商业机会。因此,只有在某一类别股份的权利被实质性地变动,而不是仅仅在价值上受到影响的情况下才有必要触发分类表决,否则,这将意味着"董事根据授予他们的权力而采取的任何行动在得到优先股股东特别会议的批准之前都是无效的,因为这些行动都有可能影响或触及优先股股东享有的优惠"[1] 但不可否认,类别股分类表决制度是对一股一表决权和资本多数决原则的一种修正,其设立的最终目的是通过赋予特别股东额外的表决权来保护特别股东权益,其核心是承认股东可以按其所持有股份种类享有权利,目的是杜绝大股东利用非正常手段获得非法利益,保护中小股东利益。如在市场经济发达国家,分类表决制度

---

〔1〕 See Re. John Smith's Tadcaster Brewery Co. Ltd. 〔1953〕Ch. 308.

主要用于维护发起人股东或家族股东对公司重大事项的超额影响力,避免因股份稀释而失去对公司的控制权,以保证公司战略的长期稳定,减少发起人股东和家族股东与其他股东之间的交易成本。由于不同类别股东的权益不同,为保证股东的实质上的平等,现在各国公司法引进类别股表决制度,以遵循程序正义,如涉及类别股东权益的议案,须本类别股东及其他类别股东分别审议,并获得各自的多数同意才能通过。

本人认为,无论是控制股东还是董事,当发生利益冲突时,他们在心理上更倾向于损人利己,当控制股东与交易的对方具有直接或间接亲密的,控制权上的或者金钱上的关系时,均为利益冲突的交易。从本质上讲,公司的所有商业决策和法律决策的核心都是价值问题。法律对价值评估既可以采程序主义也可采实体主义。加强股东权益保护是一种实体主义,但最终仍然需要用形式主义的规则来判定。因为法官很难实现和判定实质上的公平,于是,法律制定规则将股东权的保护由程序判断向实质判断过渡。分类股东表决权行使规则就是这样一种程序上的规则,它是一种规则公平,实质上是股东自治的方式,目的是通过事前监督,防范控制股东滥用权利。

三、我国分类表决制度的建立与控制股东信义义务的完善

(一)股权分置的困惑与我国股权分置改革

为各国公司法所遵守的一股一票原则,是指一个股份一个表决权。但是随着普通股和优先股等类别股的出现,大部分国家公司法都允许一股一票原则的例外,也破坏了股东形式上的平等。如在美国由于资本市场不同表决权股的大量出现,学术界曾经对公司发行不同表决权股份一度展开了大的讨论和争议,其中核心的问题是,公司发行不同的投票权股是否有利于降低代理成本,资本市场和股东大会批准制度能否保证这种制度是公平的。是否降低代理成本不是本书关心的问题,但从价值上来说,如果允

许公司按照自己的意愿发行各种不同权利的股票,要保证制度的公平,公司法相应地应该对各类股份的发行进行适度干预,并对各类别股作出一定的赋权。

就我国公司立法和实践而言,从 1993 年《公司法》第 130 条到 2006 年新公司法第 127 条一直恪守"同股同权同利"的公司法原则。但实际上,我国已经形成了某种"类股权分置"现象。股权分置问题是由于我国证券市场建立初期,改革不配套和制度设计上的局限所形成的制度性缺陷。股权分置造成上市公司的股权结构极不合理、不规范,表现为:上市公司股权被人为地割裂为非流通股和流通股两部分,非流通股股东持股比例较高,约为三分之二,并且通常处于控股地位。因为,在我国公司法和证券市场中,仍然还存在对应于普通股股东的,但因流通性质不同而事实形成的不同种类股票,在名称上被区分为国有股、法人股和社会公众股等。也就是非流通股及流通股。首先,这种二元股权结构之间存在天然的鸿沟、相互不能转化,实际上造成了我国特有的"异股"现象。其次,流通股可以在证券市场营业的任何时间进行股权的转让,无须经过行政机关的批准和审核。而非流通股权只能依法转让且必须符合一定的法律程序,并报经各级主管部门批准。[1] 相对于非流通股股东,流通股东占少数,不拥有对公司的控制权,他们也很难通过投票、选举董事等方式监督上市公司的运行,维护自己的合法权益。在股票收益上,由于非流通股不上市交易、转让受到限制,非流通股股东与流通股股东获取的收益组成是不一致的,非流通股股东很难获得因价格上涨而产生的收

---

〔1〕 参见 2003 年 12 月 31 日,国务院国有资产监督管理委员会、财政部联合颁布《企业国有产权转让管理暂行办法》和 2004 年 8 月 25 日国务院国有资产监督管理委员会发出《关于企业国有产权转让有关问题的通知》,分别规定国有产权的转让需要报国务院国资委或同级地方国资委批准,其中,涉及政府社会公共管理审批事项的,需预先报经政府有关部门审批。

益。流通股股东的利益机制除通过提高上市公司的业绩获得较高的股息、红利收入外,更重要的是股票的市场价格增值差额;非流通股股东的利益机制除了通过提高上市公司的业绩获得较高的股息、红利收入外,主要通过首次发行及以后的增发与配股取得较高的溢价收入,获得每股净资产增值。这些都造成我国股票市场上的"异权"现象。因此,必须进行股权分置改革。给所有的投资者以明确的预期,告诉他们 67.7% 的非流通股怎么处置,以形成稳定的、可预期的制度平台。同时将上市公司建设成股东的利益共同体,对大股东行为建立内在的约束机制,消除大股东侵害小股东利益的制度基础,这是改革的最核心目标。[1]

(二)我国分类表决制度的建立与控制股东信义义务的完善

美国大部分州都没有刻意强调一股一权,而是允许发行类别股。如美国示范公司法第 6 条规定公司章程可以授权董事会发行各种类别的股份,不同种类的股票可以在包括投票权在内的各种权利上有所不同。事实上,除美国外,欧洲的德国、丹麦、意大利、挪威、瑞典等国上市公司都采用不同投票权的资本结构。[2]

我国由于国有股、法人股占多数,中小股东多为流通股股东,已经存在"异股异权异利"现象。受这种股权结构的影响,"一股一权"原则和"资本多数决"原则沦为控制股东操纵股东大会和控制股东合法掠夺中小股东利益的工具,股东大会本身已完全形式化、"大股东会化"。这就需要我国公司法如同西方公司法一样建立相应的"异股异权异利"原则,建立分类股表决制度便是一种必然的选择。

---

〔1〕 吴晓求:"股权分置改革的历史、现状和未来",载《深圳特区科技创业月刊》2005 年第 12 期。

〔2〕 张舫:《公司控制的理论与实践》,西南师范大学出版社 2006 年版,第 255、246 页。

分类表决制度的关键在于如何保证中小股东的表决权〔1〕和"异股异权异利"原则。从我国分类表决的事项看,主要集中在上市公司关联交易问题、上市公司分红问题、上市公司决定发行新股或发行可转换债券以及其他有可能损害其利益的行为等方面,因此笔者认为,一是赋予社会公众股东在再融资和重大资产重组等重大事项上的额外表决权,以制约控制股东或大股东在重大事项方面的决策权。〔2〕二是赋予交易所关于类别股份和分类表决的上市规则的制定权,并允许公司章程创设具体的类别股份。三是完善新《公司法》第21条关于公司的控制股东和实际控制人不得利用关联关系损害公司利益的关联交易中表决权回避制度。如借鉴香港的立法技术,对关联交易以非关联股东批准为原则,从行为的性质认定关联交易,扩大非关联股东批准公司事项的范围,强化非公平关联交易的法律后果和相关责任人的责任。四是完善信息披露制度、独立董事或监事制度、股东诉讼制度和控制股东信义义务制度,加强对控制股东的监督。

第二节　监督保障机制

股份有限公司的内部关系可以理解为一种委托关系,即股东是委托者,公司的业务经营者是受托者。在委托合同中,委托者选择受托者,并有发言权。但是,委托合同只有当具备了处理事务所需要的知识、信息和时间之后才会缔结。而且受托者在处理受托业务的过程中,不断掌握处理受托事务所需要的知识信息,

---

〔1〕　乔雪芹:"上市公司分类表决的会计信息问题探讨",载 http://www.bkjs2006.com/lunwen/ShowArticle。

〔2〕　"股权革命与公司治理偏差",载 http://www.nanfangdaily.com.cn/jj/20050526/。

所以,委托者不能进行充分的指示是普遍现象。于是委托合同只有在当事者对委托关系表示满意的那个使者之间的信赖关系得以维系的情况下,才能继续。即无论是委托者还是受托者,在任何时候,无须理由,就可以单方面地解除委托合同(脱离权)。[1] 股份公司中,股东(委托者)通常以多数存在,特别是大规模的上市公司股东人数更多。股东们作为委托者的发言权和表决权是按照资本多数决原则行使。但是资本多数决一旦被"异化"则带来严重的恶果。股份有限公司中股东人数众多,每一股东都是一个独立的利益主体,他们的投资动机、利益目标各不相同。尽管公司法坚持股东平等原则,但同时又赋予"一股一权"原则。为了实现自己的利益,一方面,中小股东他们通过授予委托表决权的方式来表达自己的声音,另一方面,大股东通过征集委托表决权来行使发言权和对公司控制权,于是股东被分化为控制股东与中小股东,为争夺公司控制权,则利益冲突成为可能。

当然,利益冲突(conflicts of interest)之所以出现,乃是因为资源有限和人类作为理性"经济人"的自利所致。利益冲突的出现确实增加交易成本支出,故当有利益冲突产生时,降低交易成本之方式,究竟应采契约市场机制还是公权力法律介入,尚值得深思。例如2008年9月美国投资银行雷曼兄弟(Lehman Brothers)申请破产后所引发之金融海啸,即有论者认为对于衍生性金融商品(derivatives)和投资银行(investment bank)等金融秩序之规范,到底应采管制(regulation)或去管制(deregulation)之态度,是实难回答之问题。经济学家认为,最理想的公司治理架构并非由理论而生,其需由经验中发展,唯有历经市场竞争之公司参与人方知何为最理想之治理架构,而法律学者则认为,从各种角度观察应

---

〔1〕 滨田道代、顾功耘:《公司治理:国际经验与制度设计》,北京大学出版社2005年版,第53页。

以契约自由为优先。[1] 但不管采用何种监管体制,特别是在我国机构投资者数目众多,为了自己的利益,控制股东有可能直接侵害中小股东的利益,也可能侵害公司而间接侵害中小股东的利益,从而出现资本多数决的滥用,是不争的事实。而资本多数决滥用的后果是侵害公司的利益、其他中小股东的利益、公司债权人的利益。因此,在公司法的规范上有必要健全公司法的监督保障机制。而公司法上的监督保障机制主要有三种模式:股东监事、独立董事和监事会制度,下面分别叙述之。

一、股东监事制度与控制股东信义义务

(一)劳工参与机制与股东监事的立法

劳工参与,英文为"workers participation",常与产业民主或参与经营相关联,有时甚至被视为同一概念而交互使用,其实,在法学领域,劳工参与大致包括以下二层含义:一是依劳法相关法律、法规的规定办理者,例如,员工可推派代表参与劳动会议、团体协商、职工代表大会等事项;二是企业内部建立的各种参与管理方式,例如,员工可推派代表参与业务会报、人事评议会、奖惩会、职工代表大会、股东提案制度等事项。我们认为,劳工参与是指,在公司法上,公司或其他组织形态在公司管理者作出决策的过程中,所有受经营决策涉及之人均有适当的方式及机会,适当地参与决策的过程,劳动者以劳动者的地位而直接或间接地参与企业经营,在经营决策上行使适当的影响力或共同决定之权利。关于劳动参与理论,目前在学术上有二种具有代表性的观点:所有权社会化理论和非所有权理论。前者认为,近代民法上所有权的基础发生根本性变化,所有权的抽象人格被具体人格所取代,社会出现了强者与弱者的分化,日本学者星野英一认为,现代民法对

---

〔1〕 See Lucian A. Bebchuk, *Letting Shareholders Set the Rules*, 119 Harv. L. Rev. 1784, 1787 (2006).

权利的抽象把握,已转变为坦率地承认人在各个方面的不平等、根据社会经济地位把握具体的人、对弱者保护的年代。[1] 因此,所有权之行使应以社会全体利益为目标,所有权绝对之理念即转化为所有权的社会化。对公司的所有者来说,其通常即为公司的经营者,故而拥有经营决策的权利,其在正确行使决策、享受利益的同时,也应该承受企业经营之风险。然而,现代公司的经营与所有分离模式下,企业经营权通常皆委由专业职业经理人负责,进一步造成经营者的所有与风险分离的状况。于是,经营者既得以受雇者的地位拥有公司经营管理权,又无须承担企业财产上之损失责任。而同为受雇者的劳工和所有者的股东,必须思考以其身份参与企业经营、管理,并免其财产损失。而后者认为,企业不仅仅是由机器与其他资财的集合体,更重要的是与劳动力之相结合,因此,劳力亦为经营者所经营之对象。而为防止经济力过于集中可能产生之滥用情况,适度的控制绝对有其必要性。于企业之经营上,雇主为资本之供给者,而劳工则扮演劳力供给者之角色,故二者皆为生产之主体,当应借由双方之互信、合作与分工,始能创造企业经营之最大利益。因此,劳动者于参与企业经营、监督之角色扮演上,亦有其必要性及正当性。[2] 而关于劳工监事制度之宗旨目前主要有两种观点:民主管理论和民主监督论,前者强调实现企业管理民主化,后者则依据大陆法系"三权分立理论",强调牵制经营者的权力。[3]

而劳工参与经营的方式之一便是劳工监事。通常指依公司法律、法规或公司章程等的规定,公司可由职工代表大会或全体

〔1〕 [日]星野英一:"私法中的人",载梁慧星主编:《民商法论丛》(第8卷),法律出版社1997年版,第185~186页。

〔2〕 杨通轩:"劳工参与企业经营在德国所引起之劳工法问题",载《法学丛刊》1997年第2期。

〔3〕 李立新:《劳动者参与公司治理的法律探讨》,中国法制出版社2009年版,第425页。

职工推派代表担任公司董、监事,而进入公司之最高决策机关。但一般而言,劳工代表所占公司董、监事会席次的比例不高,故在行使股东表决权时,常会使劳工或股东代表处于不利的地位。为此,各国通过立法进行规范,以德国法最为典型。

在德国,在劳工参与、企业共同决定的公司立法框架下,若着眼于持有股份的劳工的参与"经营",则劳工所参与的公司机关多为"监事会"且其在企业共同决定实践的层次上为"劳工监事"或"股东监事"。其立法之构想要追溯到1848年法兰克福之制宪国民大会上所提出之"工厂法"草案,1920年施行的"员工代表会法"为德国首次将劳工之企业参与权明订于法律之单行法,而德国劳工监事制度最早落实于1951年的《煤钢铁共同决定法》,依据该法之明文规定,凡雇用员工逾一千人之煤钢铁业,监事会中应有二分之一的劳工代表,意即劳资双方于监事会之席次分配上,采代表数对等原则。而《1952年企业组织法》进一步将共同决定制的适用对象延伸至煤钢铁业以外的产业而成为一般私人企业之规范。该法规定,雇员超过五百人之企业,监事会中应有三分之一的劳工代表,但却未规范劳工监事。1976年的《共同决定法》则将规范重点集中在保障劳工在监事会中的席次比例。该法规定员工超过二千人以上企业的监事会中,应有二分之一席次的劳工代表,使得劳资双方在监事会中具有完全对等之共同决定权。而后《2004年三分之一参与法》取代了以往适用《1952年企业组织法》有关共同决定之相关规定,该法明确规定,适用企业之监事会中应有三分之一的席次为劳工监事,而原则上,应由全体的企业劳工以一般多数决直接选出劳工监事,且选举举行时间不得异于法律或章程规定股东会选举监事会成员之时间。相较之下,于美国法制中,劳工必须依据公司法等相关法律、法规,透过购买公司股票以取得股东之地位,但是也不能保证其必然可以成为监事。[1]

在我国,2006 年新公司立法中,关于监事会中股东或劳工监事的规定主要见于公司法条文第 52 条、第 71 条和第 148 条,分别对有限责任公司、国有独资公司和股份有限责任公司中监事会里职工代表的比例和人数进行了规定。其中均规定职工代表占监事会中所有监事的比例不少于三分之一、具体人数由公司章程决定。

(二)股东监事与控制股东信义义务

德国股份法最早设立监事会乃系出于保护公司小股东而设立,1870 年的公司法则将监事会之职权扩大至保护公司所有股东,20 世纪 80 年代以后,新的公司治理理念将公司定义为劳动者与资本家间的一种伙伴关系,监事会遂被认为是资本所有者与劳动所有者对公司进行共同监控之场所,并且法律要求公司监控机构中之最高权力机关——监事会,应由劳动所有者与资本所有者之代表共同组成。

二、独立董事制度与控制股东信义义务

(一)独立董事之立法

所谓"独立董事"(Independent director),也被称为"外部董事"(Outside director)、"外部独立董事"、"公益董事"以与所谓"内部董事"(Inside director)相区别。简言之,独立董事为,不实际执行公司业务,而与公司及其控制者并无利害关系,但具有相当之职业道德、经验与能力来监督及评估公司管理阶层运作的董事。独立董事制度最初来自于普通法系的美国和英国。原因是美英等普通法系国家因在公司的治理结构中没有监事会,股东或者说上市公司的股东没有权利来监控董事,因此,选举独立董事

---

〔1〕 林忠熙:《公司治理面向下独立董事、劳工董事之定位——兼论信赖义务内涵与责任配套机制》,台湾东华大学 2009 年硕士论文,第 140~141 页。

来监控公司经营成为必要。如 Tom Hadden 指出:"在许多大型英国公司中,董事会在很大程度上行使监督职能。董事也分为两部分,即负责公司日常经营的执行董事和从外部聘任、主要为著名企业家或名人或政治家的非执行董事。"[1]而各国的独立董事制度虽以美国发展得最为成熟,然而在 2002 年国会颁定的《The Sarbanes-Oxley Act of 2002》(《萨班斯·奥克斯利法案》)以前,美国各州州法中,仅有密执安州 1989 年修正公司法(1989 Michigan Pub. Acts)立法明文规定独立董事制度,并对其资格与运作有较详尽之规定,[2]在此之前,对于独立董事的设置,并无明文法律规范。2002 年美国国内陆续发生一连串的像安然公司这样的大型公司舞弊案件,促使国会在 2002 年立法增订出台萨班斯·奥克斯利法案,强制规定上市公司应设置由独立董事组成之监察委员会,否则不得上市,[3]使得独立董事的法律规定加以确立。现在,法国、日本等大陆法系国家也建立了独立董事制度。据资料显示,在 1999 年,独立董事在董事会成员中所占比重有所增加:在美国、英国和法国分别为 62%、34% 和 29%。[4] 可以看出,独立董事制度在公司治理中正扮演十分重要的角色。1997 年 12 月 16 日中国证监会在其发布的《上市公司章程指引》中首次提出"独立董事"概念,2001 年 8 月 16 日在其发布的一个名为《关于在上市公司建立独立董事制度的指导意见》中详细规定了独立董事制度,其目的是解决上市公司"一股独大问题"。

(二)独立董事之独立性

独立董事履行董事会实际执行职务的职责体现在两个方面:

---

〔1〕　滨田道代、顾功耘:《公司治理:国际经验与制度设计》,北京大学出版社 2005 年版,第 69 页。

〔2〕　Michigan 's Business Corporation Act § 450.1107(3)(a),(b).

〔3〕　SOA § 205, § 301.

〔4〕　滨田道代、顾功耘:《公司治理:国际经验与制度设计》,北京大学出版社 2005 年版,第 68 页。

一为经营决策之参与,当内部董事执行其管理权责,就经理人关于经营业务提出意见时,独立董事可以就专业知识背景适时提供建议;另一方面,独立董事透过监事会的运作,监督经营阶层的经营、管理与决策,当公司经理或其他高级管理人员在业务经营方面出现危机或公司整体营业绩效低于一般标准时,独立董事可以经过合法的监督渠道,建议更换不适任的经营管理人员。

关于独立董事的独立性,在早期仅在于其与公司控制者及股东间并无一定之亲属与经济上利害关系,且不担任公司或其关系企业实际业务执行的工作。然而,因为2001—2002年间,美国出现安然(Enron)、世界通讯(WorldCom)、环球电讯(Global Crossing)、时代华纳(AOL Time Warner)等一系列的大型公开公司舞弊案件,迫使部分学者提倡必要对"独立董事"进行重新定义,而美国国会在这次修改沙氏法案时还对其"独立性"作了专门规定。但董事独立性的标准与宽严在各项法律或准则并无统一规定。如美国密执安州公司法§450.1107(3)在独立董事资格之要求上,主要包括能力(competence)与独立(independence)二者。在独立董事之积极资格方面,其规定在一般公司,独立董事需具有五年以上之商业、法律或财务工作之经验;而在公开发行公司方面,则必须曾在"依法向证管会注册之公开发行公司"中担任董事、高阶经理人员(Senior executive),或律师五年以上,或具有其他类似之经验。有关独立董事的消极资格方面,则规定独立董事在过去三年内不得为该公司或其关系企业之高级职员或雇员;或以营利为目的而与该公司或其关系企业从事包括金融、法律或顾问之商业行为,且所涉及之金额在(美金)10,000元以上者;或为前二者主体之关系人、经理人员、一般合伙人或近亲。而由于安然(Enron)破产案之重要影响,《萨班斯·奥克斯利法案》特别对监事会的组成、独立性标准与职权做了特别的立法规定。此外,在纽约证券交易所的制定规则中,对于独立性之定义为:董事会必须决定董事与公司没有"重大关系",无论是直接,还是为该公司相关组织之合伙人、股东、职员等关系。[1]

（三）独立董事与控制股东信义义务的关系

在西方国家,股东与经营者在公司治理结构中的地位与作用,经历了一个从管理层中心主义到股东中心主义再到董事会中心主义的变化过程。在这个变化过程中,现代公司作为他人资本集中权力日益膨胀的机关,其成员通过自己少量的资本的权力或作为他人资本集中权利的代表或"拥有没有财产权的权力"来统治公司,这个机关便是董事会及其聘任的经理层。[2] 其中,董事担任着执行、工具和监控职能。[3] 引入独立董事可以保证董事会对公司的基本控制关系,不因管理层的介入而受到影响（Williamdon,1985）[4]

美国公司法权威埃森伯格（Melvin A. Eisenberg）认为,美国董事会的功能由过去的管理执行机构（managding board）转变成为监督机构（monitording）,其标志是都在董事会中委员会以分工方式的确立,使得经营管理与监督部门分别独立,从而保证监督机构的独立性。[5] 原因在于,在国外,以股权分散以及股东与高级管理人员分离为前提,独立董事在一定意义上是所有股东的代

---

〔1〕 See NYSE Corporate Accountability and Listing Standards Committee, Corporate Governance Rule Proposals（Amendment No. 1 to the NYSE'S）, Section 303A, http://www. nyse. com/pdfs/amend1 – 04 – 09 – 03. pdf.

〔2〕 李建伟:《独立董事制度研究——从法学与管理学的双重角度》,中国人民大学出版社 2004 年版,第 27 页。

〔3〕 滨田道代、顾功耘:《公司治理:国际经验与制度设计》,北京大学出版社 2005 年版,第 76 页。

〔4〕 陈宏辉、贾生华:"信息获取、效率代替与董事会职能的改进——一个关于独立董事作用的假说性诠释及其作用",载《中国工业经济》2002 年第 2 期。

〔5〕 李建伟:《独立董事制度研究——从法学与管理学的双重角度》,中国人民大学出版社 2004 年版,第 111 页。

言人,是解决股东监督控制力量不足的手段。史美伦在强调建立独立董事制度时指出,建立董事制度可以制约大股东利用其控制股东地位作出不利于公司外部股东的行为,可以独立监督公司管理层,减轻内部人控制带来的问题。[1] 在西方发达国家,特别是英美国家独立董事的职能既包含战略管理与监督,也含有战略服务,[2]而中国设立独立董事制度其主要目的不仅是监督公司高层管理者,更指公司控制股东。因为,在中国,许多侵害中小股东合法权益的违法违规违章行为中,控制股东与其控制管理层者往往里外勾结,他们更像是一对"主仆"——控制股东是"主",受其控制的高层管理者是"仆"。这一关系的比喻未必贴切但它告诉我们,相比之下,我国独立董事制度的监督对象首先是控制股东,其次才是高层管理者(内部股东和经理)。[3] 特别是,在中国上市公司中股权高度集中,而公司权力配置又是坚持资本多数原则,董事会成员中的大多数董事多由大股东推荐提名并代表他们的意志。自然地,所委派的董事在经营决策时往往只考虑维护大股东的利益,因此,在某种意义上,设置独立董事制度就是为了保护中小股东的利益。

三、监事制度与控制股东信义义务

(一)监事会的价值

1. 监事会是一种权力制衡监督机制

在现代公司,由于所有权与经营权分离,股东作为名义所有者只拥有股票,并透过股票享有股东权,他们并不直接管理或控

---

〔1〕 史美伦:"设独立董事制度能改善上市公司治理结构",载 http://fiance. sina. com. cn。

〔2〕 李建伟:《独立董事制度研究——从法学与管理学的双重角度》,中国人民大学出版社 2004 年版,第 111 页。

〔3〕 刘和平:"上市公司独立董事与监事会关系论——兼论独立董事功能的定位",载王保树主编:《商事法论集》(第 6 卷),法律出版社 2002 年版,第 42~43 页。

制公司。其中,股东关心的是股东权被分割后的股票受益所有权(beneficial ownership)和表决权等具体的权利。而股东的受益所有权和表决权由于股票所有权越来越分散而被再次分割为更小的单位,在一个公开的证券市场上通过一套完善的证券交易制度自由地转让。这样,单个股东对公司经营的控制权是很弱的。相反,源于股票所有权的控制权却具有向心作用,它通过委托投票权的行使逐渐集中于控制股东和公司管理层手中。这样,即使作为董事会成员的股东,也往往不具备参与公司高层管理的信息、时间、知识、经验、义务或影响力。"他们诚然具有否决权,他们可以否决,可以用其他职业经理取代高层经理,但很少能提出正面的可供选择的方案。到最后,在董事会兼职的所有者和公司的关系也等同于一般的股东了,公司只是其收入来源,而不是可管理的企业。由于客观形势的需要,他们乃把日常的经营管理和未来的计划工作交由职业管理人员负责。"[1]于是,在公司中经营权、决策权和控制权集中在公司的管理层(包括经理、控制股东)手中。而当经营者与所有者的利益发生冲突时,经营者往往会以牺牲所有者及公司的利益为代价而保护自己的利益。[2] 历史和现实都反复证明:权力要进行分工和监控,不受监督的权力必然易被滥用和产生腐败。正如分权制衡理论的奠基人孟德斯鸠所言:"一切有权力的人都容易滥用权力,这是万古不易的一条经验。有权力的人使用权力一直到遇到边界的地方为止。从事物的性质来说,要防止滥用权力,就必须以权力制约权力。"[3]同样,现代公司是现代国家的缩影,美国学者阿道夫·伯利在《公司制度

---

〔1〕 小艾尔弗雷德·D. 钱德勒:《看得见的手——美国企业的管理革命》,商务印书馆1987年版,第10页。

〔2〕 张平:"公司所有者与经营权分离的统一——重塑公司法人治理基础",载《法学》2001年第9期。

〔3〕 孟德斯鸠:《论法的精神》(上),商务印书馆1997年版,第154页。

的现代职能》一文中精辟地阐述道:"大公司是不静止的政治制度的一个别种,就公司内部制衡机制的建立与完善而言,就必须遵循以权力制约权力之理念,使决策权、执行权、监督权得以科学地划分并平衡,协调不同的利益主体的利益。"[1]因此,为制约权力,公司监事会产生。

2. 监事会有效降低大股东的代理成本

"委托—代理关系"是存在于一切组织、一切合作性活动中,存在于企业的每一个管理层级上。[2] 在现代公司中,所有权与经营权的分离必然导致公司决策控制权在各层次之间分配,这就避免不了出现上级与下级的关系,需要为此建立这种"委托—代理关系"。而所有权与经营权的分离所带来的直接问题便是作为失去控制权的所有者如何促使拥有控制权的管理者为其实现最大利益而行事,这便是代理理论要解释的问题。实际上,代理问题产生于委托与代理双方在利益、信息、责任等方面的不对称。如利益不对称导致代理人与委托人具有不同的行为目标,责任不对称造成所有者不参与具体决策,却承担决策的后果,经营者损害公司利益却又不承担财产责任;信息不对称则容易引发道德风险。总之,不对称的存在,加上契约的不完全,使得代理人既有动机,又有条件损害委托人的利益,从而增加风险和代理成本。根据詹森和麦克林的研究,代理成本包括下列三项内容:(1)委托人所支出的监控成本(monitoring expenditures),如委托人设计防范代理人超常规行为的花费;(2)代理人所支出欲令委托人相信其将忠实履约的成本(bonding expenditures),这一成本包括金钱与

---

〔1〕 甘培忠:"论完善我国上市公司治理结构中的监事制度",载《中国法学》2001 年第 5 期。

〔2〕 Michael C. Jensen and Willian H. Mecking: Theory of the Firm: Managerial Behavior, Agency costs and Ownership Structure, *Journal of Financial Economics*, Vol. 3, No. 4,1976, pp. 308 – 309.

非金钱的成本在内;(3)因代理人所作的决策并非最佳决策,而使委托人财产所受的损失(the residual loss)。[1] 为了使受自我利益驱动的代理人能以委托人的效用目标作为行为准则,使代理成本最小化,必须建立一套既能有效地约束代理人行为,又能激励代理人按委托人的目标和委托人的利益而努力工作,法学家和经济学家们提出了种种设想和方案,建立监事会来规范和约束代理人的行为,就是其中一种重要的方式。

3. 监事会能有效控制大股东的道德风险

日本学者青木昌彦指出,在转轨国家中,在私有化的场合,多数或相当大量的股权为内部人持有,在企业仍为国有的场合,在企业的重大决策中,内部人的利益得到有力的强调。当然,内部人控制并非转轨国家特有的经济现象,在各类国家中都不同程度地存在着。内部人控制大致相当于西方国家的"经理革命",但它造成的风险和损失更大,因为缺乏真正所有者的监督和有效的监督机制。[2] 据统计,在我国上市公司中"内部人控制"往往就是"大股东"控制。如通过对1995年底154个上市公司董事会成员构成比例的统计,1995年在国家控制公司和法人控制公司中,国家代表在董事会中的席位高达50%以上,大大超过他们拥有的30%的股份;来自国有法人股东的代表也达近40%;经理人员参加董事会的比率也很高,约占上市公司的50%;而个人股东在董事会中的席位为0.2%。[3] 由此可见,我国公司监督机制的主要

---

〔1〕 Michael C. Jensen and Willian H. Mecking: Theory of the Firm: Managerial Behavior, Agency costs and Ownership Structure, *Journal of Financial Economics*, Vol. 3, No. 4, 1976,第345~360页。

〔2〕 青木昌彦、钱顺一主编:《转轨经济中的公司治理结构》,中国经济出版社1995年版,第56页。

〔3〕 许小年、王燕:"中国上市公司的所有制结构与公司治理",载梁能主编:《公司治理结构:中国的实践与美国的经验》,中国人民大学出版社2000年版,第112~113页。

目的之一就是防范大股东滥用控制权所带来的道德风险,如"三九事件"、"银广厦事件"、"猴王事件"、"五粮液事件"、"四砂事件"等,便是有力的例证。

(二)监事会与控制股东信义义务的关系

在现代公司里,随着公司所有权与控制权的分离程度增强,被称为公司的法律实体作为财产的所有者出现时,股东已没有任何权利同形成公司资产的东西发生实际联系,[1]而只能通过股东权和股票的自由让渡,参与公司的治理与控制。但是"股东"天天在变,时时在变,"股东们"也成为一个运动的、变化着的团体,而公司的管理者或者说公司的组织结构则处于相对稳定的状态。由于股东对公司的控制权是通过股东表决权来实现,而股东表决权奉行"一股一权"原则,单个股东对公司经营的控制权大大削弱,而控制股东对公司的控制权却大大加强了。为了对公司控制者形成制约,从实质上说,破除公司控制权拥有者对公司法人财产无约束的行为,从而达到公司各相关主体间的力量平衡,直至最终的利益平衡,法律规定控制股东对公司和中小股东负有信义义务,而公司监事会制度是公司内部对公司权力的内部监督机制,也是保障控制股东信义义务制度最好的事前防范措施。

四、独立董事制度与监事会制度的关系

目前各国的公司治理大体上都是借助近代宪政的分权制衡思想,将公司权力分解为决策、执行和监督三部分,并交由不同的机关行使而实现的,其中,监督问题贯穿于公司治理的始终。但就监督而言,有外部监督和内部监督之分,外部监督主要是通过政府、中介组织或银行的力量,而内部监督分别由大陆法系公司法上的监事会制度和英美法系公司法上的独立董事制度构成。

---

〔1〕 阿道夫·伯利:《没有财产权的权力》,商务印书馆 1962 年版,第 63 ~ 64 页。

目前在独立董事与监事会的关系上,有三种:或是完善现有监事会和董事会制度,或是赋予监事会更多的行事权,将所有的独立董事职责移植到监事会,或是建立独立董事制度。

美国作为独立董事制度之发源地,虽然在现行法律规范中,除密执安州公司法之外,不论联邦证券法规或各州公司法,均未就独立董事制度的相关内容设有明文规定。然而,由于主管上市公司的联邦证券管理委员会与纽约证券交易所,在管理态度与实际措施上,均正面肯定独立董事制度的功能,所以独立董事制度在美国公司实务上早已行之有年。然而,关于独立董事的功能仍然有很大的争议。肯定者认为,独立董事制度能够有效降低代理人成本;否定者认为独立董事因其投入的时间、精力和信息不对称等原因,很少能够有效地指导公司运作,其也很少挑战 CEO,也不主动挑起争端,故独立董事充其量不过是圣诞树上的装饰品。我们认为,监事会制度与独立董事制度有异曲同工之妙。就控制股东信义义务来说,独立董事制度与监事会具有不同的功能定位。其中,独立董事的功能应定位于监督公司的管理层和控制股东,防止他们利用优势地位做出不利于公司和其他股东的决定,维护全体股东尤其是中小股东的利益,提高董事会决策的公正性;而监事会的功能应定位在于负责召开临时股东大会,对于发现有侵犯股东特别是中小股东的行为,及时向股东大会报告,以维护全体股东的利益。[1] 关键是如何协调好二者之间的关系。

但是,就我国而言,目前独立董事制度存在严重不足,主要表现为独立性差,许多独立董事产生于董事会,他们与董事会关系密切,而与中小企业没有信任的基础。此外,独立董事的监督功能得不到很好体现,许多人将担任独立董事看做是种个人荣誉,

---

〔1〕 陈梅、付金龙、刘淑花:"独立董事与监事会的协调机制",载《企业改革与管理》2005 年第 1 期。

并无监督意图。而同样的是,我国监事会制度除了监事会人员素质低下,与董事、经理和控制股东联系紧密外,还存在三点缺陷,一是监事会缺乏物质基础和请求纠正权,如目前我国公司法中股东大会没有赋予其聘请独立会计师、审计师和律师等权利,其行使职权也未得到董事和经理的协助。二是监事会缺乏补充召集权和诉讼代表权。[1] 依据我国《公司法》第 104 条的规定,监事会有权召开临时股东大会,然而这种规定较为抽象,缺乏可操作性。首先,如果董事会拒绝召开股东大会时,监事会并没有代表公司召开股东大会的职权。监事会补充召集权的缺失,导致监事会与董事会之间的权力分配失去平衡。其次,法律没有赋予监事会在特别的情况下代表公司提起诉讼的职权。虽然法律明确规定监事会有权在董事、经理的行为损害公司利益时予以纠正,但当董事、经理拒绝纠正时,监事会由于缺乏代表公司提起诉讼的职权而显得无能为力。再次,我国《公司法》并没有赋予监事会代表公司的职权,也没有赋予其代表公司对于公司董事会以及经理层的违法行为提起诉讼的职权。此外,监事会没有人事弹劾权,并不能对董事会、经理以及财务负责人进行有效的人事制约,致使本已弱化的监事会的监督更加软弱无力。三是监事激励机制和监事相应约束机制缺乏。如我国《公司法》既没有对监事如何对股东负责做出明确的规定,也缺乏对监事因公司经营不善而对出资者和债权人造成损害时应承担什么责任的规定。监事激励机制与约束机制的缺乏,严重损害了监事会行使职权的主动性、积极性以及责任感。

我们认为,在我国,监督的核心是监事会制度,而独立董事制度只是公司内部监督体系的一个组成部分。但是,从目前的公司

---

〔1〕 张宝羊、孙娜娜:“我国监事会制度虚化的根源与改进措施”,载《经济论坛》2005 年第 8 期。

法的立法来看,监事会制度还存在明显不足:(1)监事会的权能保障不够明确,无法扮演真正的监督角色。表现在《公司法》没有明确赋予监事以个人名义开展监督工作的权利,监事会财务监督、合法性监督的执行机制不明确等。(2)监事的独立性、工作能力和法律责任的规定有缺陷。不少上市公司的监事、监事长(或监事会主席)由纪委书记、工会主席和董事、经理和财务负责人及近亲属担任,监事忠实义务的具体内涵没有细化,等等。(3)引入独立董事制度后,独立董事和监事会的职能重叠。[1] 从国外的经验教训看,我国公司治理结构失衡主要源于监事会的低效率或无效率,而这很大程度上是因为监事会的权利不足、保障不够,监事产生机制不健全。因而,应该借鉴德国、法国、日本的经验教训,提升监事会的地位,使其成为董事会的上位机关;令其拥有更大的权利,以便控制董事会;同时注意严格监事的选任条件,让监事有能力承担其法定职责。具体而言,法律应当赋予监事以如下权利:第一,董事任免权;第二,董事报酬的决定权;第三,批准董事会提出的有关公司重大事务的议案;第四,审查公司财务;第五,临时股东会的召集权;第六,监事有权以个人名义行使有关财务监督的权利。[2]

第三节　责任追究机制

现代社会之交易类型复杂多变,唯因专业分工(specialization of labor)、资源聚集(assests pooling)等原因,大多数人期望透过信

---

〔1〕　龙卫球、李清池:"公司内部治理机制的改进——'董事会—监事会'二元结构模式的调整",载《比较法研究》2005年第6期。

〔2〕　陈梅、付金龙、刘淑花:"独立董事与监事会的协调机制",载《企业改革与管理》2005年第1期。

赖关系并利用受托人的专业,为委托人提供服务,以降低现代化生活交易成本,为此,他们愿意将权力授予受托人(delegation of power),由其代为行事(substitution),而对受托人产生一定之信赖和信任,学者统称委托人和受托人间这种关系为"信赖关系"(fiduciary relation)。而另据衡平法原理,对于未经拟制而具有信赖关系的人,如其出于欺诈意图(in the fraud)而行为时,基于衡平原则也会要求其负担受托义务,但此时虽称其为拟制受托人(constructive trustee),而双方实际上并无信赖关系,[1]而美国和英国法院的判决也认为控制股东或实质董事和少数股东之间具有信赖关系。经由前述分析可知,如我国公司法引进控制股东信义义务(controlling shareholders' fiduciary duty),将可降低控制股东和少数股东间之代理成本(agency costs),解决彼此之间利益冲突(conflicts of interest),进而增加投资人的意愿,活跃我国经济市场,并追求公司最大利益。然而,仍有人认为控制股东信义义务本身的规范设计有以下缺陷:导致诉讼案源增加(increased litigation)、引发股东积极主义的寒蝉效应(chilling effects)、现已有多数决制度可供保护(majority voting)。但是,这些质疑本身也有漏洞,按诉讼制度对少数股东来说本身即为一种防卫措施,可吓阻控制股东为侵害他人利益的自我交易(self-dealing);寒蝉效应本身并无缺点,其可压制控制股东侵害他人利益的自我交易欲望,仅针对利益冲突控制股东的自我交易,非利益冲突股东之行为并未受限制;最后多数决制度本身即会面临其他股东理性冷漠(rational apathy)和"搭便车"(free riding)心态的阻碍,欺诈行为通常会被隐匿而无法使其他股东知晓,控制股东也会运用不需股东多数决同意的行为而谋求自身利益,故多数决制度无法监督控

---

[1] See Dubai Aluminium Co Ltd. v. Salaam [2003] 2 AC 366; Selangor United Rubber Estates Ltd. v. Cradock (No. 3) [1968] 1 WLR 1555.

制股东,且控制股东的良好制度也须有相应的配套措施辅助,方
在施行时才能达预期效果[1] 本书认为,任何制度的设计并非
无懈可击,仅就控制股东信义义务制度而言还须借助于有事后完
善的救济制度来搭配,方能彰显控制股东受托义务对少数股东权
益的保护。具体来说,对信义义务之违反有三种责任追究方式:
股东代表诉讼、揭开公司面纱和次级债权制度。

一、股东代表诉讼与控制股东信义义务

控制股东信义义务的优点为可降低对控制股东监督之代理
成本,但是其不足在于若事后无法以诉讼行使委托人之权利,信
义义务将无法发挥解决利益冲突之功效,故不能忽略事后少数股
东提起诉讼之问题。由于本书认为控制股东负受托义务之对象
包括公司和少数股东,故股东代表诉讼之直接诉讼和代位诉讼即
为必要的配套措施。

(一)股东代表诉讼概述

股东代表诉讼肇始于英国,是当公司利益受到他人,尤其是
受到控制股东、董事和其他高级管理人员等的侵害,而公司怠于
追究侵害人责任时,符合法定条件的股东以自己之名义为公司的
利益追究侵害人法律责任的诉讼制度。英美法系称之为股东派
生诉讼或衍生诉讼,而大陆法系国家和地区,如日本和我国台湾
地区,均采"股东代表诉讼"的提法。股东代表诉讼的优点有[2]:
第一,可以使股东对于因内部人之不法行为所造成之损害获得救
济(remedy for insider wrongdoing);第二,可以防止类似不法行为
再犯(deterrent effect);第三,代表诉讼之律师通常仅于股东胜诉
时才能获得报酬(legal fees),此将使得股东权更获得保障。另
外,也有外国学者多认为,与直接诉讼相比较,代位诉讼有许多限

[1]　See Iman Anabtawi & Lynn Stout, supra note 101, at 1303 – 1306.
[2]　See id, at 342 – 343.

制,包括少数股东须克服起诉门坎的问题,且必须耗费公司许多时间、费用,更将使经营者不敢为公司最大利益从事高报酬但高风险之经营行为,又因自己无法于诉讼后直接获利,故缺乏诱因起诉。[1] 股东代表诉讼的目的是制约公司内部人,保护少数股东权利。它是对付公司中那些滥权、浪费和盗窃行为的最后一道防线。[2] 但长期以来,英国法否认股东派生诉讼规则,如在 1843 年的 Foss v. Harbottle 案中[3],法院确立了著名的"Foss v. Harbottle"规则,该规则包括两方面:一是适格原告规则(Proper Plaintiff Principle),即对公司的不法行为(Wrong)提起的诉讼,只有公司才是合适的原告;二是多数规则,也称公司内部管理规则(Internal Management Principle),根据这一规则,如何对待公司董事及管理人员的行为应以股东大会中多数股东的意志为准。除非经多数股东表决同意,否则少数股东不得仅因公司经营状况不佳或管理人员的行为违反公司内部细则而对其提起诉讼。直到1975 年英国司法界才在 Wallersteine v. Moir 一案中正式将代表诉讼一词接纳为法律术语。作为普通法国家的一项天才发明,[4] 股东代表诉讼在美国也得到了全面发展。1817 年的Attorney General v. Utica Ins. Co. 一案,首开中小股东有权控诉公司管理层的先河,法院开始接受股东对公司的诉讼。1831 年Tayler v. Maiami Exporting Co. 一案中,公司董事滥用职权以低价购买公司产品,股东就此对董事提起诉讼,要求董事把财产归还公司。鉴于股东与董事的关系是信义关系,法院以董事违反忠实

---

〔1〕 See supra note 31, at 106; supra note 42, at 199 – 201; supra note 58, at 343 – 345.

〔2〕 Michael A. Collora, DavidM. Osborne, Aderivative Claim byAny Other Name: Direct Claims to Remedy Wrong doing in Close Corporations, *Securities News*, 2000(2).

〔3〕 Foss v. Harbottle, (1843)2 Hare 461.

〔4〕 Robert C. Clark, *CorporateLaw*, Little, Brown&Company, 1986, p.639.

义务理论为由,命令董事将财产归还公司。1832 年在 Robinson v. Smith 案中,法院判决正式确认了判例法中的股东派生诉讼。[1] 随后,经一系列判例,股东代表诉讼制度不断成熟,适用范围也扩充至股东个人可以向公司以外的第三人提出诉讼。1881 年制定的公平规则(Equity Rule 94)最终以成文法形式规定:少数股东在为公司提起派生诉讼时必须首先向公司所有的股东提出正式请求,要求他们对致害人提起诉讼;如果该请求无效,则应该对董事会提出正式请求,要求他们代表公司对致害人提起诉讼。如果董事会亦不向法院诉请追究致害责任的,则少数股东可以为公司提起诉讼,要求致害人对公司承担法律责任。由股东所享有的诉讼权利并不是源于他自己,而是源于公司,股东并不是直接为自己的利益而是为公司利益提起诉讼,故称之为派生诉讼。[2] 其中,美国《模范公司法》1991 年修订文本于第七章第四分章对股东派生诉讼设了名为"派生的程序"的专门规则。现在,股东代表诉讼制度对其他英美法系国家也影响深远,加拿大、澳大利亚、新西兰等国家法律都引入了此项制度。而其价值被大陆法系国家所发现。因而,该制度被许多大陆法系国家公司法所借鉴。法国于 1893 年开始准许股东行使代表诉讼权,德国、西班牙、菲律宾等国也相继规定此制度;亚洲的日本是首个直接参照美国引进该制度的国家,在 1948 年新制定的证券交易法中引入,1950 年修改《商法典》时将股东代表诉讼导入日本商法中,[3] 1993 年为强化股东权的保护,对之进行了进一步的完善,2001 年 6 月至 2002 年 5 月又对《商法典》中的公司编进行了大幅度的修

---

〔1〕　张国平:"刍议股东诉讼制度的得与失",载《南京社会科学》2002 年第 11 期。

〔2〕　张民安:"派生诉讼研究",载《法制与社会发展》1998 年第 6 期。

〔3〕　周建龙:"日本的股东代表诉讼制度",载《商事法论集》(第 2 卷),法律出版社 1997 年版,第 263 页。

改,其中一方面即为股东代表诉讼的合理化(具体内容后文会论及);韩国商法典也是以美国为蓝本,制订了股东的代表诉讼制度。[1] 我国台湾地区亦仿照美日立法例在"公司法"第214条和第215条规定了股东代表诉讼制度。我国大陆新公司法第152条也引入了股东代表诉讼。

对中小股东权益的保护是现代公司法的发展趋势,而股东代表诉讼提起权日益成为中小股东的一项重要权利。因此,许多国家纷纷构建适应本国实践需要的股东代表诉讼制度,并随着现实的发展而不断修正,使之日臻完善成熟,以最大程度地发挥其制度价值。

(二)股东代表诉讼的立法价值与控制股东信义义务保护

股东代表诉讼制度是一项颇具特色的制度,被学者称之为正式的组织设计出一种妙趣横生和富有独创性的责任机制。[2] 它有两个很重要的功能,即公司损害的回复机能及抑制董事、经理和控制股东滥用权力、确保公司健康经营的机能。但核心价值在于平衡公司内部的利益冲突:大股东与中小股东之间的利益冲突,股东与经营管理者之间的利益冲突。

1. 控制股东与中小股东的利益平衡

现代公司法上股东投票权主要坚持资本多数决原则,也就是说股东大会依持有多数股份的股东的意志作出决议,法律将持有多数股份的股东的意思视为公司的意思。该原则"对强化大股东的地位和责任,维护大股东的利益,减少大股东的风险,提高公司的运行和决策效率具有重要的作用"。[3] 但其明显的缺陷在于

---

〔1〕 李哲松:《韩国公司法》,吴日焕译,中国政法大学出版社1999年版,第516页。

〔2〕 罗伯特·C.克拉克:《公司法则》,胡平等译,工商出版社1999年版,第531页。

〔3〕 蔡元庆、龚建凤:"资本多数决原则与中小股东利益的协调",载《当代法学》2003年第11期。

严重损害了股东平等,导致大股东权利的滥用,造成股东地位实质上的不平等。"它使股东大会的民主不是一般意义的民主,而是资本的民主,股份的民主。"[1]同时,资本多数决原则削弱了中小股东对公司事务的管理权力,进而引发了股东(大)会的形式化,使大股东的意志总是处于支配地位,小股东的意志总是被大股东的意志吸纳或征服,[2]导致利益结构严重失衡。从法律效益的角度来看,当中小股东面对大股东的侵害而得不到应有的法律保护时,必然影响到他们的投资热情和信心,这对公司经济职能的实现以及对整个社会而言最终亦是不利的。从博弈论的角度看,公司命运的决策天平上增加了中小股东这颗砝码后,中小股东积极关注和参与公司的重大决策,公司治理由于利益多元化的股东之间的博弈而更有效率,决策更为科学,有利于公司治理的优化。[3] 因此,如何强化对中小股东权益的保护已成为现代公司法的发展潮流。然而,现实中,大股东制度的制约作用有限,甚至形同虚设。因此,当公司以规则来实现对公司利益和自身利益的保护时,它们要绕过资本多数决原则而追究相关人员的责任。[4]

从制度层面上看,累积投票、表决权限制、委托投票等制度提供的是一种事前保护,对已经发生的损害无能为力;董事、经理、大股东的义务与责任,及保证这些义务履行的直接诉讼制度,虽能对侵害少数股东权益的行为提供事后救济,但这种事后救济的作用却是有限的。在公司大股东、董事等内部人侵害公司利益,

〔1〕　王保树、崔勤之:《中国公司法原理》,社会科学文献出版社1998年版,第192页。

〔2〕　李健:《公司治理论》,经济科学出版社1999年版,第60页。

〔3〕　于群:"试论上市公司控制股东和少数股东的利益平衡",载《当代法学》2003年第6期。

〔4〕　黄辉:"股东派生诉讼制度研究",载《商事法论集》(第7卷),法律出版社2002年版,第362页。

而公司因受内部人控制怠于追究时,少数股东所受间接损害将得不到救济。[1] 而对股东救济最为可取的方式就是以法律的形式确定股东派生诉讼。

2. 股东与经营管理者之间的利益平衡

"传统公司法上之代表诉讼等制度,同样是公司监控之利器。"[2]现代公司法正由"股东大会中心主义"转为"董事会中心主义",经营者的权利迅速膨胀,出现了经营者支配一切的局面,所有者处于权利失控或半失控状态,这种现象最极端的表现就是内部人控制。源于公司内部人(主要是经营者)和外部人(股东)之间信息不对称的内部人控制实际上又往往表现为最高经营者或控制股东控制。而"在以经营者为本位的公司治理结构中,由股东对经营者施以内在的或外在的控制也就十分必要"。[3] 股东代表诉讼制度正是适应这一需要而产生。

二、揭穿公司面纱与控制股东信义义务的法律规制

(一)揭穿公司面纱之概述

公司法人人格独立和股东有限责任原则是公司法人制度的两大基石。制度设计的本来目的是想通过它来限制股东的债务责任,降低投资风险,但是一些不法投资者却利用法律的制度缺陷,使它成为滥用公司法人人格、非法转移投资风险、逃避债务责任和社会责任的工具。为了阻止公司独立人格的滥用和保护公司债权人利益及社会公共利益,1897 年英国的著名的 Salomon v. Salomon 一案[4]的判例首创公司面纱原则,20 世纪初美国判例法也确立了"刺穿公司面纱"制度。后来,该理论为德、法、英、日

---

〔1〕 L. C. B. Gower,*Gower's Principles of Moder Company Law*,Sweet & Maxwell,1997,p. 644.

〔2〕 刘连煜:《公司法原理》,中国政法大学出版社 2002 年版,第 103 页。

〔3〕 郭富青:"从股东绝对主权主义到相对主权主义公司治理的困境及出路",载《法律科学》2003 年第 4 期。

〔4〕 Salomon v. Salomon & Co. ,House of lords,A. C. 22,1897.

等国所效仿,如在德国称为"直索理论"(Durchgriffstheorie),日本称为"会社法人格否認の法理",在我国常指"公司法人人格否认"(disregard of corporation personality)。关于"刺穿公司面纱",美国布莱克法律辞典上将其定义为"一种司法程序,是指在具体法律关系中,否认公司与其背后的股东各自独立的人格及股东的有限责任,责令公司的股东(包括自然人股东和法人股东)对公司债权人或公共利益直接负责,以实现公平、正义目标之要求而设置的一种法律措施"[1] 这一制度主要是为了保护公司债权人的利益而设。

(二)揭穿公司面纱的立法基础

从经济学的层面分析,法人资格和有限责任制度作为外罩于公司的"面纱",在节约交易成本和提高经济效率及资源优化配置方面起到了非常重要的作用。如波斯纳在运用以古典经济学为基础的价格理论等学说对公司法进行经济分析时指出,虽然法人人格及有限责任在吸引个人进行自有资本投资方面起着很重要的作用,但揭开公司的面纱可能会在某种情况下促进效率。[2] 而委托—代理理论把企业看做是委托人和代理人之间围绕着风险分配所作的一种契约安排,由于利己的动机和信息的不对称,必然出现"道德风险"和"逆向选择"。委托人只有设计一套有激励意义的合约,以控制代理人的败德行为和逆向选择,从而增大代理效果和减少代理费用。但是,股东对公司的"委托人过度行为"如何通过制度来安排。现在,委托—代理理论成为法院在适用"刺穿公司面纱"原则作出判决时的理论依据之一。

在法律人的视野中,由于控制股东的实际的支配力和影响力的存在,控制股东与公司和少数股东之间存在着一种事实上的信

---

〔1〕　*Black's Law Dictionary*,8th,West Publishing Co.,2004,p.1033.

〔2〕　理查德·A.波斯纳:《法律的经济分析》(下),蒋兆康译,中国大百科全书出版社1997年版,第530页。

义关系或信托关系。实际上,无论是信义关系、信托关系还是代理关系,从本质上来看,股东(包括母子公司情形下的母公司以及单纯作为公司的股东等情形)对公司的投资都可以视为是经济学上的委托人与代理人(此处的代理人是抽象的本身具有独立法人资格的公司)之情形。按照公司人格理论,公司与股东(包括控制公司)系不同的法律主体,各自应独立对自己的行为负责,股东除履行自己的出资义务外,本不应再承担其他额外的法律义务。但是,若公司(包括子公司)的设立、存续和经营完全依从于股东的指令时,公司实际上丧失了具有完全民事行为能力和权利能力下独立的意思表示,公司实际上就不再是一个独立的法律主体,而沦落为股东的代理人了。就资本多数决原则分析,本来这一原则的立论基础和假定前提是多数派股东的意思即为公司的意思,但若控制股东基于强大的表决权使其对公司实施支配和影响,甚至使一个公司在设立、存续和经营过程中完全依从于其指令而作为或不作为,最终导致公司同样不具有独立的法律主体,而完全成了股东之代理人。这时候控制股东的实际权限完全超越股东为维护其自身利益所需要的权利限度,法律不能无视控制股东对公司经营事业的影响和控制股东利益与公司和其他股东利益的不尽协调甚或冲突之客观事实,单纯强调公司与股东人格的独立的有关学说和理论自然无法满足现实生活之需要。因此,作为公司的股东应当承担一种类似于补充担保或连带担保责任,如果该主张是一种补充责任时,对公司面纱仅仅是刺破,而并未刺穿。而若主张属连带责任,则实施了刺穿即"直索"方式,作为对法人制度和有限责任制度的一种矫正机制。现在,揭穿公司面纱主要适用于公司欺诈、不遵守公司的形式、资本不足、资产混合和控制、财产混同、人格混同、公司资本显著不足及利用公司法人格以规避法定的或约定的责任义务之场合,业已成为两大法系普遍采用的弥补公司法人制度缺陷的重要措施。

当然,公司法人格否认的法理与彻底否认公司法人格的存在,具有本质区别。若单论公司法人格否认之含义,往往会以为该理论旨在彻底剥夺公司法人资格。其实,公司法人格否认理论之目的仅就滥用公司组织形态之特定事件,对于遭滥用的公司,以该案件为限,否认该公司的法人人格,[1]而不是全盘否认公司独立法人制度本身。相反是在承认公司具有法人人格的前提下,对特定法律关系中的公司法人人格及股东有限责任加以否认。也就是说,公司法人人格否认制度在更大程度上是对公司独立法人人格的必要补充,并与公司独立法人人格制度相辅相成,从正反两方面构成了完整的公司人格制度,共同促进公司人格制度的有效运行。也就是说,公司法人格否认理论,主要针对个案认定,且只是对于公司法人制度所产生的弊端,或者股东有限责任滥用之修正,正如在加拿大的案件 Transamerica life Lnsurance Co. of Canada v. Canada life Asserance Co. 中 Shape 法官所说的:"已经引用的案例和权威观点表明,精确地界定何时揭开公司面纱是困难的,但是,缺少精确的检测标准并不意味着法院可以根据松散界定的'公正的和合理的'标准,并以其喜欢的方式任意行为。"[2]换言之,法院仅在有滥用公司法人格或有限责任的情形下,才就该案件适用"公司法人格否认",而不影响公司法人格的存续与否。[3]但是,公司法人格否认理论的确涉及公司法人独立人格与公司股东有限责任两大原则。倘若这两大原则未能妥善运用或被颠覆,则公司除了不可能永续经营外,更将使公司及与公司从事交易行为之其他利益相关者的利益受到损害。是故,

---

〔1〕 See Arthur R. Pinto, et al., supra note 1, at 41 – 42.

〔2〕 [马来西亚]罗修章、(香港)王鸣峰:《公司法:权力与责任》,法律出版社 2005 年版,第 14 ~ 15 页。

〔3〕 Harvard Law Review Association, Note, Piercing the Corporate Law Veil: the Alter Ego Doctrine under Federal Common Law, 95 *Harv. L. Rev.* 853, 853 (1982).

从法律的效果来看,公司法人格否认理论既突破了公司法人人格独立原则,也突破了股东有限责任原则的界限。然就公司法的体系与内部逻辑而言,究竟应将公司法人格否认理论视为公司法人人格独立原则的例外,[1]还是视为股东有限责任的例外[2],唯有厘清资产分割原则(assets partitioning)在公司法中所扮演的角色,方能解释清楚。

(三)揭开公司面纱之适用

1. 客观要素

在各国法院之裁判中,有一个决定性因素(crucial factors)贯穿着所有公司法人格否认的裁判之中,那就是控制与支配的因素。[3]那些依照公司法人格否认法理被直接追究责任的股东,不是多数股东(majority shareholder),就是单一股东(sole shareholder)。他们在积极参与(active corporate participation)公司事务导致公司行为损及他人权利或利益时,是具有可归责性的。而单纯的控制与支配,并不构成公司法人格否认,因为若单纯的控制与支配就可以否定公司法人格,那么所有的有限公司的股东,也许都要负无限责任了。例如,Posner 认为不实陈述(misrepresent)无法成为法人格否认的单一类型,它还必须依附于资本不足(undercapitalization),乃因不实陈述仅是法院认定的"支配方式"(dominant approach)而已。[4]

同样,消极股东(passive shareholder)因为并未积极参与公司的决策与经营,对于公司也不存在控制与支配之关系,则并不要

---

〔1〕 Denis J. Keenan, et al, Smith & Keenan's Comany Law :And Scottish Supplement, Longman,13 ed. (2005),p. 27.

〔2〕 See Robert Charles Clark,supra note 35, at 35 – 37.

〔3〕 See Stephen M. Bainbridge, supra note 13, at 37. ;Carsten Alting, supra note 235, at 199.

〔4〕 See Richard A. Poster, supra note 147, at 407.

求其负责。[1] 若追究未积极参与公司运作的消极股东的责任，令其直接对公司债权人负无限清偿之责，则并不符合衡平法理。因此控制与支配因素，正是为了排除公司中消极股东的责任。因此，在所有适用公司法人否认类型中"控制"与"支配"成为所要考虑的因素，其目的是筛选出无须负责的股东。[2] 因为，有限责任会激励股东，令经营者从事过度冒险行为，无论股东是直接还是间接控制公司经营者，都难免会诱发潜在性的道德危险（potential moral hazard）。当然，损害的发生也是一个至关重要的因素，倘若利益没有遭受损害，则当然无所谓填补损害需求，便无须责令控制与支配股东负起直接责任，也即是说就没有适用公司法人格否认理论之必要。当然，因果关系在判断是否适用公司法人格否认理论，也就变成不可或缺的关键因素。倘滥用公司形态或股东有限责任行为已经造成相关当事人的利益损害，则必须负责的股东，应该为具有控制与支配力的股东，其行为与损害结果之间必须存在因果关系。换言之，并非具有控制与支配力之股东的不正行为都必须适用该理论，而只有在行为与损害之间具有因果关系，方有调整利益失衡之必要。

2. 主观要素

依照各国公司法人格否认理论的发展，对于滥用公司形态或股东有限责任的"滥用"，均抛弃"主观滥用"而采"客观滥用"的标准。换言之，即以客观利益衡量为判准，凡出现滥用公司形态或股东有限责任之情形，造成利害关系人的损失或损害，就有适用公司法人格否认理论之可能，再参照控制、支配，以及因果关系等因素，便可判定是否成立公司法人格否认的类型，因为主观要素难以证明。但是，法官在判案中也不会完全放弃主观要素，因

---

[1] See Sterphen. Bainbridge, supra note 13, at 37.

[2] See William P. Hackney, et al, Shareholder Liability for Inadequate Capital, 43 U. *Pitt. L. Rev.* 837, 876 (1982).

此,讨论控制股东在主观恶意上是采故意(intent)或过失(negligence)的判断标准便十分必要。若因控制股东的过失行为而须承担偿还公司债务等义务,则实际上等于是无视股东有限责任原则。但是,营利为商之本质,公司法鼓励公司参与者从事企业经营冒险行为。倘若规定控制股东对其在公司经营中的过失行为(negligent misconduct)负起直接责任,则无法促进经济发展,因此,一般不对控制股东的过失管理不当(negligent mismanagement)行为,课以公司法人格否认法理的股东责任。[1]

(四)揭穿公司面纱与控制股东信义义务的法律规制

所有权与控制权的分离是现代公司的主要形式。其中,公司控制权以公司所有权为基础。公司所有权则需要股东通过公司控制权来实现。因此,公司的权力配置的关键是股东如何正确行使公司控制权,防止控制权过分膨胀而损害公司和其他股东的利益。控制权在本质上应当是一种客观存在的财产权利。控制股东对公司的实际控制,源于股东对公司控制权的拥有和行使。但是,"行使权利就须承担相应的义务及违反义务的责任"。也就是说,控制权的行使应该符合民法上权利不得滥用原则的法哲学理念,所谓"法律的基本作用之一乃是约束和限制权力,而不论这种权力是私人权力还是政府权力"便是这个道理。而权力滥用理论是近代民法为制止个人利益极度膨胀、危及其他民事主体的合法权益和市民社会的和谐秩序而发展出来的一条法律原则。根据权力滥用理论,控制股东可以基于正当目的行使其控制权力,但其运用其控制力对公司决策和经营施加影响时,应该是为公司和全体股东的利益而行事,不得为自己谋取不正当之利益,更不能损害公司和其他股东的利益。而我国证券市场中,控制股东及实际控制人操纵着上市公司,利用公司独立法人及有限责任规则损

[1] See Franklin A. Gevurtz, supra note 105, at 880－81.

害其他股东或相关利益者的股东滥用控制权的情形比比皆是,如过度控制、欺诈、资本显著不足、隧道行为、恶意掏空等行为。

具体来说,如何保障公司控制权的正当行使,防止控制股东滥用公司控制权?本人认为应该采用两种制度安排:动态的行为和静态的制度。前者主要是通过某种许可的行动达到对公司控制权行使的限制,如法律的或准法律,包括章程赋予;后者则通过法律限制、道德要求、责任设定、程序规则来对控制股东的支配力进行制约,如法人人格否认制度、信义务制度等。单就"刺穿公司面纱"来说,它是现代民法权利滥用理论在公司法领域的具体反映。实际上,这一制度既是民法上权利不得滥用原则的延续和制度保障,也是对控制股东行使公司控制权的制约。从效力上讲,它并非是替代被制约者改变原行为或做出新的行为,而只是通过判定原行为的效力,达到诱导、约束或阻止该行为发生效果的目的。也就是说,通过法律规定的评价标准来制约公司控制权行使的过度膨胀或滥用,保障控制股东信义务制度的实施,建立公司内部权力运行的良性机制和非权力之间的均衡。

三、次级债权制度与控制股东信义务保障

(一)次级债权制度的立法概述

次级债权(Subordinated Debt,Mezzanine Debt),又称次级债,次级贷款,泛指偿还次序优于公司股本权益,但低于公司一般债权(包括高级债权和担保债权)的特殊的债权形式。尽管世界各国法律形式的规定颇多差异,甚至有冲突之处,但一般理解是一致的:次级债权是针对债权的清偿顺序而言的,即若公司一旦进入破产清偿程序,次级债权只能在该公司偿还其所有的一般债权(高级债权)之后,还有剩余资金时才可获得清偿。由于次级债权的偿还次序在一般债权之后,因而其享有对公司资本的第二次追

索权。[1]而所谓次级债权制度,又称从属求偿原则或深石原则(Deep-Rock Doctrine),来源于1938年美国法院审理泰勒诉标准电气石油公司(Taylor v. Standard Electric Co.)案中涉诉的子公司——深石石油公司(deep rock oil corp.),[2]在该案中,法院只要认定从属公司的业务经营完全被控制公司所控制,就可以判决控制公司对从属公司的债权应次于从属公司的其他债权得到清偿,这就是"衡平居次理论"(Equitable subordination)。也就是说如果子公司既欠母公司的钱又欠自己的债权人钱的时候,当他的财产不足以抵债,必须先还自己的债权人,不能先还母公司的钱,只有在偿还了自己的债权人后,剩下还有钱再给母公司,若先给母公司就是违法;同样,控制公司给子公司的钱,那也不是随时可以拿回来的。如果拿回来的是投资的钱你是违法抽逃资本,如果是你借给他的钱你是次级的债权,你不是优先权,这是保护一个企业的债权人的利益非常重要的措施。该制度的目的主要是为了控制公司的利益,限制控制公司对被控公司的债权的行使,以免对被控公司的债权人过于不公平。[3]自此,深石公司的案子确立了一项法律原则:若子公司为母公司所操控而与母公司为不合营业常规的经营,则当子公司破产或声请重整时,母公司对子公司的债权,应后于子公司的其他债权人。然而,学者Landers教授提出不同之见解4);其主张母公司对子公司之债权,应"无条件"地居次于子公司之其他债权人,以确保子公司债权人在子公司破产时能够享有较为公平之待遇,此即为"自动居次理论"

---

〔1〕 黄栋、樊力嘉:"国际债券投资工具之二——次级债券",载《中国外汇管理》2003年第5期。

〔2〕 306 U.S. 307;59 S. Ct. 543;83 L. ed. 669 (1939).

〔3〕 魏强:"台湾关系企业中弱势群体的权益保护——兼谈台湾关系企业的公司立法",载http:/www.civillaw.com.cn。

〔4〕 刘连煜:《公司法理论与判例研究》,法律出版社2002年版,第103页。

（Automatic Subordination Theory）。但其主张,受到法律经济学大师 Posner 教授之强烈质疑,其提出三点反对之理由:(1)母公司本于自己集团内之密切关系,得以比外部人（outsider）为低的成本评估子公司倒债的风险（risk of default）而对子公司贷款;从而有时母公司是子公司"最有效率的贷款者"（the most efficient lender）。(2)母公司因为担心自己之债信可能因其与发生问题之子公司同属一集团而受到牵累,故有时母公司愿意以较其他外部人优惠的条件贷款给子公司,以避免子公司有破产（insolvent）之情事发生。(3)采用"自动居次理论"之结果,可能导致母公司不愿意积极拯救子公司,反而增加子公司倒闭的风险。如此一来,将使所有子公司的债权人同受其害。

不过,美国 1978 年通过之破产法修正案已明白承认"衡平居次"的理论,虽然该修正条文并未确切提供如何适用此一理论之原理原则,一切仍留待判例法加以补充。[1] 而在 Benjamin v. Diamond 案中,美国第五巡回法院还建立了判定衡平居次是否合法的三个标准:债权人必须卷入一定的不公正行为中;这种违法行为必须造成对破产公司其他债权人的侵害或从破产公司其他债权人那里获得不公平的利益;债权的衡平居次必须与破产法案第 47 条的规定相一致。[2] 我国台湾地区"公司法"于 1997 年修改时,在控制公司赔偿责任方面也引进了次级债权原则,在台湾地区"公司法"第 369 - 7 条中规定:"控制公司直接或间接使从属公司为不合营业常规或其他不利益之经营者,如控制公司对从属公司有债权,在控制公司对从属公司应负担之损害赔偿限度内,不得主张抵消。前项债权无论有无别除权或优先权,于从属公司

〔1〕　刘连煜:《公司法理论与判例研究》,法律出版社 2002 年版,第 102 ~ 103 页。

〔2〕　黄淑惠:"'深石原则'适用的法律问题及其借鉴意义",载《新金融》2006 年第 2 期。

依破产法之规定为破产或和解，或依本法之规定为重整或特别清算时，应次于从属公司之其他债权受清偿。"我国最高人民法院《关于审理公司纠纷案件若干问题的规定(一)》(征求意见稿)第52条对此也有规定："控制公司滥用从属公司公司人格的，控制公司对从属公司的债权不享有抵消权；从属公司破产清算时，控制股东不享有别除权或优先权，其债权分配顺序次于从属公司的其他债权人。"

(二)次级债权制度的适用

根据债权发生的方式来看，大陆法系各国民法多将契约(合同)、无因管理、不当得利和侵权行为规定为能引起债权发生的主要法律事实。如果控制公司对从属公司的债权是因为侵权行为或无因管理、不当得利而产生，这无非说明从属公司对控制公司具有侵权行为或不当得利的行为，或者控制公司为从属公司进行了无因管理，无论是哪种情形，恐怕都是从属公司依法应向控制公司承担债务，根本不能认为控制公司对从属公司的债权存在什么不公平的情形。显然，这三种情形下，就控制公司对从属公司所拥有的债权是不能适用从属求偿原则的。因此，次级债权原则一般适用于债权类型，仅指合同债权，不适用于由侵权、不当得利、无因管理而产生的债权。

该原则适用的前置条件是：母公司完全控制了子公司；母公司对子公司有欺诈或不当或不公平的行为；母公司的行为损害了子公司债权人的行为。实质上，子公司仅仅是母公司的工具，而非独立存在的民事主体。具体表现为母公司对子公司投资不足，干预和参与子公司的管理决策，子公司缺乏完整的财务记录，母、子公司资产和业务混合以及一体化，等等。至于适用的理由，实践中没有一个明确的标准来决定。美国学者史蒂文指出既然该原则源于衡平，那么法院将在任何公平或公正的情况下适用该原则。在实践操作中，破产法院适用"深石原则"的原因与法院"揭开公司面纱"原理的许多原因相同,因为内部人对公司出资不足、设立公司失败、欺诈或违法行为都可能导致援用该原则。但深石原则的出现是对公司法人人格否认制度的重大修正和深化。关于深石原则的适用条件,我国台湾地区学者赖英照教授认为,其审查标准与"揭穿公司面纱"之决定因素大致相同。[1] 笔者认为,深石原则的区别仅仅在行为要件上。适用深石原则,将控制企业对从属企业的债权劣后于其他无担保债权人的基本标准是控制企业对从属企业所采取的"不公正行为"。依据 Blumberg 教授的分析,自从深石案例出现以来,在新的"公平"衡平标准下,所有居次的案例,略言之,均有下列四种不公正行为(inequitable conduct)性质之一,使得母公司之债权因而次于其他债权人之债权:(1)子公司资本不足(inadequate capitalization);(2)母公司行使对子公司之控制权,违反受任人应有之标准;(3)母公司不遵守个别独立公司应遵守之规范(disregard of norms of separate corporate existence);(4)资产混合或输送(commingling or shuttling of assets)。[2]

（三）次级债权制度与我国控制股东信义义务的完善

我国公司法上,对控制股东的监管还存在以下问题:一是法律制度缺失,虽然,我国《上市公司治理准则》里面单列了"控制股东与上市公司"一章,但除了对控制股东进行粗略的约束外,我国现行的《公司法》和《证券法》中缺乏对控制股东行为进行规范的具体规定。但实际存在的控制股东挪用上市公司资金、违规担保等滥用控制权的行为,现阶段只能通过制定相应的法规、政策

---

[1] 赖英照:《公司法论文集》,台湾证券市场发展基金会编印 1988 年版,第 142 页。

[2] 刘连煜:《公司法理论与判例研究》,法律出版社 2002 年版,第 104 页。

以及公司章程加以限制。二是违法成本低廉。[1]一方面,对控制股东滥用职权占用上市公司资金的行为采取的处罚措施就仅有"通报"、"给予纪律处分"、"撤销职务"、"不受理公开发行证券的申请或其他申请事项";另一方面,在现有法律框架下,关于控制股东违法违规行为的惩戒不能内化到责任人层面,使控制股东的实际控制者得以逃避刑事处罚及民事赔偿。三是监督不力。由于控制股东一股独大,拥有对公司的绝对控制权,而社会公众股又高度分散,机构投资者未能形成规模,中小股东无法与控制股东抗衡,加之股东会的非常设性的局限,使得对董事和董事会以及经理层的监督重任自然地落到监事会身上。但是,由于我国公司法设立的监事会的形同虚设和独立董事的"花瓶董事"现象的出现,我国控制股东滥用控制权的现象屡见不鲜,有学者将其归纳为制度诱因、利益诱因和监管诱因所致。[2]

而"次级债权"原则灵活运用了母子公司两者之间的特殊关系,它一方面规范了母子公司的经营关系,尤其是债权债务关系,有效地抑制了母公司利用其与子公司的特殊关系不正当操纵子公司,另一方面也有利于加强对子公司其他债权人及优先股股东利益的保障,减小母公司向其转嫁的经营风险,从而增加了交易的安全程度。[3]因此,现在次级债权原则已成为美国司法实践中法官处理母子公司债权债务关系的基本原则,也成为公司法应对关联交易的两个重要原则。因此,建议我国引进"次级债权"制度。可以说,从法律制度层面来看,引进"次级债权"的理论和实

---

〔1〕 参见 2003 年 8 月中国证券监督管理委员会与国务院国有资产监督管理委员会发布的《关于规范上市公司与关联方资金往来及上市公司对外担保若干问题的通知》。

〔2〕 付宗义:"控制股东控制权制约问题研究",载《河北青年管理干部学院学报》2006 年第 3 期。

〔3〕 章臻:"'深石原则'探析",载《现代管理科学》2004 年第 5 期。

践,能够有效防止控制股东操纵公司为自己谋利益.[1]

　　具体来说,应在公司法中增加母公司对子公司的债权受偿顺位问题的规制,即确立适当的居次程度。居次应该区分母公司的债权是否基于不正当行为所得,对基于母公司的不正当行为所得的债权应该劣后受偿,但是对于基于合法行为所得的那部分债权应该按照正常的受偿顺序受偿,不应该居次。通过"深石原则"对美国判例法的历史发展可以看出,其趋势是对不正当行为要件进行限制,避免法院完全否认子公司独立的人格地位。因此,我国在母公司对子公司的债权受偿顺位制度设计上,可以借鉴美国的实践,合理设计母公司对子公司的债权受偿顺位制度。根据我国的实际情况,明确规定法院根据衡平居次的实体标准、母公司的债权完全居次以及正常受偿的标准、不正当行为要件的范围对母公司的债权处理行使自由裁量权,从而实现既能规制控制股东的行为,又能保障子公司其他债权人的债权合法受偿的立法目的。

---

〔1〕　江平:"完善公司管理法律机制需要创新",载 http://www. cet. com. cn/20020601。

第七章 控制股东信义义务的类型化

——一种实证分析方式

所谓类型化为体系形成上使抽象者接近具体,使具体接近于抽象的方法,利用此方法使价值与生活接近。[1] 类型化是大陆法学家常使用的一种立法技巧,其目的是为了更好地适用法条。所谓控制股东信义义务的类型化是对控制股东违反信义义务的表现形式的归类,有利于法律对违反控制股东信义义务的行为作出一定的行为标准、判断标准和责任标准,从而将其纳入法律的调控范围之中。目前,控制股东信义义务的类型化并没有一个统一的标准,在本人看来,若从控制股东违反信义义务后的责任承担上分,可将控制股东信义义务分为违反注意

---

〔1〕 黄茂荣:《法学方法与现代民法》,中国政法大学出版社 2001 年版,第 472 页。

义务和忠实义务情形;若从控制股东可能损害公司利益的交易行为来看,可分为利益冲突交易(自我交易、管理者薪酬、侵占公司或股东财产、具有混合动机的公司行为)、控制权出售、挤出合并交易中的控制股东信义义务;若从我国实践中存在的违反控制股东信义义务行为来分,可分为关联交易、公司并购、股权滥用(含压制、欺诈)中的控制股东信义义务;若从控制股东存在的商事组织主体来看,可分为商业银行、证券投资基金管理公司、股份公司中控制股东信义义务;若从信义义务的受信对象看,可分为控制股东对公司、股东和债权人的信义义务。在前面各章中,本书分别对控制权滥用的行为、判断标准和责任论述过,本章主要结合中国的实情,从实证的角度分析,因此,将采用控制权滥用、关联交易、公司并购中的控制股东信义义务的结构安排。

第一节　控制权滥用中控制股东信义义务

公司发展的决定性因素是控制权问题。公司控制权问题不仅是公司理论的核心内容,而且也是资本市场研究的重要课题。[1] 因为控制权是决定企业性质的根本因素。控制权掌握在谁的手里,公司的发展就会代表着谁的利益,这正如孟德斯鸠所说的"一切有权力的人都容易滥用权力,这是万古不易的一条经验"。[2]

一、控制权滥用行为产生的原因

(一)控制权的财产属性决定了控制权滥用

所谓财产权,我国现代汉语词典解释为:"以物质财富为对

---

〔1〕　王彬:《公司的控制权结构》,复旦大学出版社1999年版,第2页。
〔2〕　孟德斯鸠:《论法的精神》(上),张雁深译,商务印书馆1997年版,第154页。

象,直接与经济利益相联系的民事权利,如所有权、继承权等。"[1]从法学的层面理解,财产权是"以财产为标的,以经济利益为内容的权利"[2],财产权是民事权利体系中的基本类别。[3]从经济观念来理解,财产权是基于物而产生、对抗世界上所有人的、截然的权利,是一种权利关系束和个人对资源特定用益权的集合。[4]它具有三个基本要素:(1)独自决定资源用途的权利;(2)独自享有资源服务的权利;(3)以相互同意的条件交换资源的权利。[5]而控制权就是由股东权衍生出来的新的财产权。具体来说,控制权本身是一种资源,搭载控制权的股权交易比普通的股权交易存在更大的增值潜力;同时公司控制权也是一种新的利益存在和产生方式,它具有创造财富的生产力属性,是现代社会一种重要的经济性权利,取得它和行使它意味着控制者对公司资源拥有支配权。[6]而且还可以通过控制权交易获得控制权收益。这种控制权收益不仅表现为它能给其控制主体带来的货币报酬,更重要的是掌握公司控制权就意味着控制权主体能够享受到特定的控制权收益。这种特定的控制权收益是难以度量的一种非货币收益,其内容包括:满足控制权主体的一种精神需要,如受别人恭维而获得的心理荣誉感;满足于控制下属所带来的优越感;利用在公司中居控制地位所具有的特权,享受到有形或无形的在职消费,如豪华的办公设施、子女就业安排等利用职权使自

---

〔1〕《现代汉语词典》(增补本),商务印书馆2002年版,第114页。

〔2〕 江平:《民法学》,中国政法大学出版社1999年版,第82页。

〔3〕 吴汉东:"论财产权体系——兼论民法典中的'财产权总则'",载《中国法学》2005年第2期。

〔4〕 赵廉慧:《财产权的概念——从契约的视角分析》,知识产权出版社2005年版,第13页。

〔5〕 Property Rights, by Armen A. Alchian: *The Concise Encyclopedia of Economics*, http://www.econlib.org/.

〔6〕 甘培忠:《公司控制权的正当行使》,法律出版社2006年版,第34~35页。

身效用提高的行为。[1] 作为一种财产权,控制权具有三个特征:
(1)依存性,公司控制权的状态依存于公司所有权的状态。
(2)收益性,通过控制权交易获得控制权收益。(3)可转移性。
大股东可以通过内部董事会中的代理投票权竞争,小股东可以通过以"用脚投票"的方式来激发公司控制权市场上的购并机制,来达到控制权转移的目的。因此,作为一种财产权,控制股东对公司控制权的行使必然决定了控制权的滥用。其中,控制权滥用,通常表现为两种方式[2]:(1)控制权使用,包括增加资本和董事罢免。前者,指控制股东通过决议按照没有反映股票真实价格的比例进行增资导致小股东持股比例稀释,而后者表现为闭锁公司中,控制股东罢免小股东的董事责任,被认为是侵害了小股东参与公司事业的权利和对其投资的公平回报。(2)控制权转让,包括控制权转让限制和控制权溢价,前者指控制股东过失转让公司控制权给不良企图的购买者是否应该负有积极的调查义务,而后者则是控制权转让中溢价的归属,是否应该与小股东分享。

(二)控制权配置模式造成控制权滥用

目前,关于控制权配置主要有关系型和市场型,前者主要表现为所有权集中,控制权市场不活跃,后者则表现为所有权分散,控制权市场活跃。具体来说,在公司中所有权与控制权的配置主要有四种模式:(1)所有权分散与控制权分散:强势经营者,弱势所有者;(2)所有权集中与控制权集中:强势表决权控制者、弱势经营者、小股东(大股东);(3)所有权分散与控制权集中:强势表决权控制者(经营者)、弱势所有者(经营者);(4)所有权集中与

---

〔1〕　史玉伟、和丕禅:"企业控制权内涵及配置分析",载《石河子大学学报》(哲学社会科学版)2003年第1期。
〔2〕　黄辉:"控制股东信义义务:比较法分析及对中国立法的建议",载王保树主编:《转型中的公司法的现代化》,经济科学出版社2006年版,第574～575页。

控制权分散:强势经营者、弱势大股东。其中,当所有者与控制者相吻合的情况下,强势表决权控制者一定是大股东,或者说控制股东,否则大股东就会成为弱势群体。但若所有权与控制权相背离,则所有权与控制权之间的配比关系减弱,从而出现控制权大于所有权的状况,即公司的控制权主要集中在控制股东或是雇用经理的手中,造成权利与责任不配比,企业资源因个体利益的影响而不能达到最优配置,最终损害所有者、中小投资者和相关利益主体的权益。[1] 由于控制权配置决定公司的利益归属,如果控制权完全掌握在股东手中则影响公司的效率,但如果完全掌握在董事会或经理等管理人手中则会形成"内部人控制"。因此,随着公司治理模式由"股东大会中心主义"向"董事中心主义"的转移,公司控制权也日益沿着"股东—股东大会—董事会—经营者"的方向转移,并经历了从统一到分割、从具体到抽象、从内部到外部的过程。特别是在现代股份公司中,股东和股东大会的影响力正在逐渐削弱,而以总经理、总裁或 CEO 为首的经营者成为公司事实上的权力重心,公司控制权更是出现了由股东会向董事会倾斜的趋势。加上大量经理人充任到董事会中,董事会不仅拥有管理权、经营权还拥有控制权,"内部人控制"更为严重,导致控制股东控制权滥用。在这种控制权配置模式下,控制权之争表现为两种形式:公司内部以董事会构成为代表的管理层控制权争夺,通过决定董事会人选,进而决定公司的经营方针,并拥有控制经营活动和盈余分配等方面的权利;公司之间的控制权即各个股东对公司控制权的争夺,主要包括投票代理权竞争、要约收购或兼并以及直接购入股票,等等。

---

[1] 李浩然:"试析公司所有权、控制权配置结构",载《西北工业大学学报》(社会科学版)2005 年第 1 期。

（三）监管缺位导致了控制权滥用

公司监管体现为自治与强制。自治可分为私法自治和股东自治；而强制表现为国家权力对公司的干预。在立法技术上，公司自治往往通过公司章程来保证公司人格独立和意思自由，属于任意性规范。而强制则表现为制定强制性规范，以加强国家对私人行为的干预和管理。在公司法发展的初期，由于国家并不注重对公司的监管，公司法规范的内容大多是私的规范，后来，适应了社会经济发展的需要，国家强化了对公司的监管，如建立公司资本制度，公司股东出资制度，公司财务会计制度，公司合并、分立、清算中的债权人保护程序等公的规范。但是这种通过法律规范的监管仍然体现为公司内部的监管。而事实上，随着所有权与经营权的分离，股东越来越成为受益人，公司的管理者则完全掌控公司的经营、管理和控制。而经济学上的委托代理成本理论正好为企业的运行和存在提供了一个重要的理论解释和参考。在这种理论前提下，由于现代股份公司中股东与管理者、大股东与小股东之间存在严重的信息不对称，管理者和大股东可能会利用其在信息、权力等方面的优势和股东投票机制的缺陷达到其所期望的目标，从而产生代理成本。在现实中，在以下四种情况下极易产生公司中的委托人成本问题：（1）多数股东"压制"少数股东；（2）过高的管理者报酬和补偿；（3）对债权人的非合同性不当损害；（4）企业资本结构。[1] 为此，需要国家利用公权力加强公司法的外部监管，表现为通过政府干预限制经理行为（如禁止关联交易、信息披露），通过强行法加强对公司组织和行为的控制，赋予管理者受托人义务，限制管理者权力、保护股东的利益，等。但是，如果监管不到位，则会出现代理人机会主义行为，如管

─────────

[1]　埃里克·奥茨："代理人偷懒与委托人滥用——一种关律理论"，载《经济社会体制比较》2001年第6期。

自己图利、偷懒、自我维持,以及大股东滥用控制行为。[1] 其中,控制股东滥用控制权的行为表现为:关联交易、内幕交易、虚假出资、股权滥用、挤出合并等行为。

概言之,从机理上看,控制股东滥用控制权导源于控制权财产性、控制权配置和监管缺位,而实质上真正还是来自公司内部控制股东与中小股东的利益冲突。从控制权滥用的手段来看,主要是通过公司各种资本运作制度或行为,如通过股东大会、关联交易、要约收购、公司合并等手段压制、欺诈中小股东或损害中小股东的利益,或者直接通过控制权的使用或转移来侵占公司或其他股东的利益。

二、国外公司中关于控制股东控制权滥用的法律规制

作为一种决议方式,资本多数决原则的合理性表现在[2]:第一,股东的出资行为是一种投资行为。投资越大,风险越大,收益也越大。第二,股东的出资是公司产生和存在的前提和基础。因此多数股东出资额大而承担了较大的风险,为弥补其承担的风险价理应赋予其较大的权利。但是资本多数决往往通过表决权制权引发公司控制权滥用。

)控制股东控制权行使滥用规制

数股东欺诈行为规制

据 Clive M. Schmitt Hoff 的意见,欺诈小股东的行某种决议的通过不是"善意地为了整个公司的利产的行为;(c)因阴谋而获得某种决议的通动机;(e)不适行为人(wrongdoers)控制

理层

〔1〕

《强制》,中国政法大学出版社 2004 年版,

2005

诉讼救济制度研究》,中国法制出版社

了公司。[1] 在对小股东的救济上,美国法院采用对控制股东课以信义义务和赋予中小股东派生诉讼的权利。

在英国,多数股东对少数股东的欺诈行为是通过判例法确认的,"欺诈"这一术语不只限于普通法上的欺骗性的虚假陈述,它在"更宽泛的衡平法的含义上"使用,包括了多数股东或控制公司董事"试图直接或间接侵占属于公司或其他股东有权参与的金钱、财产或其他优势等情形"。[2] 但是英国判例法确立对少数股东的欺诈并非包括少数股东受到损害的所有情形,英国法院已经接受了两种类型对少数股东欺诈案:第一类涉及多数股东对公司资产的剥夺,如在 Cook v. Deek 案[3]中,法院指出由三名被告组成的控制股东不能批准公司董事违反信托义务的行为;第二类涉及多数股东对少数股东财产的剥夺,如在 Brown v. British Abrasive Wheel Co. 一案[4]中,法官认定控制股东通过强迫手段修改公司章程来达到他们通过协商所未达到的目的,且这种对公司章程的修改并不是为了公司的整体利益而诚信行事。在此基础上英国判例法确定了控制股东违反对少数股东的欺诈的,以剥夺对少数股东财产的多数决必须符合"为了公司的整体利益诚信行事"的标准。在对欺诈中小股东的救济上,早期的英国判例法往往对董事科以信义义务,赋予中小股东向董事提起派生诉讼。但是 1997 年,英格兰法律委员会完成了检讨和改革股东权救济的任务,并于同年出版了有关股东权救济的最后报告,并提出一个"新的派生诉讼"改革方案,被称为"制定法的派生诉讼",这个新的派生诉讼允许,当处于控制股东地位的多数股东对公司造成

---

〔1〕　Clive M. Schmitt Hoff, James H. Thompson, *Palmer' s Company Law*, 2th edition, Stevens, 1968. 转引自张民安:《现代英美董事法律地位研究》,法律出版社 2000 年版,第 457 页。

〔2〕　Bueland v. Earle, 〔1902〕AC 83(PC), at P93, per Load Davey.

〔3〕　Cook v. Deeks, 〔1916〕1 A. C. 554(P. C).

〔4〕　Brown v. british Abrasive Wheel Co. ,〔1919〕1 Ch. 290.

伤害时可以针对他们提出派生诉讼。[1]

而大陆法系国家则是在公司法中明确禁止控制股东对中小股东的欺骗的、恶意的行为。其中以法国为例,法国公司法规定在多数票股东压制少数票股东的情况下,法院应当适用滥用权利的一般规定。[2]例如1978年3月最高上诉法院宣布,在公司有可以分配的盈利情况下多数票股东所做出的宣布不分配股利的决定无效,在这种情况下,不分红本身就是恶意的。

2. 对少数股东压制行为规制

传统公司法的精神强调资本多数决原理及事权集中,虽有助于提升公司经营效率,但是也形成多数股东或经营者控制公司之现象。而早期公司法要求有关公司重要议题需全体股东一致同意,因此公司经营者为达成公司内部一致之协议,便允许以部分利益为条件去换取反对决议的少数股东之同意,致使后来公司法立法者改变公司决议必须一致同意的做法,避免少数股东变相取得类似否决权之地位,接着更进一步的改革则是像商业判断原则(the business judgment rule)及独立法律意义原则(the doctrine of independent legal significance)的出现,使得公司即使面对异议股东时,依旧能果断地行动。[3] 即便有这样的改进,不过站在大股东或经营者的角度来看,对于必须经由股东会特别决议之重大事项,少数股东仍有可能成为大股东或经营者眼中的绊脚石,亟欲想尽一切方式去排挤、逐出少数股东,因此就出现了压迫行为。

而控制股东作为受托人的压制行为常常表现在有限公司中,

---

〔1〕 樊云慧:《英国少数股东权诉讼救济制度研究》,中国法制出版社2005年版,第107~110页。

〔2〕 迈因哈特:《欧洲九国公司法》,中国政法大学出版社1988年版,第23页。

〔3〕 John H. Matheson and R. Kevin Maler, A Simple Statutory Solution to Minority Oppression in the Closely Held Business, 91 *Minn. L. Rev.* 657 (February, 2007), at 659.

通常指控制股东对中小股东的不公正性。而美国学者认为是指控制股东利用其在公司中的控制地位,排挤非控制股东,使非控制股东不能参与公司经营和获得应有的投资回报[1]20 世纪七八十年代,美国有部分州打算立法将股东压迫作为诉因(cause of action)[2]。于今,保护中小股东不受其压制,是股权集中的国家中公司治理的核心问题,其中,以法国、德国、日本为代表的采用"事实董事"理论的大陆法系国家和以英国为代表的采用"影子董事"理论的国家,将参与公司事务管理决策的控制股东视为与董事一样的地位,要求其承担与董事一样的义务。

在大陆法系的德国并没有出现压制概念,但德国法中有股东压制的规范,如《德国有限责任公司法》第 61 条规定了法院可判决解散公司的事由及对解散之诉的要求。根据该规定:如公司已不可能达成其目的,或根据公司本身情况存在其他应解散的重大原因时,可由法院判决公司解散。这里的所谓"重大事由",系指:(1)股东有令人厌恶的性格;(2)控制股东以独断的方式行使对公司的管理权;(3)存在其他情形,使救济成为必要[3]。德国法除了上述成文法规定的股东争议的解决方式之外,法官还通过造法创造了其他救济措施:退股和除名[4]。

关于对中小企业的压制行为,英国法中主要指不公平损害行为,关于股东压制的实证法规定主要体现在 1989 年公司法的第459－461 条中。在第 459 条中规定公司成员在以下情况下可以

---

〔1〕　Robert W. Hamilton, *The Law of Corporation law*,法律出版社 1999 年版,第 289～290 页。

〔2〕　See John H. Matheson and R. Kevin Maler, supra note 98, at 662 - 663.

〔3〕　邓小明:《控制股东义务法律制度研究》,清华大学 2005 级博士学位论文,第 178 页。

〔4〕　托马斯·莱塞尔等:《德国资合公司法》,高旭军等译,法律出版社2005 年版,第 516～523 页。

请求颁发禁令:(1)在本条中公司成员可以基于以下理由请求法院颁发禁令:公司的事务正在或已经以不公平损害公司所有或部分成员(至少包括他自己)利益的方式执行;或者目前的或被提议的公司行为或不行为(包括代表公司的行为或不行为)已经是或将要是如此的不公。(2)本部分规定可适用于并非公司成员但根据法律规定股份已经登记转让其名下或者转移其占有的主体;参考性意见的适用同上。(3)本条(只要基于本节目的适用,461(2)节)的"公司"是指本公司法意义上的任何公司或者是按照《1989年水法》依法成立的水公司。而1945年英国公司法修改委员会将股东压制行为概括为两种典型类型:限制股份转让和董事的过量薪酬。针对股东压制行为,赋予中小股东广泛的诉讼权,在压制的认定上,根据该委员会的建议,修改公司法第459—461条,即在特定的情形下提出两种假定:第一,当股东被排挤出公司的经营,此种排挤行为被推定为不公平损害行为。第二,如果此种假定没有被驳回,法院就可以颁发购买申请人股份的命令,而且应当按照事先确定的比例购买。[1]

在美国,Donahue v. Rodd Electrotype Company 案被认为是运用信义义务来判断大股东是否构成压迫行为的开始。[2] 关于股东压制行为的判断有三种方式:(1)以违反公平交易为标准,为一些州早期的公司判例所确立,实际上是以过错为基础定义压制行为。[3] (2)将压制与控制股东信义义务相联系,认为封闭公司的股东之间有更强的信义义务。[4] (3)与挫败股东的合理预期联系起来。法学评论家普遍同意采纳合理预期标准作为判断压制

---

〔1〕 Report of the Committee on Company Law Amendment (Cohen Report 1945).

〔2〕 367 Mass 578,328 N. E. 2d 505.

〔3〕 Elder v. Elder & Watson Led. ,(1952) Sess. Cas. 49,55.

〔4〕 Wilkes v. Springside Nursing Home, Inc. , 370 *Mass.* 842, 353 N. E. 2d 657 (1976).

行为是否存在的工具。1983 年明尼苏达州甚至专门针对压制行为将"合理预期标准"写入成文法中。在美国司法中压制行为主要包括解除雇员职务、解任董事、分配股利的行为、过高的薪酬压制救济规则等。美国法中对压制的概念难以做到清晰，必须结合具体的判例，在特定的个案情形下，断定是否存在压制行为。因此，关于压制问题立法，仍然有些州的法律没有规范中小股东救济，而且美国法律对压制行为的规范主要在于保护封闭公司小投资者免于多数决原则的不合理运用。[1]

3. 对少数股东排挤行为的规制

排挤可分为权益排挤(squeeze-out)与权益冻结(freeze-out)两种，部分国外文献之中 squeeze-out 有时可以和 freeze-out 交换使用，但是，二者虽然概念相近，其实各自有不同的内涵。squeeze-out 是在"形式意义法律"(in any formal legal sense)上"不强迫"非控制股东进行交易，而是在目的上或是实际影响上，使得非控制股东处在无法取得报酬之地位，因此必然使其只得不悦地出售其持股、撤资；后者 freeze-out 是公司控制阶层运用他们的控制力在公司里进行商业操作，"强迫"非控制股东失去在公司里作为股东持有股票利益的地位。[2] 我国学者认为"排挤"是指控制股东利用其控制力迫使小股东丧失其股东地位，无法公平地享有股份利益的各种行动的总称。[3] 在 20 世纪 70 年代以前较常采用的手段主要有解散排挤手段、资产出售排挤手段或者股份换债券手段等，70 年代后则主要是通过现金排挤(cash out)、兼并排挤(merger into shell corporation owned by majority shareholders)、简易

---

〔1〕　尚晨光：《有限责任公司股东压制问题研究》，中国政法大学 2005 级博士学位论文，第 25～27 页。

〔2〕　Robert Charles Clark, *Corporate Law*, Aspen Pub (1986), at 499 - 500.

〔3〕　徐明、郁忠民：《证券市场若干法律问题研究》，上海社会科学院出版社 1997 年版，第 84 页。

合并排挤（short-form merger）、股份逆向分割（massive reverse share split）等手段，"虽然这些排挤手段的表现形式各不相同，但其实质都是迫使小股东出售他们的股份或以其他方式削减其股份"。针对这种行为美国法上建立了估价权和股份收买请求权制度，允许控制股东在挤出合并中，异议股东享有股价权和股权收买请求权。如美国相当多的州公司法规定：公司只要能获得全部已发行股份简单多数或三分之二以上多数之决议同意，即能从事一般重大改变公司营业与结构的行为；同时赋予反对股东股份收买请求权，使得不愿接受此改变的反对股东，能取得合理的金钱补偿而放弃其股东权。[1]

笔者认为，控制权使用方面的滥用主要表现为在股东大会上行使表决权，通过增加资本的决议、解散公司的决议、解任公司董事的决议和投票协议来实现对控制权的使用的限制，从而否定中小股东股利取得权、剥夺中小股东参与公司管理权，达到欺诈、压制和排挤中小股东的目的。因此，归根到底就是要对股东表决权行使进行限制，同时赋予中小股东救济的权利，包括股东诉权。

（二）控制权出售滥用的规制

1. 控制权出售之情形

通常情形，当有买家提出适当要约时，基于股份转让自由，不论是控制性股东还是非控制性股东都能够自由地处置其股份，但是持有公司少数股份所伴随而来的风险之一是控制股东就其股份之处分可能对少数股东产生不利益，常见的情形有出卖与掠夺者、出售公司职位（Sale of Office）和控制权溢价侵占，等等。一是出售给掠夺者（Sale to a Looter）指控制股东若明知或有合理怀疑，认为购买者将利用控制权侵害公司和少数股东利益，则控制

---

[1] 刘凯湘："公司分立程序与效力研究"，载赵旭东主编：《公司法评论》（第3辑），人民法院出版社2005年版。

股东不得将控制权售与该购买者,如因该购买者对公司有不良企图,于取得公司控制权后,将可能窃取公司资产,或对公司为不合理经营,或和公司为不公平交易,以弥补其购买控制权所付出之成本,如此控制股东将对公司因此所遭受之损失负赔偿责任。二是出售公司职位(Sale of Office)。指购买者会要求控制股东不仅应出售其持股,尚且连控制股东原先于公司内之职位(例如董事、经理人)亦应一并让与出售给购买者。如在 Essex Universal Corp. v. Yates 案[1]中,Essex Universal Corp. 决定向 Yates 购买控制性股票,其另约定附加条件,即 Yates 应将对董事会之控制权移转给 Essex Universal Corp. 选定之新董事,而透过一连串辞职和补选动作可让其达到控制权移转之目的。三是控制权溢价(control premium)侵占。当出售公司控制权时,通常会有公司外部欲争取控制权者,之所以愿意以较市场价格为高之价格向控制股东购买股权,多系因其认为若由其主导公司经营,该公司股价应会高于现值。[2]

2. 控制权出售之限制

控制股东大量地出售股票,通常涉及大量的有表决权股票(majority of the voting shares)的出售,但是出售少量(a smaller block)的股票也可能引起实际上的控制权转移。因此,美国法认为,出售控制股份也可能涉及对信义义务的违反,除非对出售行为合理性审查所揭示的事实使一个理性人相信,控制股份出售没有欺诈意图或预期。[3] 在对控制权的出售上,美国选择的是司法审查的规制方式,如在 Jones v. H. F. Ahmanson & Co. 一案[4]

---

[1] Essex Universal Corp. v. Yates, 305 F. 2d 572 (2d Cir. 1962).

[2] See William A. Klein and John C. Coffee, JR., supra note 23, at 171 – 172.

[3] W. Fletcher, *Cyclopedia of the Law of Private Corporations*, § 5805.

[4] Jones v. H. F. Ahmanson & Co., I Cal. 3d 93, 460 P. 2d 464, 81 Cal. Rptr. 592 (1969).

中,法官认为,控制权股东并非不能卖掉他们的股份,但是当控制股东违反其信义义务转让有控制权的股份时,必须受到严格的司法审查。在另一个判例中,法官引用了 Insuranshares Corporation v. Northern Fiscal Corporation 一案[1]中所确立的原则,认为担任公司管理职责的多数股东在某种情况下对少数股东负有信义义务,如果控制权出售所处的地位能使其预见到受让者对公司,包括公司的债权人和其他留在公司的股东进行欺诈的可能性,他就负有信义义务,及公司控制权的出售对购买者的动机和声誉负有积极调查的义务。除非调查显示,在一个理性的经济人看来,不存在欺诈的动机或可能性的结果,否则出售者必须停止对控制权的转让。[2] 在对控制权出售是否违法的认定上,美国法认为对于完全意义上的产权出售,法律并不禁止,但是如果仅仅把经营公司的控制权单独出售给他人显然是违法行为,为公司法所禁止;比较难以区分的一种情况是在转让产权的同时转让控制权,在这种情况下,如果控制股东对小股东充分地信息披露,并且没有其他歧视小股东的行为,这种转让则被法律所认可。[3]

3. 控制权溢价归属之规制

企业评价人经常使用控制权溢价(control premium)来评估整个企业、一个企业全部价值的比例或者多数投票权(majority voting power)的权益(equity interest)。控制权溢价之观念来自并购交易(merger andacquisitions transactions)行为,其衍生自公开发行公司为取得被收购公司之少数股份对于公开交易场所于合并前所支付之价格之溢价。一般来说,具有控制权的股票通常能比

---

〔1〕 Insuranshares Corp. of Delaware v. Northern. Fiscal Corp. 35 F. Supp. 22 (E. D. Pa. 1940).

〔2〕 曹富国:《少数股东保护与公司治理》,社会科学文献出版社 2006 年版,第 259 页。

〔3〕 程锦平:《论股份公司控制股东对小股东的信义义务》,对外经贸大学 2004 级硕士论文,第 32 页。

其他股票卖得更高,但是控制股东作为公司和所有股东的受信人持有控制权股票,自然对股票的出售不能像对待其个人财产那样任意,这样就出现了法律上的困难:一方面,有控制权的股票不能与它的从属权利相割裂;另一方面,出售控制权所得到的股票溢价的归属是谁。对于这个问题,传统观点认为,控制股东可以获得并保留出售其控制股份的溢价,并不违反其义务。[1] 相反的观点也认为控制股东应该与少数股东分享他所获得的控制权溢价。也有美国学者认为,控制权是该资产出售所得,股票溢价即出售控制权所得的超额价金应属于公司所有。[2] 这种控制权溢价归属的背后代表着深厚的理论渊源。如违反信托理论认为,出售控制权涉及信托行为,向出售者支付溢价,被认为是基于受托人在履行职责中所获得的任何其他个人收益。而出售公司职位认为,控制溢价是为某一公司职位而非股份而出售,这种利益应该归股东共同所有。转移公司机会理论则认为出售控制股份被视为剥夺了所有股东获得收购要约的机会。而公司资产理论认为,公司控制为公司资产,对控制股的出售所获溢价归公司所有。[3] 概括起来,主要有三种法则:共同溢价原则、公平机会法则(equal opportunity rule)、不必分享法则(the entire fairness test)。

(1)共同溢价原则。此为早期美国学界所普遍引用及讨论的观点。所谓共同溢价原则系指控制股东出售控制权所获得的利益,不得超过其股份的市价。依严格信托理论(strict trust doctrine)原理,控制股东也是信义务的受托人,故对于出售控制

---

〔1〕　F. O'Neal and R. Thompson, *O'neal's Close Corporations Law and Praise*, §8.08,3rd ed. 1986, §4.02.

〔2〕　Berle & Means, *Modern Corporation and Private Property*,转引自赖英照:《公司法论文集》,证券市场发展基金会编印,1994年版,第151页。

〔3〕　冯果:"论控制股的转让",载《法律科学》(西北政法学院学报)1999年第3期。

权所获得的溢价,仍应归由全体股东所有。因此,若并购公司支付额外对价,应归于公司或分配给所有股东。

(2)公平机会法则(equal opportunity rule)。该学说认为,控制权为公司的资产,故对于因控制权出售所得之溢价部分,应归由公司全体股东享有;给予少数股东的收购价格应该考虑合并后之综合效果(synergistic effects),即公司未来继续经营的价值,故控制权溢价亦应分予少数股东;应给予其他股东公平机会,故控制权溢价应予分享。[1] 美国联邦上诉巡回法院于 Perlman v. Feldmann 案中也认为,控制股东不能自己保留出售控制权溢价,须与其他股东分享。[2]

(3)不必分享法则(the entire fairness test)。美国法院并未要求控制股东需负和少数股东分享控制性溢价之义务,他们认为,控制股东以高于非控制股东之价格卖出持股,就其本身而论并没有错误,仅于特殊情形下方为错误,例如出售给掠夺者、出售公司职位或取走公司获利机会。[3] 美国部分学者也基于以下理由,认为应拒绝给予少数股东控制性溢价[4]:第一,控制性溢价系对控制股东承受风险以及劳力付出之补偿提供控制股东有权利且

〔1〕 See Adolfa A. Berlejr. and Gardiner C. Mean, *The modern corporation and private property* (revised ed. , 1968); Lucian Arye Bebchuk, Efficient and Inefficient Sales of Corporate Control, 109 *Q. J. ECON.* 957, 974 - 981 (1994); William D. Andrews, The Stockholder's Right to Equal Opportunity in the Sale of Shares, 78 *Harv. L. Rev.* 505, 506 (1965).

〔2〕 Perlman v. Feldmann, 219 F. 2d 173, 178 (2d Cir. 1955).

〔3〕 See Stephen Bainbridge, supra note 1, at 348; Ronald J. Gilson & Jeffery N. Gordon, supra note 128, at 794; Treadway Companies, Inc. v. Care Corp. , 638 F. 2d 357, 375 (2d Cir. 1980); Clagett v. Hutchison, 583 F. 2d 1259, 1262 (4th Cir. 1978); Zetlin v. Hanson Holdings, Inc. , 397 N. E. 2d 387, 388 (N. Y. 1979); Glass v. Glass, 321 S. E. 2d 69 (Va. 1984).

〔4〕 See Einer Elhauge, Toward a European Sale of Control Doctrine, 41 *Am. J. Comp. Law* 627, 636 (1993); Frank H. Easterbrook & Daniel R. Fischel, Corporation Control Transactions, 91 *Yale. L. J.* 698, 711 (1982).

有理由保留控制权溢价;第二,少数股东在投资一家存有控制股东的公司时,能够预测到控制股东会以控制性溢价卖出其持股,并不给少数股东任何获利机会的风险,故会其推测将以比无控制股东存在时更低之价格投资公司,换句话说,因少数股东已先行折价投资,故无论并购者所提出作为报酬之对价为何,少数股东因此所得之收购价应可认为适当;第三,若给予少数股东控制性溢价,反而会助长其不劳而获之搭便车心理(free rider);第四,如给予少数股东控制性溢价,会增加并购者的并购成本,降低购买者的购买意愿,不利于有效率的并购交易行为发生;第五,有研究报告指出,当控制权出售后,公司控制权的购买者随后即使未购买少数股东之股份,少数股东股价亦会有提升;第六,应以信义义务(fiduciary duty)为判断标准,只要控制股东交易行为未违反受托义务,都应尊重市场法则。

　　针对上述法院判例和学者的这种分歧,1991年美国法律委员会起草的《公司治理原则:分析与评述》5.11中提出了以下指导原则:(1)如果溢价仅是为剥削少数股东提供机会,那么应分享溢价以阻止其交易;(2)如果溢价反映的仅是控制股与少数股在价值上的不同,而不是剥削少数股东的结果,那么就没有理由主张溢价分享以阻止交易;(3)如果溢价反映的可能是由股份交易而产生的属于公司的那份有效收益部分,那么,溢价分享要求并不阻碍控制权交易,原因在于控制股东仍能从交易中获得较大的好处。而对溢价权的规制,许多国家采用了估价权制度。该制度已成为英、美国家法律普遍采用的救济手段。如根据英国1985年公司法第459节规定,异议评估权不局限于公司收购中的不公平损害,而且还包括公司资产处置等情形。《美国示范公司法》第13章也明文规定:股东有权对公司作为一方的合并计划持有不同意见,并取得对股票的公平价格的支付。法院依据少数股东的请求,通过颁发强制令要求公司以公平的价格回购其股份,满足少数股东的异议估价权。[1]

三、我国公司中控制权滥用行为及立法现状分析

（一）我国公司实践中存在控制股东控制权滥用行为

从当初的"琼民源"、"红光事件"、"ST 郑百文"、"三九医药"、"ST 张家界"、"猴王"，到如今的"科龙"、"哈慈"，众多上市公司操纵利润、欺诈上市、侵占公司资产，其根本原因都在于大股东对控制权的滥用。根据对我国目前股份公司、上市公司的典型案例研究，可以发现我国控制股东控制权滥用主要有以下几种方式：

1. 操纵董事会、监事会和经理阶层

在我国，控制股东、大股东通过在股东大会中拥有控制权，制订对自己有利的公司章程，并在其后的选举过程中采用简单多数原则的直接投票制选出代表自己利益的董事会成员和监事会成员，进而通过对董事会的控制选出代表自己利益的经理人员，或者对其他股东封锁信息、排斥其他股东参与管理、消极阻止中小股东参与公司决策、公司董事等。据统计资料显示，我国上市公司第一大股东的持股比例高达 46.8%，其中董事会股权占公司总股本 50% 以上者达 74.33%；股东监事比例过半的上市公司占本公司的 48.65%；职工监事比例过半的上市公司占样本公司的50%，其中股东代表绝大部分是大股东派出的监事。[2]

2. 侵占公司资产

控制股东利用其对公司的控制权，长期占用公司的资金，或让公司为其高额贷款提供担保将还款责任转嫁给公司，或大股东以高卖低买等关联交易方式向自己手中转移资产，最终使公司的

---

〔1〕 郭富青："公司收购中目标公司控制股东的诚信义务探析"，载《法律科学》2004 年第 3 期。

〔2〕 马骥、郭睿："我国上市公司治理结构问题探讨"，载《经济纵横》2004 年第 6 期。

经营资金严重短缺,生产经营难以为继。如 2007 年 ST 宝硕(600155)发布公告证实大股东占款达 12.45 亿元。

3. 通过欺诈性的高价配股侵害中小股东利益

欺诈性的高价配股是指大股东通过操纵利润和股价人为提高公司配股价格,并夸大配股项目的投资回报率,诱使不明真相的中小股东参与配股,而自己放弃配股或以劣质资产参与配股,在公司配股成功后大股东又操纵配股资金的使用,通过关联交易等方式侵占公司的配股资金,进而对其他股东利益构成极大的损害。如 2003 年浦东发展银行增发 3 亿股,募集资金 25.5 亿元,而流通股股东却因此损失市值 24 亿元。[1]

4. 控制股东操纵股价、利润、利润分配政策

控制股东操纵公司利润分配政策,是指大股东不是从公司的长远发展和全体股东的利益的角度来制定公司的利润分配政策,而是利用对公司的控制权,从大股东自身利益出发制定公司的分红派息政策,从而对中小股东的利益和公司的长远发展构成危害。如最突出的例子有银广厦、东方电子、清华同方、亿安科技等所谓的绩优股,开始时中小股东可能从股价上升中获得利益,但一旦其造假问题被揭露或留存收益的盈利能力下降,都会导致股价的大幅下跌,使中小股东的利益受到最大的伤害。此外,五粮液股份有限公司 2000 年度未分配利润高达 135 亿元,完全有能力以现金分红,却仍要高价配股,其动机同样令人深思。

5. 控制股东虚假出资

大股东的虚假出资主要是公司的大股东在公司注册或增资配股的过程中,出资不足、用劣质资产出资或者干脆不履行出资义务,但实际上却在行使大股东的权力,这种行为对其他股东和

---

〔1〕 崔伟、任开宇:"中小股东利益受到侵害的表现及措施",载 http://www.acsky.net/kanwu/2005/3/6.htm。

公司的债权人来说是非常不公平的,并给其他股东的利益造成了极大的伤害。如 * ST 民丰(600781)的控制权之争,二股东状告大股东虚假出资案的审理便是有力的证明。

(二)我国公司中控制权滥用行为立法现状分析

为什么在我国控制股东控制权滥用的现象如此严重,这不仅有体制问题造成国有股的"一股独大",也有对中小股东保护的法律制度缺位。而从各国对中小股东的保护来说主要体现在三个方面:出席股东会、对大股东及管理层的制约和限制、股东诉讼。[1] 具体来说,我国新公司法虽然也有这方面的规定,但是在立法上仍然表现出以下几个方面的不足:

1. 公司法的缺位

一是中小股东权益不完善。股东权益的行使主要是出席股东会,而股东会对公司财产的行使享有最初和最终的决定权。尽管新公司法赋予小股东知情权、建议权与质询权(新公司法第34条、98 条、151 条、166 条),代表1/10 以上表决权股东的临时股东大会请求权、召集权和主持权(第40 条、41 条、101 条、102 条),持股3% 以上的股东的临时提案权(第 103 条),董事、监事选举时的累积投票制(第 106 条),关联股东担保决议时的表决权回避(第 16 条),股东大会决议无效或撤销的诉讼请求权(第 22 条),但是对小股东通过股东会职权行使的权益保护缺乏相应的程序保障,如股东退股权和估价权,等等。

二是控制股东义务缺乏。对少数股东的受托义务,不仅是董事的义务,而且也扩展到多数股东,[2]但是我国新公司法第 148条却没有明确规定公司管理人的义务主体可以扩展到控制股东。

---

〔1〕 马贤明、魏刚:《寻找小股东的权益》,经济科学出版社 2004 年版,第91 页。

〔2〕 Robert W. Hamilton,*The law of corporations*,法律出版社 1999 年版,第379 页。

而且我国公司法对董事信义义务的规定也主要是忠实义务,对注意义务的条文十分简略,缺乏操作性。也没有具体规定公司董事、控制股东的受信义对象为中小股东,而只是规定对公司的义务。

三是对控制股东权利的约束。对多数股东表决权限制方法主要有两种:要么直接由法律或章程对多数股东的表决权加以限制,如规定任何股东不论其持有多少股份,最多只能享有20%的表决权;要么,发行无表决权股,即在公司章程中对股东应有的表决权予以剥夺或限制的股份。作为补偿或利益的交换,公司一般都在章程中特别赋予无表决权股股东以分派盈余的优先权或给予优厚的股息。但是,在国外对持有公司一定比例以上股份,能有效影响甚至控制公司决策的多数股东所持有的股份表决权一般予以限制。如为强化小股东地位,1882年的《意大利商法典》第157条规定,在100股的持股限度内,每5股有一个表决权,超过限度的部分,每20股有一个表决权;我国台湾地区"公司法"规定,一个股东持有公司已发行股份总数百分之三十以上者,公司应以章程限制其表决权。美国宾夕法尼亚州1989年规定,股东不论拥有多少股票,最多只能行使20%的投票权,受宾州的影响,美国有近30个州采用了类似宾州的公司法条款。德国法对股东行使表决权存在限制,每位股东最多只能行使5%的表决权,这种限制仅适用于受益所有人[1]。1873年5月18日的比利时法令第61条以及1872年的《英国公司法》第44条中也作了类似的规定。但是我国新公司法并没有这方面的规定。

四是对股东诉权的规定。对股东个人诉讼和派生诉讼的理由规定模糊,特别是我国公司法第152条第3款中"公司合法权

---

〔1〕　甘培忠:"论公司控制股东的法律地位及权力制衡",载《公司法与证券法论丛》(第2卷),对外经济贸易大学出版社2006年版。

益"的界定,没有一个客观的标准,如利用合法的程序侵害股东利益算不算侵害公司利益,等等。但是在国外有一个客观的标准,如商业判断原则和公司机会原则。另外,我国现行法律并没有要求控制股东在起诉时提供公司的股东会、董事会同意起诉的决议,事实上,一般情况下公司的法定代表人系控制股东派出,法定代表人掌握着公司的公章,加上法定代表人的身份,对外提起诉讼几乎可以不通过公司的其他任何股东和董事。由于这种身份的双重性,公司的法定代表人及高管代表公司所为的行为,究竟是为了公司利益还是股东私利(可能对公司无明显影响,但对公司其他股东存在损害)立法不明,如新都酒店诉讼案系中国首例上市公司股东代表诉讼案,且起诉标的超过 1.7 亿元(后追加诉讼请求至逾 1.8 亿元),因为《公司法》没有明确规定,在业界引起极大震惊和关注。《21CN 经济报道》等多家国内主流财经媒体对案件进行了深入的调查采访。[1]

2. 证券法上的缺位

一是责任体制不健全。我国证券法和相关证券法律法规,对证券欺诈损害中小股东的行为多是规定刑事、行政责任。而且责任处罚太轻,多采用"通报"、"给予纪律处分"、"撤销职务"、"不受理公开发行证券的申请或其他审批事项"等方式,导致违法违规者有恃无恐,为所欲为。[2] 新证券法对证券欺诈的民事责任范围规定太窄,如新证券法第 69 条只规定控制股东、实际控制人在虚假信息披露方面的民事责任。

二是诉讼渠道不畅。我国法院仅依据《最高人民法院关于审

---

〔1〕 "新都酒店(000033)案首例上市公司股东代表诉讼",载 http://www.finance.news.tom.com/Archive/1008/。

〔2〕 参见 2003 年 8 月 28 日中国证券监督管理委员会与国务院国有资产监督管理委员会发布的《关于规范上市公司与关联方资金往来及上市公司对外担保若干问题的通知》,及《上海证券交易所股票上市规则》、《深圳证券交易所股票上市规则》。

理证券市场因虚假陈述引发的民事赔偿案件的若干规定》(以下简称"若干规定")受理因虚假陈述引发的证券法律争议,而将由于控制股东滥用控制权导致上市公司及中小投资人利益损失的案件排除在法院受理的证券法律争议案件范围之外,且诉讼方式单一,诉讼成本昂贵,导致投资者运用司法程序维护其权益的渠道不畅,欲诉不能。

四、我国控制权滥用中控制股东信义义务制度的完善

在现代公司法发展的过程中,随着公司法对股东权理论的发展,大股东的权益不断受到限制,如创立投票权回避行使制度、累计投票制度、大股东表决权限制制度,小股东的权利不断得到加强,如利益分配请求权、知情权、参与权被法官的判决不断地加以确认,特别是小股东制约大股东的法律理论和实践不断被创新和丰富,从早期的申请"公正合理清盘令"到"不公平妨碍诉讼",再到股东"派生诉讼",这对于有效规制控制股东控制权滥用起到十分重要的作用。但是我国公司法还需要在以下四个方面进一步完善。

(一)赋予中小股东救济权

一是建立小股东股份评估权。

小股东股份评估权是给予股东在不满意于公司的行为时向法院申请,由法院为其股份提供一个公平的价格。[1] 估价权制度最早见之于美国俄亥俄州 1851 年的法律中,在美国已形成了一套较为完善的体系。其目的就是在允许控制股东从事挤出合并的同时,如果中小股东对控制股东所支付的对价不满意,可以通过评估程序计算出这些股东所持股份的公平价值,以此评估价值作为他们所持股份的价格支付给他们。该制度主要适用于公司收购与兼并、重大资产出售、换股计划、公司章程修改等构成公

---

〔1〕 沈四宝:《西方国家公司法原理》,法律出版社 2006 年版,第 350 页。

司重大变化的事项。我国《公司法》中并未规定股份评估权制度，我国目前法律对此制度未作任何规定。但是，许多国家法律都规定了异议估价权制度，并对其适用范围、程序、股票的司法估价作了相应的规定。建议引进这一制度对于保护中小投资者利益和规范公司重大交易行为具有重要的理论与现实意义。[1]

二是中小股东退股权或除名权。

在 20 世纪各大陆法系国家纷纷借鉴英美国家的授权资本制度，强化了小股东的权利，有条件地承认股东的退股权，使股东权与债权的保护之间求得平衡。目前我国新《公司法》仍然严格遵循资本三原则，并实行法定资本制度，以维护交易安全，保障债权人的利益，如《公司法》第 34 条关于有限责任公司股东不得退股的规定，即是资本三原则的具体体现之一。这使中小股东受到控制股东的压制或欺诈时，如何退出成为障碍。而英美法系国家法律给公司的股东预留了两个通道以供完成投资的股东重新将股份转变成资金：一是公司减资，二是股东转让其所持股份。大陆法系国家同样也有两种救济途径：(1)《德国有限责任公司法》第 61 条规定解散公司之诉；(2)在 1892 年《德国有限责任公司法》公布之后到 1923 年《卡特尔准则》公布之前，公司法学者中就有人主张股东应享有退股权与除名权或规定股东退股权。[2] 本人认为，我国公司法可以借鉴德国的经验，规定中小股东退股权或除名权的程序和应满足的条件来克服法定资本制下法律的不足。如规定退股权应该满足以下条件：(1)要规定小股东应该有一定持股期限，从而使股东之间有必要的时间通过磨合期；(2)退股价格要先经过评估；(3)退股权的行使要先经过公司内部的减资程

---

〔1〕 伍坚："美国公司法中异议股东股份评估权制度研究"，载《上市公司》2001 年第 12 期。

〔2〕 谭甄："论有限责任公司闭锁性困境的救济"，载《法大评论》，中国政法大学出版社 2004 年版，第 67 页。

序。若大股东明确反对通过减少程序撤资且拒绝补偿小股东的损失应通过诉讼途径。[1]

（二）增加控制股东对小股东的信义义务

从我国公司法的规定来看,股东的义务主要是遵守法律、法规和公司章程等义务（新公司法第20条）,依法向公司足额出资义务（第30条、31条、94条、95条）。董事、监事和高级管理人员对公司的忠实义务和注意义务（第148条）,没有明确规定控制股东对公司和股东的义务,因此,应该增加控制股东对公司和小股东的信义义务。

（三）限制控制股东表决权

我国新公司法有关于董事选举中的累积投票制度（第106条）、公司所持自己股份表决权的限制（第104条）、投票权代理制度（第107条）、利害关系股份表决权排除制度（第125条）。但是在以下几个方面仍需要完善:

一是表决权的一般限制。建议借鉴国外公司法关于股东表决权的限制,即无论持股多少,最多享有一定数量的表决权。

二是新的控制股东表决权的限制。由于霸占公司财产,压榨小股东案件的增多,美国部分学者认为大股东“作为经营管理者在公司业务中的决策权必须与其他股东分享”,从而要求限制大股东表决权的主张,对美国立法产生了一定程度的影响。如20世纪70年代后,印第安纳等20个州的反接管立法规定,新的控制股东（控制股的买主）并不能自动获得这些股票所附有的投票权,有关投票权的转移必须得到大多数股东的同意。这也应该为中国公司立法所借鉴。[2]

---

〔1〕　甘培忠:“论有限责任公司股东的退股权”,载《学术探索》2002年第5期。

〔2〕　冯果:“论控制股的转让”,载《法律科学》1999年第3期。

三是积极推行累积投票权制度。累积投票制起源于英国,[1]最早出现在美国伊利诺伊州 1870 年制定的《宪法》中,之后美各州纷纷在其宪法或者公司法中规定了累积投票制。后来,特拉华州为了吸引公司在该州注册,取消了累积投票制,美国各州也纷纷仿效而取消了该制度,只剩下少数州仍然保留了累积投票制。[2]最初为强行性规定,后来各国公司法大多将其作为任意性规定。我国直到 2002 年中国证监会出台的《上市公司治理准则》才规定累积投票制度。随后的新《公司法》第 106 条也正式规定了累积投票制度。但是新公司法的不足在于,一是累积投票制度只限于在股份有限责任公司中,范围过窄,建议扩张到有限责任公司;二是采用许可主义,会降低累积投票制度的作用,使不喜欢这项制度的大股东完全可以不在章程中规定或者不让股东大会通过该制度,[3]建议采用强制主义。

(四)完善控制股东控制权滥用的法律责任

一是降低中小股东提案权的行使门槛。尽管新《公司法》赋予公司中小股东更多参与公司重要事项的决定权,但提案权行使的门槛过高,如现行《公司法》规定,持有公司股份 10% 以上的股东提出请求时,可召开临时股东大会。10% 的比例显然过于苛刻,实际上导致将中小股东排除在决策公司重大事件大门之外。建议规定合并持有公司 5% 股份的股东可以提出议案。

二是在公司法或证券法中增加公司董事、监事、高级管理人员和控制股东违反信义义务应承担的民事责任、行政责任及刑事责任。若董事或控制股东违反信义义务给公司和股东造成损害,

---

〔1〕 梅慎实:《现代公司机关权力构造论》,中国政法大学出版社 1996 年版,第 203 页。

〔2〕 罗伯特·C.克拉克:《公司法则》,胡平等译,工商出版社 1999 年版,第 292~294 页。

〔3〕 米新丽:"评新公司法对小股东权益保护的几项重要举措",载《法学杂志》2007 年第 1 期。

法律需规定其对公司和股东承担无限的民事赔偿责任,并处以足以构成威慑的行政处罚,增加控制股东就滥用控制权获取的"溢价"归入公司的条款,并在此基础上,对责任人处以足以构成威慑的行政处罚和民事处罚。

第二节 关联交易中控制股东信义义务

公司法较少规范母子公司之间的关联交易。然而,母公司和其完全控制拥有之子公司间所为之交易行为,当出现母公司和其多数控制或少数控制之子公司为交易时,此类情形极易造成诉讼,因少数股东认为母公司利用其对子公司之控制权从事使自己受益之交易行为,于此类案件中,少数股东可主张母公司应和董事一样对其应负忠实义务。

一、关联交易的界定

"关联交易",有的也称"关联人士交易"、"关联方交易"、"关联交易"。国家财政部《企业会计准则——关联方关系及其交易的披露》第8条,将关联交易表述为"关联方之间转移资源、劳务或义务的行为,而不论是否收取价款"。[1]《沪深两市上市规则(2002年修订版)》将上市公司的关联方分为三类,分别是关联法人、关联自然人和潜在关联人。具体而言,上市公司的关联法人包括直接或间接地控制上市公司,以及与上市公司同受某一企业控制的法人(包括但不限于母公司、子公司、与上市公司受同一母公司控制的子公司),以及关联自然人所直接或间接控制的企业;关联自然人包括持有上市公司5%以上股份的个人股东,上市公

---

〔1〕 参见财政部 2006 年《企业会计准则第 36 号——关联方披露》(财会〔2006〕3 号文件)。

司的董事、监事及高级管理人员,以及上述自然人的亲属(包括其父母、配偶、兄弟姐妹、年满 18 周岁的子女、配偶的父母、子女的配偶、配偶的兄弟姐妹、兄弟姐妹的配偶)。如果与上市公司关联法人签署协议或做出安排,在协议生效后符合关联法人或关联自然人判断标准的,则是上市公司的潜在关联人。[1]

2006 年新公司法将关联关系定义为"公司控制股东、实际控制人、董事、监事、高级管理人员与其直接或者间接控制的企业之间的关系,以及可能导致公司利益转移的其他关系"。但是,我国公司法和证券法对关联人未置一词,在现行的《股票发行与交易管理暂行条例》第六章"上市公司的信息披露"中,只要求上市公司在年度报告中披露"公司及其关联人一览表和简况",且对关联人未作任何解释。国外公司法也少见直接规定"关联交易"的成例,一般都是体现在"关联公司关系"、"关系企业关系"、"董事的抵触利益交易"、"董事与公司间的相反利益交易"等规范中。从国外立法看,各国对关联人及其关联关系的规定也各不相同。日本法认定公司之间关联关系的依据为双重标准:一是因股份或出资额而对另一公司表决权的拥有程度。凡一公司持有另一公司发行在外 50% 以上股份或占有 50% 以上出资额的,即构成母子公司关系,前者为母公司,后者为子公司。通过子公司持有另一公司 50% 以上股份或出资额亦然。二是对另一公司财务和经营的影响大小。相关法律规定某一公司实质拥有另一公司 20% 以上 50% 以下的股份或出资额,并通过人事、资金、技术和交易等手段严重影响该公司的财务与经营方针者为关联公司。两个条件同时使用,缺一不可。德国公司法采取列举的方式,归纳出关联企业的具体形式,认定依据为选择性的单一标准,主要看股

---

[1] 花双莲:"对《关联方关系及其交易的披露准则》的思考",载《特区财会》2002 年第 6 期。

份或出资额的占有程度(只是下限设为 25% 而非 20%),或者看行政、业务上的支配程度,或者看盈利分享状况(联邦德国股份公司法第 16~9 条、第 291~292 条)。[1] 美国学者克拉克认为"关联交易是表面上发生在两个或两个以上当事人之间,实际上却由一方决定的交易"。他还将关联交易分为四种交易方式:一般自我交易、管理人员薪酬、占用公司或者股东财产和其他混合动机行为。[2]

通常认为,一个行为构成了关联交易要满足三个条件:一是存在被影响公司和其他主体(包括合伙等组织)的交易;二是相关人能对这一公司的交易决策产生影响;三是相关人能从交易另一方主体的收益中获利,或者从交易附带的结果中获利,而不是从被影响的公司或投资者的收益中获利。概括起来,关联方交易具有以下三个基本特征:交易的非效率性、攫取利益的故意性和关联方交易的信息不对称性等。

1. 交易的非效率性——大量研究发现,我国上市公司的关联方交易并不是为了真正意义上的资产优化配置和优化管理,而是通过关联方交易人为地改变企业的财务报表,从而欺骗广大的投资大众,主要目的是"圈钱",而不是良性扩张。现在,由于"圈钱"的成功,但经营的失败,使得上市公司不得不改变关联方交易的方向,即转出"利润",主要目的是逃债,而不是真正意义的市场退出。

2. 攫取利益的故意性——是指上市公司通过关联方交易掠夺广大股民的财富的故意行为。包括两个方面:一是利用信息不对称,通过关联方交易使得财务报表的"业绩"辉煌,骗取广大投资者的信任以及证券机构的认可,以获得配股资格,通过配股获

---

[1] 吴建斌:"关联公司关系浅析",载《法学天地》1996 年第 3 期。

[2] Robert C. Clark, *Corporate Law*, Little, Brown and Company, 1989, pp. 142 – 147.

得大量的"免费"现金;二是利用关联方交易输出"利润",最终受害的仍然是广大股民和国家。

3. 关联方交易的信息不对称性——近年来,国家证券管理机构对上市公司的管理要求越来越高,当然主要是信息披露方面。关联方交易的信息不对称性是关联方交易的主要特征之一。[1]

实际上,关联交易是现代社会中一个日趋常见而又愈益复杂的经济现象,关联交易本身是中性的,不具有当然的非法性,关联交易本身并不必然地侵害公司和中小股东的利益,其本质在于它背离合同的意思表示一致规则,是仅仅体现当事人一方的意志和利益的交易行为。[2] 只是在关联交易被控制股东滥用变成了不公平、不正当的关联交易时才具有危害。按照 clark 教授的说法:任何特定的关联交易对于关联人或者公司来说,可能是也可能不是不利或者次佳的;只有当关联交易实际上对关联人或者公司来说是不公平的,才能说关联交易是不公平或被滥用的。

二、国外公司法关于控制股东关联交易的立法

关联交易的实质是董事或控制股东与公司之间的利益冲突交易。其中主要有两种立法模式和规制方式:

(一)美国模式

该模式对控制股东关联交易的规制主要为"事后规制"方式,也就是"司法救济"方式。在立法上往往采用独立实体法模式,即被控制公司(子公司)也是具有独立法人资格的实体,控制股东(母公司)无权对其进行过多的干预。英国等国也属此类。[3] 以美国为例,美国公司法对控制股东关联交易的规制总体上主要体

---

〔1〕 孙海芹:"关联方交易的动机、识别和管理",载《新疆金融》2004 年第 9 期。

〔2〕 刘道远:"关联交易本质论反思及其重塑",载《政法论坛》2007 年第 6 期。

〔3〕 王长斌:《企业集团法律比较研究》,北京大学出版社 2004 年版,第 3 页。

现为两个方面的平衡:一方面对控制股东地位的尊重。其作为股东可行使自身的权益,如广泛的自由表达权及转让所持股份获得溢价权;另一方面对控制股东机会主义的控制,如利用其拥有的潜在的控制、操纵公司的权力损害公司及中小股东的利益,等等。[1]

具体在规制方式上,美国公司法以个案审查的方式进行,以商业判断原则或实质公平原则为判断标准。其中影响司法审查的重要因素有控制股东的身份和关联交易行为,具体来说这些关联交易行为包括三类:涉及公司合并、涉及公司组织性变更(如出售资产、股权置换合并、修改公司章程等)和涉及日常商业性交易(如供应原材料、销售产品等)。特别是特拉华州最高法院在 Sinclair Oil Corp. v. Levien 一案[2]审理中还确立了门槛规则,即控制股东与其附属子公司发生关联交易时,的确对其子公司及其他中小股东负有受信义务,但这种义务并不足以引起实质公平原则的适用,法院仅在控制股东负有受信义务并且其所进行的关联交易构成"自我交易"(self-dealing)时才适用公平原则对该关联交易进行审查。这里的自我交易指控制股东利用其与附属子公司之间的关系,以排斥(excludion)并损害(detriment)中小股东,进行牟取不正当利益。[3]

在立法模式上为,美国采独立实体法模式。美国公司立法没有对关联公司关系做出专门规定,而主要是将关联公司关系作为控制股东与公司的关系来处理的(也就是母子公司的关系),其中《特拉华州公司法典》第 144 节和公司美国 ALI 原则 §5.10 分别

---

〔1〕 汤欣等:《控制股东法律规制比较研究》,法律出版社 2007 年版,第 16~17 页。

〔2〕 Sinclair Oil Corporation v. Levien. 280 A. 2d 717 (Del. 1971).

〔3〕 汤欣等:《控制股东法律规制比较研究》,法律出版社 2007 年版,第 25 页。

对控制股东关联交易的行为、举证责任等做了详细规定,并在判例法中形成了揭开公司面纱原则、深石原则和控制股东受托人信义义务原则。如 ALI 原则规定:

(1)控制股东与公司从事交易时的义务[1]

①一般规定。控制股东在与公司从事交易时,如果履行了下列程序,则认为其履行了公正交易的义务:第一,该交易在缔结时对公司是公平的;或者第二,控制股东得到了无利益关系的股东的事先授权或者在向无利益关系股东披露了该交易的利益冲突情形后得到了他们的批准,并且该交易也没有构成对公司财产的浪费。

②举证责任。如果该交易在披露了相关利益冲突情形以后,事先得到了无利益关系董事的授权,或者由无利益关系的股东事先授权或者批准,对该交易提出异议的当事人负有证明该交易对公司不公平的责任。如果该交易是由无利益关系的董事批准,而且这种没有事先得到无利益董事的授权的情况也没有对公司的利益产生重大的负面影响,异议当事人仍然需要承担证明责任。如果该交易没有得到授权或批准,从事交易的控制股东负有证明的责任,除非具有本条③项所规定的情形。[2]

③在正常商业交往中所达成的交易。如果控制股东与公司所达成的交易是属于公司正常营业范围内的商事活动,则不管该交易是否经由无利益关系的董事或股东的事先授权或批准,异议当事人都负有证明该交易不公平的义务。

(2)与控制股东有关的其他组织之间的交易[3]

如果控制股东有意使与其有利益关系的其他组织得到经济上的利益,并且该行为没有符合如果是控制股东本身从事该交易

---

[1] ALI, Principles of Corporate Governance, §5.10.

[2] Ibid, §s.11.

[3] Ibid, §s.13.

时所应当履行的规定,则认为控制股东没有履行其所负担的与公司公平交易的义务。

而《特拉华州公司法典》第144节规定,如果董事所进行的关联交易能够满足以下任何条件,即不会被认为无效:(1)该交易经过充分信息披露后,已由无害关系的董事表决通过;或(2)该交易经过充分信息披露后,已由无害关系的股东表决通过;或(3)该交易经证明对公司是公平的。[1]

(二)德国模式

该模式以德国为代表,我国台湾地区也属此类。主要是通过制定关系企业法来规制企业集团内部母子公司、关联公司等关系企业行为。从立法者的意图看,一方面承认关系企业的事实,予以正面规制,[2]以鼓励企业结合,追求效益;另一方面,决不宽容控制股东滥用控制力,以平衡关系企业内控制企业与从属企业、控制股东与中小股东的利益平衡。

在规制方式上主要采用"事前规制"方式,或称"立法救济"方式。如德国股份公司法第300—310条对保护从属公司债权人(还有少数股东)利益进行了专门的规定。归纳起来,主要措施有:(1)提高法定公积金、法定盈余公积金。其中,在关联企业中,提高法定盈余公积金,为规制控制股东通过事先订立"利润转移"的合同和在从属公司运营中转移其利润。(2)设立盈余转移的最高数额。(3)设立损失承担的机制,即规定在关联企业中,控制企业在特定的情况下要对被控制企业年度亏损负责补偿。(4)设立对从属公司债权人的债务由控制公司担保。我国台湾地区"公司法"(1997年修正案)第369条之四规定,控制公司直接或间接使从属公司为不合营业常规或其他不利益之经营,而未于营业年度

---

〔1〕 汤欣等:《控制股东法律规制比较研究》,法律出版社2007年版,第37~38页。

〔2〕 吴越:《企业集团法律研究》,法律出版社2003年版,第17页。

终了之时为适当补偿,致从属公司受有损害者,应负赔偿责任。控制公司未为第一项之赔偿,从属公司债权人,得以自己名义行使前两项从属公司之权利,请求对从属公司为给付。此外,在法国和瑞士将母公司视为子公司"事实上的董事"(the de facto Directorship Notions),为损害子公司利益行为时,可发生破产程序及于母公司财产的效力。欧共体公司法第 9 号建议案第 239 条规定集团的控制企业必须对从属公司的债务承担责任。

在立法模式上,采企业集团法模式。即在签订了控制协议的情况下,允许控制股东对被控制企业发出有约束力的指令,被控制公司有义务去执行这些指令。在这种模式下,不但允许控制股东与被控制公司之间的利益冲突交易,而且承认可以在个别交易中以不公平的交易条件与公司进行交易,只要通过某种方式给予后者以补偿。从德国公司立法来看,德国立法者区分了契约康采恩与事实上的康采恩,并进行了不同的规范,前者直接赋予企业全面的领导权,并设计了一系列强行性规范,对契约内容和程序明确规定,防止他们借领导权之名压榨、挤对从属公司股东。对于后者,控制企业虽不具有领导权,但若事实上实施了不利影响也必须进行披露或承担补偿与赔偿责任。如德国《股份公司法》第 311 条规定:(1)未订立控制契约者,控制企业不得利用其影响力,使从属之股份有限公司或股份两合公司为不利于己的法律行为或措施,但该不利益已获得补偿者,不在此限;(2)控制企业如在会计年度内未为补偿,至迟应于从属公司发生不利益之会计年度终了时,决定于何时以及以何种形式对该不利益为补偿。从属公司对于此项补偿之利益,有法律上的请求权。第 317 条规定:未订立控制契约,控制企业促使从属公司为不利于己的法律行为,或使其采取某项措施并因而蒙受损害,然至会计年度终了时未就该项不利益为实际的补偿,或给予一定形式利益之请求权以补偿者,对从属公司因此所受的损害,应负赔偿责任,对(从属公司)股东因此所受的损害亦同,但股东的损害系因公司的受损而导致的,不在此限。很多仿效德国公司立法的国家和地区,也是采用这种模式规制控制股东与公司之间的交易。其中,我国台湾地区"公司法"典型地承袭德国法,但只引进了"事实上的康采恩"制度,详细规定了控制股东关联企业的规制包括程序、信息披露到责任承担。如我国台湾地区"公司法"第 178 条规定:股东对于会议之事项有自身利害关系,致有害于公司利益之虞时,不得加入表决,并不得代理其他股东行使其表决权。第 369 条之 4 第 1 项规定,控制公司直接或间接使从属公司为不合常规或其他不利益之经营,而未于会计年度终了时为适当补偿,致从属公司受有损害者,应负赔偿责任。同条第 2 项规定,控制公司负责人使公司为前项之经营者,应与控制公司就前项损害负连带赔偿责任。[1]

三、我国控制股东关联交易的现状与评析

(一)我国实践中存在的关联交易

实证研究表明,[2]下面四种情况极易出现关联方交易,而担保则是组织关联方交易的必要手段:(1)集团公司内部成员公司;(2)超常扩张的公司;(3)上市公司;(4)被控制的金融性公司。这是因为集团公司对子公司或附属公司的实际控制力,使得内部关联方可能不按照公允价格进行交易、转移资产或利润,特别是当集团有重大投资计划时,常会通过关联手段大规模集结资金,超常扩张的公司也基本属于这种情况。上市公司具有市场再融资功能,通过关联方直接或间接转移、占用上市公司资产,或操纵上市公司股价,谋求高的投资收益和质押股权套取银行大额融资,成为资本市场上十分普遍的问题。而在我国《企业会计准

---

〔1〕　王文宇:《公司法论》,中国政法大学出版社 2004 年版,第 578 页。

〔2〕　周新玲:"上市公司非公允关联方交易治理研究",载《财会通讯》2004 年第 3 期。

则——关联方关系及其交易的披露》中涉及的交易类型有:购买
或销售商品;购买或销售除商品以外的其他资产;提供或接受劳
务;代理;租赁;提供资金(包括以现金或实物形式的贷款或权益
性资金);担保和抵押;管理方面的合同;研究与开发项目的转移;
许可协议;关键管理人员报酬。

　　按照交易产生的不同结果,关联交易可区分为正当的交易和
不当的交易。正当的交易可以节约交易成本和合理避税;不当关
联交易则主要被控制股东用来恶意操纵利润和股价,侵占公司、
中小股东和债权人的利益。当公司与关联方之间的交易违背了
诚实信用原则,对公司和其他股东造成侵害时,就应认定为不公
平关联交易,往往表现为上市公司大股东或控制股东常常利用其
控制地位,通过关联交易占有上市公司的资源或直接将上市公司
的利润转移到母公司或其他关联公司,其中在我国上市公司中较
常见的不当关联交易方式有:

　　1. 产品购销

　　我国许多上市公司是由国企改制而来,为符合法定条件,只
能集中企业的部分优质资产(某一个或数个生产实体)包装上市,
上市公司仍要借助作为控制股东的国有企业的原材料供应渠道
和产品销售渠道,因此对控制股东的依赖性很高。以宝钢股份为
例,其发布的 2005 年年度日常关联交易公告显示,其 2005 年度
预计向关联方采购原材料、购买燃料和动力、销售产品的金额分
别为 159. 62 亿元、31. 3 亿元和 43. 23 亿元,占同类交易的比例为
61%、31% 和 28%。[1] 关联交易对公司的重要性可见一斑。实
践中关联方常常通过这种方式转移利润,甚至可以按照协议价设
计虚假购销合同,将销售收入作为应收账款而非实际资金流动,
通过主营业务收入做出账面利润。而这方面的信息披露则往往

---

〔1〕《中国证券报》2005 年 3 月 15 日版。

不能满足投资者的要求,使得投资者无法正确判断交易对自身的影响。

2. 资产占用

表现为母公司运用控制权将子公司资产以明显低价甚至无偿变为己有。这种不正当交易(实质如"虚假交易")常常发生在母公司与全资子公司之间,母子公司股东结构一致,或者是设立两个公司完全是为了在一个公司发生债务清偿时利用另一个公司转移财产。如在深圳上市的公司三九医药(0999)截至2001年5月31日,其最大股东三九集团(直接和间接持有上市公司73.39%的股份)及其关联方共占用上市公司资金超过25亿元,占公司净资产的96%。三九医药于2000年3月9日上市,实际募集资金16.7亿元。据该公司的一份公告披露,早在1999年12月8日,公司就与第一大股东三九药业签订了资金借用协议,根据该协议,1999年公司累计向三九药业提供借款本息共2.79亿元,2000年为4.16亿元,而且截至2000年底三九医药对三九药业的其他应收款达6.9亿元。这些都导致了企业正常生产经营资金严重不足,失去发展后劲,从而对其他股东的利益造成了严重损害。

3. 关联担保

这类关联交易在我国公司往来中比比皆是。近年来违法关联担保大案频发,先后出现了ST棱光、幸福实业、猴王、ST托普、洛南轻骑等案例。以猴王案为例,据有关媒体报道,ST猴王为猴王集团担保贷款的金额高达4.3亿元,这些或有负债在猴王集团破产后大都成为ST猴王的现实负债,ST猴王最终亦为之付出破产的代价。从ST猴王2000年的财务资料可以看出,截至2000年6月30日,猴王集团占有ST猴王资金达5.92亿元,占ST猴王总资产的 68.12%。[1]

4. 关联收购与资产出售

如 2005 年 5 月 20 日,美的电器(000527)将其控制子公司佛山市美的日用家电集团有限公司(以下简称日电集团)85% 的股权出售给公司的控制股东美的集团股份有限公司(以下简称美的集团),被认为是严重的违法关联交易。从公开披露的美的电器与日电集团 2004 年的财务数据显示,美的电器调高日电集团模拟财务报表的短期借款额,从而调低日电集团的净资产,调低收购价格。同时增加日电集团的财务费用,减少日电集团的利润水平,增加实现亏损的力量。公开披露的美的电器与日电集团 2004 年的财务数据显示,美的电器 2004 年末短期借款为 3.1 亿元,而其下属子公司日电集团的 2004 年模拟报表中竟显示日电集团 2004 年末短期借款为 17.87 亿元,奇怪的是,日电集团同时还在美的电器财务中心有 8.83 亿元存款。由于美的集团及关联股东只拥有上市公司美的电器约 30% 的股权,因此,把日电集团留在美的电器股份公司里,大股东美的集团只享受 30% 的权益,而转手到美的集团公司里,大股东就能享受 100% 的权益。[2]

(二)我国关联交易的立法现状

从立法角度看,大多数国家都通过设立适当的规则确保这种特殊交易的公正性,即在承认关联交易并非自动无效的前提下,通过适当的程序和实质规范来保证关联交易对公司和股东来说是公正的,从而最大限度地避免关联交易潜在的危害,尤其避免为了一部分股东(尤其是控制股东)的利益而损害另一部分股东的利益,因为不正当关联交易不仅损害上市公司的利益而且也侵

〔1〕 吴剑平:"试论关联交易及其规范",载 http://www.chinacourt.org/public/detail.php? id = 103415。

〔2〕 李明瑜:"贱卖优质资产:美的集团难逃三大诘问",载 http://xz.blogchina.com/29/2005 - 06 - 16/26813.html。

犯了关联方的利益。

1. 与公司法有关的规定

我国 1999 年、2005 年、2006 年公司法没有直接规定关联交易,2006 年公司法只在第 217 条定义了"关联关系"用语。而有关关联交易制度的一些规定散见于证监会和交易所的规章中。主要有:中国证监会《上市公司股东大会规范意见》(2000 年 5 月 18 日修订);中国证监会《上市公司治理准则》第三节"关联交易"(2001 年);中国证监会《关于规范上市公司与关联方资金往来及上市公司对外担保若干问题的通知》(2003 年);财政部《企业会计准则——关联方关系及其交易的披露》(1997 年);财政部《中国注册会计师审计准则第 1323 号——关联方》(2007 年 1 月 1 日生效);上海证券交易所《上市规则》第十章"关联交易"(2006 年);深圳证券交易所《上市规则》第十章"关联交易"(2006 年 5 月修订);《公司法》(2006 年修订)第 16 条、第 116 条、149 条、第 125 条等。归纳起来,这些规定主要包括以下几项内容:(1)关于重大关联交易股东大会核准。如深、沪证券交易所《股票上市规则》第 7 章第 3 节对此做了规定。(2)关于关联股东表决权回避制。如《公司法》第 16 条、第 125 条等。(3)几种重要的关联交易,如与公司交易(《公司法》第 149 条)、相互借款(《公司法》第 116 条)等。

2. 与证券法有关的规定

财政部 1997 年发布《企业会计准则——关联方关系及其交易的披露》(2006 年修订)、中国证监会发布的公开发行股票公司信息披露的内容与格式准则第一号《招股说明书的内容与格式》(1997 年)、第二号《年度报告的内容与格式》(1998 年、1999 年分别修订)、第二号《中期报告的内容(2000 年修订稿)》、第六号《法律意见书的内容与格式(1999 年修订)》、第七号《上市公告书的内容与格式(试行)》(1997 年)、就控制股东及其代理人的行为限制的《上市公司章程指引》(1997年)、《关于在上市公司建立独立董事制度的指导意见》(2001年)、《上市公司股东大会规范意见》(1998年发布、2000年修订)以及《证券法》(2006年修订)分别对控制股东关联交易进行了规制。这些法律、规章的内容主要包括:(1)信息披露,要求控制股东在关联交易中负有以下义务:大量持股披露义务、强制要约收购义务和保护中小股东利益的义务。其中,大量持股披露义务散见于我国《证券法》第79条、第80条;强制要约收购义务和保护中小股东利益的义务散见于《证券法》第81、82、83条之规定。(2)关联交易的决策程序,如《上市公司章程指引》、《证券交易所的股票上市规则》、《上市公司股东大会规范意见》和《证券法》等分别对关联股东表决权进行了限制。

(三)对我国控制股东关联交易立法的评价

以2002—2004年我国深圳证交所近三年上市公司的交易数据为例,关联交易有逐年上升趋势,如关联交易中关联销售、关联采购、关联担保,2003年比上年同比增长分别达29.10%、20.6%、10.98%,[1]2004年同比增长分别达46.43%、62.88%、70.64%。[2]其中,控制股东不公平的关联交易早已不是一个新鲜话题了。

从我国目前的立法来看,我国在关联交易规制方面只规定了利益关系人的披露关联交易的义务,而在控制股东受托人义务、关联交易的程序规定等方面还存在缺失。要解决上市公司关联交易问题仅仅依靠信息披露是远远不够的,必须同时加强对控制股东行为的约束。仅仅就我国上市公司关联交易的信息披露制

---

〔1〕 邹雄:"深市2003年关联交易统计分析及政策建议",载《证券市场导报》2004年第6期。

〔2〕 邹雄:"2004年深市关联交易总量、模式及发展趋势",载《证券市场导报》2005年第7期。

度来说,披露的规定也过于原则、简单,导致在认定上市公司披露关联交易的信息时是否存在虚假、严重误导性陈述或重大遗漏都有困难。而且,公司法有关对关联交易程序的设计也存在不足,主要表现为:

1. 缺乏有效的监督第三人。公司法本来是期待监事或者独立董事能公正、独立行使职权,但由于监事、独立董事的选举或产生程序规定,如果监事或独立董事不能得到控制股东的支持,很难能够当选。受到控制股东支持的监事自然不能对由控制股东控制的董事会进行有效的监督。而董事虽由股东所选举,并独立行使职权,但从实践中看,还很少发生董事会对控制股东所发起的利益冲突交易持反对意见的,其原因就在于如果董事未遵照控制股东的指示行事,控制股东必然重新改派董事,直到派任的董事完全顺从为止。在这种情况下,以控制股东代表身份出任的董事、监事都无法避免成为控制股东实现自身意志的工具,即使程序设计要求交易须经过董事会通过,或经监事会审核,对控制股东滥用控制力的利益冲突交易的防范作用也是极其微小的。此外,就监事、独立董事的制衡能力来看,虽然依照公司法的规定,监事可以查核公司的簿册文件,但公司复杂多变,监事不在公司权力的核心,即不可能随时了解公司真实经营状况,而仅凭静态地查核簿册文件,是很难及时发现问题的。更何况监事与董事在执行职务时往往需要依靠他人的帮助,但法律并没有授权监事可以利用公司的资源来委托专业机构进行调查。因此,掌握公司实质权力者即为控制股东所操控,他们本身就很可能成为控制股东利益输送交易的执行者,而监事或独立董事无从发现利益冲突。

2. 回避制度僵化。从利益回避理论本身来看,公司法制度也存在缺陷。在我国目前公司法上,控制股东如果未担任公司的管理职务,其对公司并没有善管或忠实义务。如果没有该义务,要求控制股东在行使表决权时利益回避即缺乏根据。

3. 在责任形式方面,我国普遍存在重行政、刑事责任,轻民事责任的问题。在《证券法》第十一章有关法律责任的 36 个条文中,仅有 3 条涉及民事责任,更别说系统化和具体化的民事责任体系了。

四、关联交易中控制股东信义义务及其法律规制

对不当关联交易的规制可采取事前防范,如规定累积投票权制度、股东表决权排除制度,以防止因资本多数决的滥用而导致不公平关联交易的产生。同时因不公平关联交易而导致利益受到侵害的股东,可以规定相应的救济措施,如请求法院否认股东大会、董事会决议效力制度、股东代表诉讼制度、法人人格否认制度,在程序及实体方面使受到侵害者获得司法保护。但是关键还是要合理界定控制股东所作出的一个具体的关联交易行为的效力。需要确定关联交易行为合法性的审查标准。笔者认为,首先要确定我国应该采什么样的立法模式,其次才是如何规制不当关联交易行为。根据前面的分析,关联交易法律规制主要有以美国为代表的独立实体法模式与"司法救济"规制方式,和以德国为代表的关系企业法模式与"立法救济"规制方式。

(一)立法模式

从我国公司、证券法律法规来看,我国立法主要采用独立实体法模式,如 2006 年实施的新修订的《公司法》第 20 条、21 条对关联交易作了禁止性规定,第 152 条确立针对控制股东等高级管理人员的股东代位诉讼制度。

(二)法律规制

我国公司法没有规定控制股东在关联交易中的信义义务和相应的民事责任,缺乏对关联交易行为合法性程序的规定。正如前面的分析,在规制方面有美国模式和德国模式,本人认为,我国应该采用德国的"立法救济"模式,具体规定控制股东关联交易的主体、行为、义务、责任。

1. 规范控制股东关联交易的主体。将控制股东作为公司组织法上的一个行为主体，与董事、监事、经理和其他高级管理人员并列，在新《公司法》第20条、21条已经体现了这种立法。

2. 规范控制股东关联交易行为。主要规定行为的合法性审查标准。一个行为生效与否应包括了程序要件和实质要件。其中程序要件包括披露和批准。实质条件主要是指关联交易的内容要合法。关于披露，我国已经颁布的涉及关联交易信息披露的有关规定有《企业会计准则——关联方关系及其交易的披露》、《公开发行证券公司信息披露的内容与格式准则》、《上市公司章程指引》、《股票上市规则》和《上市公司治理准则》等已经规定很详细。而关于批准，为确保关联交易的程序公正，包括中国在内的大多数国家和地区立法都设立了股东表决权排除制度和独立董事制度。如我国新《公司法》第75条、104条、122条、143条规定了表决权回避制度的内容，包括：（1）有利害关系股东的表决权回避；（2）公司或其从属公司所持自身股份的表决权限制；（3）相互持股的表决权限制。我国深、沪交易所《股票上市规则》也规定了上市公司关联交易应当遵循表决回避的规则。而实质要件的判断，主要包括业务禁止和违法行为判断，其中违法行为判断应该引入美国的商业判断原则和公司机会原则，这要求直接规定控制股东信义义务。

3. 完善高管薪酬的正当程序。公司法等部门法要重视确定高管薪酬的正当程序建设，尤其对于上市公司等公众公司而言，发挥以独立董事为主要成员的薪酬委员会的作用势在必行；同时，要授权并维护股东在重大薪酬事项上的决策权、监督权。高管薪酬的确定在很多时候表现为一种关联交易，所以公司立法应将完善高管薪酬的正当程序建设纳入到关联交易制度体系的完善中去。[1]

第三节 公司并购中控制股东的信义义务

并购作为一个法律名词,在西方文献中与其相近或相关的词很多。其中一个重要的词汇为"acquisition",依布莱克法律辞典的解释,是指通过任何方式获取特定财产所有权的行为。[2] 一般而言,acquisition 包含广义和狭义两种含义,广义上是指 merger(兼并)、consoldation(收购)、acquisition df stock(股权收购)、acquisition of asset(资产收购)四种形式,统称为"并购"是兼并、合并、收购和接管的总称。狭义上是指 acquisition df stock(股权收购),即一个企业以股份要约(tender offer)的形式取得对另一家企业的控制权和代表权的行为。[3] 国内学者一般认为公司收购是指一种行为,一个人(包括自然人和法人)以获得一个股份公司(或称公开公司、公众公司)的控制权为目的,购买该公司一定数量有投票权股份的行为。这种行为的结果往往是一个公司获得了另一个公司的控制权。前者我们称之为收购者或收购公司,后者我们称之为被收购公司或目标公司。[4] 依此解释,公司并购的实质是通过股权转让行为实现公司控制权的转移。虽然兼并与收购在法律行为的主体、适用的法律及后果等方面存在明显的区别,但从实际运作中看,收购与兼并有着同样的动机和逻辑,因此收购与兼并常作同义词一并使用,统称并购、购并,故本书使

---

〔1〕 李建伟:《关联交易的法律规制》,法律出版社 2007 年版,第 293 页。

〔2〕 *Black's Law Dctionary*,8th edition, West publishing Co. ,2004,p. 280.

〔3〕 史建三、石育斌、易芳:《中国并购法律环境与实务操作》,法律出版社 2006 年版,第 4 页。

〔4〕 张舫:《公司收购法律制度研究》,法律出版社 1998 年版,第 6 页。

用"并购"一词。

按照不同标准,公司并购有多种分类方法。我国新《证券法》第85条将公司并购分为协议收购和公开要约收购。其中,由于协议收购在信息公开、机会均等、交易公正等方面具有很大的局限性,不利于政府的有效监管和保护中小投资者的利益,西方很多国家的法律限制甚至排除了协议收购的合法性,而以公开要约收购为最常见的方式。[1] 但是英美与欧洲大陆的收购方式也不同,在英国,公司收购常常被设计来获得一个公司的控制权,在欧洲大陆,公司收购经常是控制权私下交换的结果。[2] 而我国由于行政干预严重,上市公司股权结构特殊,协议收购成本较低等原因而仍然以协议收购占主导,直到我国新《证券法》第88条取消了原来的强制性全面收购规定,修改为可以按比例收购部分股份,公开要约收购才有制度保障。

一、国外公司法关于公司并购中控制股东信义义务的立法

(一)公司并购交易中控制股东信义义务立法之争

由于股东大会虚构化现象和缺少实效的经营监视体制,控制股东的私利追求不断扩大,如何杜绝这一现象成为公司法的一项重要课题。[3] 特别是公司收购涉及控制股东与公司、与中小股东、与经营管理层、与收购者、与其他利益相关者之间的一系列法律关系,事关与公司命运息息相关各方主体的切身利益,在公司收购中控制股东为了取得目标公司的控制权,往往以各种非正常的、极端激化和错综复杂的方式展开收购争夺。当"收购行为打破了目标公司旧的利益格局,而在新的利益格局形成前后,必将

---

〔1〕 徐兆宏:"我国上市公司协议收购法律制度",载《财经研究》1996年第10期。

〔2〕 张舫:《公司收购法律制度研究》,法律出版社1998年版,第36页。

〔3〕 李哲松:《韩国公司法》,吴日焕译,中国政法大学出版社2000年版,第226页。

引发收购者与目标公司的股东及其利益相关者的多种利益的矛盾冲突,面对收购者的夺权行为,控制股东往往会操纵目标公司的经营者奋起反击,其结果是目标公司的反收购行为使收购由收购者与目标公司股东的股票交易关系,演化为一场由大股东支配的为夺取和固守目标公司控制权的争夺战,而对目标公司少数股东而言,无论是收购者或是本公司的经营者公司控制权的争夺中均不值得信赖。因为在这场角逐中不管谁获胜,都无法改变其弱者的地位,只有以最高的价格出售其股票,才能实现其自身利益的最大化"〔1〕

　　针对这种现象,是否应该对控制股东课以信义义务,学者们展开了积极的争论。现代英美法学者仍然承认大股东参与公司的经营管理是资本支配的结果,是私人财产权制度在公司法制度中的自然延伸,因此大股东单纯的通过资本的拥有而享有公司的控制权以及转移其控制权得到的好处并无不妥。如 1980 年两位著名的法律经济分析学派学者 Frank H. Easterbrook 和 Daniel R. Fischel 教授在其合著的《公司控制权转移》一文中,提出了公司控制权交易的经济分析理论,认为只要并购转移控制权不损害其他人的利益,并使其处于比并购前更好的地位,则控制股东应有权得到因其地位制造出的好处。他们承认诚信原则是公司法中的基本原则,但指出在诚信原则之下公平待遇和平等待遇并不是一回事,并进一步提出如果需要不平等分配而使公司获得更多利益,那么诚信义务则应肯定这种不平等待遇。〔2〕而法学家则认为,尽管并非在任何收购的情形下,均负有诚信义务,是否存在信义义务取决于其在公司中担当的角色,以其在具体收购法律关系

---

〔1〕 郭富青:"论公司要约收购与反收购中少数股东利益的保护",载《法商研究》2000 年第 4 期。

〔2〕 Frank H. Easterbrook & Daniel R. Fischel, Corporate Control Transactions, 91 *Yale L. J.* 1982, pp. 698, 738.

中的法律地位和实际控制行为而定。

本人认为，基于利益平衡、股东权平等和责权一致等法理原因，加强控制股东信义义务仍然很有必要，只是法律必须锁定其具体的角色和行为，设定其对公司和少数股东的信义义务。一是利益平衡的需要。公司并购的过程实质上就是一个控制股转让的过程。在控制股转让中，一方面，控制股东通常可以得到高于市场价的转让价格，一般称之为"控制股溢价"；另一方面，新的控制股东通过受让取得公司的控制权，可以按照自己的意愿来管理公司，其行为必然对公司和少数股东利益产生巨大的影响。甚至，为了追求高额的转让金，控制股东往往置公司和少数股东的利益于不顾。为此，通过设定法律义务和责任并规定违法义务所承担的不利后果，对出售控制股的行为加以规制，可以实现强势的控制股东与弱势的公司和少数股东之间的利益平衡。二是股东权同等保护的需要。我国《公司法》对股东权利的规定主要体现在两个方面：其一，为单个股东权利义务的直接规定，实行的是股权平等原则，也即通常所说的"同股同权，同股同利"，实际上是公司股东按所持有股份的性质和数额实行平等待遇，只是体现了形式正义；其二，是对股东大会权利义务的规定。之所以要规定公司收购中控制股东负有信义义务，不仅因为资本多数决原则掩盖了事实上股东间地位的不平等，而且控制股东最有能力来展开调查。因为控制股东转让其所持有股份，实际上是转让了对公司的控制权。而"控制权"的获得实际上就拥有了公司的重大决策权和选择公司管理层的权力，而这些权力对公司和其他股东的利益有重大影响，因此控制股东在转让"控制权"时，必须同时对公司和其他股东负责，禁止控制股东和收购方达成某些仅有利于自己，而置公司和其他股东利益于不顾的交易。为同等保护不同股东的利益，有必要对目标公司控制股东科以信义义务，使其行为受到一定的约束。三是权利与义务一致的体现。美国法院判例认为,当控制股东将其控制权益转让给他人时,他同时也转让了一家营运中公司的控制权,换言之,控制权的重要功能之一即是选择管理者,而此种选择权必须负责任地行使。[1]

(二)西方国家关于公司并购中控制股东义务的立法

和公司的持续运作不同,并购可能使公司不复存在。为了中小股东的权益,必须在并购中对控制股东提出更高的要求。由于上市公司收购会对市场产生较大的影响,法官也就更愿意积极地参与对该类诉讼的判决。这为发展这方面的规则奠定了一定的基础,产生了许多这方面的判例。信义义务的内容就是随着各国的商业实践和审判实践逐步发展起来。尽管英美法传统公司法理论长期认为股东对其持有股票的所有权是私有财产权,包括控制股东在内的股权人可以随意处分并以高价格出售,但是随着公司收购控制股东可能滥用其优势地位而损害公司其他利益主体尤其是中小股东的利益,人们开始认识到控制股东进行信义义务立法的重要性。

1. 美国。早在 1919 年的 Southern Pacific Co. v. Bogert 一案中确立了控制股东在公司并购中的义务,直到 20 世纪 50 年代为止,绝大多数法院判例都已经承认了控制股东在公司并购、出售控制权时承担一定的信义义务,如在 1958 年的 Perlman v. Feldman 一案中,法院法官认为,作为公司的支配股东,被告与公司及小股东之间存在信义关系,被告从有利的市场形势造成的公司优势中获取自己所得的行为,没有表现出受托义务。[2] 此后,真正支持控制股东只对自己,而不对公司和其他股东负责的传统

---

〔1〕 Berle:Control in Corporate Law, 58 *Colum. L. Rev.* 1220 (1958).

〔2〕 Lewis D. Solomon, Donald E. Schwartz, Jeffrey D. Bauman, Elliott J. Weiss, *Corporations Law and Policy: Materials and Problems* (Third Edition), West Publishing Co. ,1994, pp. 1558 – 1160.

理论的判例已经屈指可数了。特拉华州最高法院也曾经指出,股东有权根据其自己的意愿行使他们的控制权和控制权,只是在一定情况下受到对其他股东诚信义务的限制,其中在 Weniberger v. UOP 案中确立了完全公平坦诚标准,这一标准包括公平交易与公平价格。[1]

2. 英国。传统上控制股东对小股东是否负有诚信义务持否定态度,因为在英国判例法将股东的表决权视为一种财产,表决权的所有人可以按照自己的意愿行使其表决权,如 Walton 法官在 Northern Countied Sec. Ltd. v. Jackdon & Steeple Ltd. 案中也谈到"当一名股东投票赞成或反对某项决议时,他是在按照自己的意愿行使自己的财产权利,他不对公司负有任何的信托义务。投票的结果将约束公司的事实并不影响他行使自己的财产权利"。[2] 但是英国还是要求以善意义务(duty to act bona fide)来防止大股东对少数股东欺诈和以不公平方式损害少数股东利益,如英国普通法要求公司控制股东对自己有利害关系的事宜真诚地依公司最佳利益表决,并且不得任意处置公司财产和其他少数股东的财产。[3] 并且英国判例法中同样会运用信托义务原理来限制公司经营者的权力。如在处理公司对敌意收购的防御行为

---

〔1〕 张宪初:"控制股东在公司并购中的诚信义务:理论与实践的借鉴和比较",载顾功耘主编:《公司法律评论》,上海人民出版社 2004 年版。

〔2〕 Northern Countied Sec. Ltd. v. Jackdon & Steeple Ltd., [1974]1 W. L. R. 1133,1144(ch.)

〔3〕 何美欢:《公众公司及其股权证券》,北京大学出版社 1999 年版,第828 页。

的案件中,英国法院也主要运用了忠实义务[1]中的第二条标准,即"正当目的标准"。

3. 德国。德国 1965 年修订的《股份公司法》本来没有对控制股东规定义务,其最高法院也不承认这一点,但在 70 年代之后,基于控制股东操纵公司事务的事实愈益严重,最高法院在判决中修改了从前的意见,强调了控制股东对公司的"忠实义务"。根据德国《股份公司法》的规定,尽管控制股东享有对从属公司下达指令的权力,但控制股东的负责人在对其从属公司下达指令时,应尽其正常的忠实管理人之注意义务。控制股东的负责人如果违反了这种义务,则应对从属公司因此而发生的损害承担连带责任。[2] 1988 年德国联邦最高法院承认控制股东对少数股东负有受托信义义务。[3]

(三)西方国家公司并购中控制股东信义义务立法的主要内容

美国学者认为,控制股东在转让自身股份给第三者时,对公司、债权人和其他股东都负有注意义务,尤其是在涉及公司重大利益(如公司收购)时。[4] 德国学术界偏重于从股东权的本质来探讨控制股东的注意义务,认为这种义务是基于控制股东的地位

---

〔1〕 英国判例法上的忠实义务主要包括:a)董事必须善意地以公司利益最大化而行动;b)董事行使权力必须符合所授权力之目的,不得为不同于该目的之目的而行使该权力;c)董事的具体处理事务的权力不必受此约束;d)没有公司的同意,董事不能处于自己的利益或对他人的义务与其对公司的义务相冲突的位置。参见 L. C. B. Gower. *The Principle of Company Law*, Sweet & Maxwell, 1995, p.553. 转引自张舫:《公司收购法律制度研究》,法律出版社 1998 年版,第 162 页。

〔2〕 克劳期·J.霍普特、丁丁:"公司治理:来自德国的经验和问题",载《经济导刊》2002 年第 6 期。

〔3〕 王丹:"股份公司控制股东'诚信义务'考辩",载王保树主编:《全球竞争体制下的公司法改革》,社会科学文献出版社 2003 年版,第 312 页。

〔4〕 胡果威:《美国公司法》,法律出版社 1999 年版,第 181 页。

而产生的,控制股东理应和中小股东承担不同程度的义务。我国大陆学者大都认为控制股东负有忠实义务,其主旨是控制股东不得使自己的义务与个人私利发生冲突。认为,它实质上既属于一种客观性义务,也是一种道德性义务。作为一种客观性义务,其强调控制股东所实施的与其他利益相关者利益有关的行为必须具有公正性。基本上包括大陆法系和英美法系国家都认为控制股东应该负有忠实义务。笔者认为,由于公司收购过程中控制股东的注意义务和忠实义务是控制股东的注意义务和忠实义务在实践中的具体体现,二者之间是一般与具体的关系。因此,两者的基本理论基本一致,不再赘述。

1. 公司并购中控制股东的注意义务

关于公司并购中控制股东的注意义务的衡量标准,在英美法系早期主要运用"欺诈"标准来衡量,并结合合法程序原则加以判断。其中,在英美法中,构成欺诈需要满足比较严格的主观条件,一般有三种要求,即①知情;②不相信它为事实;③鲁莽地不管是真是假。[1] 但是其严重不足是举证困难,成本高昂。而合法性原则的有效性同样存在质疑,合法性原则同样对资本多数决滥用不起作用。于是后来美国采用"商事判断原则"作为衡量标准。

当然,控制股东在公司并购中的注意义务具体还表现为:

一是合理调查义务。最早由美国的判例法确立,认为控制股东有责任对潜在的股份买家进行合理调查,当发现可疑迹象表明买家计划移转公司资产或以公司资产支付股份买家时,控制股东不应将股份转让给他。如在 Debaun v. First W. Bank and Trust Co. 一案[2]的判决中,法官认为,任何公司控制权在其中具有重要意义的股份交易中,拥有控制权多数股股东必须从公司及有关

〔1〕　杨桢:《英美契约法论》,北京大学出版社 2000 年版,第 235 页。

〔2〕　DeBaun v. First Western Bank & Trust Co. , 46. Cal. App. 3d 686,120 Cal. Rptr. 354 (1975).

利害关系人的角度出发,表现出善意和公平。当控制股东了解到一些"足以引起一个谨慎的人怀疑潜在的股份买价可能会劫持公司资产"的事实时,控制股东即应对该买家进行合理适当的调查。

二是信息披露义务。信息披露义务是指目标公司控制股东在转让控制股份的协议过程中,应当分阶段披露有关信息,保护公司和中小股东的利益,便于中小股东科学决策和证券监督管理部门有效监督。如美国判例先是确立了"知情人"规则;后来又确立了"公平或戒绝"原则,即知情人应公开其知悉的内幕信息,否则禁止利用该信息进行交易,在这个规则中,知情人所承担的是一种不真正义务,即如果他遵从"戒绝"则不负披露义务;然而,对某些知情人(如对股东负有诚信、勤勉、忠实义务的董事)而言并非如此,即他们所承担的是一种无条件的真正的披露义务。我国没有关于对收购中目标公司控制股东信息披露义务的规定。因为我国上市公司股权结构特殊,多以协议收购为主,而要约收购,到目前为止只发生了南钢股份、成商集团等为数极少的要约收购,且都是由于协议收购行为触发了全面强制要约收购。因此,上市公司收购的特殊性决定了必须将控制股东的信义义务以法律形式确定下来,在此基础上,让控制股东承担信息披露义务。

2. 公司并购中控制股东的忠实义务

公司并购中要求控制股东不得违反忠实义务的行为有不得为欺诈行为、不当关联交易、不正当溢价出让控制权、恶意排挤式收购、动机不纯的公司行为,等等。大陆法系国家多在立法中采用列举方式,而英美法系则采用"司法审查"方式。

关于公司并购中控制股东的忠实义务的衡量标准,世界上大多数国家采"公平交易原则"和"利益损害规则"。前者为主观性条件,后者为客观性条件。后者实际上包容了前者,正如 Slade J 指出的:原告无须证明那些在事实上控制了公司的人在具体行为时在主观上清楚地知道这种行为对原告是不公平的,或者说是恶意的，其检验标准应当是一个观察了他们行为后果的具有理性的旁观者会认为它已经不公平地损害了原告的利益，该标准实质上包容了当事人的主观恶性要求。[1]

二、科龙事件的启示与我国公司并购中控制股东信义义务立法现状

（一）科龙事件的启示

2006 年 11 月 11 日，备受瞩目的原科龙电器董事长顾雏军等 9 名高管刑事诉讼案在广东省佛山市中级人民法院结束了首日开庭审理，检察机关对顾雏军等人提出的指控包括虚报注册资本罪、提供虚假财会报告罪、挪用资金罪和职务侵占罪 4 项罪名。其中挪用资金罪名下的 7.46 亿元最令人关注，而在其他罪名下，虚假出资计 6.6 亿元，虚增利润计 3.3 亿元，职务侵占 4000 万元，总计 17.76 亿元。这标志着"资本大鳄"疯狂的终结。[2]

控制股东在公司收购中掏空"上市公司"不是一个新鲜事。买壳，用上市公司的钱不断地重组、并购，构建起一个庞大的资本"帝国"。顾雏军和他掌控的格林柯尔也不例外。顾雏军在资本市场和企业并购中因接二连三"大手笔"的运作，被某些人奉为"资本运作的大师"，自 2001 年收购科龙电器 20.6% 股权，顾雏军便一发而不可收拾，先后将美菱电器、亚星客车和 ST 襄轴收入囊中。在一连串的并购战役中，拥有巨大现金流的科龙电器成了顾雏军取之不尽的"提款机"。他所采用的手法是，在入主科龙前，先免除大股东债务，以损害上市公司和股民利益为代价成为公司董事长，在实质掌握了公司控制权以后，拉高收购费用形成巨亏，从而降低收购成本，利用虚假证明文件，骗取公司登记从事

---

〔1〕　张民安：《现代英美董事法律地位研究》，法律出版社 2000 年版，第597 页。

〔2〕　雨民："'资本大鳄'疯狂的终结"，载《四川政协报》2006 年 11 月 11日版。

虚构收入等活动,采用关联交易诈骗科龙电器财产,在账外设账,转移科龙资产,以广告费的形式挪用科龙资产。最后的结果是使科龙电器 2005 年 4 月 27 日发布预亏公告,2004 年亏损将达 6000 万元。从顾雏军对科龙一系列收购活动的整个事件来看,可以发现顾雏军涉嫌利用大股东地位,挪用上市公司资金用于私人机构收购活动的背后固然有证券市场不完善,政府监管不力方面的原因,但主要还是存在严重的法律漏洞,那就是控制股东在公司并购中的信义义务的立法缺位。

(二)我国公司并购立法存在的问题

我国目前公司并购立法仍然存在以下几个方面的问题:

1. 整个公司法律体系不完善

从国际并购的立法经验来看,一个完整的并购法律体系包括兼并法、收购法、反不正当竞争法、反垄断法、国有资产转让法、外资并购审查法、信息披露法等配套法律,但是我国并购立法不仅立法层次多、低、滥,缺乏体系化,而且不完善,企业并购法、反垄断法、禁止欺诈法、保护股东投资权益法等仍未出台。

2. 信息披露制度不健全

我国《公司法》、《证券法》以及《上市公司收购管理办法》虽然规定了公司收购过程中的信息披露制度,但所规定的信息披露制度并不完善,对公司收购过程中,控制股东应当披露的信息,如控制股东持股目的、转让股份的目的、是否存在关联交易或可能损害中小股东利益等信息没有规定,而这些信息,对其他利益主体,如中小股东、债权人等作出的行为判断是至关重要的。因此,有必要在公司收购中对控制股东科以信义义务,使其依照诚信原则披露信息,并据此作出的行为不得损害中小股东的利益。

3. 控制股东信义义务立法缺失

一是新《公司法》对公司收购中控制股东的信义义务规定的不足。新《公司法》对公司收购中控制股东的信义义务已有大范围的涉及,但仍稍有不足之处。如新《公司法》第104条确立了资本多数决原则,使股东具有的表决力与其所持股份成正比,股东持股越多,表决力越大。但是,由于控制股东实际享有控制权,其享有的权利优势往往大于其实际持有股份的比例。在公司收购过程中,当控制股东为了实现自己或第三人所追求的某种利益,往往会利用其控制优势,将其意志上升为公司的意志。新《公司法》第103条至106条,对董事、监事、经理违反法律义务所应承担的法律责任规定得很细致,但并没有涉及控制权的股东通过股东大会或迫使董事会通过违法决议时所应当承担的责任。

二是证券法未对控制股东义务作出明确规定。目前我国《证券法》第四章对上市公司收购的方式、程序、信息披露作了规定,但立法上仍然存在两点缺陷:其一,只偏重于对收购方的约束,而忽略了被收购公司(大股东或控制股东),没有规定被收购过程中大股东所应当承担的义务;其二,尽管《证券法》第195条规定了"违反上市公司收购的法定程序,利用上市公司收购谋取不正当收益的,责令改正,没收非法所得,并处以违法所得一倍以上五倍以下的罚款"的法律责任,但没有规定在收购过程中如何保护被收购公司及股东的合法权益。

三是法规、规章虽然规定了控制股东义务但没有制定严格标准。《上市公司治理准则》和《上市公司收购管理办法》明确规定了控制股东应对上市公司及其他股东负有诚信义务,不足之处在于虽然明确规定了控制股东和诚信义务,但对如何界定"诚信义务",缺乏明确的标准。

三、我国公司并购中控制股东信义义务的完善

(一)建立控制权和实际控制人的信息披露制度

2000年底,中国证监会颁布实施了《上市公司收购管理办法》与《上市公司股东持股变动信息披露管理办法》,要求信息披露义务人在大宗股份发生变动时详细披露股份控制人与上市公司之间的控制关系,同时,2002 年、2003 年的上市公司年度报告披露准则也开始要求上市公司披露其与实际控制人之间的控制关系。但是这些规范只适用于上市公司,建议扩大信息披露的范围。一是披露的主体扩大到所有直接、间接股东、实际控制人及一致行动人等。二是控制关系、控制结构的信息披露义务扩大到各种形态的公司。三是披露事项应该公开,并扩大到公司并购和转投资等方面,这样做的目的,一方面是给目标企业提供作出决策并采取相关措施的机会,保护目标企业股东的利益;另一方面是为了防止转投资带来的资本虚化、利用转投资控制本企业等弊害。如英国公司法对公开公司股权信息公开的要求,加上对母、子公司账目公开的要求,使得英国公开公司股份所有权的透明度相当高。对于在公众公司享有利益的人要求广泛地公开。[1] 而美国对公开收购中的信息公开问题有较详细的规定。任何现金收购者必须公开相关信息,包括用于要约的款项的来源、收购目的、收购成功后的计划,以及与目标公司签订的合同或与目标公司的默契。强化证券监管机关的行政处罚权。

(二)建立公司并购中控制股东信义义务规范

由于资本多数决的一般性规则使大股东对公司事务享有控制权,通常无须法律为之提供另外的救济,因此学者多围绕着小股东权益为主题展开研究。但是我国现有公司法律中对公司并购中控制股东的信义义务及其法律救济的规定几乎空白。鉴于新《公司法》未明确公司监管机构,而公司登记机关对公司的监管又处于被动的状态,因此,在涉及上市公司治理结构问题上,中国证监会和交易所可谓责无旁贷,理应发挥积极作用,可以在今后《公司法》修改中正式引入信义义务制度,并在部门规章和上市规则中明确规定控制股东的信义义务。

---

〔1〕 参见英国《1985 年公司法》。

参考文献

一、著作

（一）中文

[1] 曹富国:《少数股东保护与公司治理》,社会科学文献出版社2006年版。

[2] 陈郁:《企业制度与市场组织——交易费用经济学文选》,上海三联书店、上海人民出版社1996年版。

[3] 邓辉:《论公司法中的国家强制》,中国政法大学出版社2004年版。

[4] 段威:《公司治理模式论——以公司所有和公司经营为研究视角》,法律出版社2007年版。

[5] 丁丁:《商业判断规则研究》,吉林人民出版社2005年版。

[6] 樊云慧:《英国少数股东权诉讼救济制度研究》,中国法制出版社2005年版。

[7] 甘培忠:《公司控制权的正当行使》,法律出版社2006年版。

[8] 何美欢:《公众公司及其股权证

355

券》,北京大学出版社 1999 年版。

[9] 何美欢:《香港代理法》,北京大学出版社 1996 年版。

[10] 江帆:《代理法律制度研究》,中国法制出版社 2000 年版。

[11] 蒋大兴:《公司法的观念与解释》(全 3 册),法律出版社 2009 年版。

[12] 柯芳枝:《公司法论》,中国政法大学出版社 2004 年版。

[13] 柯武刚、史漫飞:《制度经济学:社会秩序与公共政策》,韩朝华译,商务印书馆 2000 年版。

[14] 赖源河、王志诚:《现代信托法论》,中国政法大学出版社 2002 年版。

[15] 李建伟:《独立董事制度研究——从法学与管理学的双重角度》,中国人民大学出版社 2004 年版。

[16] 李维安:《现代公司治理研究》,中国人民大学出版社 2002 年版。

[17] 李建伟:《关联交易的法律规制》,法律出版社 2007 年版。

[18] 李立新:《劳动者参与公司治理的法律探讨》,中国法制出版社 2009 年版。

[19] 梁慧星:《民商法论丛》(第 6、8、9、11 卷),法律出版社 1997—1999 年版。

[20] 梁慧星:《民法总论》,法律出版社 1998 年版。

[21] 梁上上:《论股东表决权——以公司控制权为中心展开》,法律出版社 2005 年版。

[22] 刘俊海:《股份有限公司股东权的保护》,法律出版社 2004 年版。

[23] 刘连煜:《公司法理论与判例研究》,法律出版社 2002 年版。

［24］刘连煜：《公司治理与社会责任》，中国政法大学出版社2001年版。

［25］刘连煜：《公司法制的新开展》，中国政法大学出版社2008年版。

［26］柳经纬：《上市公司关联交易的法律问题研究》，厦门大学出版社2001年版。

［27］吕忠梅、刘大洪：《经济法的法学与法经济学分析》，中国检察出版社1998年版。

［28］罗培新：《公司法的合同解释》，北京大学出版社2004年版。

［29］梅慎实：《现代公司法人治理结构规范运作论》，中国法制出版社2002年版。

［30］末永敏合：《日本现代公司法》，金洪玉译，人民法院出版社2000年版。

［31］倪建林：《公司治理结构：法律与实践》，法律出版社2003年版。

［32］渠涛：《中日民商法研究》（第3卷），法律出版社2005年版。

［33］沈四宝：《公司法与证券法论丛》，对外经贸大学出版社2006年版。

［34］沈四宝：《国际商法论丛》（第4、7、8卷），法律出版社2002年版。

［35］沈四宝：《西方国家公司法原理》，法律出版社2006年版。

［36］盛学军：《证券公开规则研究》，法律出版社2004年版。

［37］施天涛：《公司法》，法律出版社2005年版。

［38］施天涛：《关联企业法律问题研究》，法律出版社1998年版。

［39］苏号朋：《美国商法制度、判例与问题》，中国法制出版社 2000 年版。

［40］苏永钦：《走入新世纪的私法自治》，中国政法大学出版社 2002 年版。

［41］苏赟：《控制股东类型、股权集中度与上市公司经营分析》，中山大学出版社 2005 年版。

［42］覃有土：《商法学》，中国政法大学出版社 2007 年版。

［43］汤欣：《控制股东法律规制比较研究》，法律出版社 2007 年版。

［44］王保树：《全球竞争体制下的公司法改革》，社会科学文献出版社 2003 年版。

［45］王保树：《商事法论集》（第 2—11 卷），法律出版社 1997—2006 年版。

［46］王保树：《转型中的公司法的现代化》，社会科学文献出版社 2006 年版。

［47］王彬：《公司的控制权结构》，复旦大学出版社 1999 年版。

［48］王长斌：《企业集团法律比较研究》，北京大学出版社 2004 年版。

［49］王文钦：《公司治理结构之研究》，中国人民大学出版社 2005 年版。

［50］王文宇：《新公司与企业法》，中国政法大学出版社 2003 年版。

［51］王文宇：《公司法论》，中国政法大学出版社 2004 年版。

［52］吴建斌：《最新日本公司法》，中国人民大学出版社 2003 年版。

［53］吴越：《企业集团法律研究》，法律出版社 2003 年版。

［54］徐国栋：《诚实信用原则研究》，中国人民大学出版社

2002 年版。

[55] 徐海燕:《英美代理法研究》,法律出版社 2000 年版。

[56] 殷召良:《公司控制权法律问题研究》,法律出版社 2001 年版。

[57] 虞政平:《股东有限公司——现代公司法的基础》,法律出版社 2001 年版。

[58] 郁光华:《公司法的本质——从代理理论的本质观察》,法律出版社 2006 年版。

[59] 张舫:《公司控制的理论与实践》,西南师范大学出版社 2006 年版。

[60] 张开平:《英美公司董事法律制度研究》,法律出版社 1998 年版。

[61] 张民安:《现代英美董事法律地位研究》,法律出版社 2007 年版。

[62] 张瑞萍:《公司权力论——公司的本质和行为边界》,社会科学文献出版社 2006 年版。

[63] 张维迎:《博弈与信息经济学》,上海三联书店、上海人民出版社 2004 年版。

[64] 张文显:《法哲学范畴研究》,中国政法大学出版社 2003 年版。

[65] 赵秉志:《澳门商法典》,中国人民大学出版社 1999 年版。

[66] 赵万一:《商事思维下的公司法实务研究》,中国法制出版社 2009 年版。

[67] 赵小雷:《现代公司产权理论与实务》,上海财经大学出版社 1997 年版。

[68] 赵旭东:《公司法评论》(第 3 辑),人民法院出版社 2005 年版。

〔69〕赵旭东:《新公司法制度设计》,法律出版社 2006 年版。

〔70〕周光权:《注意义务研究》,中国政法大学出版社 1998 年版。

〔71〕周小明:《信托制度比较法研究》,法律出版社 1996 年版。

〔72〕朱慈蕴:《公司法人格否认法理研究》,法律出版社 1998 年版。

〔73〕朱慈蕴:《公司内部监督机制——不同模式在变革与交融中演进》,法律出版社 2007 年版。

〔74〕A. 艾伦·施密德:《财产权利和公共选择——对法和经济学的进一步思考》,上海三联书店、上海人民出版社 1999 年版。

〔75〕E. 博登海默:《法理学:法律哲学与法律方法》,邓正来译,中国政法大学出版社 1999 年版。

〔76〕保罗·戴维斯:《英国公司法精要》,樊云慧译,法律出版社 2007 年版。

〔77〕David M. Walker, *The Oxford Companion to Law*,李双元等译,法律出版社 2003 年版。

〔78〕G. 拉德布鲁赫:《法哲学》,王扑译,法律出版社 2005 年版。

〔79〕卡尔·拉伦茨:《德国民法通论》,王晓晔等译,法律出版社 2003 年版。

〔80〕托马斯·莱塞尔:《德国资合公司法》,高旭军等译,法律出版社 2005 年版。

〔81〕孟德斯鸠:《论法的精神》(上),商务印书馆 1997 年版。

〔82〕米歇尔·克罗齐埃:《科层现象》,刘汉全译,上海人民出版社 2002 年版。

〔83〕伊夫·居荣:《法国商法》(第 1 卷),罗结珍等译,法律出版社 2004 年版。

［84］李哲松:《韩国公司法》,吴日焕译,中国政法大学出版社 2000 年版。

［85］布赖恩·R.柴芬斯:《公司法:理论、结构和运行》,法律出版社 2001 年版。

［86］波斯纳:《法律的经济分析》,蒋兆康译,中国大百科全书出版社 1997 年版。

［87］唐纳德·A.威斯曼:《法律经济学文献精选》,苏力等译,法律出版社 2006 年版。

［88］弗兰克·伊斯特布鲁克、丹尼尔·费希尔:《公司法的经济结构》,张建伟、罗培新译,北京大学出版社 2005 年版。

［89］罗伯特·考特、托马斯·尤伦:《法和经济学》,上海三联书店 1994 年版。

［90］罗伯特·C.克拉克:《公司法则》,胡平等译,工商出版社 1999 年版。

［91］罗伯特·W.汉密尔顿:《美国公司法》(第 5 版),齐东祥译,法律出版社 2008 年版。

［92］Roberta Romano, Foundations of Corporate Law, 法律出版社 2005 年版。

［93］R.E.G.佩林斯:《英国公司法》(中文版),上海翻译出版公司 1984 年版。

［94］R.W.汉密尔顿:《公司法》,中国人民大学出版社 2001 年版。

［95］R.科斯·A.阿尔钦、D.诺斯:《财产权利与制度变迁——产权学派与新制度学派译文集》,上海三联书店、上海人民出版社 2004 年版。

［96］［马来西亚］罗修章、(香港)王鸣峰:《公司法:权力与责任》,法律出版社 2005 年版。

［97］汉米尔顿:《公司法概要》,李存棒译,中国社会科学出

版社 1998 年版。

［98］阿道夫・A. 伯利、加德纳・C. 米恩斯:《现代公司和私有财产》,商务印书馆 2005 年版。

［99］艾伦・R. 帕尔米特:《公司法:案例与解析》,中信出版社 2003 年版。

［100］达尔・尼夫:《知识经济》,樊春良等译,珠海出版社 1998 年版。

［101］大卫・D. 弗里德曼:《经济学语境下的法律规则》,杨欣欣译,法律出版社 2004 年版。

［102］弗朗西斯・福山:《信任:社会美德与创造经济繁荣》,彭志华译,海南出版社 2001 年版。

［103］亨利・汉斯曼:《企业所有权论》,于静译,中国政法大学出版社 2002 年版。

［104］科斯・哈特・斯蒂格利茨:《契约经济学》,李风圣译,经济科学出版社 1999 年版。

［105］马乔里・凯利:《质疑"股东优势"创建市场民主》,中信出版社、辽宁教育出版社 2003 年版。

［106］玛格丽特・布莱尔:《所有权与控制:面向 21 世纪的公司治理探索》,张荣刚译,中国社会科学出版社 1999 年版。

［107］理查得・奥利佛:《什么是公司欺瞒?》,魏聸译,华夏出版社 2004 年版。

［108］伯纳德・施瓦茨:《美国法律史》,王军、洪德、杨静辉译,中国政法大学出版社 1997 年版。

［109］滨田道代、顾功耘:《公司治理:国际经验与制度设计》,北京大学出版社 2005 年版。

［110］青木昌彦、钱颖一:《转轨经济中的公司治理结构》,中国经济出版社 1995 年版。

［111］青目昌彦、奥野正宽、冈崎哲二:《市场的作用国家的

作用》,中国发展出版社 2002 年版。

[112] 望月礼二郎:《英美法》,郭建等译,商务印书馆 2005
年版。

[113] 查士丁尼:《法学总论》,张企泰译,商务印书馆 1997
年版。

[114] D. J. 海顿:《信托法》,周翼、王昊译,法律出版社 2004
年版。

[115] 巴里·尼古拉斯:《罗马法概论》,黄风译,法律出版社
2004 年版。

[116] 迈因哈特:《欧洲九国公司法》,中国政法大学出版社
1988 年版。

(二)外文

[117] Adwin Cannan, *Elementary Political Economy*, London
Routledge-Thoemmes, 1997.

[118] Alan R. Palmiter, Corporations, Example, and Explanations,
Aspen Publishers, 4th. ed. , 2003.

[119] American Law Institute, *Principles of Corporate
Governance*, 1994. David Milman:Regulating Enterprise:Law and
Business Organisations in the UK (Oxford Hart, 1999).

[120] Alam R. Palmiter, Corporations, Example, and Explanations,
Aspen Publishers, 4th Edition, 2003.

[121] *Black Law Dictionary* (8th edition), West Publishing
Co. ,2004.

[122] Chatlesworth and Mores, *Company Law* (14th edition),
Sweet and Maxwell Press, London, 1991.

[123] Cochran, P. L. , Wartick. Corporate Governance-A
Literature Review. USA:Financial Executives Research Foundation,
1988.

［124］D. Gordon Smith, *The Shareholder Primacy Norm*, 23 *J. Corp. L.* 277（Winter1998）.

［125］DeLarme R. Landes, Economic Efficiency and the Corporate Opportunities Doctrine, Temple Law Review（Winter 2001）.

［126］F. O'Neal and R. Thompson, *O'neal's Close Corporations Law and Praise*, 3rd ed., 1986.

［127］G. M. D. Bean, *Fiduciary Obligations and joint Venture*. Clarendon Press. 1995.

［128］J. C. Shepherd, *Law of Fiduciaries*, The Carswell Company Limited, 1981.

［129］Ian Ayres & Robert Gertner, Filling Gaps in Incomplete Contracts: An Economic Theory of Default Rule, 99 *YALE L. J.* 87（1989）.

［130］Joseph A. Livingston, *The American Stockhdder*, J. B. Lippincott Co., 1958.

［131］L. C. B Gower, *Gower's Principle of Modern Company Law*, 6th edition（Sweet & Maxwell）, 1997.

［132］L. S. Sealy, *Cases and Materials in company Law*, 271, 6th. ed., 1996.

［133］Lewis D. Solomon, Donald E. Schwartz, Jefferey D. Bawman, Elliott J. Weiss, *Corporations Law and Poliay*, West Puhlishing Co., 1994.

［134］Lucian Ayre Bebchuk, Limiting Contractual Freedom in Corporate Law: The Desirable Constraints on Charter Amendments, 102 Harv. L. Rev. 549（1984）.

［135］Nobert Horn. *Cross-Border Mergers and Acquisitions and the Law Hague*: Kluwer Law International, 2001.

［136］ Northey Leigh, *Introduction of Company Law*, Butterworth and Co. Lth. ,1987.

［137］ Nobert Horn. Cross-Border Mergers and Acquisitions and the Law, Hague：Kluwer Law International,2001.

［138］ Oliver E. Williamson, *The Economic Institutions of Capitalism*,New York,Free Press,1985.

［139］ Paul L. Davies, *Gower's Principles of Modern Company Law*. Sweet & Maxwell,1999.

［140］ Philip St. J. Smart, Hong Kong Company Law：Cases：*Materials and Comments*, Butterworths Asia,1997.

［141］ R. T. O'kelley, Robert B. Thompson, *Corporations and other Business Associations*, *Cases and Materials*,I,ittle, Brawn and Company,1992.

［142］ Robert R. Pennington, *Directors' Personal Liability*, Collins Professional Books,1987.

［143］ Robert W. Hamilton, *The law of corporations*,中国人民大学出版社 2001 年影印版。

［144］ Roberta Romano, *Foundations of Corporate Law*, Paperback Publication, Dec 1993.

［145］ William L. Cary & Melvin Aron Eisenberg, *Cases and Materials on Corporations*, Concise Sixth Edition, the Foundation Press, 1988.

二、论文

（一）中文

［146］埃里克·奥茨："代理人偷懒与委托人滥用———一种关于厂商的法律理论"，载《经济和社会体制比较》2001 年第6 期。

［147］蔡元庆："经营判断原则在日本的实践及对我国的启示"，载《现代法学》2006 年第 3 期。

[148] 曹红冰:"关于法人独立责任之探讨",载《湖南商学院学报》2007 年第 3 期。

[149] 陈宏辉、贾生华:"信息获取、效率代替与董事会职能的改进———一个关于独立董事作用的假说性诠释及其作用",载《中国工业经济》2002 年第 2 期。

[150] 崔之元:"美国 29 个州公司法变革的理论背景及对我国的启示",载《经济研究》1996 年第 4 期。

[151] 邓峰:"领导责任的法律分析———基于董事注意义务的视角",载《中国社会科学》2006 年第 3 期。

[152] 蒋雪雁:"英国类别股份制度研究"(下),载《金融法苑》2006 年第 3 期。

[153] 冯果:"论控制股的转让",载《法律科学》(西北政法学院学报)1999 年第 3 期。

[154] 郭富青:"论公司要约收购与反收购中少数股东利益的保护",载《法商研究》2000 年第 4 期。

[155] 高洁、唐晓东、李晓:"公司控制权及其'相邻权'关系研究",载《开发研究》2004 年第 6 期。

[156] 胡滨、曹顺明:"论公司法上的经营判断规则",载《中国社会科学院研究生院学报》2005 年第 1 期。

[157] 科尔:"德国公司法的发展",载《现代法学》2003 年第 6 期。

[158] 贾林青:"论法国公司法关于防止股东滥用权利制度的借鉴价值",载《法学家》2007 年第 2 期。

[159] 刘道远:"关联交易本质论反思及其重塑",载《政法论坛》2007 年第 6 期。

[160] 林忠煦:《公司治理面向下独立董事、劳工董事之定位——兼论信赖义务内涵与责任配套机制》,台湾东华大学 2009 年硕士论文。

［161］梁慧星："从近代民法到现代民法——二十世纪民法回顾"，载《中外法学》1997 年第 2 期。

［162］李明辉、刘宏华："论控制股东的诚信义务"，载《江西财经大学学报》2003 年第 5 期。

［163］刘凯湘："论经营权与国有企业产权制度改革"，载《北京商学院学报》1992 年第 1 期。

［164］卢东斌、李文彬："基于网络关系的公司治理"，载《中国工业经济》2005 年第 11 期。

［165］马俊驹、梅夏英："财产权制度的历史评析和现实思考"，载《中国社会科学》1999 年第 1 期。

［166］米新丽："评新《公司法》对小股东权益保护的几项重要举措"，载《法学杂志》2007 年第 1 期。

［167］钱明星："论公司财产与公司财产所有权、股东股权"，载《中国人民大学学报》1998 年第 1 期。

［168］史际春、邓峰："经济法的价值和基本原则自论"，载《法商研究》1998 年第 6 期。

［169］覃有土、陈雪萍："表决权信托：控制权优化配置机制"，载《法商研究》2005 年第 4 期。

［170］王利明："论股份制企业所有权的二重结构"，载《中国法学》1989 年第 1 期。

［171］王彦明："德国法上多数股东的忠实义务"，载《当代法学》2004 年第 6 期。

［172］王红一："论公司自治的实质"，载《中山大学学报》（社科版）2002 年第 5 期。

［173］温世扬："财产支配权论要"，载《中国法学》2005 年第 5 期。

［174］吴汉东："论财产权体系——兼论民法典中的'财产权总则'"，载《中国法学》2005 年第 2 期。

［175］徐克：“英国公司法改革”，载《经济导刊》2005 年第 1 期。

［176］许美丽：“控制与从属公司（关联企业）之股东代位诉讼”，载《政大法学评论》2000 年第 63 期。

［177］谢哲胜：“法律经济学基础理论之研究”，载《中正大学法学集刊》2001 年第 4 期。

［178］杨继：“公司董事‘注意义务’与‘忠实义务’辨”，载《比较法研究》2003 年第 3 期。

［179］杨通轩：“劳工参与企业经营在德国所引起之劳工法问题”，载《法学丛刊》1997 年第 2 期。

［180］杨立新、蔡颖雯：“论妨害经营侵权行为及其责任”，载《法学论坛》2004 年第 2 期。

［181］张耀明：“论公司机会准则”，载《社会科学》2006 年第 9 期。

［182］张维迎：“所有制、治理结构与委托—代理关系”，载《经济研究》1996 年第 9 期。

［183］朱慈蕴、郑博恩：“论控制股东的义务”，载《政治与法律》2002 年第 2 期。

［184］朱慈蕴：“资本多数决原则与控制股东的诚信义务”，载《法学研究》2004 年第 4 期。

［185］曾涛：“股东直接诉讼的类型化研究”，载《重庆交通大学学报》（社科版）2009 年第 4 期。

（二）外文

［186］Anabtawi, Iman & Lynn Stout, Fiduciary Duties for Activist Shareholders, *Stan. L. Rev.* Vol. 60, 2008.

［187］Block & Prussin, The Business Judgment Rule and Shareholder Derivative Actions, 37 *Bus. Law.* 27, 32(1981)

［188］Creighton Condon, Keeping the ‘Good’ Faith: The

Evolving Duties—and Potential Personal Liability—of Corporate Directors, 7 No. 2 *M & A Law.* 1 (2003).

[189] Craig W. Palm and Mark A. Kearney, A Primer on the Basics of Directors' Duties in Delaware: The Rules of the Game, 40 *Vill. L. Rev.*, 1307 – 1308 (1995).

[190] Claessens, S., S. Djankov, L. P. H., Lang, The Separation of Ownership and Control in East Asia Corporations, *Journal of Financial Economics*, 2000, 58(6), 81 – 112.

[191] Cindy A. Schipani & Junhai Liu, Corporate Governance in China: Then and Now, Colum. *Bus. L. Rev.* 1, at 33(2002).

[192] D. Michael, C. Jensen and Willian H. Mecking, Theory of the Firm: Managerial Behavior, Agency costs and Ownership Structure, *Journal of Financial Economics*, Vol. 3, No. 4, 1976.

[193] D. Andrews, The Stockholder's Right to Equal Opportunity in the Sale of Shares, 78 *Harv. L. Rev.* 505, 506 (1965).

[194] DeLarme R. Landes, Economic Efficiency and the Corporate Opportunities Doctrine, *Temple Law Review* (Winter 2001).

[195] Dooley & Veasey, The Role of the Board in Derivative Litigation Delaware Law and the Current ALI Proposals Compared, 44 *Bus Law*, 503, 522(1989).

[196] E. Norman Veasey, State-Federal Tension in Corporate Governance and the Professional Responsibilities of Advisors, 28 *J. Corp. L.* 441, at 447 (2003).

[197] Einer Elhauge, Toward a European Sale of Control Doctrine, 41 *Am. J. Comp. Law* 627, 636 (1993).

[198] Easterbrook, DanielFischel. Corperate Control Transactions.

Yale Law Journal Press. 91,1982.

[199] John H. Lanabein, The Contractarian Basis of the Law of Trusts,105 *Yale. L. J.* 625(December 1995).

[200] Joseph F. Johnston, Natural Law and the Fiduciary Duties of Business Managers, *The Journal of Markets & Morality,* Vol. 8, No. 1 (Spring 2005).

[201] John Lowry, The no Conflict-No Profit Rules and The Corporate Fiduciary, *Journal of Business Law,* 2000.

[202] Jonathan R. Macey, Fiduciary Duties as Residual Claims: Obligations to Non-shareholder Constituencies from a Theory of the Firm Perspective, 84 *Cornell L. Rev.* 1266 (1999).

[203] John H. Matheson and R. Kevin Maler, A Simple Statutory Solution to Minority Oppression in the Closely Held Business, 91 *Minn. L. Rev.* 657 (February, 2007).

[204] Leonard W. Hein, The British Business Company: Its Origins and Its Control, *The University of Toronto Law Journal,* Vol. 15, No. 1, 134 – 154. 1963,p. 137.

[205] Lyman Johnson, The Modest Business Judgment Rule, 627, *Bus. Law.* , Vol. 55,(Feb. 2000).

[206] Matthew R. Salzwedel, A contractual theory of Corporation Opportunity and a proposed statute, *Pace Law Review* (Winter 2002).

[207] M. Jensen and W. Mecking, Theory of the Firm: Managerial Behavior, Agency costs and Owership Structure, *The Journal of Financial Economics.* 3,1976.

[208] Marleen O'Connbor, Restructuring the Corporation's Nexus of Contracts: Recongniaing a Fiduciary Duty to Protect Displaced Workers, *North Carolina Law Review.* 6,1991.

［209］Michael C. Jensen and Willian H. Mecking, Theory of the Firm：Managerial Behavior, Agency costs and Ownership Structure, *Journal of Financial Economics*, Vol. 3, No. 4, 1976.

［210］Michael A. Collora, David M. Osborne, A Derivative Claim by Any Other Name：Direct Claims to Remedy Wrongdoing in Close Corporations. *Securities News*, 2000（2）.

［211］Paul. J. Gudel, Relational Contract Theory and the Concept of Exchange, 46*B. L. Rev.*（Fall, 1998）.

［212］R. C. Clark, Agency Costs Versus Fiduciary Duties, in Principals and Agents：*The Structure of Business* 55, 1985.

［213］Robert Cooter and Bradley J. , The Fiduciary Relationship：Its Economic Character and Legal Consequences, 66 *N. Y. U. L. Rev.* 1045, 1046 - 7（1991）.

［214］Robert W. Tuttle, The Fiduciary's Fiduciary：Legal Ethics in Fiduciary Representation, 1994 *U. Ill. L. Rev.* pp. 889 - 890, 953 - 954.

［215］Sarah Helene Duggin and Stephen M. Goldman, Restoring Trust in Corporate Directors：The Disney Standard and The "New" Good Faith, 56 *Am. U. L. Rev.* 211, at 218.

［216］Stephen M. Bainbridge, The Case for Limited Shareholder Voting Rights, 53 *UCLA L. Rev.* 601, at 605（2006）.

［217］Shael Herman, Utilitas Eccleasiae：The Canonical Conception of the Trust, 70 *Tul. L. Rev.* 2239, 2275（1996）.

［218］The ABA's Committee on Corporate Laws, Other Constituencies Statutes：Potential for Confusion, 45 *Bus. Law.* 2253 - 2270, 1990.

［219］Victor Brudney, Contract and Fiduciary Duty in Corporate Law, 38 B. C. *L. Rev.* 595（1997）.

［220］ William T. Allen, Contracts and Communities in Corporation Law, 50 *Wash. & Lee L. Rev.* 1395 (1994).

［221］William P. Hackney, et al, Shareholder Liability for Inadequate Capital, 43 U. *Pitt. L. Rev.* 837, 876 (1982).

［222］William Klein & John Coffee, Jr. , *Buisness organization and finance: legal and economic principles*, Foundation Press, 173 (2004).

［223］ William A. Gregor, The Fiduciary Duty of Care: A Perversion of Words n1, 38 *Akron L. Rev.* 181 (2005).

［224］ Zipora Cohen, Fiduciary duties of Controlling Shareholders: A Comparative View, *University of Pennsylvania Journal of International Business Law*, Vol. 12, No. 3 (1991).

后　记

　　"为什么眼中常含泪水/因为我对这片土地爱得深沉。"就是在这种爱恨交织中,我完成了我的博士论文,但也真正体会到了袁枚"书到用时读已迟"的困惑。这篇论文既让我经受着身体的煎熬,也凝聚着老师、亲人和朋友们对我的关爱之情。本书是在博士论文的基础上经过两年的修改完成的。

　　感恩是我一贯信守的人生准则。首先要感谢我的父母和老师。从汉北河边的小村庄融入到珠江畔的大都市,是父母给了我顽强的生命和健康的身体;从懵懵懂懂的顽童到海纳百川的谦谦君子,是老师们给了我众多荣誉和成功的信念。

　　特别感谢我的恩师覃有土教授。在十年前本科阶段,我有幸结识覃老师,硕士和博士承蒙先生厚爱,投身先生门下,三生有幸。先生不仅学问渊博,治学有方,而且道德高尚,堪为诸生之表率。先生一向对我严格要求,也呵护备至,不仅领我入门,给我点拨和指导,而且为我提供机遇,给我荣誉和信心。是先生让我总能微笑着面对生活中的困难和挫折,从先生那里我才真正地感悟到学问真谛和做人的道理。一日为师,终身为父,这一点在我体会尤为深刻。

我要感谢徐涤宇教授、雷兴虎教授,他们为我博士报名入学考试填写推荐意见,在日常学习中也给予诸多帮助。也要感谢我攻读民商法博士期间导师组的各位导师,或听他们的课或吸收他们的学术观点或领悟他们的治学与做人之道,他们治学严谨、豁达宽容和大师风范使我终生难忘,他们的言传身教,也让我终生受益,他们都是我心中的灯塔。同时,还要感谢中国人民大学的王利明教授、武汉大学温世扬教授、张里安教授、李新天教授和师兄樊启荣教授,他们在论文的评议中对本文选题的重要性、论据的翔实性、论证的充分性等都给予很高的评价。同时,也感谢论文答辩主席清华大学的马俊驹教授和其他答辩委员会成员,他们是武汉大学的余能斌教授、温世扬教授和中南财经政法大学的吴汉东教授、陈小君教授、吕忠梅教授,他们在答辩中既对论文给予了充分肯定,也对论文提出了很多宝贵的意见和建议。

"物体只有在上升的时候才需要浮力",人在孤立无助、独立穿梭黑洞时少不了光明。感谢中南财经政法大学图书馆刘涤老师、体育部刘厚振教授和湖北省著名书画家魏治平先生等在我最困难的时候曾给我无私帮助的众多老师,我都永远铭记在心。其中,魏治平先生不仅将我领入艺术的殿堂,让我领略了颜真卿书法的魅力,而且教会了我如何做一个真正的人,让我懂得在必须流泪的时候,也让泪珠上挂着笑容。

求学三载,结友无数。值得一提的是,我的博士同学豆景俊、陈雪萍、王燚、向前、高飞、王莲峰、郭雷生、何华、杨红军、金海统、陈文华、鄢斌、尤明青、杨智杰、余中东等同学,在与他们的交流中受益良多,友谊永存。感谢现任职于香港城市大学的王书成博士、广东法制盛邦律师事务所的黄文敏律师和上海太平洋人寿保险公司的王莹小姐的宝贵支持，与他们在一起的每一天都充满快乐，值得回味。

不得不说的是，我的爱人陈雪娇博士。是她独自一个人为我支撑整个天空，让我有个安静的家、快乐的心和灵感的源泉。在工作之余，她利用自己法律英语专业的优势，为我翻译了大量的英文资料和进行文字校对工作，对她的爱真的非一"谢"字所能表达。

感谢法律出版社学术分社刘文科编辑在本书出版过程中，付出的精力和辛劳，让我第一次感到"念想"就是梦幻般的感觉。

逝者如斯，不舍昼夜。过去的三年、五年乃至十年，本科、硕士和博士，回首往事，尽在月明中。种种感受组成人物、图景、故事……流动着、变化着都成为永远铭刻的记忆和珍贵的收藏，它必将成为我人生的财富。时光匆匆复匆匆，岁月流逝又凝冻，时间也让我时时警醒和顿悟，让我在美丽的校园中坚守一个读书人的信仰、追求和思考。

王继远

2010 年 1 月 20 日

于中国第一侨乡江门

图书在版编目(CIP)数据

控制股东对公司和股东的信义义务 / 王继远著. —
北京:法律出版社,2010.4
ISBN 978 - 7 - 5118 - 0694 - 9

Ⅰ.①控… Ⅱ.①王… Ⅲ.①上市公司—股东—权利
—研究 Ⅳ.①D912.290.4

中国版本图书馆 CIP 数据核字(2010)第 062142 号

控制股东对公司和股东的信义义务	王继远 著	责任编辑 刘文科
		装帧设计 李 瞻

ⓒ **法律出版社·中国**

开本 A5	印张 12.125 字数 298 千
版本 2010 年 6 月第 1 版	印次 2010 年 6 月第 1 次印刷
出版 法律出版社	编辑统筹 学术·对外出版分社
总发行 中国法律图书有限公司	经销 新华书店
印刷 北京北苑印刷有限责任公司	责任印制 陶 松

法律出版社/北京市丰台区莲花池西里 7 号(100073)
电子邮件/info@lawpress.com.cn   销售热线/010 - 63939792/9779
网址/www.lawpress.com.cn   咨询电话/010 - 63939796

中国法律图书有限公司/北京市丰台区莲花池西里 7 号(100073)
全国各地中法图分、子公司电话:
第一法律书店/010 - 63939781/9782   西安分公司/029 - 85388843
重庆公司/023 - 65382816/2908   上海公司/021 - 62071010/1636
北京分公司/010 - 62534456   深圳公司/0755 - 83072995

书号:ISBN 978 - 7 - 5118 - 0694 - 9   定价:35.00 元
（如有缺页或倒装,中国法律图书有限公司负责退换）